三英行

任建国 作品

图书在版编目（CIP）数据

三英行：原创长篇刑侦小说 / 任建国著 . —北京：群众出版社，2020.1
ISBN 978-7-5014-5929-2　　Ⅰ.①三…　Ⅱ.①任…
Ⅲ.①长篇小说—中国—当代　Ⅳ.①I247.5

中国版本图书馆 CIP 数据核字（2019）第 293043 号

三英行　　任建国　著

选题策划：萧晓红
责任编辑：萧晓红
封面设计：志宏传媒
出版发行：群众出版社
地　　址：北京市丰台区方庄芳星园三区 15 号楼
邮政编码：100078
经　　销：新华书店
印　　刷：北京市泰锐印刷有限责任公司
版　　次：2020 年 1 月第 1 版
印　　次：2020 年 1 月第 1 次
印　　张：19.5
开　　本：787 毫米×1092 毫米　1/16
字　　数：328 千字
书　　号：ISBN 978-7-5014-5929-2
定　　价：39.00 元

网　　址：www.qzcbs.com
电子邮箱：843195700@qq.com

营销中心电话：010-83903254
读者服务部电话（门市）：010-83903257
警官读者俱乐部电话（网购、邮购）：010-83903253
文艺分社电话：010-83901730

本社图书出现印装质量问题，由本社负责退换
版权所有　侵权必究

目 录

001	翩翩少年 一	二 草莽义气	010
018	初试身手 三	四 青丝碧草	027
035	逆流之寒 五	六 边城回望	044
051	殊途同归 七	八 流光易冷	060
068	长夜无尽 九	十 不翼而飞	076
083	树大根深 十一	十二 进退维谷	090
098	此情可待 十三	十四 尺短寸长	104
113	离地三尺 十五	十六 身陷疑云	122
130	与子同袍 十七	十八 子之不遇	138
146	如切如磋 十九	二十 鸡鸣狗盗	153
160	难证之罪 二一	二二 祸兮福兮	169

179	迷途未远	二三	二四 以一敌三	186
195	涸辙之鲋	二五	二六 以毒攻毒	202
208	英雄聚会	二七	二八 何以为家	216
224	奇怪线索	二九	三十 别后重逢	231
238	豺狼之吻	三一	三二 绝地反击	246
254	轩然大波	三三	三四 激战犹酣	262
270	逃之夭夭	三五	三六 暗箭难防	277
284	黄雀在后	三七	三八 事如浮云	293
300	相见不如闻名	三九	后记	306

一
翩翩少年

凤城也算历史名城了。易帜更替中，偶有朝代在此定都偏安；江山兴废中，又有一二帝子于兹登基起事。城里城外，至今还保留着几处遗迹，虽有些破败，但气度俨然，往往引得天南海北的游客穿梭访古。凤城火车站因此显得格外繁忙。

很长一段时间里，凤城火车站有着几乎所有火车站都有的特点：人群混杂，环境脏乱，是不可久留的是非之地。尤其是车站与城市的结合部，如车站广场、广场周边，因涉及铁路公安、地方公安、城管等多部门交叉执法，反而成为三不管地段，治安多呈乱象。传言上世纪90年代有市领导亲自接站，火车进站良久，人却没有接到。全市警察寻人，竟在市区五公里外的偏僻城郊找到。原来，人一下车，就被一伙不明身份的人冒充领导，把人拉上车，带到郊外，从里到外洗劫一空，扬长而去。领导怒不可遏，掀起一轮全市治安大整顿，誓把恶势力和乱象彻底肃清。但风头一过，便是外甥打灯笼——照旧。

1993年7月的一天，三个刚从警校毕业的年轻人现身于凤城车站，站在人来人往的车站广场，各怀心事。身体略显单薄、皮肤黝黑、方脸膛、浓眉大眼的年轻人指着巨大的站牌说："这里，就是我们将来的战场了。"

体态微胖、面目和善，看上去如一尊弥勒佛的年轻人说："终于可以吃饱肚子了。等拿到工资，一定大吃一顿。"

戴着眼镜、斯文一些的年轻人望向远处热闹的市区，说："最好都能分到有实力的单位，相互也好有个照应。"

方脸膛年轻人应声道:"段嘉诚,能指望将来照应我们几个的也只有你了。你看马原,"他指指身边那个胖子:"不出一年,他就成'马圆'了。除了吃,别的都没兴趣。我也只想破案,不懂为人处世之道。你前途无量,到时可别忘了我们。"

段嘉诚微微一笑,回了一句:"苟富贵,毋相忘。"

马原略有些意见,接口道:"杜岩,你看好段嘉诚,我可是看好你。你俩不管谁富贵了,都不能忘了我,得经常请我吃饭。我饭量大,一个人请的话会把你们吃穷了,两个人正好合适,隔天请一次,损失不大。"

三人谈笑着,向市区走去。不久后,杜岩被分配到凤城车站派出所,马原去了刑警队,而段嘉诚因为学校期间就在报纸上发表过几篇文章,被当作宝贝一般留在公安局办公室当秘书。

人生之路从某一刻起,就已注定要分道扬镳,只是三个年轻人当时并不知道。

三个月后的一天黄昏,凤城车站正值列车集中到达时间,出站口人如潮涌。接站的市民、招揽生意的小贩、四处抢行李拉客的出租车司机、举着牌子高声吆喝的旅社老板在出站口围成一圈,各自在人群中寻找目标。一个车站派出所的民警举着大喇叭高喊:"往后退!往后退!别把路堵死了!接站、拉客的都站到白线外面去!越过白线的别怪我罚款!"

昏暗的光线中,所有人的注意力都集中在这里。就在这时,距离不到五十米的广场花园里,一声枪响隐约传出,又瞬间消失在嘈杂声中。十几个围成一圈的壮汉顿时呆若木鸡,愣愣地看着圈里的两个人。只见一个三十多岁的男子一手捂着头,手指间渗出殷殷血迹;另一只手举着一把通体黑亮的七七式制式手枪,枪口还在冒着一丝青烟。他旁边站着的就是杜岩,身上的衣服多处被撕破,脸上、胳膊上多的是青紫色块。杜岩喘着粗气,看着那个黑洞洞的枪口。枪口并非冲他而来,而是指着身边的那一圈壮汉。

持枪的是凤城车站派出所所长石坚。因为已是十一暑运的旅客高峰期，车站附近的票贩子高额加价倒票，肆意妄为。石坚这个所长上任没几天，为了出成绩，安排了几轮打击，但效果欠佳。他私下了解到，因跟执勤班组民警有千丝万缕的联系，一旦有行动，票贩子早早得到消息，全躲风头去了。石坚决定亲自抓几个，煞一煞这些人的威风，也给所里有些民警一个警告。杜岩是新来的警校生，背景干净，自然是石坚这次行动的首选搭档。

两人着便装，在广场游荡，盯准了一伙票贩子，就一路跟到小花园。等他们正要跟旅客交易时，杜岩抢着冲上去，一手一个，把票贩子按倒在地。石坚过去刚要给这两个人戴手铐，阴暗处忽然窜出十几个黑影，冲了过来，围住他们就是一顿拳打脚踢。两人毫无防备，只有举手招架之功，身上、脸上顿时吃了一阵雨点般的拳脚。石坚才喊了一句"找死啊，警察也敢打"，身上的拳脚反而更重了。然后，头上一阵剧痛，空酒瓶砸上来了。血流了下来，石坚眼前一黑，心里凉了半截，暗想：糟了，这是要往死里打呀！他拼死摸出腰里挂着的七七式手枪，冲着人群的缝隙处开了一枪。枪一响，十几个人才算住手。

石坚忍着疼，举枪环顾四周说："都给我站成一排，蹲下！谁砸的，给老子滚出来！"

杜岩揉揉全身痛处，越想越有气，冲上去见人就踢，边打边骂："狗东西！敢打警察，瞎了眼了！再来啊，动动手试试！"

混乱中，就听邻近传来一串哀号声，十几米外一个路人倒在地上打滚。石坚示意杜岩赶紧过去。杜岩跑过去一看，顿感芒刺在背——一个行人，小腿上鲜血汩汩直流。很明显是枪眼，就是石坚刚才那一枪误伤的。第一次上阵交锋，就遇上这么件大事，杜岩大脑一片空白。虽然这一枪与他无关，但他隐约感到，现在能扭转局面的恐怕也只有他了。

石坚一听，忙不迭声地叫道："完了，完了！这下事闹大了。我这所长还在试用期呢，这下算是全完了。"

杜岩此时反倒平静下来，催促道："所长，赶紧回所里叫人吧。"

"那这里怎么办？"

"这里交给我，我先盯着。"

石坚正要走，杜岩又把他拦住了，拉到一边说："所长，你信不信我？"

"啥意思？"

"把枪留给我。"杜岩还在见习期，没有配枪资格。

"你要枪干吗？再闹出乱子怎么办？"

"所长，你记住：枪是我开的，人是我误伤的——跟你没关系。"

石坚终于明白杜岩要枪的用意，但有点不敢相信自己的耳朵，追问："你是啥意思？这事跟你没关系，别往自己身上揽。我出的错我担着。"

"所长，我一个见习民警，就算犯了错也不能把我怎么样。你不一样。把枪给我，你赶紧回所里！"

石坚望着眼前这个到所里才三个月的见习民警，一时完全琢磨不透他这么做的理由。但情况紧急，有人伸出救命稻草，他也就稀里糊涂一把抓住。把枪取下来递给杜岩，临走时重重地说："好兄弟，我忘不了你。"

石坚一走，杜岩拎着枪在十几个打手面前晃了晃："刚才谁带头动的手？"

没一个敢吱声。

"不说是不是！刚才你们也看到了，我的枪走火误伤了人。可为什么走火呢？是因为你们他妈的居然敢打警察，而且还下狠手，我不开枪行吗。我这枪可随时会走火，下一个再伤了谁可说不准。说不说，到底是谁带头的？"

看到杜岩凶神恶煞般的表情，那十几个打手一个个胆战心惊，目光齐刷刷盯向一个壮汉。

杜岩走过去，冲着壮汉的肚子狠踹了一脚："叫什么名字？"

"张……张飞。"

"呸，还李逵呢。都给我听好了！老子行不更名，坐不改姓，就叫杜岩。今天这个梁子，咱们算是结下了。只要我还干警察，再让我见了你们，见一次打一次。"

十几个人面面相觑，感觉杜岩这意思是要放他们走，但谁也没敢动。

"还不快滚！"

十几个人还是没动，领头的张飞斗胆问了："爷，您没开玩笑，真放我们走？"

杜岩说："再不走，可别怪我改主意。"

张飞这才战战兢兢地起身，给杜岩作了个揖："杜爷，您是条汉子！兄弟们记住您了！下次有什么需要的，你尽管说句话。"

杜岩手一挥："快滚！"

十几个人连滚带爬，消失在夜幕中。杜岩这才长出了口气，心说：都走了，这口黑锅我是背定了。现在就是改主意也晚了。算了，走一步看一步吧，大不了背个处分。只要不到辞退的份儿，就有机会翻身。

大约十几分钟后，铁路公安处和凤城车站派出所的人率先赶到。那时，杜岩正扶着受伤的行人大模大样地坐在花园的石凳上。石坚用一块纱布捂着头，领着一个领导模样的人冲过来，茫然问："人呢？怎么一个都不见了？"

"跑了！全跑了！我不是要照顾伤员吗，也顾不了那么多了。"

石坚气得直跺脚。身边那个领导模样的人指着杜岩问："你是新来的？叫什么名字？你手里怎么会有枪？快，赶紧把他的枪收了！"

几个民警正要冲过去，石坚抢先一步上前，从杜岩手里接过枪："杜岩，这是公安处主管刑侦的李乃谦李副处长。一会儿李副处长问你话，你可得想清楚了说。别怕，有我呢。记住，咱们是在执行任务中受到了十几个歹徒的攻击。"

李乃谦一把拉开石坚："行了，赶紧把人先送医院治疗。"然后指着杜岩说，"你，把详细情况先跟我说说。必须跟我说实话，一个字都不许出错。"

"我哪敢欺骗领导。刚才的情况实在太紧急，那十几个人也不知从哪儿窜出来的，一通拳打脚踢，我被打蒙了，所长头上也流出了血。我一低头的工夫里，看到所长腰里还挂着枪，当时第一个念头就是要把枪保护好。在警校的时候，老师经常教导我们，枪是警察的第二生命。要是落在这帮歹徒手里，那还了得！我就赶紧冲过去把枪取出来，想着拼命也要把枪保护好。可能是因为太紧张吧，忙中出错走火了。怪我，都怪我，年纪太轻，缺乏经验，惹出这么大的事，给领导添麻烦了。"

李乃谦盯着杜岩上下打量了好几个来回，想从他的话里找出点破绽来，但杜岩一脸严肃，说得不紧不慢，全然一副气定神闲的样子，反倒把李乃谦听笑了："听你这么一说，你不但没错，反而还护枪有功嘛。"

"错还是有的，领导，毕竟伤到了群众。这个错很严重，我愿意承担一切后果。"

石坚在一旁一字一句地听完，暗中惊叹：这小子心理素质比我强多了。经他这么一描述，把一个开枪误伤群众的事，硬是说成不小心走火了。这开枪误伤和走火伤人，情节轻重可就相差悬殊了。看到李乃谦情绪略有变化，赶紧上前插话："杜岩说的情况我可以作证。当时要不是这小子机灵，保不住枪就失控了。至于走火伤人的事，说实话，我也有责任，要处分先处分我。"

李乃谦说："我倒希望你们俩说的都是真的。不过，这片花园可是地方的管辖。处里已经通报市局了，估计马上也就到了。你们俩最好想清楚了，跟地方同志说的时候，可别给我说走样了。"

石坚赶紧说："那当然，实话实说，绝不敢有假。"

"枪纲、枪套呢？"

"哟——"石坚往腰里一摸，这两样东西都还整整齐齐挂在他腰里。

"赶紧摘下来吧。笑话，枪在他手里，这枪纲可好端端挂在你这里。"

这话一出，石坚和杜岩心里都吃了一惊。因为配枪平时都用枪纲连在腰带上，刚才只顾着考虑怎么往走火上拐，忘了这一环节的合理性了。但看看李乃谦的表情，似乎又并无揭穿之意。究竟为何，两人心里也是七上八下。

不一会儿，市局刑警队的人就到了。那是杜岩第一次和牟仲平打交道。他比杜岩大几岁，是刑警队的侦查员。一群人就近转移到凤城车站派出所取证。杜岩进屋的时候，牟仲平和另一刑警端坐在讯问室，指着中间一把讯问椅让他坐下。

杜岩说："这是我坐的地方吗？"

"怎么不是你坐的？"牟仲平一脸正色。

"如果没理解错，我现在应该属于调查取证阶段，还不算犯罪嫌疑人吧。这是什么地方？"杜岩指着那把讯问椅。那是用钢管做的直接铆在地上的铁椅子，上面还有一块可以锁死、用来限制行动的卡板。"我现在的身份还是警察，不能坐在这个铐犯人的椅子上。"

牟仲平顿时变了脸色："刚毕业的新兵蛋子，在我们面前神气什么。让你坐哪就坐哪，别不识抬举！"

杜岩大眼一翻："你们这叫抬举我啊？那好，干脆再抬举抬举，给我来副铐子呗。"杜岩两手向前一伸，一副好斗的样子。

石坚一直在门口侧耳偷听，一看里面各不相让，赶紧装作送茶水，推门进来。"消消火，消消火。大家都是同行，别这么针尖对麦芒的。有话好好说。"他回头对杜岩挤了挤眼色："你就不能少说一句，人家市局的同志也是在工作嘛。到了咱们这里，我们应该好好配合，嗓门那么大干吗？有理了你？"

杜岩就势大大咧咧地蹲在地上："反正我不坐那玩意儿。"

牟仲平无奈。整个谈话过程，杜岩就蹲在地上。他身上那吊儿郎当、目中无人的习气，牟仲平无法忍受。在他看来，杜岩身上带着一股子"匪气"，怎么也没法当成警察来看待。

调查取证的过程自然是杜岩占了上风。好在牟仲平看来，这只不过是一起枪支走火事故，最终还是要交给铁路公安处内部处理的，也就没再过分计较。临走时，他拍拍杜岩的肩说："刚当警察，别那么张狂。不然，往后摔了跟头都不知道在哪摔的。"

杜岩忍了忍，没好气地说："您老走好！地滑，当心把您老摔了。"

两个人都想着，往后最好别碰面。但世上的事就是这样，有的人注定要经常遭遇，并且一直纠缠下去。

这件事暂时风平浪静了。在石坚的努力下，公安处也没有对杜岩作出处理。但在李乃谦的印象中，杜岩已被贴上了标签，以后很长一段时间都要对他"重点关照"了。

整个事件，石坚对杜岩都是既心存感激，又心生敬佩。只有一个环节，石坚一直心存疑窦："那十几个小子是你放走的吧？"

"嗯。"杜岩眨眨眼睛，"是我放的。"

"我弄不明白，你干吗要把他们放走？我头上的这块伤，还有你身上挨的这些打和这口窝囊气，就这么忍了？"

"所长，你想想！那十几双眼睛可是什么都看得清清楚楚。不放他们走，真要一个个查问起来，十几张嘴，你能保证每个人都不说漏了？你放心，咱俩受的委屈，我一定给找回来。"

石坚恍然大悟，更觉这小子仗义、机灵，能当大事，是个可塑之材，平时自然另眼相看。杜岩就这样年纪轻轻，俨然成了车站派出所的风云人物。

马原和段嘉诚听说了，隔日前来看望。三人在车站广场走走停停，迎面碰到几个壮汉，远远见了杜岩就点头哈腰，一副惹不起的样子。马原佩服地打量着杜岩："看看，我就说看好你吧。你来这儿才几天，就把这帮小子全治得服服帖帖的了。你这身本事，应该来我们刑警队，在派出所有点屈才了。"

看着杜岩颇为得意的样儿，段嘉诚忧心忡忡地说："杜岩，你可别跟这些三教九流走得太近了。君子不立危墙之下，有些事，得有点远见。我们刚入行，什么情况都不清楚，锋芒还是别太露。"

杜岩装作一本正经地说："哎，谁让我是警察呢。我不入地狱，谁入地狱。我这是一入江湖，身不由己。"

段嘉诚说："依我说，你这事看似过去了，可影响远不只于此。从好的方面说，你这叫随机应变、头脑灵活，把风波化解于无形。但从坏的方面想，你这就叫自作主张，肆意妄为。杜岩，你记住：太老实的人可能没什么用，但领导放心；不老实的人，即使有大用，但领导不放心，始终不会重用。"

杜岩想了想，说："那又怎样？当时要是想到这么多，就什么都别干了。哎，嘉诚，你告诉我：做一件事，对和错谁来判断？"

段嘉诚一愣，不明白他为何如此发问。

杜岩说："你的问题是沉稳有余、锐气不足，凡事都要拿对和错来衡量。领导说对的，就一定对吗？再说，任何事要是都这么瞻前顾后，那做人多没意思！我跟你不一样，做事不问对错，只要合我心意。"

段嘉诚也认真地想了想，说："你说的固然有道理，但我还是要提醒你，做事别太由着性子了。"他犹豫了一下，又说，"这件事在公安处是要形成报告记录在案的，你知道领导在上面是怎么批示的吗？"

"我哪知道。你这么说，肯定是看到了？"

"具体内容我不能说。我只能告诉你，小心为妙。"

马原半天没说话，这时终于忍不住了："你俩说的这些我怎么都听不懂。反正我就知道，咱们是最好的朋友，有福同享，有难同当。杜岩要是为这事受处罚，我第一个不答应。"

杜岩道："看看！咱们三个人里，属马原最明白。不管出什么事，也不能破坏咱们的情义。走，我请你们吃饭去。"

马原赶紧说："我知道有个地方，又便宜又好吃。"

段嘉诚笑道："说到吃，马原倒是最明白不过了。既然是为你压惊，这客得我和马原请。"

杜岩说："要不这样，今天谁的腰包鼓，咱们吃谁的。"

段嘉诚说："这办法公平。"

三个人拿出钱包：杜岩只有一百多；段嘉诚比他多几十；最令人惊奇的是马原，钱包里竟然有四百多。那时，他们一个月的工资也只有两百多元，除去吃喝，所剩无几。没想到马原居然积攒了这么一笔"巨款"。追问之下，马原才不好意思透露说，他们刑警队有个小据点。这个据点就是车站的一处餐厅，是刑警队开办的。除了平时可以收集一些信息，餐厅每个季度下来还会略有盈余，就当奖金发给大家。这几天刚好发奖金，所以马原的腰包是最鼓的。马原说的那个地方，就是这个餐厅。

杜岩和段嘉诚一听,都说今天这日子选得好。不容分说,拖着马原就往餐厅走去。

二
草莽义气

因为对杜岩的信任,石坚就把打击票贩子的事全交给了他。经过一段时间,杜岩把盘踞在车站的票贩子情况摸了个大概。在凤城火车站,专门吃倒票这碗饭的一共有两伙。一伙由一个叫四哥的人控制。他手下有十几个弟兄,每天轮流在窗口排队抢票。十个售票窗口,他们牢牢控制着六个,算是最大的团伙。负责带着这十几个兄弟的,就是那天晚上杜岩放走的张飞。另一伙人由车站广场接站、拉客的人组成,领头的人叫于海,是个跑黑车的头头,占据着另外四个窗口。还有一些零散倒票的,比如车站附近的小商店、摆摊小贩等。这些人也利用自己的关系,想方设法分一杯羹。杜岩知道,这种局面的形成,和派出所的民警不无关系。派出所在车站值班的民警四班倒,每个班组的吃喝用度,全都着落在这些票贩子身上,自然对他们睁一只眼闭一只眼。有时为了分配利益,民警甚至要充当调解人。比如:哪伙人可以在哪个窗口抢票,规矩就是民警定下的。不听话的,民警就会动用权力,清理出队伍。当然,民警也有买票的需要。那时,几伙人都会自动让位。窗口最前面的,肯定都是民警安排的。民警买票,也不全是自己买,派出所领导、公安处领导需要票的也只能从民警手里拿,对这种现状也只好听之任之。

石坚深知这个道理,干脆把这个难题交给杜岩。他知道,打击票贩子虽是个棘手活,也是个肥差,这么安排既是对他的器重,也算对他搭救之恩的一点补偿吧。

接到任务没几天，两伙票贩子就派人来拜码头。张飞那边因为动手打过杜岩，没人敢来，就找了个中间人来试探。杜岩看了看来人，是个三十岁左右的妖艳女人，就开门见山："你是谁？张飞呢？他怎么没来？"

"小兄弟年轻有为，不简单啊。我在这附近开着一家发廊，大家都叫我权姐。兄弟你以后有什么需要的，随时过来。咱们都是自己人，千万别客气。"说着，递过一张名片。

杜岩看了看名片，直接扔在垃圾桶里。"我管我的打票，你开你的发廊。我不管你叫什么姐，这儿说话没你的份儿。回去告诉张飞！上次那笔账我还没跟他算呢，别以为就算过去了。"

"兄弟，大家低头不见抬头见，说不准什么时候能互相照应。话不能说绝了嘛。"

杜岩眼珠一转，想了想，说："权姐，跟你说实话。这活就是领导压下来的，我也没办法。这样吧，你帮我个忙！找个宽敞点的地方，我想把两边的人约到一起见个面。不然，今后互相不认识，抓错了人，可别怪我不讲情面。"

权姐一听大喜："地方有。我那发廊后面就是一间仓库，地方大，也安全。你约好时间，我替你安排。"

送走了权姐，于海这边亲自来了。杜岩一看他膀大腰圆，假装叹了口气。

于海不解，问："兄弟，叹啥气？有什么需要帮忙的，你尽管说。"

"哎，我看你这人实在，跟你说的话，可不许告诉第二人。不然，咱们可没得兄弟做了。"

"兄弟你放心，今天你跟我说的要是从这里传出去，我第一个不答应。"

"算了，也怪我这人心眼小，受不了半点委屈。我的事，你就别管了，毕竟咱们还不熟，交情没到那份儿上。"

于海一拍胸脯说："这叫什么话！今后你只要把我当兄弟，你的事就是我的事。你说吧，受啥委屈了？"

"哎，还不是张飞那伙人。前些日子我们所长跟他们发生了冲突，还吃了点亏。这事虽然过去了，但所长这心里总是不舒服。没事就跟我唠叨：兄弟啊，我这面子要是找不回来，往后这所长我也没脸干了。你也知道，我们毕竟是警察，寻仇打架的事肯定违反纪律。看来，这口气是没办法出了。"杜岩说完，就看着天花板，一副无比惆怅的样子。

于海一听，就有些泄气了："张飞那伙人我早看着不顺眼了，可听说有后台。他们那个四哥，听说神通广大，在道上很有点名头。我们这些人都拖家带口的，好歹还有个职业，倒点票不过是想多赚几个，也不想多惹事。"

杜岩表情更加落寞："那完了。看来，所长的面子我是找不回来了。所长的面子没了，派出所的面子也就没了；派出所的面子没了，那我也只好撕破脸皮了。老于啊，我看你刚才这几句话还算实在，就提前给你透个风，赶紧让你的兄弟另谋出路吧。我这回可是带着死命令的。配合我们工作的，可以宽大处理，既往不咎。凡是不配合的，见一个抓一个，绝不手软。"

于海有些急了："兄弟，你给想想办法呀。毕竟这么多兄弟都指着这个呢。"

"那照你这么说，所长的面子就白丢了？"

"不能丢，不能丢。"

"那我就为难了，你说这也不行那也不行的。我一个小民警，上面有命令，我得执行；上面有委屈，我得担着。哎，两头为难啊。"

"兄弟，一看你就是聪明人。你给我们指条道，我们都听你的。"

"那我说了你真听？"

"听！不但我听，我这手底下十几号兄弟，都听你的！"

"那好，你听着！过几天，我约张飞和他的手下到车站对面夜上海发廊后面的仓库见面。到时候，你带着兄弟提前过去。等他们的人一进屋，我就把灯关了。剩下的事，你应该会做了吧。"

于海琢磨了一下，对杜岩竖起大拇指道："兄弟，你这招高。关了灯，就算把他们打了，他们也未必知道是谁干的。既给所长找回了面子，也让兄弟们出了这么多年被他们欺负的恶气。好，就这么干！"

杜岩又提醒："记住，就是给所长找回面子，别把事弄大了，不好收场。"

"这你就放心吧。干这种事，兄弟们在行。"

于海一走，杜岩想想几天后的场景，忍不住哈哈大笑。

按照约定，张飞带着手下十几个大汉来到夜上海后面的仓库。这里背离街道，周围又有高大的院墙，果然是个闹中取静的地方。杜岩让权姐继续开她的店，他主动上前一把搂住张飞的脖子，满脸热情地说："你看你，咱们又不是第一次见面，用得着找个中间人吗？"

张飞一脸惶恐说："杜爷，上次多有得罪，多亏你手下留情。弟兄们实在没脸来见你。"

"你这么说，是把我当成鸡肠鼠肚的人了嘛。我像那种人吗？"

"那是，那是。杜爷你大人有大量。"

"这样吧，让兄弟先进去等着。我和你在外面说会儿话。"

张飞赶紧招手，十几个人鱼贯而入地进了仓库。杜岩在外面"咔嚓"一下，把大门给扣上了。就在张飞一愣的工夫，杜岩说："现在就剩你我了，咱们找个僻静地方说说今后的事。"说着，拉着他往前走。

还没走出几步，张飞隐约听到仓库里传出响动。正要转身，却被杜岩死死抓住胳膊："仓库耗子多，委屈弟兄们先待一会儿，我们马上回来。"张飞无奈，又不敢贸然甩脱杜岩返身去看个究竟，只好心里七上八下地跟着他围着仓库转圈。

杜岩边走，边和张飞有一搭没一搭地闲聊："你看，我刚到派出所，所长就把打票这么大的事交给我。我心里也没底呀，不知道这活怎么干。找你们来帮我出出主意，看今后怎么干好。"

张飞一听这话，顿时脸上变色，忙不迭地说："爷，您这就是骂我了。为上次那事，四哥可没少收拾我们。这次也是让我先来给杜爷您请罪。"说着，赶紧从怀里掏出一个厚厚的纸袋。

杜岩一看就知道，里面装的肯定是钱，少说也有一千块吧。

"杜爷,这钱,四哥让您务必收下,算给您压压惊。"

杜岩瞅了一眼,拉着张飞继续走:"我不是跟你说了吗,上次的事不提了。你要是再提,就是打我的脸了,又不是什么光彩的事。你记住,我这人有个怪毛病,把面子看得比钱重要多了。"

张飞一看杜岩并没有要接的意思,以为他嫌少,连忙说:"杜爷,你的面子那就是兄弟们的面子。您放心,这点钱只是个见面礼,四哥说了……"

"别四哥、四哥的。这个四哥到底是谁?我怎么到今天连个面都没见着?"

"您别见怪。四哥说了,他不方便过来。不过您放心,等过了这段时间,四哥一定安排您和他见面。"

"这么说,我还得等着四哥赏脸了?"

张飞一听,知道自己说错了话,急忙连声道歉:"您看我这人嘴笨,话都说不清楚。四哥的意思是,到时候一定安排个合适的时间和场合,跟您正式见个面。您在四哥眼里,可是个人物呢。"

"噢,你们这个四哥很神秘嘛。他到底是干啥的?"

张飞讪笑道:"这个,兄弟我就不好说了。说实话,我也只是个小喽啰。四哥平时有什么吩咐,都是权姐给我们传话。"

两个人聊了大约十分钟后,杜岩听着仓库里动静全无,这才回到门口,推门边进边说:"让你们在里面等着,怎么这么不耐烦。噫,怎么连灯都不开?黑灯瞎火的,干吗呢?"

他打开灯,差点笑出声来。十几个人横七竖八地躺在地上,有的脸上青一块紫一块,有的鼻子嘴角都流出血迹,有的衣服已被撕扯得不成样子。杜岩忍着笑,假装一本正经地说:"这是怎么了?啊?我们就晚来这么会儿工夫,怎么就成这样了?谁干的,这是?哎呀,刚才进来时灯黑着,你们不会连谁打的都没盯住吧。这下可难了,这可是权姐的地盘。要是查,也得先从权姐查起。是不是她先把什么人给放进来了,我现在就去找她。"

身后的张飞一看眼前这一切,心里明镜一般,心说:这位爷真是胆子大呀！就在我们眼皮底下，安排了这么一场鸿门宴。这个眼前亏吃就吃了吧，谁让咱们先动过手呢。看来，这位爷是个丝毫不吃亏的主，今后可得万分小心了。又一想：好险，刚才我要是一起进来，这会儿也躺在这儿了。看刚才那意思，这位杜爷是有意把我留在外面，没让我挨这顿打的。这又是为什么呢？

看看杜岩作势要去找权姐，张飞赶紧拉住说："这个就不用了。干我们这行的，摔摔打打的免不了。哪能占了便宜就想着跑，吃了亏就想着报仇呢。这一来一去，就算扯平了。弟兄们，还不快过来谢谢杜爷？"

众兄弟搀扶着爬起来的时候，杜岩心里想：还不算笨，被你看出来了。也好，看出来你也得忍着。收拾不了你们这几个小混混，我这个警察算白当了。

一切妥当后，杜岩给张飞和于海约法三章：今后，不许在窗口强行占位置；有正常旅客买票，不许阻拦；若非旅客自愿，不许强行加价，甚至恐吓；不许成群结队地在车站广场游荡。

杜岩知道，这个下马威会在短时间内起到一定作用，但真要拔掉倒票这个疖子，凭他一己之力，现在还不是时候。暂时只要不出乱子，表面上能保证正常秩序，就算首功一件了。何况，处理倒票案子程序麻烦不说，处罚也相对较轻。很多票贩子虽然倒票数量巨大，办案时却只能以他们当时实际掌握的票据数来量刑定罪。不管罚款还是拘留，这些人接受完处罚，又会做回老本行，继续倒票。

没想到的是，他这么做，竟然得罪了派出所的几位执勤队长。几伙票贩子现在略有收敛，都在看着杜岩的脸色行事。原来的利益分配格局被打破，执勤队有时也买不到票了。几个队长合伙到石坚面前告状，说杜岩现在跟票贩子称兄道弟，都快打成一片了；还说杜岩利用打票之机吃拿卡要，俨然票贩子的大哥。石坚打发走他们，私下把杜岩叫来，询问打票的情况。杜岩把这段时间发生的事讲了个大概，让于海出头收拾张飞等人把石坚逗得哈哈大笑。毕竟，除了这个办法，真还找不出更合适的办法报那一箭之仇了。石坚提醒杜岩："你可以放手干，但也得长个心眼。我们这地方鱼龙混杂，有的人就是见不得别人出风头。已经有人到我这儿告你的状了,估计这还不算完。要是告到处里,对你影响就不好了。你这段时间也用点心,好好办几起漂亮案子,把有些人的嘴堵住。"

杜岩知道石坚要的是业绩,以他现在对局面的掌控,要办几个票贩子还是手到擒来的。恰好临近春节,一票难求,杜岩觉得是时候烧第二把火了。他把张飞叫过来说:"现在是春运期间,倒票、贩票备受关注。发现这方面的线索,及时给我报告!我就不信抓不到票贩子!"

张飞看着杜岩,呆住了,心说:这位爷又要唱哪出戏啊?明知道我就是票贩子,还要让我提供线索?可看着杜岩一本正经的表情,又不似在开玩笑。琢磨了一下杜岩的话,恍然大悟,连连点头说:"好好,必须抓!抓不到,怎么行?!"

没过几天,按照张飞提供的线索,一个票贩子倒票时被杜岩抓获。一审查,是于海的人。杜岩又好气又好笑,心说:张飞这小子倒是学会借刀杀人了。一听是张飞举报的,于海恨得咬牙切齿。杜岩说:"你上回帮我找回那么大个面子,这个情我得还。这样吧,虽然有人说是你指使他们倒票的,但我觉得证据不足,先不予处罚。"

于海说:"他们这是贼喊捉贼!"

"行了,行了。你们俩谁也不比谁强。下次你也长点儿心眼。要是再被人盯上,我可就帮不了你了。"

"你等着,下回我饶不了他们。"

果然,没几天,于海的人就带着杜岩,把张飞手下抓了一个,一下子查出五十多张火车票。张飞来找杜岩,说:"杜爷,你这招可太高了。让我们互相揭发,你坐享渔翁之利。我是真服了。你给兄弟们留条活路吧。再这么下去,我们真要走投无路了。"

"你以为我愿意办你们这些小案子啊,我是奔着当刑警来的。可到现在,连一起像样的案子都没办过。要是能碰上什么偷盗、诈骗、抢劫的大案子,谁还有工夫搭理你们!"

张飞说:"有,有……"一转念,又赶紧把嘴闭上了。

但已经迟了,从他刚才的急切里,杜岩敏锐地嗅出了有价值的线索，哪里还肯轻易放开。"你可想清楚了，有什么线索这会儿赶紧说。不然，等将来案子查清，你脱不了干系。"

张飞领教了杜岩的手段，知道他睚眦必报，办法刁钻。刚才一着急说走了嘴，现在要是藏着掖着，将来保不住这位爷怎么收拾自己呢。他面露为难之色说："你要是真想破大案，那我就告诉你。但此事关系重大，你能不能吃得下，我可就不知道了。"

杜岩一听，兴致陡增，连忙说："是案子，越大越好，你只管说！要是吃不下，以后你们的那些事我一概不问，总行了吧。"

张飞一咬牙，说："行，那我就送你一件功劳，只是你别把我说出去。我听手下一个兄弟说，最近经常有两个男人从他手里拿凤城到云南的票，加多少钱从不在意，只要求随时要随时有。"

"这算什么大事，说了半天还是倒票的事嘛。"

"你听我接着往下说啊。明明同行，但从来不把卧铺买到一起，总要挑不在一起的车票。还有，这两个人每个月来回跑两趟，回的时候也坐火车。有几次下火车，我那弟兄都看到了。"

"你尽量拣重点说，行不？讲评书呢，还卖起关子来了。"

"马上就到重点了。前些天他俩又来拿票，因为次数多了，我那兄弟就问：两位老板是做什么生意的？经常去云南，出手这么阔绰。要是有发财的路，也让弟兄们跟着沾点光啊。结果，你猜怎么着？其中一个凶神恶煞地说：'就怕你有命挣钱，没命花钱。'另外一个好像是大哥，马上让他闭嘴。之后，两个人匆忙走了。"

"就这些？"

"就这些。这还不够啊！我在车站这么多年，来来往往，什么人没见过——好人我看不出来；要说这身上犯事的人，我一看一个准。"

"那我怎么能准确知道他们什么时候坐火车回来？"

"这个简单。从凤城到云南，火车往返五天。他们基本上第六天返回，很准时。"

"也就是说，他们会在云南停留一天。那他们最近哪天走的？"

"三天前。我兄弟说，这次还听到他俩边走边说，回来要买什么摩托车，看来这趟又能赚不少钱。"

杜岩歪着脑袋问："那你估计他俩是哪条道上的——走私，盗窃，抢劫？"

张飞说："这你还用问我们啊！你不比我们谁都清楚：能在这么短时间里办完事的，只有一个可能。"张飞用手比了个吸大烟的姿势。

杜岩点点头，他也往这上面想了。或者说，他还真希望自己能碰上个贩毒的大案子。这比搞票贩子的案子有意思多了。他叮嘱张飞："让你的兄弟把嘴巴管严实了，你也一样。走漏了风声，我找你负责。"

张飞说："那，你也小心点。这些家伙可是不要命的，你记得带把枪。实在不行，先往腿上打。"

杜岩摆摆手，让他先走，转念一想：这事一个人还真管不了。如报派出所，估计到时候就没自己什么事了。找帮手吧，所里的人没一个他能看得上的。正在为难之时，忽然想到一个人。他一拍脑袋，大叫："对呀，我怎么把他给忘了！"

三
初试身手

杜岩想到的这个人不是别人，正是马原。

马原家在农村，刚上警校时，因为家里条件差，总有些自卑，几个城里同学总以欺负他为乐。杜岩在学校一直独来独往，对马原并不在意。有一次，几个学生在操场踢球，足球踢出场外，恰好滚到马原脚下。几个学生就喊他把球踢回去，马原兴奋地紧跑几步后猛踢一脚，足球划出一道弧线，直接飞出了院墙。踢球的不干了，跑过来推搡着马原，要他赔。马原见人多势众，既害怕，又拿不出钱来赔，就一味躲闪，样子很可怜。

恰好这时，杜岩经过。他平时对这些人的做法就颇为不满，看到他们欺负人，就冲上去拦在中间，说："几个人欺负一个，算什么能耐?!有本事，冲我来！"

刚入警校不久，大家都急于表现勇武，在学校扬威立名。眼见只有杜岩一人，自然无所顾忌，便把他围在人群中推来推去，连打带骂。杜岩瞅准时机，对着体格最壮的一人劈面就是一拳。对方脸上立刻开了花，鲜血直流，蹲在地上不敢动弹。其他几个看到同伴受伤，哪里肯依，围攻上来，把杜岩压在身下。杜岩冲着圈外吓傻了的马原喊："快来帮忙啊！还愣着干吗?!"

马原这才回过神来，冲上去抱住一个人的后腰，用力一甩，把他扔出几米开外。

趁此机会，杜岩翻起身，骑在一人身上，左右抡拳痛打，边打边指挥马原："好，就这么打！把他们全都给我扔出去。"马原别的没有，一把力气却是警校学生中少有的，答应一声，如法炮制，把几个学生全都摔倒在地。

正打得不可开交，保卫处的几个老师高喊着飞奔过来，杜岩拉上马原，一溜烟地逃离了现场。

从那以后，马原就成了杜岩的跟班，无论到哪，总是如影随形。杜岩闲来无事，看到马原生活费很少，经常饿肚子，就带着他在校园里做起生意来。运动鞋、蜡烛、贺年卡、小食品、女生用的化妆品、男生喜欢的小挂件，只要能赚点小钱的，他们都卖。每天学校一熄灯，两人就挨个宿舍推销。有一次敲开门，出来的恰好是足球场上打过架的那几个。双方见面，顿时剑拔弩张。马原吓得不知如何是好，杜岩反倒镇静下来，上前拍拍其中一人的肩膀说："兄弟，咱们是不打不相识。大伙都在一个校园，低头不见抬头见的，还是要和平相处嘛。上次的事我们也一直放在心里，觉得对不住大家。这不，我跟我兄弟备了点薄礼，专门来送给大家。咱们还是握手言和吧！"说着，就把马原手里的货物，连同自己手里的一同递过去。

对方几个面面相觑，一时不知如何是好。一番尴尬后，有人当胸捶了马原一拳说："你小子行啊，简直是个大力士！我们这么多人，竟然让你老鹰捉小鸡一样，毫不费力就扔出那么远。你，不简单。"

有人也对杜岩说："你叫杜岩吧，为朋友两肋插刀，够义气。你放心，我们也不是孬种。学校问我们是谁打的，我们就是没说。"几个人于是哈哈大笑。

虽然生意受了点损失，但一场危机就这么化解了。事后，这几个学生感觉不能白受杜岩的好处，就帮着他们在校园里搞推销，竟然处成了兄弟一般。这件事后，马原对杜岩更是佩服之至。靠着这点小生意和杜岩的小聪明，马原居然顺利完成了警校的学业。

杜岩来找马原的时候，马原正在刑警队的单身宿舍里埋锅造饭。杜岩根本不提要在火车站抓毒贩的事，先是揭开锅看了看，皱皱眉头说："我是服你了，吃啥都长肉。现在有工资了，你们刑警队又有补贴，你就不能弄点好吃的。整天挂面咸菜，干吗搞得这么清苦？"

马原憨憨地笑："我一个人，吃啥都行。工资攒着，将来还要娶媳妇呢。"

"都想到要娶媳妇了，行。那你存了多少钱了？"

"有好几百了。照这样下去，我一年就能存两三千了。"

"这点钱就想娶媳妇？"

"那咋办？我又没别的办法。"

杜岩神秘地对他说："我这儿倒是有单大生意，你愿不愿干？"

马原两眼放光，急忙问道："啥生意？能赚大钱吗？"

"那当然。不然我来找你干吗？"

"这回要投多少？以前在学校做生意，都是你投资，我受益，我心里过意不去。现在我有钱了，这回的生意，我多投点。"

杜岩装作认真思考的样子，想了想说："这回的生意，不单是钱的事，还得需要你出把子力气才行。"

"力气我有啊。你就说怎么干吧。"

"不但要有力气，还得冒点险。你干不干？"

马原犹豫了一下，问："不会赔得很惨吧？我可就这么点本钱，会不会全赔进去了？"

"其实呢，这个生意我自己做也是可以的。再说，你攒这点钱也不容易，我不能让你冒这个险。要不，还是我一人干吧。大不了我一人赔。"

杜岩的话刺伤了马原，觉得自己刚才的犹豫玷污了两个人的友谊，便站起身，拍拍胸脯说："那不行。要赔，咱俩一起赔。反正也没多少钱，就算都赔光了也没关系。再说，我信你！跟着你，不管干啥我都敢。"

杜岩一看马原对自己是一片真心，辛苦积攒下来的钱都毫不在乎，也有些感动，就说："那好吧。两天以后，你到车站广场来找我，我送你一件大大的好处。"

这两天里，杜岩摸清了那两个嫌疑人的基本情况，心里也对即将面对的头件大案盘算了一遍，觉得颇有胜算。两天后，马原果然雄赳赳地出现在车站广场，杜岩这才告诉他将要发生的事。

马原一听不是生意，似乎有些失望。杜岩问："你这会儿要是后悔还来得及。"

"虽然没钱赚，但能跟着你抓毒贩，也值。别忘了，我也是警察。"

"钱是没得赚，将来要是有了功劳，都是你的。"

说话间，从广州返回的列车就要进站了。杜岩带着张飞的手下来指认嫌疑人。那小子怕得要命，远远盯着看了半天，指着人群中戴着鸭舌帽和背旅行包的两个人说："就是他俩。"随即跑得无影无踪。

杜岩和马原来到出站口，紧盯着那两人。看到他俩顺利地出了站，正准备打车离开，杜岩给马原使个眼色。他们原打算从背后冲上去，趁其不备，一人一个，就地拿下。没想到杜岩对付的鸭舌帽力气极大，猛地挣脱他的控制。一看背旅行包的同伙已被马原死死按在地上，鸭舌帽转身就跑。

杜岩冲马原喊："看住他，我去追。"

鸭舌帽在广场的人流中拼命逃窜，杜岩紧随其后，边跑边喊："站住,我是警察。再跑,我就开枪了。"其实,杜岩身上根本没枪。鸭舌帽闻听此话,跑得更快了。一直追出好几公里,渐渐进入闹市区。鸭舌帽在人群里窜来窜去,忽然就不见了。杜岩气喘吁吁,来回找了好几遍,只好放弃了。

等他垂头丧气地回来,马原还把背旅行包的嫌疑人死死压在地上,保持着杜岩离开时的模样。"没追上?跑了?"

"跑了和尚跑不了庙。先把这小子铐起来!"

两人把嫌疑人押到出站口前的值班室。马原先把旅行包从里到外翻了个遍,毫无收获。杜岩把他身上的每个口袋、衣角、鞋子都仔细检查了一遍,只找到一张身份证。核对照片,根本不是本人。杜岩问:"叫什么名字?刚才跑的人叫什么?"

那人把头一扭,表情傲慢,对杜岩的问话置若罔闻。

"告诉你,我盯你们很久了。你们干的那点事,我们都清清楚楚。跑的那个,迟早也会被抓回来,别抱任何侥幸心理。"

任凭杜岩怎么问,对方就是不答话。杜岩急了,上去给了他一耳光。对方目露凶光,终于开了口:"你叫什么名字?敢不敢告诉我?"

"嘿,我问你不说,反倒问起我来了。问我名字想干吗?"

对方冷冷一笑,说道:"我会记住你!等我从这儿出去,会回来找你的。"

杜岩一听,怒不可遏:"行啊,威胁我?好,我就告诉你,我叫杜岩。你给我听好了!想报仇,我奉陪!想从这里出去,没门。"

这会儿工夫,石坚也得到了消息,说杜岩又闯祸了,在广场上抓人,追人。他赶紧赶过来,问杜岩是怎么回事。杜岩没敢说线索来源,只说自己和马原在广场巡视,发现这两人神色不对,上前盘查时一个跑了。

石坚把他拉到一旁说:"现在怎么办?没有任何证据,这小子又拒不交代,到头来还得放人。"

"所长,我以人格担保,这小子身上一定有事。没事,另一个干吗要跑?再说,你没见他刚才那嚣张样,简直在挑衅。要是轻易把他放了，那可够丢脸的。"

"那也不能就这么耗着啊。"

"可以查啊，我就不信查不出个结果。"

"你呀，刚参加工作，把有些事想得太简单了。依我看，现在还没造成多大影响，赶紧放人，免得在这上面犯错误。"

"所长，你再给我点时间！这么快把他放了，便宜他了。"

正说着话，民警跑过来告诉石坚："市局刑警队好像也知道这事了，派了几个人来，说是要把嫌疑人带走。"

杜岩一听，脑子里电光火石一般，忽然闪过一个念头，拉了一把石坚说："所长，看看！市局刑警队都嗅到气味了！看来，这小子身上的事小不了。咱总不能把这么大一件功劳拱手送给人家吧！"

石坚也皱了皱眉头，道："没道理呀。市局平时跟咱们井水不犯河水的，怎么跑到这里要人来了？"

来人正是牟仲平。一见杜岩，他鼻息里哼了一声，直接对石坚说："石所长，听说你们抓了一个嫌疑人，还跑了一个。估计这种局面你们也不好处理吧。我们副局长说了，我们接盘，不能让兄弟单位为难。"

石坚说："是你们哪个副局长？"

"安副局长。"

石坚就表情尴尬地说："安副局长都这么关注，这案子看来很重要嘛。"

"这两个人一直在我们的盯控中，是我们跟踪的一起大案。本来可以顺线追踪，打掉一个团伙，没想到被你的手下给搅和了。石所长，你对手下也要多加约束，不能任由他们胡闹。"

杜岩一听不乐意了："你别在这儿指桑骂槐了，有话说明白点！谁在这儿胡闹了？在我们辖区发现的嫌疑人，我们履行职责，怎么就不对了？你们一直盯着，那给我们通报过吗？事先没通报，这会儿就别在这儿指手画脚。"

牟仲平斜着看了他一眼，说："今天我没空跟你闲扯淡！我只负责来带人。至于你打乱了我们整体部署的事，会由局里专门给你们单位发函追责的。你就等着吧。"

杜岩一听牟仲平这话的口气，更加气愤："你想带人就带啊！我不管你们什么安副局长，人是我抓的，想从我这儿把人带走，没门！"

"你说这话，可是要负责的。"

杜岩说："你吓唬谁！我们抓的人，凭什么交给你们？"

牟仲平轻蔑地看了看他，向身后的弟兄一招手，几个民警就准备上前去带嫌疑人。其中一个叫庞晓东，正是和杜岩警校里打过架的，后来成了要好的朋友。本来看到杜岩还颇有些兴奋，但一看现场这气氛，都没敢上前答话。杜岩一看恼了，给马原使个眼色。马原如凶神恶煞一般，吓得庞晓东等人不敢上前一步。

杜岩说："我告诉你，只要有我在，休想带走他！"

"你胆敢抗拒命令？"

"那要看谁的命令了。安副局长算什么！凭他一句话，就允许你们来抢人？我看，倒是他该好好约束一下自己的部下了。"

双方一时僵持不下，牟仲平无奈地看着石坚。石坚把杜岩拉到一边说："我看，别跟地方的同志较劲了，交就交呗。这个安副局长可不是一般人物，不好惹。"

杜岩说："不就一个副局长吗，有什么可怕的？"

"你刚来，有些情况不清楚。你没听过民间传的一句话吗，'广厦千顷，树大根深'，说的就是这个安副局长，安树广。"

杜岩说："所长，我怎么感觉这里面有蹊跷啊。你想想，我们刚抓了人，他们就这么气势汹汹地来要，说明什么？说明这小子肯定不简单。再说，真要交接案子，也不用急成这样啊。你看他们这架势，怎么看都不像要带嫌疑人，而是在明目张胆地抢人。"

石坚说："我担心这么耗下去，真把那个安副局长给惊动了，就不好收场了。"

杜岩实在猜不透这个安副局长有多大能量，但一看石坚的表情，似乎谈到他都有些不寒而栗，不禁有些奇怪。看看眼前的形势，靠自己一个人是万万撑不住的，到最后还得放人。他越想，就越生气。

正在这时，公安处刑警队队长郑铭也带着几个人来了。郑铭先是跟牟仲平等人打了个招呼，一看马原站在嫌疑人身边，不禁恼怒道："你来干什么？谁让你来的？赶紧给我回去！看我怎么收拾你！"

马原委屈地看了杜岩一眼，灰溜溜地走了。

郑铭来到石坚面前，告之来意。原来，他是接到了李乃谦的电话，让他赶到车站，配合地方同志把嫌疑人带走。郑铭说："老石，李处长可是说了，这件事必须无条件配合，不许以任何理由阻挠。"

石坚说："知道，知道。这不是正在交接嘛，没人说要阻拦。"

郑铭又道："那个马原，是你调来的？"

石坚看看身边的杜岩，支支吾吾没说话。

"老石，以后调我的人，你好歹跟我打个招呼啊。我要派，也给你派两个机灵点的来！别挑这些生瓜蛋子，成事不足，败事有余。"

杜岩在一旁气得七窍生烟，但一想事已至此，争辩也毫无意义，索性一言不发。

石坚说："你看，就这么点事，还惊动了这么多人。既然你来了，这人我就交给你了。你跟他们交接吧！"

杜岩这时才冒出一句："人是我抓的。要放，我去放。"

他走到嫌疑人面前，盯着他说："今天算便宜你了。但你给我听好了，下次再让我盯上你，就没这么便宜了。"

他把嫌疑人带到牟仲平面前，没好气地说："有本事自己抓啊！从别人手里抢人，算什么本事？"

牟仲平带人走的时候，看着垂头丧气的杜岩说："当警察脾气大没用，还得本事大！下次学聪明点吧！"

庞晓东这时才抽空悄悄跟杜岩打了个招呼："兄弟，今天多有得罪了，没办法呀。回头这边有啥事，记得来找我。"杜岩烦躁地挥了挥手，无奈地看着牟仲平等人远去。

马原回去挨了郑铭一顿臭骂不说，还被扣发了当月补贴，理由是无组织、无纪律。杜岩神情索然，对马原说："哎，兄弟，咱俩这合伙生意算是赔了，不但没挣着功劳，还让你挨了骂、扣了钱。看来，这搞案子跟做生意不一样啊。哪能想到半路杀出个程咬金。这个牟仲平，我怎么感觉就是我命里的死对头呢。"

马原反倒不以为然："我看，这搞案子也跟做生意差不多。这回输了，咱们下回再赚回来。我还是愿意跟着你干。下回再有，咱俩接着合伙。"

杜岩把身体往后一靠，头仰在半空里，无限失望地说："还有下回吗？我看真像那个牟仲平说的，我是光有脾气没有本事。这么好的一个案子，竟然让我给办砸了。"

马原神秘地把手伸到杜岩眼前，说："你看看，这是啥？"

杜岩定睛一看，那是一个火柴盒，上面印着"雪花大酒店"，还有笔迹：广州，陆丰，博社村，蔡。"哪来的？"

"就在那个旅行包里。看出啥名堂没？"

杜岩大笑："这还用说，傻子都能看出来。这两小子肯定常住雪花大酒店。陆丰就是个贩毒集散地。火柴盒就是证据，说明这两个人是贩毒的。马原，没想到你还留了这么一手，行。看来，咱们这个合伙生意还能接着做。"

马原得意地说："下回，我对付那个鸭舌帽，准保他跑不了。咱们这生意要越做越大。到时候，你当刑警队队长，我当教导员，把这些票贩子、毒贩子，还有小偷小摸的，全都抓起来。"

想到将来，两人顿时一扫眼前的灰心失望，忍不住哈哈大笑起来。

四
青丝碧草

因为抓人受挫，杜岩对张飞等的倒票行为不管不问，每天只在车站广场闲转。吃饭时，自然有张飞或于海安排手下送来，杜岩也不客气，照单全收。石坚知道他心里有气，也不多问。好在票贩倒也守规矩，没再发生过强买强卖、旅客投诉之类的事。

没过多久，张飞忽然神秘地告诉杜岩："听说，你上次抓到的小子给放出来了。"

杜岩表情漠然地问："是吗？你听谁说的？"

"听我手下说的。那两个人又来找我弟兄拿票了。不过，这回不去云南，而是东北。我弟兄还问：'大哥，怎么突然改去东北了？'戴鸭舌帽的好像是个大哥。听他说，两人要回东北过年，这段时间不出来了。临走时，背旅行包的嘀咕了一句：'妈的，老子早晚回来算这笔账'。"

杜岩沉默了，心里说不出的难受。

"我觉得这话是冲着你来的。你可得小心了。这些家伙可都是硬碴儿，不好惹。"

杜岩侧目而视："让你手下给我盯着点！再看到他俩，马上告诉我！"

张飞道："没问题。我说这些，就是给你提个醒！你在明处，他们在暗处，别着了他们的道了。"

杜岩忽然好奇地问："你怎么对我这么关心了？你不是巴不得我倒霉吗？"

张飞正色道:"杜爷,天地良心!兄弟我佩服你这个人,是条汉子。虽然你是警察,瞧不起我们这路人,但我真把你当朋友看。咱们之间这点事,说破天也就是生意上的事。可这伙人不一样,一旦让他们盯上你,什么事都有可能发生。"

"有这么夸张吗?他们还敢报复警察?"

张飞来了个一言难尽的表情道:"你可真是我的爷!你刚来,不了解这地方,好多事你听了都不敢相信。市局有个民警叫方坤,听说过没?"

"听说过。他不是缉毒英雄吗?"

"那都是过去了。这位爷也是条硬汉,听说之前他抓的毒贩子有好几百号。可是,结果咋样?后来他搬了好几回家,搬一回被砸一次,吓得他老婆晚上不敢睡觉,好像还差点得了精神病,后来跟他离婚了。现在他孤零零的一个人,出门不管走哪儿都带着枪。听说是公安局特批给他的。黑道传话说,要花二十万买他的人头呢。"

杜岩心里一震。方坤这个人,他在警校就听说过,是他心目中的警界英雄,没想到真实生活竟然这么残酷。"你知道这两个人的底细吗?"

"这个真不知道。不过,我可以打听打听。"

一句话倒是提醒了杜岩,他忽然想到了那天跟着牟仲平一起来的庞晓东,从他那里肯定能问出点底细吧。一想到牟仲平,他又不知该怎么去找庞晓东了。正为难时,马原跑来告诉他,段嘉诚病了,住在市第三医院。

杜岩问:"啥病?还需要住院。"

马原说:"听说是急性阑尾炎,手术都做完了。"

两人赶紧买了点儿东西,跑到市第三医院。一打听才知道,阑尾炎手术一般都在普外科。进了普外科住院部,马原一间挨一间地推开病房找人。没想到其中一间全是女患者,探头一看,一个女医生正在查房,患者脱了衣服躺在那里,一见马原失声尖叫。马原又羞又惊,赶紧退身关门。杜岩不知何故,正在纳闷,查房的女医生推门出来,瞪着马原斥责:"你们是什么人,怎么随便就往里冲!一点儿规矩都没有!"

马原连声道歉，鞠躬不止。杜岩赶紧说明情况，询问段嘉诚的病房。

女医生余怒未消，看了看他俩，这才打开手里的夹子翻看了一下，说："段嘉诚吗？601室，走廊最里面。以后来看人，先问清楚，别到处乱闯。"

马原红着脸道谢，转身拉着杜岩要走，没想到杜岩站着不动。马原抬头一看，杜岩正目不转睛地盯着面前的女医生。

女医生感觉到目光灼灼，顿时有些愠怒："还不去看病人，等着挨骂是吧？"

杜岩这才回过神来，扯住马原说："对，对，您说得太对了。我这个兄弟为人莽撞，不懂医院的规矩，您多批评，直到您气消了为止。不能就这么轻易让他走了。"

马原愣愣地看着杜岩，不知他又要演哪出戏。

女医生也是一愣，道："说你呢，扯上你兄弟干吗。"

杜岩身体站得笔直，说："至于我，你想怎么批评都行。我一定态度端正，好好吸取教训，绝不让我兄弟再犯类似错误。"

女医生莞尔一笑道："你这人！看你俩这样子，是军人吧。"

杜岩马上立正，敬礼："报告杨梓大夫！我叫杜岩，是一名警官。"

杨梓疑惑地问："你怎么知道我的名字？"说罢，低头看了一下，并没有挂胸牌。

"这没什么奇怪的。刚才进来时，走廊里挂着所有医生的照片。作为警官，我要求自己不但要对罪犯过目不忘，对敬业的白衣天使，更要铭记在心。"说这话时，他表情严肃，一本正经，仿佛在接受首长检阅。

看着杜岩暗中得意的样子，马原终于猜到了他的用意，使劲踩了他一脚。

杨梓笑了："你们俩挺有意思。嗯，心细如发，过目不忘，是个好警官。"

"如果杨梓医生没有什么事，我现在要和我的兄弟去探视了。"

杨梓也配合着他的表演，装作轻描淡写地说："去吧。"

杜岩转身，拉着马原就走。马原却回过身，边走边冲着杨梓说："我叫马原，是他同事，也是一名警官。"

来到601门口，看着杨梓进了病房，马原拍拍杜岩的肩膀道："怎么，看上了？"

杜岩说："瞎扯！我兄弟躺在病房里，我哪有那份心情。我这是主动和大夫搞好关系，为了让我兄弟得到无微不至的照顾。"

"你这才是瞎扯呢。你刚才看人家杨大夫的时候，眼睛都在放光。"

两人说说笑笑，进了病房。段嘉诚看到他俩进来，惊喜得就要坐起来，杜岩赶紧制止他。

"你生病也是算计好的吧。现在是春运，这时候生病住院，领导着急找不到你，才能显出你的重要来。"

段嘉诚脸色苍白，骂杜岩道："你这张嘴，就是太刻薄。"

杜岩笑着说："我是怕你要急着回去工作。刚才那番话也是直言。你就踏踏实实躺着，等领导着急时请你出院，就能意识到你的重要了。"

段嘉诚说："没想到你比我还会算。我住在这儿，谁管呢？"

"你放心，住院期间，送饭的任务我全包了，保证天天不重样。"

马原也抢着说："还有我呢。想吃啥告诉我，我每天给你做病号饭。"

段嘉诚疑惑地看看他俩："你俩啥时候这么体贴起来了？抢着往我这儿跑？"

马原偷着乐，杜岩也心照不宣。

闲聊中，段嘉诚告诉杜岩，派出所几个老民警私下找处领导反映过他的情况，说他以打票贩为名、和票贩子混在一起之类的。"看，我说的话应验了吧。你呀，赶紧把这份差事辞了，谁愿意干让谁干。我要是你，就在治安上待着，干治安能学业务，能出成绩，还不得罪人，一举三得。"

"这时候，我不能灰溜溜地一跑了之吧，丢不起那人。你放心，我保证今后离那伙人远一点，行了吧。"

后来几天，马原和杜岩轮流来医院送饭。马原口无遮拦，还是把杜岩看上杨梓大夫的事告诉段嘉诚了。段嘉诚就要问杜岩收好处费，说我住院做手术受罪，凭什么你得好处。将来你跟那个女医生要是成了，可要好好谢谢我这个大媒人。

杜岩借送饭为名，每次来，都会细心地准备两份饭：一份给段嘉诚，一份给杨梓。给杨梓的，里面总会暗藏惊喜。有时是一份餐后水果，有时是甜点，有时是一份巧克力。段嘉诚埋怨道："你要是再这么重色轻友，我就要求出院，让你的计划全部落空。"杜岩就赶紧给段嘉诚改善伙食，让他再坚持几天。杨梓一开始就不讨厌杜岩，他送来的饭总是愉快地接受。看到他越来越费心，感受到了他的心意，反而冷淡起来。杜岩找段嘉诚倾诉心事，两个人都没正式谈过恋爱，段嘉诚就按书上说的帮他分析："女孩子一般都害羞，会不会是你太主动了，把人家吓着了？"

"不会吧，我到现在还啥都没说呢。每次都是打着你的旗号，说她照顾你辛苦，给她补充点营养。"

"你那还叫啥都没说啊！又是水果又是巧克力的，傻子都明白你啥意思了。"

"最近这段时间，态度突然变了，不怎么搭理我。我是不是哪儿做错了？"

"你这人平时大大咧咧的，这会儿反倒没主意了。找对象，哪有那么多规矩？就像我们写文章一样，开门见山，不绕圈子。你心里有什么疑惑，直接找她问清楚嘛？"

最后，杜岩总结了一句话："找你商量，等于白忙。"

段嘉诚也总结了一句话："你谈恋爱，没戏。"

杜岩这人有个优点，就是一条路走不通，会试着走另一条。按他的说法，只要目标不变，不怕道路曲折——条条大路通罗马嘛。他担心直接问杨梓被拒绝，那就一点回旋余地都没了。想来想去，只好去找石坚商量。

石坚一听就乐了，拍拍他的肩膀说："你还真问对了。我媳妇跟三医院的大夫很熟，我让她帮你侧面问问。你俩要是成了，将来谈婚论嫁，少不了我这个媒人呢。"

"所长，问归问，别太直接了。万一人家没看上我，好歹也能给我留点面子。"

"你呀，还是不得要领。什么是爱情，那就得不顾一切。要是在爱情这件事上还顾及面子，那完了，你肯定得输。"

"输也要输得有尊严！"

石坚忍不住笑了："你可以在任何场合讲尊严，唯独在找媳妇这件事上不能。知道为啥不，因为爱和尊严几乎就是一对情敌。"

杜岩撇撇嘴，不屑道："所长，你就看我怎么给你用男人的尊严擒获一个媳妇回来吧。"

石坚摇摇头："别扯淡了！等我的回信吧，这事八成有门儿。"

石坚的媳妇是个急性子。第二天下午，石坚就把杜岩叫到办公室，给他递支烟，自己也点着一支，神情严肃，一声不吭。

"所长，啥情况？你别光抽烟啊。"

"哎，这事还真有点麻烦。你嫂子打听过了，那个叫杨梓的姑娘，心里有顾虑。"

"啥顾虑？她不会不喜欢当警察的吧？"

"那倒不是。你也是，啥情况都不打听清楚，这姑娘比你大两岁呢。"

杜岩长吁一口气："我以为多大的事呢。不就大两岁吗，我把她娶回来当姐伺候着。"

石坚上下打量着杜岩，冲他竖了个大拇指说："你小子在大事上还真有主意！行，不简单。既然你不介意，改天我让你嫂子把那姑娘请到我家。你俩一起吃个饭，这事就算定了。"

说来也怪，从这天起，杜岩再到医院碰到杨梓，竟有些心虚。杨梓也知道了杜岩的心意，见面就都有些不自在。段嘉诚的病也好得差不多了，杜岩和马原一起来接他出院。杨梓最后一次给他检查，叮嘱他回去后要注意休息。段嘉诚问："杨大夫，您再没有什么要叮嘱的了？"

"没了。你还想听什么？"

"我倒是没什么。不过,我今天就要出院了,以后有人再送饭可就没借口了。"

杜岩站在一旁,脸上火辣辣的,竟然低着头不敢说话。段嘉诚和他同学三年,见惯了他天不怕、地不怕的样子,第一次见他脸红,忍不住大笑起来。

马原也指着杜岩说:"杨大夫,你别看他平时啥话都敢说,可到了关键时候,还得你主动点。他这人,害羞。"马原说完,和段嘉诚哈哈大笑着,搂着肩膀出了病房。

屋里只剩下杜岩和杨梓两人了。杜岩干咳一声,说:"这个周末,要是没什么事,我们所长请你到他家去吃饭,算是感谢你对我们同事的悉心照顾。"

"就感谢啊!你给我送了那么多次饭,也只是感谢?"

杜岩脑门上忽然汗津津的,有一种想要立刻逃出病房的念头。

"我可比你大两岁。"

"嗯,所长都跟我说了。"

"那你怎么说的?"

"我说……"

"你是不是说,要把我当姐伺候着?"

杜岩感觉自己就像是杨梓的一个犯人,证据确凿,无可辩驳,就等着杨梓对自己的宣判了。

杨梓看着他局促的样子,也忍不住笑了,说:"记住啊,这可是你自己说的,以后不许抵赖。"

听到这句话,杜岩惊喜地抬起头,看着杨梓那双含情脉脉的秀眸,坚定地点了点头。

几天以后,杜岩打扮一新,骑了辆自行车,按照两人约好的时间、地点,来到医院的单身宿舍门口接杨梓。杨梓穿了一件白色羽绒服,围着一条红围巾,早早就站在楼下等了。虽然她的脸冻得通红,却挂着动人的笑容。坐上自行车后座,她双手轻轻搭在杜岩肩上。寒风中,两个年轻人带着对未来和幸福的向往,仿佛道路的前方就是艳阳高照的春天。"

杜岩后来时常回忆起这一幕，说那是他记忆中最温暖的一个冬天。此后遇到孤独和无助，但只要想到那个冬天，想到那个站立在寒风中跺着脚等待他的身影，想到那双冻得通红却不忍从他肩上放开的双手，他就无所畏惧。

多年后马原总结，杜岩这辈子最大的福气都在那个冬天用光了。和杨梓相处的几个月里，是他最正常的时候。他说话不那么刻薄了，脾气也温顺了许多。他感叹，这世上如果有一个人能让杜岩安静下来，那就是杨梓。可惜，杜岩天生就不是一个能安安静静享受生活的人。

但是，在那个冬天，杜岩并不知道所有故事的结局。他只希望这辆载着他所有幸福与希望的自行车，能这么一直走下去，永远不要停。

因为认识了杨梓，杜岩差点忘记了潜伏在身边的危险。直到春节前几天，庞晓东来车站找他买票，才忽然想起追问那两个贩毒嫌疑人。听说是刑警队的一个领导要票时杜岩说，只要不是姓牟的就行。庞晓东捶了他一拳，说："还在为上次的事耿耿于怀？"

杜岩说："你看我像那种肚子里能撑船的人吗？我这人天生气量小，跟我过不去的人，我会记一辈子！"

"牟仲平那人，你别理他，听说他是安副局长的人。只要安局一句话，他跑得比兔子还快。"

"你们那个安局到底是个什么人物，怎么这么多人都怕他？"

"这个安局在本地可是手眼通天。我刚去，好多事还不太清楚，也只见过他几面。不过，据说每到过年，有钱人都排着队往他家送礼，门庭若市。"

"我听说他可是黑白两道通吃，连车站这帮倒票、贩票的小喽啰都要向他进贡呢。"

"这我可不好说，也不敢说。听说局里有个民警，因为得罪了安局，快退休的人连工作都丢了，现在还到处上访告状呢。现在局里一提安局，哪有人敢私下议论的。我这也就是跟你说说，你可别传给别人了。"

杜岩看了看庞晓东——这家伙，什么时候变得这么唯唯诺诺了。一个安树广,竟然让整个公安局,甚至全市都噤若寒蝉,到底是个什么来头,杜岩不禁好奇起来。他又问起上次牟仲平带走的那个人的情况,庞晓东因为有求于他,索性说了。那个背旅行包的名叫郭绪良,是个有案底的惯犯。鸭舌帽名叫肖义道,绰号"肖一刀",据说在东北是个出了名的狠角色。这两个人似乎和刑警队的人都很熟。郭绪良被带回去,牟仲平就把他单独带到一个屋子里,不知说了什么。没过几天,人就放了。牟仲平对我们说,郭绪良是他的线人,让我们一定保密,绝对不能说出去。杜岩琢磨着庞晓东的话,觉得这里一团乱麻,一时也理不出个头绪。"放心吧,我只是好奇,不说出去就是了。"

临走的时候,庞晓东犹豫了一下,转身对杜岩说:"兄弟,上次的事对不住了。我新来乍到,遇到这种事,人家让我怎么干就得怎么干,身不由己啊。"

杜岩摆摆手,心里说:谁又不是呢。在警校以为,当了警察就能放开手脚惩恶扬善了。可这几个月下来,他算是明白了,警察这方天地也不是真空的。每天睁开眼睛呼吸的每一口空气里,都有细菌,有病毒,有浑浊的污秽。要想战胜这些,就得让自己顽强地存活下来,坚持到天朗地清,坚持到水落石出。

五
逆流之寒

警校毕业后的第一个春节,就这样在平静中度过。杨梓的出现,让杜岩决定换个姿态。他找到石坚,要求调到所里的反扒大队,决定把这段时间失落的尊严找回来。

反扒大队一共五个人,杜岩最佩服的就是老民警吴玉甫。其他几个人都抱着混日子的态度，只有这老头，平时诸事不问，一心只搞自己的反扒。每年反扒大队的多半成绩，都是吴玉甫完成的。他今年五十多岁了。年龄一大，体力就略显不足。反扒这个活，靠的就是盯、跟、守，讲究的就是把握时机、出手稳准。体力跟不上，就会出差错。杜岩知道吴玉甫有个心愿，就是想带个徒弟。可派出所最苦、最累、最危险的活就是反扒，年轻人没几个愿意干的。久而久之，反扒大队成了养老的地方，五个人的平均年龄都在五十岁左右。吴玉甫的心愿也就一直没能实现。

杜岩想跟着吴玉甫学反扒，本以为老头会很高兴，没想到人家根本不搭理他。吴玉甫不软不硬地撂给他一句话："你年轻有为，来这儿不过是走走过场，干吗那么当真。我老头这点儿本事，不配给你当师傅。"杜岩知道，老头对自己有偏见，估计是所里其他人背后说了他不少坏话，说他是所长跟前的红人，说他为人浮躁，整天跟票贩子混在一起等。

杜岩原以为反扒很简单，不教我就干给你看，等我干出个样，看你还有什么话说。可真干起来才发现，这事太难了。化装跟踪，没走几步，就被贼发现了。出手抓贼，不是时间太早，贼还没有得手，就是出手晚了，贼把赃物转移了。这些盘踞车站的小偷小摸，都是惯犯不说，个个顽劣刁猾。如果不是人赃并获，没有一个会认罪。经历了几天的失败，杜岩又低头来求吴玉甫收他为徒。

吴玉甫这回倒是没挖苦他，对他说："想学，就跟着我干。要拜师，就不必了吧。"说到底，还是不愿收他为徒。

跟着干了几天，杜岩发现，这老头真不简单。两人分明就隔着几步，他还什么都没发现呢，只见老头三步两步挤进人群，一出手就擒着一个扒手出来了，而且是人赃并获。杜岩感觉自己就是一只菜鸟，一点用也没有。

春节前几天旅客最多，也是盗窃案高发的时候。吴玉甫干脆不回家，吃住都在所里，饭都是老伴送。孩子都在外地，回不回家过节都一样。杜岩一咬牙，也跟着住在所里。每天吴玉甫走哪儿，他就跟到哪儿。就连吴玉甫上厕所，他都跟着。站在厕所门口像个哨兵一样守着，直到吴玉甫出来。杜岩心说，你不教我，我就盯死你；不让我抓到贼，你也别想抓到。有了杜岩这么个影子一样的跟班，吴玉甫连着几天空手而归。老头不高兴了，把杜岩叫过来训斥："你又不是我儿子，整天跟着我干吗？别在我这儿浪费时间了，该干吗干吗去。你就是死缠烂打，我也不教。"

杜岩嬉皮笑脸地说："不教就不教，我跟着您看看总没错吧。这反扒大队上下，能出来活动一下身手的，就咱俩了。将来等您退休，我总得把您的光荣事迹宣传宣传吧。要是有人问我，反扒大队怎么到了你小子手里，连一个贼都抓不着了？你怎么对得起老爷子呀？我就说：'哟，我当时只顾看了，没顾得上学。'"

杜岩一席话，把吴玉甫逗乐了，也让他陷入了沉思。过了良久，吴玉甫才一拍大腿说："哎，也罢，没等来个有天分的，碰上个资质差点的，也将就了。反扒这件事，不能在我手里断了呀。"

从那天起，吴玉甫算正式认下了杜岩这个徒弟，教他抓贼的眼法、身法、手法，教他化装跟踪的技巧、心得。"要抓贼，就先忘了自己是警察。要熟悉贼的习惯、贼的想法、贼的心理，要让自己变得跟贼一样。"这句话，让杜岩受益终生。他后来搞案子的时候，经常跟手下讲："什么叫换位思考？警察最需要换位思考。要破案子，就得学会站在罪犯的角度，琢磨犯罪的心理。"

整个春节，他几乎没休息，整天穿一身破旧衣服，蹲在旅客群里，按照吴玉甫教的办法，死盯着那些企图对旅客下手的扒手。大年初六，正是旅客出行的高峰，杜岩夹在人群里，竟然首次成功抓到一个扒手。当他拎着铐子把扒手塞到吴玉甫手里时，吴玉甫眼神里飘过一丝赞许："行，小子！我琢磨你怎么也得学上一个月才能有收获，没想到才几天时间，就能单独行动了。"

杜岩略带挑衅地仰着脸问："师傅，你不是说我这个徒弟资质平平，不是块反扒的料吗？"

"刚抓了一个贼，得意什么？你是不是反扒这块料，我说了不算，你说了也不算，得用成绩说话。"

"师傅您放心，干不出点成绩，我对外都不说是您徒弟，就说是您儿子。"

吴玉甫一愣，徒弟、儿子，这有什么分别。杜岩这张嘴，是一点亏都不吃。看着他连熬了几天，眼珠通红，吴玉甫说："抓贼这事，也不是一天两天的事。你快休息休息，别再熬了。"

杜岩顾不上休息，兴奋地跑来见杨梓。杨梓因为春节要值班，也没有回家，就住在单身宿舍里。听着杜岩神采飞扬地讲抓贼的过程，看着他疲惫不堪的神情，杨梓就有些心疼。"好几天没见你，原来你一直在抓贼啊！真了不起！不过，也不能没日没夜啊。瞧你，眼圈都黑了。"

"你知道我为什么当警察吗？就是要成为罪犯人人害怕、老百姓人人夸赞的警界英雄。你等着看吧！将来，我一定要成为这样的英雄，让你为我而骄傲！"杜岩脸上抑制不住对幸福的憧憬。

杨梓看着眼前这个人，觉得他既像个男子汉，又像个大男孩。他有时狂妄，有时严肃，有时羞涩，有时又无拘无束。但他骨子里透着一股骄傲、一股狂热、一股阳刚之气。这股气息让她着迷，让她沉醉，让她猝不及防。她不确定这样的一个男人，自己能否把握得住。未来太长，究竟会有什么样的变化出现，她根本无法预料：这个突然闯入她生活的男人，只是一个匆匆过客，还是将会陪伴自己一生？

幸福有时就像一个气球，幸福感越强，气球越是膨胀，你就越是担心它会忽然脱手而飞。反倒不如痛苦，沉甸甸地落在心里，就像生了根，想拔都拔不出来。

杜岩讲得眉飞色舞，杨梓却看到了他强打精神的疲惫。因为接连多日埋头抓贼，没有顾及杨梓，这个春节也不知她一个人是怎么过的。想到这里，杜岩就觉得自己真够混蛋的。他想尽可能多陪陪杨梓，可讲着，讲着，眼皮就沉重得抬不起来了，身体一歪，倒在杨梓的床上睡着了。杨梓帮他脱了鞋，盖好被子，就坐在床边托着腮，痴痴地望着他。窗外依然是浓浓的年味，这间小屋也已小得快要装不下两个年轻人的幸福了。

春节过后,就遇到了熙熙攘攘的返乘高峰,火车站依然人山人海。杜岩和吴玉甫师徒昼夜盯在进站口、候车厅、出站口,这些地方都是扒窃案的高发地段。人流中,杜岩忽然感觉到有双眼睛一直在盯着他,等他四下巡视,却没有任何发现。一整天,杜岩都在脑子里搜索,那双眼睛究竟在哪里见过。作为一个警察,最怕的就是对自己的记忆产生怀疑。那双眼睛分明在哪里见过,却怎么也想不起来。这让杜岩痛苦不堪。临近中午,他在车站附近随便找了家小饭馆,进去要了碗面。

刚坐下,张飞就冲了进来:"杜爷,过年这几天我一直找你,就是没找到。刚才一看见你的背影,就赶紧跟过来了。"张飞咧着嘴,一副很开心的样子。

"以后,你别一见面就叫我杜爷了。我现在到反扒大队了,不管你们了。"

"那叫你哥。不管你到哪儿,你这个哥我认定了。"

"行了。找我干吗?"

"给你拜年啊,还能干吗?做兄弟的这点心意,总要让我表达一下吧。"张飞说着,递过一个纸袋。

杜岩瞪了他一眼,说:"赶紧收起来!不然,我这饭都没法吃了。以后,你爱孝敬谁就孝敬谁,跟我别来这个。"杜岩记着段嘉诚的话,也想有意淡了跟这伙人的关系。

张飞讪讪地说:"你这是嫌弃我吧。明白了,兄弟我这份心意毕竟不是正道来的。"

杜岩怕他伤心,拍拍他说:"心意我领了。钱我用不上,你自己留着用吧。干这行毕竟不是长久之计,攒点钱,将来做点小生意也好。"

张飞有些感动,说:"哥,你是真把我当兄弟了。其实,我也想过了——干我们这行,整天低头做人,东躲西藏的,不敞亮。等我将来有了本钱,就去干点别的。"张飞走到门口,又转身回来,坐在杜岩身边,悄声说,"差点忘了告诉你,你让我打听的事有消息了。"

"啥事?"

"就鸭舌帽那两个人啊。"

张飞的一句话，在杜岩脑子里电光火石一般擦出一道亮来。没错，上午在出站口看到的那双眼睛，就是那个背旅行包的郭绪良。看来，这两个人过完节从东北回来了。

"这两个人来头可不小！听说，他俩是本地商人程鹏的手下。这个程鹏当初就是靠贩毒起的家，现在虽然又搞房地产又开宾馆，生意做得很大，号称本地首富，但私下里贩毒这条线就没断过。市里最大的雪花大酒店知道吧，那就是人家开的。据说，这两个人常年住在雪花大酒店，专门负责这条线上的生意。"

杜岩沉思着，看来他和马原的判断没错，这两个家伙是毒贩。经过这段时间的反扒，他想明白了那次抓郭绪良为什么会栽了跟头，原因就是没有人赃并获。一个小偷都知道转移赃物，手上没有赃物就绝不认罪。更何况毒贩，那可是要掉脑袋的，会把货带在身上吗？一定会。因为毒品太值钱了，他们不会让它离开自己的视线。但会带在谁身上呢？按照上次的情形，应该是在肖一刀身上。受到上次的惊扰，他们还会继续用以前的方式贩毒吗？

张飞看到杜岩发呆，以为这个消息把他吓坏了，赶紧说："我看，你还是别招惹了。弄不好，会跟那个方坤一样。你想啊，这些人为什么这么大的胆子，还不是上面有人。据说，程鹏和安副局长私交很好。靠着这层关系，程鹏在本市揽工程没人敢跟他争。那些有实力的公司不是被挤垮了，就是被迫把最有油水的工程都拱手让给他们了。程鹏养着一帮打手，不听话的硬碴轻则挨一顿打，重则丢掉小命都有可能。"

杜岩听得眉头紧锁，扒了几口饭，又毫无食欲地把碗放下了。"这些事就没人管了？"

"管啊，要不设公安局干吗？挨揍的报了警，程鹏会随便找几个弟兄出来顶罪。这些人到了安副局长那里，没多久就大摇大摆出来了。可告发的人就惨了，下回会被打得会更狠。被逼放弃工程的公司都知道，要想生存就得委曲求全，哪有一个敢站出来告的。"

杜岩本就怀疑，牟仲平来车站抢郭绪良背后有不可告人的目的。如果张飞的这番话都是真的，那很可能是逃跑的肖一刀报告了程鹏，程鹏动用关系让刑警队出面把他的人保护起来，再找借口放人。想到这么一条大鱼就在自己眼皮底下溜走了，他一时后悔莫及。又想到这两人背后的强大关系网，也不禁有些后怕。自己在无知无觉中，险些就触了雷区了。这个雷一旦响了，天知道会是什么后果。这么错综复杂的关系，岂是他一个小小的见习民警能撼动的。这么一想，杜岩就有些灰心了。把碗一推，转身出了小店。

张飞追上来，塞给他一个崭新的传呼机。"带上这个，咱俩有事也好招呼。记着，千万别拿鸡蛋碰石头！"

杜岩摆摆手，心灰意冷地往前走。走着，走着，竟来到了杨梓的楼下。正要上楼之际，忽然想到出站口的那双眼睛，想到张飞提到方坤的遭遇，赶紧转身看看身后。确认没有人跟着，才长吁一口气。再回头一想，他不禁摇了摇头。刚才那一刻，自己居然害怕了，担心郭绪良会跟踪报复。其实，他担心的不是自己，而是杨梓。这些人的手段他也听说过。不敢跟警察面对面较量，就报复警察身边最亲、最近的人。以前，杜岩身无长物，心无牵挂，但现在不一样了，他已经不是一个人了。想到这儿，杜岩收回了踏向台阶的脚，望了望杨梓房间的那扇窗，转身离开了。

此后一段时间，杜岩每次陪杨梓外出，都警觉地左顾右盼，如临大敌。送她回住地，也要绕好几个弯，如走迷宫。杨梓不解，杜岩也无法解释，只好说："就当这是我的一个坏习惯吧。"

杜岩问师傅，抓没抓过毒贩？吴玉甫笑而不答。后来石坚告诉他，十年前吴玉甫抓了一个女毒贩，审讯的时候畏罪自杀了。老吴不但无功，反落了个看管不严之责。后来，吴玉甫就专心反扒，不问其他。石坚劝杜岩："你一个车站派出所的小民警，别老想着破大案。贩毒的案子是你能管得了的吗？那还要刑警队干吗？好好把你的本职工作干好，别出差错。记住，你还在实习期呢。将来争取留在市里，才是最重要的。"

杜岩说："所长，你就不想着立一大功，将来能再往上升一级？"

"你少给我捅娄子就行了。我这一年的考核期还没到，只求别出什么乱子。你现在搞反扒不是挺好的吗,别再胡思乱想了。万一再搞出个乱子来,我可帮不了你了。"

杜岩倒是打心眼里不想再惹事了。和杨梓在一起,他已经安静了许多。有一阵子,他甚至想到了结婚。这个念头把他自己都吓了一跳。刚毕业时,他还在嘲笑马原一心只想着攒钱娶媳妇。现在,自己居然也这么想了。按照原来的人生设计,他可是计划先立业再成家的。他记得《三国演义》里关云长的一句话:"大丈夫唯患功名未立,何患无妻乎?"警校三年,别人都在忙着找对象,杜岩却志不在此,一门心思学本事。现在,毕业还不到一年,杨梓的出现就让他精心构建的人生大厦彻底动摇了。

因为发生在车站的一起扒窃案,杜岩和吴玉甫坐着火车赶往一百多公里外的山区县城去查找线索。这条铁路线是支线,只有一趟慢悠悠的绿皮车通往那里。百多公里,绿皮车竟然要行驶十个小时,站站都要停,这样的节奏,让杜岩几近崩溃。天气寒冷,绿皮车窗玻璃上都挂着厚厚的冰花。杜岩缩成一团,躺在座位上打盹。迷离中,感觉有人推了他一把。一睁眼,就见吴玉甫递给他一个信封:"去,下一站把这个给送下去,有人接。"

"下一站是哪儿?"

"石沟驿。"

没过几分钟,就听到列车广播喊:"石沟驿到了!石沟驿到了!下车的旅客请带好各自的行李。"这样的小站一般停车只有三分钟。

杜岩赶紧裹好棉衣,跳下车。车下,一个老民警正搓着手、跺着脚等在那里。杜岩把信封递过去:"吴师傅带的东西,是给您的吧?"

"对,对。老吴呢?他怎么不下来?"

"在车里呢。大概嫌冷吧。"

"这老东西,倒是学会躲清闲了。这点冷都受不了,忘了他是怎么从这里出去的了。"

"吴师傅也在这里待过?"

"对呀,我俩是老伙计,一起在这里待了十多年呢。这老东西后来就扔下我跑了，真不够意思。"

"噢，没什么事我就上车了。"杜岩感觉身上的体温在急剧下降。

临上车，老民警又拉住他说："替我捎句话，让他别忘了石沟驿。"

杜岩怔怔地望着老民警远去的背影，揣摩着他让捎的这句话是什么意思，里面似乎有厚重的故事。落座后问："师傅，刚才那是谁啊？他说跟您很熟。"

吴玉甫眯着眼睛说："和你是本家，杜尚清，石沟驿的所长。"

"这地方还有派出所啊？"

"这有啥奇怪的！别看这个派出所小，名气可大着呢。老杜没有骂我？"

"一看你俩关系就不一般。对了，他让我给您捎句话，让您别忘了石沟驿。师傅，这话是啥意思？"

吴玉甫就不说话了，望着窗户上厚厚的冰碴子，自言自语道："我倒是想忘掉。怪了，越老还越记得清楚。"

"师傅，你给他的是啥重要东西？我看他接的时候像捧着个宝贝。"

"这个老杜，什么爱好都没有，就爱收集个火车票。奇怪吧，人越是没啥，越把啥当宝贝。老杜差不多一辈子没离开过石沟驿，却积攒了一大堆天南海北的火车票。他攒的那些火车票，够他坐几辈子的火车了。"

"师傅，你是怎么到了这儿的？"

"怎么来的？等你将来落了难，就知道了。"吴玉甫心事重重地说。

杜岩的好奇心更重了，看看吴玉甫并没有要讲的意思，就凑过去对他说："师傅，那个杜所长还真骂您了，骂得好难听，我没敢跟您说。"

"他敢骂我？他巴不得我下去陪他喝酒呢。这个鬼地方，除了喝酒，找不出一件正经事干。他老杜想在这里过一辈子，我凭什么要陪他。让他一个人待着去！今后我的脚要是再踏上这个地方，我就不姓吴。"吴玉甫忽然情绪激动起来。

杜岩看着师傅激动的样子，知道这把火烧得差不多了，就慢悠悠地说："哎，我刚才看这个杜所长好可怜的。他大概很久没和人说过话了，抓住我就是说不完的话。我倒是想陪他多聊会儿,可惜这车只停三分钟。"

"怨他自己!"吴玉甫嘴唇都在抖动着,望着窗玻璃的目光也被厚厚的冰层冻住了,一眨不眨。

杜岩知道,师傅要讲故事了。

六
边城回望

吴玉甫和杜尚清都是铁道兵转业后当的铁路警察。两人来自一个部队,又是老乡,在部队就情同手足。转业后,一起分到刑警队,成了形影不离的搭档。

那时候,公路长途运输行业还没有成形,各种物资几乎都依靠铁路,小到各种百货、化肥、种子,大到家电、煤炭、贵重金属,一列火车就是一个流动的商品仓库。有的物资装在封闭的车厢里,那种车厢大家叫它"盖车",也就是有门有窗,上面有顶棚。但门窗都极易撬开,形同虚设。剩下的绝大部分物资就装在敞车里,上面用篷布遮住。整趟列车没有防护,没有看守,动辄行程上千公里,途经数百车站,几乎站站都有盗窃发生。一次,列车到站,收货单位前来清点,发现一盖车皮鞋只剩半车厢空鞋盒。还有一次春节前,列车拉着整列百货物资到站,却发现大量被盗。民警沿着铁路线查巡,看到的情景令人震惊:线路两旁,到处是被盗后散落的方便面、饮料、水果,撒出去足有五十多公里。除了专吃铁路的盗窃团伙,铁路职工也常常参与盗窃,有的甚至勾结盗窃团伙,把列车牵引到偏僻处,肆意盗窃。那是一个特殊的年代,从上世纪七八十年代到九十年代末二十多年里,成为了铁路沿线的普遍现象。

吴玉甫和杜尚清刚到铁路时，面对的就是这样的情况。那时，打击货盗成了主要工作。当时有一个特大盗窃团伙，主犯叫苗建平，据说身手了得，能徒手攀上飞驰的列车。他在列车一侧系好绳索，再甩到另一侧，然后攀着绳索爬过去，运行中打开车门，疯狂盗窃。苗建平为人极其狡猾，吴玉甫他们精心组织了好几次抓捕，都空手而归。为了抓苗建平，刑警队成立了专案组，指派吴玉甫和杜尚清负责调查他的家人。就是在那时，吴玉甫认识了苗建平的妹妹苗圃。

苗圃是个幼儿园老师，是苗建平唯一的妹妹。专案组认为，苗建平一旦露面，最有可能接触的就是苗圃。所以，吴玉甫和杜尚清的任务就是盯死苗圃。一旦发现他来接头，立刻向专案组报告。当时，苗圃也被怀疑与盗窃案有关，至少是知情人。按照专案组要求，吴玉甫两人不能惊动她，只能暗中跟踪监视。每天幼儿园放学，两人就轮流装作家长，准时到幼儿园门口等待。每人一天轮流监视，杜尚清并不知道吴玉甫那些天内心微妙的变化。这变化是从某一天开始的，当它刚跳出来的时候，着实吓了吴玉甫一跳。此前，他一直谨守着任务，只盯着苗圃周围的可疑身影。苗圃经常穿一身素净衣服，微笑着把孩子们送到门口，热情地跟前来接孩子的家长打着招呼。孩子们围着她叽叽喳喳地闹着，而她从未有过一丝的不耐烦。吴玉甫觉得，这个眉目清秀、神态可亲的幼儿园老师，怎么看也不像飞车大盗的妹妹。

那是很平常的一天，吴玉甫依然早早来到幼儿园门口，蹲在街对面的象棋摊前装作观棋，眼神却一直盯着幼儿园门口。苗圃那天穿一身白色连衣裙，牵着孩子们的手，笑容可掬地走了出来。下午的阳光柔和地洒在她身上，把眼前这一幕定格成异常圣洁的画面。在那一刻，苗圃忽然成了吴玉甫眼中高贵不可方物的形象。他心跳得厉害，感觉自己不是在执行监视任务，而是在等待暗恋已久的人。就从那天下午开始，监视任务变得痛苦而漫长了。苗圃晚出来几分钟，他会担心她发生了什么，是不是病了。苗圃带着孩子出来，跟年轻的异性家长聊天时，他会极其烦躁地猜测，会不会是她的对象。他甚至想到，万一苗建平此时出现，该怎么处置才不会吓到苗圃。

痛苦地纠结了几天，也没有发现苗建平的影子。吴玉甫不甘心远处眺望，就忘了专案组不允许接近对方的要求，夹在家长群里，来到幼儿园门口，想更近地看看苗圃。后来的事实证明，这是一个令他痛苦终生的决定。人生就是这样，你每作一个决定，都会把你引不可知的结果。就在他略带痴迷地近距离欣赏眼前的画面时，忽然看到一只手趁着混乱伸进了苗圃的背包。是小偷！吴玉甫完全忘了自己身负的任务，更忘了专案组反复叮嘱不允许暴露身份的要求，一个箭步冲过去，把伸向包里的手死死擒住。人群一阵骚乱。很快，大家都看清楚发生了什么。苗圃看他时那充满敬意的一眼，让吴玉甫想都没想，当场就亮明了自己的警察身份。随后，他押着小偷，和苗圃一起到当地派出所办理移交。从派出所出来时，两人算是认识了。

"真巧，幸好你当时在场。"

吴玉甫这才想起自己的职责，心想身份已经表明，以后还怎么盯梢。只好找借口说："我们接到群众反映，说这一片小偷比较多，经常趁着孩子放学时行窃。以后我会常来这里巡视，你就假装不认识我，千万别把我的身份告诉别人。"

苗圃诺诺答应，私下里偷偷看了一眼吴玉甫。吴玉甫年轻时相貌英俊，一表人才。苗圃一看之下，心里就有了几分喜欢。以后再来监视，等到人群散去，苗圃就会落落大方地走过来，让吴玉甫陪着她散步回家。

这当然是违反纪律的，吴玉甫说什么也不敢告诉第二个人。他只想就这样安安静静陪着身边这个姑娘，一直走下去。至于以后怎样，他当时还顾不上细想。整件事糟就糟在有一天他负责监视的时候，原本不该来的杜尚清却来找他了。

吴玉甫顿时紧张起来，问："你来干什么？不是说好了每人负责一天吗？"

杜尚清说："我今天没有别的安排，顺路过来看看。要我说，监视人这活儿又枯燥又没意思，干脆以后我一个人全包了，你在队上还有更重要的工作呢。"吴玉甫没有注意到,杜尚清和他说话的时候,眼神也在一眨不眨地看着苗圃。

吴玉甫说:"瞎扯!这是队上安排的,能私下调换吗?赶紧回去,咱俩在一起就全暴露了。"

杜尚清磨磨蹭蹭,就是不愿意走。这时,对面幼儿园的人群散了,苗圃大大方方地向他俩走来。杜尚清一看傻了眼,以为自己被发现了,慌乱中拉着吴玉甫要跑,却见吴玉甫如同钉在地上一般。等到苗圃站在两人面前,疑惑地看着杜尚清时,吴玉甫只好介绍:"他是我特别要好的朋友。"苗圃就大大方方地把手伸过去,和杜尚清握了握手。杜尚清张大了嘴巴看着吴玉甫,不知这中间到底发生了什么。三个人一起往苗圃住处走的时候,吴玉甫和杜尚清都极少说话,尴尬让吴玉甫如芒在背。

送走苗圃,杜尚清一把把吴玉甫拉到没人处,瞪大了眼睛,气势汹汹地质问:"怎么回事?你跟她怎么认识的?"

吴玉甫不情愿地把那天发生的事简单说了一遍,临了说:"这事可不怪我。当时那种情况,你要是在,也会冲上去的。"

"那后来呢?后来你天天送她回家,也跟你没关系?你看那姑娘看你的眼神,再看看你自己的表现,你俩早就私订终身了吧?把我瞒得死死的,我还在这儿傻子一样盯梢呢。你俩可好,都快唱《天仙配》了。"

吴玉甫没想到,杜尚清的情绪会如此激动。自己虽然违反侦查纪律,但也不至于让他发这么大的火。不过,想到这件事要是让专案组知道,自己可能会挨处分,还是耐着性子说:"行了,你就当什么都不知道。有什么事,我一个人扛着,跟你没关系。"

"怎么没关系?咱俩执行的可是一项任务。你跟她现在这种关系,让我以后怎么监视?"

"要不,以后我一个人负责监视。"

"那跟队里怎么说?这会儿你怎么不说队里的安排重要了?"

"那你说怎么办?"吴玉甫烦躁地说。

"以后，咱俩一起监视，免得你犯错误。"杜尚清憋了一会儿，冒出这么一句来。

吴玉甫无奈，只要按照他的办法来。从那以后，三个人形成一个奇怪的组合。每次孩子们走完，吴玉甫和苗圃走在前面，杜尚清就不紧不慢地跟在后面。吴玉甫一路连句话都不敢跟苗圃说，那情形别提多别扭了。

因为苗建平一直没有露面，后来专案组调整方案，把吴玉甫抽调到别的案子上，只留下杜尚清负责盯控苗圃。没过多久，刑警队忽然传出言说，有的侦查员都快成了嫌疑人的妹夫了，这人还能抓着吗？这话传到吴玉甫耳朵里，别提多难受了。想来想去，这件事只有一个人知道，就找来杜尚清质问。杜尚清却一口咬定自己什么也没说，还告诉吴玉甫，当初他和苗圃好的时候，就应该想到这种结果。两人不欢而散。吴玉甫憋着一肚子气，一连好几天也不来见苗圃。不明就里的苗圃因为见不到吴玉甫，竟然找到了刑警队，询问吴玉甫这些天在忙什么。这下，大家的猜测变成了事实。队领导马上找到吴玉甫，让他解释一下。吴玉甫面红耳赤，无地自容。恰好这时专案组得到消息，苗建平似乎嗅到了危险，竟然远走他乡躲藏起来了。苗建平怎么发觉的，肯定是有人走漏了风声。而这个锅，自然就背在了吴玉甫身上，想甩都甩不掉。后来一纸调令，吴玉甫就从刑警队到了几百里以外的石沟驿车站派出所。这个派出所因为地处偏僻，环境恶劣，凡是犯了错误的民警，大多被调到这里。明为工作调整，实则就是发配流放了。

石沟驿，是吴玉甫心中永远的痛。当然，让他心痛的远不止如此。

就在他到石沟驿一个月以后，杜尚清竟然也来到了这里。吴玉甫起初以为杜尚清是顾念两人多年的情义，来到这个荒无人烟的鬼地方陪伴自己来了。没想到，就在杜尚清到的那天晚上，两人在宿舍里就着花生米打开一瓶二锅头，半瓶酒下肚，杜尚清带着哭腔对他说："有句话一直压在我心里。今天，你就是不认我这个兄弟了，我也要说出来。"

原来，吴玉甫和苗圃相好的事，的确是杜尚清说出去的。那是在一次案情讨论会上，吴玉甫不在场。讨论完案子闲聊时，杜尚清有意提起一个话题:"苗建平是嫌疑人,可他妹妹是清白的。咱们这么监控,不是把人家也当成嫌疑人了吗?"

队里当时就有人说:他妹妹是不是清白,只有等抓到他才能弄明白。在抓到他之前,该监控就得监控。你小子是不是对他妹妹动心了?谁要是有这种心思,马上撤换他。

杜尚清犹豫着说:"有这么严重吗?"

队领导说:这可是很严肃的事情,你对组织不能有丝毫隐瞒。我们搞案子,绝不能和案件当事人有任何感情问题。这是纪律,铁的纪律!

杜尚清吞吞吐吐地说:"我也只是感觉,拿不准该不该说。不说,又怕影响案子。反正,我可不想因为这一句话,让我最好的朋友受处分。"就这一句话,明确无误地把吴玉甫推了出来。后来,吴玉甫就被调出了专案组。在杜尚清一个人监控苗圃的那几天里,苗圃追问吴玉甫的下落,杜尚清含糊其辞地说:"具体什么情况我也不知道,你还是去我们单位问吧。"于是,苗圃出现在了刑警队,而她的出现,直接导致了吴玉甫被发配。

杜尚清借着酒劲说完这一席话,愧疚万分地拉着吴玉甫说:"这事是我对不起你。见到你跟苗圃好,我这心里就特别难受。我这是鬼迷心窍了,想着好事怎么都让你碰上。你说你在部队就受领导赏识,早早就入了党。到了刑警队,你是骨干,哪方面都比我优秀。这么多年,我事事都比不过你,真的不甘心,昏了头了。没想到因为我的一句话,你会被发配到这么远的地方。"

借着酒劲,吴玉甫脑子"嗡"的一声,顿时一片空白。这种结果,是他万万没有想到的。最好的兄弟,二十多年最亲近的兄弟竟然在背后狠狠捅了一刀。这可是一刀致命伤啊。吴玉甫阴沉着脸,半天说不出一句话。他把半瓶二锅头攥在手里,一仰脖,几乎喝了个底朝天。然后,愤然把瓶子摔在地上,转身出了屋。从那以后,虽然同在一个派出所,吴玉甫再见到杜尚清时如若无人一般,绝不多看他一眼。杜尚清自知理亏,自然也不敢辩解。每次吴玉甫闹情绪不上班,所长怪罪起来,杜尚清就从中劝解,主动替吴玉甫把工作干了。

两人这一僵持，就是好几年。其间，苗圃给吴玉甫写过几封信，无非追问他是什么心思，只要他愿意，自己会一直等着他。万念俱灰的吴玉甫哪里还有别的想法，只想亲手抓住苗建平，洗刷掉自己身上的冤屈。所以，对苗圃的信一概置若罔闻。苗圃有一次坐着小火车来石沟驿看他，他干脆借故躲到沿线不回来。苗圃无奈，毕竟是女孩子，脸面要紧，自此不再出现。

在石沟驿的头几年，吴玉甫看似无所用心，却一直惦记着抓苗建平。每次休假，他都把时间用在了研究苗建平的行动轨迹上。他甚至请了工休假，自费到苗建平可能藏身的甘肃、新疆等地寻找线索。也算工夫不负有心人，三年后，吴玉甫在新疆当地警方的配合下，终于抓到了苗建平。刑警队派人去接时，吴玉甫骄傲地把戴着手铐的苗建平往两名同事跟前一送，一言不发地坐着火车回了石沟驿。从此上班、工作，无不尽心尽力，再没有刚来时的低落情绪。

后来，杜尚清替苗圃传话给吴玉甫：你抓了我哥，我不怨你。这是你的工作，我哥也是自作自受。如果你还要我，就算全世界都反对，我也跟你走。

吴玉甫听完，悠悠地看了看远处苍茫的群山，叹口气，说了句杜尚清一辈子都没弄明白的话："命运这东西，总把最好的藏在最后！别跟命运伸手，它从不给你想要的东西。"也许，苗圃听懂了这句话。此后不久，就听说她嫁给了一个小学老师。

而对于苗圃和吴玉甫的遭遇，杜尚清却越来越不能释怀。不久，刑警队要调吴玉甫回队，吴玉甫却选择了到凤城车站派出所。临走时，他劝杜尚清一起走。在他看来，杜尚清当年的举动，充其量也只是一种偏狭的爱。这些年，他陪伴自己在这个小山沟里度日如年，足以补偿了。然而，令他没想到的是，杜尚清却铁了心要在石沟驿待下去。按他的话来说，自己不适合大城市的生活，更适合这个小地方，安逸，清闲，与世无争。吴玉甫曾几次坐着绿皮车来劝说他离开，都是徒劳。

"你欠我的都还上了，够了。你再这样坚持下去，就是我欠你的了。咱俩这辈子，不能就这样互相亏欠着，拉扯不清吧。"

"我走不出去了,兄弟。一出去,我就变得不像我了。只有在这里,我能做回我自己。你就让我待在这里吧。"

他这几句发自内心的话,打动了吴玉甫。吴玉甫带着复杂的心情离开后,再也没有来过。后来,杜尚清干脆把家都成在了当地,再无要挪动的意思。听说他喜欢收藏各地的火车票,吴玉甫只有每次路过时会带来一些。每次见面,总觉得杜尚清那张堆满笑容的脸像是对自己莫大的嘲讽,便尽可能不见面。但是,在石沟驿的那些年、那些事,随着年龄的增长,非但没有变得模糊,反而越发清晰,令吴玉甫莫明烦躁。

吴玉甫讲完这故事,杜岩眨眨眼,小心追问道:"师傅,你真的不恨他了?"

吴玉甫没答话,喝了口水,手指轻敲着杯盖说:"以后,你出差路过,顺道去看看他。他这人,没人跟他说说话,指不定多闷呢。"

话音未落,就听列车广播响起。不知不觉,已经到了他们要去的那一站了。

七
殊途同归

杜岩和吴玉甫要抓的人绰号叫瘦猴。前几天凤城车站候车厅一位旅客丢失四千元现金,吴玉甫抓来几个惯犯轮番审讯。这些人一致交代,有个新来的叫瘦猴的家伙嫌疑最大。瘦猴这人作案独来独往,得手后就会躲回老家消失一段时间,等挥霍得差不多了再出来作案。他的家就在这几百里以外的小县城。吴玉甫两人在县城找了家便宜的旅馆住下,就开始到当地公安机关查阅户籍。因为没有照片,只能先从相仿年龄、长期外出、没有固定职业、有案底这几个关键词来查找。这些年小城外出人员特别多，检索工作进展缓慢。一连几天，犹如大海捞针，这种繁琐的工作方法让杜岩痛苦不堪。他问吴玉甫："师傅，就没有更好的办法吗？这么找下去，效率太低了。"

吴玉甫反问："你觉得还会有更好的办法吗？多少年了，咱们搞案子就是这么一点一点啃出来的。搞案子拼的就是耐心、细心，刚干这么点活儿就不耐烦了？你呀，刚学会爬，就想飞啊。"

杜岩嘴上不说，心里却有点不服气，就不信找不出更好的办法来。他觉得，从查阅户籍档案入手是没错，但这种检索办法肯定走了弯路，问题出在哪儿呢？应该是检索的关键词！按照现在的关键词查找，范围太大，收集到的都是无效信息。小偷小摸的人，应该还有更明显的特点吧，比如说：家庭不和睦、父母离异、多次受过打击处理，等等。杜岩在警校，就曾经跟教刑侦的教授争辩过。他认为，现行的案件侦破办法基本上是以人找人，以物找人，总是被罪犯牵着鼻子走。如果碰到高智商罪犯，有意设置障碍干扰侦查，就有可能把侦查引入错误的方向。教授当时说：小伙子，理论上你的分析我是支持的，你探讨的问题属于犯罪的提前介入。目前，这个问题还只停留在理论探讨阶段。至于今后能不能运用到实际侦查破案中，那就要看你们的了。杜岩觉得，相比于罪犯的相片，给罪犯绘制出一幅心理特征、行为特点、行动轨迹的画像来，对于侦查似乎更有效。但具体怎么来实现，他也只有模糊的想法，还缺少足够的实战经验和办法支撑。

既然一时找不到更好的办法，只好跟着吴玉甫一份一份地翻档案，筛选出符合条件的人，再去一个一个地比对、排除。虽然麻烦，但毕竟这个办法是最直接有效的。

正在查档案的时候，杜岩腰里的传呼机响了。一看，是张飞的信息。虽然只有短短两行字，却让杜岩惊出一身冷汗：那两个人又来车站了，不是来买票，是在到处打听你。你可得小心点。

杜岩知道，张飞说的两个人是郭绪良和肖一刀。他已经知道这两人回来了，问题是，他俩打听自己干什么？是要报复他吗？杜岩想起了当初抓到郭绪良时他看着自己那冷冷的眼神和"我会回来找你的"挑衅的话，心里一颤。他最担心的不是自己，而是杨梓。他急忙用县公安局的电话，打通了杨梓医院的值班电话。不一会儿，值班护士叫来了杨梓。

"你的案子办完了？"

听到杨梓的电话，杜岩长吁了口气，赶紧说："案子还没办完。我这段时间不在，你尽量少出门。遇到陌生人冒充是我同事或者朋友的，千万别信。"

听出了杜岩的惊慌，杨梓不解地问："怎么了？出什么事了？"

"我现在还说不清楚。反正你一定要照我说的做，千万要保护好自己。有什么事，就赶紧打电话报警。"

"嗯，我听你的。你自己也要当心，等你回来。"

放下电话，看着眼前成堆的档案，杜岩心急如焚。他急于赶回去守在杨梓身边，但眼下的案子进展缓慢，还不知要到什么时候才能抓到瘦猴。他情绪烦躁，就跟吴玉甫说："师傅，我出去转转。"

出了县公安局，就是县城最繁华的街道，说是繁华，也不过一眼就能望到两边。他漫无目的地在街道上走着，脑子里盘算着怎么找瘦猴。一般来说，小偷得手后，都会找地方挥霍赃款，瘦猴应该也不例外吧。就这么大的小县城，瘦猴会躲在哪儿呢？一抬头，忽然看到一个门面很大的网吧。网吧在县城刚刚兴起，是年轻人最痴迷的地方。瘦猴会不会躲在这里呢？杜岩抱着试试看的态度，迈步进去了。网吧里乌烟瘴气，一群年轻人正在高喊着联网打 CS 游戏。杜岩因为无事，也常在凤城网吧打这款游戏。他悄悄坐在网吧一角，打开机子，加入他们的游戏。年轻人的喊声、叫骂声、调侃声不绝于耳，杜岩只是专心游戏里的战斗。很快，几局过来，大家就注意到了这个刚刚加入的新伙伴。

"哟，谁呀，这么厉害。"

"哥们，带带我呀！我快不行了。"

"哥们，跟我们一起组队吧！把对面那些垃圾干掉。"

杜岩在游戏里用文字发了条信息：猴子在不？

有人回复：猴子是谁？找他干吗？

也有人说：哪个猴子？我们这儿一群猴子呢。网吧里笑声一片。

忽然有人站起来说："你们他妈笑什么？谁找我，站出来让我看看！"

杜岩抬眼一看，对方是一瘦高个，年龄也就二十刚出头。那人挨个在几十台电脑前面巡视着，边走边跟电脑前的年轻人调侃："你这臭水平就别玩了，浪费老子的钱。"

"猴哥，你最近可是阔绰得很呀，整个网吧都快让你包了，还在乎这点钱吗？"

"老子的钱也不是大风刮来的，由着你们折腾啊。还有你，平时连面都不露，一听有好事，跑得比兔子还快。"

"哥，要不下回出去挣大钱你带上我呗，让我也见见世面。"

"得了吧，我还嫌你们碍手碍脚呢。"

说着话，就快走到杜岩面前了。杜岩不知这人的底细，但从对话听出他跟网吧的人都很熟。为避免两人打照面引起不必要的麻烦，他赶紧在游戏里发起了重新组队申请。很快，网吧里乱哄哄地喊起来了："快，快！高手上线了，赶紧组队！"

"都跑去当警察了，没匪徒还打个屁啊。赶紧，来几个匪徒。"

猴哥走了几步，看到网吧里热热闹闹重新开战，转身坐回自己的位置，高喊着："谁跟我当匪徒，一起打警察啊。"

几个弟兄喊："猴哥，你舅可是警察，你也敢打啊。"

"废什么话，还玩不玩了！赶紧开始啊！"

游戏间隙，杜岩问身边一个似乎不怎么合群的年轻人："刚才那个人是谁？"

年轻人看了他一眼，并不答话。杜岩递过一支烟，那人才客气起来。"你问他干吗？看你不像本地人。"

"我来这儿出差办事。没事，随便问问。你要不知道就算了。"

"这个小地方有啥不知道的。你说的那人叫瘦猴，他舅舅就是这个县公安局的治安队队长。瘦猴从小就游手好闲、不务正业，仗着舅舅的关系，什么事都敢干。最近看样子在哪发财了。这不，请着他这帮弟兄一起泡网吧打游戏，神气着呢。"

杜岩一听差点乐出声，没想到在这个网吧的几个小时，竟然收获了翻了几天档案都没有找到的线索。但是，这个瘦猴就是他们要找的人吗？他强忍着内心的狂喜，接着问："他的钱都是从哪来的？看他年纪轻轻，不像很有钱的样子嘛。"

那人看看杜岩，谨慎地说："看你年龄也不大，不过挺有见识嘛。"

"我吗，常在外面跑业务，碰上啥事都喜欢打听打听——职业习惯。"

那人看看周围没人注意，才低声说："你想，他的钱能从哪来，还不全靠这个。"他用手比了个偷钱包的手势，接着说，"不过，这小子从不在本地干，听说都是在周边大城市干。"

"噢？这些事你们都知道，那他不怕警察来抓啊。"

年轻人笑笑说："不是跟你说了吗，他舅是咱们这儿管治安的。外面有人来查，根本查不到他的底细。"

杜岩作出深思的样子，想了想说："治安队队长，官也不大吗，难道就能一手遮天？"

年轻人不耐烦地说："你可真是外乡人！在我们这个小地方，大事小事都得归人家管。就说这个网吧，哪天看你不顺眼，你就得关门。你说大不大。"

杜岩假装识趣地点头称是。这么一番打听，他对眼前的瘦猴已经有几分底了。看看瘦猴周围有七八个弟兄，他不敢贸然上前表明身份，悄悄回到县公安局，找吴玉甫商量办法。吴玉甫还在埋怨他："没事赶紧帮我查档案，瞎转悠什么。"

杜岩说："师傅你别查了，没用。"他把吴玉甫手中的档案一放，拉着他回到小旅馆。把刚才在网吧听到、看到的跟他细说了一遍。

吴玉甫想了想，说："你的意思是，我们查了半天，有可能瘦猴的档案根本不在这里面？"

"师傅，你想想，这些天咱们查档案，人家县局对咱们的态度怎么样?"

"挺好的呀,不是把档案室打开让咱们查吗。"

"你想想,这正常吗?按说,他们应该派一个管档案的人配合我们一起查才对。让咱们这么查,那不是信任,摆明了告诉咱们,这里没有你们要找的人,你们爱怎么查都行。他们怎么那么自信?还不是清楚这个人的档案根本就不在里边。"

"你这么说,也太武断了吧。"

"反正瘦猴就在网吧,想抓现在就能。您看怎么办吧。"

这么一说,吴玉甫反倒犹豫不决了,嘀咕道:"直接去抓,这不是跟县公安局翻脸吗?要不,明天我找他们商量一下,至少让他们配合一下。"

"你只要跟他们一说,估计就再也别想找到瘦猴了。"

吴玉甫歪着脑袋看着杜岩:"那你想怎么办?"

杜岩眨眨眼说:"师傅,我倒是有个办法,既能不伤和气,还能轻而易举抓到瘦猴。"

吴玉甫在所里就听说杜岩的鬼点子多,但也知道他爱闯祸,有些不放心。等杜岩把自己的想法说出来,吴玉甫大笑道:"行,你这馊点子没准真能管大用。"

第二天临近中午,杜岩出去了一趟,确认瘦猴还在网吧。这时,吴玉甫出面,邀请县局治安队的同行,说这段时间一直麻烦大家,实在过意不去,中午要请大家在县里最好的馆子吃顿饭。一说吃饭,县局治安队一个副大队长带队,稀里哗啦来了十几号人。吴玉甫、杜岩带着一队人马浩浩荡荡往街上走去。县城最大的饭馆恰好要路过网吧,一到网吧门口,吴玉甫停下说:"我还有个同事,就在这个网吧里,等我徒弟去叫一下他。"他使个眼色,杜岩转身进了网吧。因为昨天打过照面,杜岩一眼就认出了瘦猴。他径直走到瘦猴面前,吹了声口哨,对着一脸懵懂的瘦猴说:"你就是瘦猴?"

"对呀,你他妈是谁?"

"找的就是你。"杜岩干净利落地"咔嚓"一声,把铐子砸在了瘦猴的手上。瘦猴的几个兄弟一看大哥被抓，都起身围过来要闹事。杜岩朗声道："我是警察，门口还站着我十几个同事。不想惹麻烦的，都给我老实待着！"就这样，杜岩威风凛凛地押着瘦猴出了网吧。一出网吧，治安队的十几号人全都明白怎么回事了。领头的副大队长一看眼前这阵式，一下子愣了。趁着这工夫，杜岩把一头铐着瘦猴的手铐往他手里一塞："这就是我们要找的人。"副大队长稀里糊涂接过手铐。杜岩看了一眼吴玉甫，意思是说：成了，师傅！

就这样，县公安局已成骑虎之势，不得不把瘦猴交给吴玉甫师徒带走。

据说，县局治安队队长后来大发雷霆，把手下的副大队长一干人等骂了个狗血喷头，还放出话来：以后凡有铁路警察来办案，概不接待。

把瘦猴押回凤城，杜岩火急火燎地去找杨梓。他那副惊慌失措的样子反倒把杨梓吓了一跳，弄明白他是为自己担心，杨梓心里泛起一丝甜意，打趣道："你还真在乎我这个姐啊。"

杜岩笑道："我可是答应过你，要把你好生伺候的。你可不能出一点事！"

临别的时候，杜岩忧心忡忡地说："就怕你跟我在一起，会有很多麻烦。"

杨梓说："在医院，什么样的麻烦我都见过。放心吧，我又不是小孩子，会保护自己的。"

杜岩此时急于找到郭绪良、肖一刀，觉得与其被动，倒不如干脆和他们面对面，硬碰硬地把事情挑明，看他们到底想怎么样。但杜岩一回来，那两个人反倒似在有意躲避，一时间没了踪影。

而随后的几天，凤城车站却出现了奇怪的现象。平日里井然有序的候车室，忽然多了一些不三不四的人。这些人要么与旅客发生争执，要么聚在一起大声喧哗。民警一到现场，他们又迅速作鸟兽散。石坚也觉得奇怪，所里开会时，提醒大家注意这伙人。但他们并不做过分违法的事，一时也没有什么好办法。

吴玉甫问杜岩："看出点儿什么没？"

"暂时还真没看出来，他们这是想干什么。"

吴玉甫说："反正来者不善，先观察观察。"

没等他们观察，对方已经抢先动手了。杜岩和吴玉甫平时都是便衣在候车室巡视。正面遭遇时，他才意识到，这伙人是冲着他来的。就在候车室打开水处狭窄的过道里，杜岩接了一杯开水正要离开时，一人端着满满一杯开水，一个踉跄撞在杜岩怀里，一杯滚烫的开水全都泼在了杜岩胸前。杜岩被汤得顿时跳起来，手中的杯子也扔了出去。这时又冲过几个人，说是帮忙，乱中却把杜岩的衣服扯开了几个大口子。杜岩狼狈之极，气急败坏地抓住一人要打，却被其他人架住胳膊推到墙角。

"又不是故意的，给你赔个不是就算了，干吗打人。"

杜岩奋力推开众人，擒住烫伤自己的那个人就要往值班室带，这伙人围成一团，硬是不让杜岩走。

吵闹中，值班民警赶了过来。一看是杜岩，就不想管，站在人群外只是吆喝大家，不许动手。还好吴玉甫赶到，冲进人群拉开杜岩的衣服一看，胸口已被烫得红彤彤一片。"先别管其他的，赶紧去医院看看。"

杜岩委屈地说："我还有心思去医院啊！我这脸都快丢尽了！"不顾一切地扭住带头闹事的人。拉扯中，却见那人突然一头栽倒，口吐白沫。围在四周的几个人就高喊："打死人了！警察打死人了！"周围旅客顿时里三层外三层围上来，候车室一片混乱。杜岩心说：完了，这个亏吃定了。虽然不敢确定这伙人就是肖一刀两人怂恿的，但他意识到，自己无意中跌入了一张巨大的黑幕。这黑幕背后似乎隐藏着一股极大的力量，让他无所适从。

候车室风波后，副处长李乃谦来到车站派出所，说是处理此事，其实就是来收拾杜岩的。"有的人当警察才几天，别的本事没学会，闯祸的本事倒长了不少。今天跟旅客打架，明天和票贩子混成一团。还有个警察的样子吗？前两天发生在候车厅的事不要认为是小事，这是长期无组织、无纪律造成的后果。当着那么多旅客的面，警察的脸都让你丢尽了。"

杜岩低着头，眼泪都快滚出眼圈了，给他硬生生地咬牙憋了回去。

石坚赶紧出来打圆场："李处，那些人不像是正常旅客。他们在车站寻衅滋事。之前，我们就已经关注上他们了。"

李乃谦打断了石坚的话："石所长，你就不要再护犊子了。人都已经躺在医院了，你们还在谈论什么正常不正常的。候车室里的不是旅客是什么？民警身上的问题，你们所领导总不能视而不见吧。难道让我这个副处长每次都来给他擦屁股？之前我让人来带人，他都敢顶着不交。再这么下去，他还有什么事干不出来。"

石坚灰溜溜地一言不发了。杜岩也终于没忍住，眼泪不争气地流了下来。

转眼见习期满，段嘉诚首先找到杜岩，告诉他情况不妙，好像在分配名单里看到杜岩被发配了。他要去的地方，就是那个石沟驿车站。段嘉诚拍着杜岩的肩膀说："之前就劝过你，凡事低调点。刚来单位，是个人就能把你毁了。你呀，还是那么爱逞强。"

杜岩垂头丧气地说："我能怎么办？爹妈生的脾气秉性，说改就能改啊。别的事不说，候车室那件事，很明显就是那些人在挑衅，在报复。李处他们睁着眼睛，看不见吗？我看，我不是倒在肖一刀他们的暗算下，是倒在了自己人的关照下。"

段嘉诚叹口气说："处里这么安排，也有他们的用意。都像你这样我行我素，那队伍还怎么带啊？"

杜岩说："你跟我说话能不能不打官腔啊，还嫌我不够惨吗！"

段嘉诚看他情绪烦躁，也就没在意。两人沉默了一会儿，才问："杨梓那儿怎么办？"

"还能怎么办，实话实说了。我去了那地方，还不知道什么时候能调回来。"杜岩想到师傅吴玉甫在石沟驿一待就是好几年，一时间心里充满了悲凉。

临走那天，杨梓、段嘉诚、马原，还有吴玉甫、石坚都来站台送他。杨梓知道他心里委屈，强作笑颜说："不过是换个地方工作，没什么大不了的。你安心去吧，我等你。"

马原提着一大袋吃的，抱着他说："以后想吃啥，我从车上给你带过去。"

杜岩对段嘉诚和马原说:"以后,杨梓就交给你俩了,给我照顾好她。"

石坚安慰他道:"兄弟,在那边先忍一忍!只要机会合适,我是不会忘了你的。"

轮到吴玉甫的时候,他略带伤感地说:"就当是替我去陪陪老杜吧!他这人,也是个可怜人。"

杜岩不想把这种情绪延续下去,跟吴玉甫打趣道:"师傅,你和杜所长的那笔糊涂账,看来要我来还了。你放心,我去了,没准能把杜所长给气跑了。"

列车缓缓驶出凤城站,望着站台上的一行人,杜岩心里忽然一沉:师傅的命运不会又回到自己身上了吧。

八
流光易冷

杜岩扛着行李,孤零零地站在石沟驿的站台上,内心一片茫然。没有人来接他,似乎这个地方也不欢迎他的到来。空旷的站台就剩下一个客运值班员,好奇地打量着他。杜岩懒洋洋地问派出所怎么走,那人试探着问:"你是新来的?这个所可好久没有新人来了。"

杜岩说:"有人来未必是好事。没看人家所里连个人都见不着,躲我跟躲瘟神似的。"

值班员干咳一声说:"你还不知道吧,这是这里的规矩。新人来都不接的,又不是什么好事。"

杜岩讪讪道:"是吗?奇怪的规矩!"

两个人一前一后下了站台，出了候车室。值班员指着车站一头一处院子说："喏，那里就是了。我姓李，这里没几个人。以后，大家就是朋友了。"

杜岩耷拉着脑袋，摇摇晃晃地进了派出所院子。这时，才见杜尚清从一扇门里出来，边走边说："上次就看着咱爷俩有缘。你看，这不又见面了吗？老吴早就打电话说你要来，石所长也来电话让我好好关照你。来我这儿的人，还没有一个有这样的阵势。你是个人物啊。"

"所长，您别笑话我了。我可是犯了错误，被发配到这儿的。"

杜尚清毫不介意地说："人这一辈子，有几个人不出错的。依我说，犯错误的那都是有本事的人。那些大人物，哪个不是几起几落呀。别人说咱这儿是发配人的地方，可我说，这里可是藏龙卧虎之地呢。来来，我给你介绍介绍。"

他把杜岩领进屋。屋里还坐着几个年长的民警，杜尚清一一介绍："这是老张，张至善。这是王根喜。这是邓先铭。这是马程里。咱们所差不多都到齐了。往后，你就把这儿当成自己的家吧。"

几个老民警起身跟杜岩打着招呼。杜尚清指着张至善说："老张，你那屋还空张床，就让小杜跟你一屋吧。"张至善答应着，帮着杜岩一起把行李搬进院里一间平房。杜岩铺好被褥，坐在床边发了会呆，心想，这就是自己的窝了。到了这里，他反倒有种如释重负的感觉。这里不会有人瞧不起他，也不会有错综复杂的事情来打扰。人到了最低处，再怎么走，也不会坏到哪儿去，索性就当是闭门思过吧。

石沟驿车站是个三等货运站，除了那趟站站停的绿皮车，其他客车都不停。派出所每天的主要任务除了接发列车，就是看守好偶尔停在站内的几列货车，还有几十公里的线路。

杜岩到了这里，才知道还有这么多他没有接触过的工作。每趟货车到站，他要从车头到车屋巡视一圈。所有重要货物都装在盖车里，车门上挂着铅封。上面标明从这辆车从哪发出，在哪加的封。杜岩要用本子把这些车辆的车号抄写下来。他开始一直不明白，为什么要抄车号。后来才知道，其实抄不抄并不重要，抄车号只是对民警工作的一种监督，表明这辆车民警查看过了。如果列车中途发生物资被盗，查看民警的车号本，至少能查清楚，在某个站车辆还是安全的。那些年铁路上的货盗案，就是依靠这种原始的办法，一站站查清案发地究竟在哪里。石沟驿山大沟深，附近的村子距离较远，货盗的情况相对较少。一段时间后，看着小本子上密密麻麻的车号，杜岩不敢相信时间就这么不知不觉溜走了，而他能留住的，就是这些重复枯燥，似乎毫无意义的数字。

巡线的工作同样枯燥乏味，从派出所出发，几十公里的线路上鲜有人烟。杜岩有一次问一同巡线的张至善："线路上连个人影都没有，巡线有什么意义？"

老张笑呵呵地回了他一句："啥意义，打发时间呗。在所里待的时间长了，不出来透透气，人不得发霉啊。"

老张这话当然是戏言。所长杜尚清的解释是："这么长的线路，什么样的情况都有可能发生，比如：牛羊上道啦，行人阻拦列车啦，还有一些淘气的孩子在线路上摆放石块。这些，可都是会危及到列车安全的。所以，巡线工作很重要。"

杜岩倒是想在巡线上碰上点事，但很长时间以来，这里风平浪静，线路上也好，车站也罢，都没有任何事情。

让他同样无法忍受的，还有同住一屋的老张。老张每晚睡觉必打呼噜，而且鼾声如雷。杜岩原本睡觉很好，结果到了这里常常整晚失眠。他这才知道，为什么在他来之前，张至善一个人住。

他私下里打听过，这里的民警，差不多都是犯了错误发配来的。比如张至善，听说以前是乘警，出乘取枪验枪时忘了退出弹夹，一枪差点把对面负责领枪的同事放倒。王根喜这人瞌睡重，原来在凤城车站派出所，晚上值班总爱偷偷睡觉。处领导晚上查岗，发现王根喜裹着大衣，躺在候车室的椅子上睡得正香。那位领导是出了名的火爆脾气，上前一脚把王根喜踹了下来。睡意蒙眬的王根喜站起来就骂："谁他妈踹的？把老子的好梦都惊跑了！"看清面前站着的领导，王根喜顿时泥塑一般失了神。还有马程里，他的错误可能是最严重的。晚上睡觉前洗了衣服，搭在炉子旁烤。半夜，衣服点燃了半间屋，把派出所的几十份案件卷宗都给烧了。这些人里，只有邓先铭算是主动要求来的。他怕老婆出了名。在原来的派出所，老婆经常追到所里跟他吵架、打架。出于无奈，他干脆调到这里。惹不起，躲得起。他只图个耳根清净，不生是非。

看看这些人的履历，杜岩心中苦笑。常言道：物以类聚，人以群分。我现在都跟这些人成一类了，还有翻身的机会吗？

在这里，唯一让他能感受到一丝温暖的就是杨梓的来信。虽然只有一百多少公里，地处偏僻，一封信竟然要走一周左右。杨梓知道他为人高傲，信里尽量不提他工作上的事情，总是找一些有趣的话题来让他开心。但在文字的背后，杜岩依然能敏锐地感觉到，他的离开让杨梓感到多么孤独。杜岩开始还写信回复，没过多久，就发觉实在无话可说。说什么？说自己今天又抄了一百个车号，巡了十公里线，线路上连个人影都没有？除了这些话题，还能再说什么呢？

八月十五那天，他想着给杨梓一个惊喜，事先没打招呼，就坐着小慢车一路摇晃着赶回凤城。跑到杨梓的住处，却碰了钉子。一打听，才知道杨梓也是同样的想法，竟然坐车去了石沟驿。杜岩转身又坐长途客车往石沟驿跑。一进派出所，杜尚清张大了嘴巴望着他："你，怎么回来了？来找你的那个姑娘，刚走！"天哪，杜岩站在派出所的院子里，眼泪顿时下来了。老天爷也太会捉弄人了吧，竟然让这对恋人两次在路上擦肩而过。那天晚上，杜岩一个人跑到不远处的山上，望着头顶的一轮圆月，却觉得说不出的凄凉。想着这一路上杨梓是带着怎样的心情来回奔波，心疼得大声嘶吼，像只受伤的野兽。他可以忍受自己处境的荒凉、冷落，却不想看到心爱的人跟着自己受罪。还说要好好保护这个姐姐呢，可现在，连起码的陪伴都给不了。大概就从那晚开始，杜岩内心的骄傲和自尊又跑出来作怪了。他脑子里忽然跳出一个念头，给不了别人，不如断了别人的念想。他开始有意疏远杨梓，忽然体会到了师傅吴玉甫当年的心情。似乎，师傅的命运又在他身上轮回了。他和师傅虽然年代不同，遭遇不同，但都走上了一条无法预知的道路。

杜岩走不出日渐低落的情绪，脾气也越发古怪。每天晚上听着张至善的鼾声，让他痛不欲生。看到派出所锅炉房还有一片空地，就搬了张行军床，夹着铺盖卷，住进了锅炉房。杜尚清等人诧异地询问原因，杜岩头也不抬地说："我爱住哪住哪。这里清净，不行吗？"

杜尚清摇了摇头，撂下一句："行啊，哪块天地不立人哪。住就住吧，只要心里亮堂点就行。"

从那以后，杜岩除了上班，就把自己关在锅炉房里，对着黑魆魆的房顶发呆。有时候，一连几天一句话也不说，表情阴郁，须发蓬乱。

杜尚清一天晚上拎着瓶酒，夹着一本册子来到锅炉房，说："来，咱爷俩喝两口。"

杜岩躺在床上翻了个身，没有一丝要迎和的意思。杜尚清顾自打开酒，倒在杯子里抿了一口，说："你现在这模样，跟你师傅当初一个样。真是有其师必有其徒啊！"

杜岩翻身坐起，接过酒瓶猛灌了一口。杜尚清笑眯眯地说："哎，这才像个爷们嘛！不就是流落到这个小地方了吗，多大的事！这越王勾践有卧薪尝胆的时候，豹子头林冲有看守草料场的时候——英雄都有落难时！眼下这点苦要是都熬不过来，今后还怎么干大事？"

杜岩阴沉沉地说："所长，你别再教育我了，行吗？不然，这酒我不陪你喝了。"

杜尚清呵呵一笑："当初，你师傅一直问我，为啥要待在这里不走。其实，我没那么多想法。你说，人的烦恼是怎么来的？还不是心里想的太多了。你看这儿，人少，事少，想法自然就少了。这想法一少，烦恼也就没了。人这一辈子，活法千差万别，不都在追求一个无忧无虑吗？我在这里找到了，干吗还要东跑西颠地折腾呢？"

两人推杯换盏，酒过三巡，杜岩也有了几分醉意，眯着眼说："所长，你说的也对也不对。你不能把自己憋屈在这儿！这里太小了，都能活活憋死人。我在这里，一天都待不下去了。"

"谁说这里小了？这里天高皇帝远，没人管、没人问的自由才叫自由。什么叫小？没有了自由，那才叫小！"

"这个鬼地方，要自由有个屁用？"

杜尚清打开夹着的册子说:"让你看看我的宝贝!这些宝贝,我收藏了十几年了。你就算把全国的火车都坐一遍,也不一定能见过这么多的车票。有些车票早就不印了,没了,可我有。很多人游山玩水,去过再多地方,也没我收藏的东西多。这也是一种活法。听我说,把自己活明白了,在哪都能出息!"

杜岩嘿嘿一笑说:"所长,你又教育我了。"

杜尚清说:"刚来的时候,我也跟你一样怨天怨地,以为全世界都对不起我。可事实呢,我根本无足轻重。外面的世界,不多我一个。"

杜岩就满怀钦佩地望着杜尚清,说:"所长,一晚上,你就这句话说得最好。"

转眼入冬了,石沟驿的冬天异乎寻常地冷。杜岩裹着大衣,在车站巡视站停列车,忽然听到敞车篷布下面有人说话,大喝:"谁?干什么的?出来!"声音顿时没了,但人没出来。

杜岩爬上车厢,掀起篷布,就见里面冒出一个圆嘟嘟的脑袋冲着他喊:"杜岩,你看我是谁。"

杜岩不用仔细看也已经听出来了,此人正是马原。马原爬出篷布,一把搂住杜岩说:"没想到在这里能见到我吧!这车厢里还有咱好几个弟兄呢。"

杜岩问:"你们这是干什么呢?"

"先别问了,让大伙到你那儿暖和暖和吧。离开车还早呢。"

车厢里又钻出几个民警,都裹着厚厚的大衣,有的还抱着冲锋枪。杜岩把他们带到所里,就着炉火给他们泡好茶,拉着马原询问究竟。

马原说:"最近,整条线上货车被盗特别多。这不,我们现在都开始武装押运了。"

"武装押运?有这么严重吗?"

"当然严重了。上次我押另外一趟车,没经过你这里,车到一个小站,蹿上来十几个大汉,根本不把我们放在眼里,明目张胆地卸车上的货。我们鸣了一枪,那些人才住手。"

杜岩说："我这才离开几天啊，怎么就乱成这样了。"

马原当胸捶了他一拳："你在也没用，好多地方都有这样的事。武装押运也是不得已。不然，这么冷的天，谁受这个罪啊！"

杜岩说："看来，我真是孤陋寡闻了。待在这个鬼地方，外面什么都不知道。"

马原低声说："你跟杨梓怎么了？我去看她，她每次都眼圈发红。你能不能对人家好点。"

"你看我现在这样，怎么对她好？我对她的好，也许就是离她远一点吧。"

马原着急地说："你可别当逃兵啊。你这一退，没准别人就乘虚而入了。"

杜岩听出马原话里有话，追问道："你是不是发现什么了？有话就说，你那肚子里藏不住秘密。"

马原支支吾吾地说："反正，我去了几次，段嘉诚都在。我看他那股热情，不比你差。"

杜岩心里翻江倒海一般不是滋味，拍了拍马原说："别乱说，段嘉诚不是那种人。再说，杨梓有个人照顾，总是好事。"

马原喝着热水，吃着杜岩递给他的馒头说："他可比你心眼多，不像你实在。他要是将来不讲情义，我就不把他当兄弟了。"

送走了马原等人，杜岩在寒风中站立良久，想着马原的那几句话，一时心烦意乱，直到风把身上的热量全部吹走，浑身冰凉得彻骨，才转身回去。身上冷静了，脑子里却依然乱成一团，各种念头撕扯纠缠，互不相让，让杜岩疲惫不堪。他细想这一年多的经历，失误之处往往由于自己急于求成，总想着尽快看到结果。到石沟驿的几个月，他算是明白了，要想事有所成，必先学会等待。在这荒僻之地，每天最重要的不是工作，而是怎么对抗无聊。就如杜尚清，几十年热情不减地收藏各种车票、站台票；或者像王根喜，在院子里开出一片菜地，日复一日地精心伺候，每块土坷垃都要用手捏得粉碎；还有马程里，抱着一堆报纸写写画画，研究彩票规律，希冀着有一天能中个头彩，在老婆面前扬眉吐气。这里的每一个人，都在用各自的方式打发着时间。时间，是这里最不稀缺的东西。除此之外，还能怎样？即使他现在满脑子想的都是杨梓，又能做什么呢？只有等待，在漫长无限的时间里等待。杜岩觉得自己仿佛走在一条一眼望不到头的路上。往前看，前途未卜；往后看，无法退回。最难的是这条路行程过半，不管进还是退，距离都是一样的漫长。

他记得大仲马在《基度山伯爵》里说："人类最大的智慧就包含在四个字里：等待，希望。"这本书是他近来常放在枕边翻看的。每当望着锅炉房黑乎乎的屋顶和四壁，就感觉自己如同身处伊夫堡监狱，可惜身边没有睿智的法利亚神父为他指点迷津，只有唠叨的杜尚清时常给他上一堂政治思想课。这样的生活，在他看来暗无天日。和现在的无所事事相比，之前的失败似乎都散发着一种精彩的光芒。

等待，是无可奈何的选择。但希望在哪？

杜岩越发封闭自己。他蜷缩在锅炉房里，白天工作，晚上就躲在床上看书。从刑法、犯罪学、犯罪心理学、犯罪心理画像，到小说、历史，只要是能借到的书，都找来细读。他忽然理解了杜尚清收藏各种车票的心理，荒凉冷落到极致，任何一件事都变得意义非凡了。

其间，他回过几趟凤城，竟然没有去见杨梓，说不清内心是烦躁、害怕，还是别的什么。杨梓也知道他情绪低落，需要时间来恢复，对他的突然冷淡并不在意。石沟驿下第一场雪的时候，杨梓给他寄来一条火红的围巾。那是她花了一个月，一针一线，密密织就的。火红的围巾像是一种态度。捧着这条围巾，杜岩怎么也没有勇气戴在身上。

雪接连下了好几天。放晴时，石沟驿已白茫茫一片。山石、树木粉装玉砌一般，显出少有的精致。雪后的石沟驿更显寂寞，杜岩跟着张至善学会了用网套兔子。这个新技艺让他乐此不疲，经常步行十几里，深入到山里，寻找猎物的踪迹。寻找猎物，要熟悉它们的习性。兔子会选择什么样的地方打洞做窝，出来觅食会走哪条路线，在哪个地方架网才能捉到兔子。这里面都有学问。杜岩觉得，这不就跟搞案子一样嘛。如果能在熟悉案情、掌握基本线索后，给犯罪嫌疑人刻画出精确的心理形象和行动轨迹，不就可以变被动为主动，大大提升破案效率吗？看着他一休息就往山上跑，杜尚清以为他找到了待在这里的乐趣，也就放任不管，却不知杜岩趴在地上搜寻兔子踪迹的时候想的却是怎么破案子。每有所获，就提回来在院子里收拾干净，给所里的老民警们打打牙祭。听着老民警边吃边吹牛闲聊，说的不过是些陈年旧事，他又顿时索然无味，一个人端着碗，躲回锅炉房去了。他无法想象自己会被一直扔在这个地方，像一段枯木迅速腐朽下去，直到有一天变成老民警中的一员。

有时候，杜岩觉得自己就像那只被追赶的兔子，惊恐万状，躲在窝里不敢露头。说不清追赶他的是什么，但那脚步却在身后越来越近。也许，真像杜尚清说的，在这里待得久了，就走不出去了。这里缓慢、沉重的一切都像一个深不见底的泥潭，在托着你往下沉，渐渐丧失斗志，消失热情，变成一具破败不堪的躯壳，只能喘着气，却感受不到生命的一丝热量。他期待着一次释放，一次升腾，一次扬眉吐气的机会。

等待虽然漫无止境，但希望终究会越来越近。

九
长夜无尽

残雪未消，气温已经急剧下降。冬天的到来，反而让杜岩头脑清醒了许多，觉得需要给自己找点事情做了。他每天带好早饭和午饭，迎着凛冽的寒风早早出发去徒步巡线，直到晚饭时才回来。尽管杜尚清多次提醒，这条线路很少有事，每周例行检查一次就可以，但杜岩似乎对巡线上了瘾，一连十几天，天天如此。杜尚清望着杜岩巡线远去的背影，喃喃自语道："这小子，还真是个人物。"

杜岩知道，他来巡线，其实就是喜欢这份清净。几十公里的线路上，常常荒无一人，空气清冽，天地广阔。这一刻，让他有了难得的自由。内心的各种不痛快，似乎都可以在一呼一吸间吐故纳新。眼前的路，方向明确，不用做任何思考和选择，只需要沿着长长的铁路线行走即可。如果人生能这样明确而清晰就好了，没有歧路，没有关口，一条坦途通向远处。杜岩记得在警校时，一位教授就说过他：想法太多，反倒不适合当警察。杜岩当时不服气，现在有些理解了。很多时候，你需要做的，只是沿着眼前这条路走下去，只要不偏离方向，鲜花和掌声都会有的。这是大多数人选择的道路，波澜不惊，但会一帆风顺。自己现在就走在这条路上，要一直这么走下去吗？

中午，他坐在一处坡地上吃完了带来的午餐，休息片刻，就起身往回走。这样一个往返，每天的巡线里程都在十几公里。杜岩心想，坚持一年，我走过的路就有好几千公里了。这几千公里的路，就算毫无意义，至少能提醒我，我还没有放弃。

往回巡线，他走的是铁路线的另一侧。走着，走着，忽然发现脚下的道渣上似乎有一片褐色的印迹。他伏下身，发现这些印迹很像血渍。因为遗留时间较长，加上灰尘覆盖，不仔细看，已经很难发现了。他沿着血迹往路基下面一看，几米高的路基下面，好像躺着一个人。杜岩赶紧顺着路基护坡，几步跳下去。这才看清，确实是一个人。那人穿一件深蓝色棉袄、灰色裤子，脚上的一只鞋没有了，斜躺在草丛里一动不动。杜岩喊了两声不见动静，心里一沉，不会是摔死了吧。参加工作以来，虽然总想着碰上一件大案，但这么近距离遇到尸体还是头一次，而且只有他一个人。他头皮发麻，后背冒出丝丝凉气。事已至此，只好壮着胆子上了。他把那人轻轻翻过来，眼前的一幕吓得他险些跳起来。那人的头好似破了的西瓜，面目全非，惨不忍睹。杜岩蹲在地上喘息片刻，记下了此处的公里牌，一刻也不敢耽搁里往所里跑。跑出一段，渐渐冷静下来，边跑边想：昨天我从这里巡过，没有发现异常。那么，这个人很有可能是昨天夜里摔下去的。他是什么人？看穿着，很像是出门打工的人。山里人外出打工为了省钱，经常扒乘货车。他是自己摔下去的？还有同行的人吗？会不会是谋杀？杜岩一路狂奔，跑回派出所时已是下午 5 点多钟了。他冲进杜尚清的办公室,气喘吁吁地说:"快,所长!428 公里处,有一具尸体。"

杜尚清正在翻看收藏本,显然没有理解杜岩的这番话,张大了嘴巴问:"啥?"

杜岩一把把他的收藏本合起来,语气急促地说:"428 公里处,发现一具男性尸体。"

杜尚清一时慌了神。他在派出所这么多年,从来没出过这种事,不禁有些紧张:"啥情况?你慢点说清楚!"

杜岩就把怎么发现尸体的过程挑重点,给他复述了一遍。杜尚清理清头绪,一边拨电话,一边吩咐杜岩把张至善叫来。所里其他民警调整休息,就剩他们三个人了。等杜岩把张至善叫来,杜尚清的电话也打完了。他说:"刑警队会马上出发!不过,最快也得两个小时才能到咱们这儿。"他着急地看看窗外,冬天的太阳已经急匆匆地向西沉下去了。

"马上天就黑了。刑警队让我们在他们赶到前,务必看护好现场。老张,你带着小杜开车去现场!我守在家里听电话。把对讲机带上!有什么情况,随时跟我联系。"

一听线路上有尸体,就见张至善不情愿地说:"所长,我这老毛病又犯了,高血压,头晕得厉害,一步也走不动啊。"

"关键时候掉链子。所里就咱们三个人,我要在这儿随时跟处里汇报情况。你说怎么办?要不,你留下汇报?"

"所长,我哪能干得了?一句话说不对,不是影响工作吗?"

杜岩有点不耐烦了,说:"所长,不就两小时吗,我一个人去就行了。你在所里盯着。"

"那你穿厚点!有什么情况,咱们对讲机联系。"杜尚清知道张至善这些人都是老油条,受了处分在这里就是混日子的,一时也没有别的办法。

所里有辆破吉普车,平时都舍不得开,杜岩收拾好要带的东西,赶紧开车赶往现场。这地方荒山野岭的,去晚了别让野狗把尸体破坏了。

十来公里的路,开车不到半小时就到了。此时,天色已经完全黑了下来。冷风吹来,现场越发阴森可怕。杜岩也不敢走得太近,就把车停在距离尸体十几米远的地方,坐在车里守着。杜尚清那边不时用对讲机询问现场情况,杜岩一一对答。有人说话还好,一旦对讲机里没了声音,四周一片寂静,恐惧也就随之而来。杜岩虽然胆子大,但这种场面也是平生第一次经历。借着一轮惨白的月光,望着不远处的尸体——风中,尸体上的衣服轻微掀动着,总感觉那人随时要坐起来了。现场透着一种诡异的气氛,令人毛骨悚然。杜岩把车打着,车灯一亮,在黑暗中撕开一道雪亮的口子,内心似乎平静了许多。但一看油表,油也不多了,就担心油耗干了回不去,只好熄了火。坐在黑暗里,他裹紧大衣,打着寒战,注视着眼前的尸体。总在下意识地看手表。每看一次,手表仿佛停了一般纹丝不动。杜岩心里盘算着,刑警队的车这会儿应该走到半路了吧;再过一个小时,应该就到了吧。

此时,郑铭带着法医、技术员、侦查员正在路上急驰。忽然,汽车的大灯一闪,瞎火了。司机吓得赶紧把车停在路边。再一打火,却怎么也打不着。郑铭问:"怎么回事?"

司机踢了一脚轮胎,说:"这个破车,又趴窝了。"

"能修好不?"

"都老掉牙了。下来几个人,推推试试。"

几个人跳下车,推着车跑了几百米,还是打不着。郑铭气得直跺脚:"早不坏晚不坏,偏偏这个时候坏。"

司机说:"队长,咋办?要不让处里再派一辆车来?"

"废话!这里前不着村后不着店的,连个电话都没有,怎么跟处里联系?赶紧修吧!"

几个人打着手电照明,蹲在路边,帮着司机一起修车。

而这一切,杜岩和杜尚清都不知道。杜尚清催问公安处指挥中心,得到的回答是:"出发快一小时了,应该快到了。再耐心等等!"

守在现场的杜岩觉得每一秒都那么漫长。一个多小时以后,现场的恐惧渐渐适应了,身上的寒意却越来越重。他这才想起,出来时着急,晚饭没顾上吃,大衣也没穿。他用对讲机问杜尚清:"所长,人到哪儿了?"

杜尚清只好说:"快了,快了。"

两个小时以后,刑警队的人还是没到,杜岩已经冻透了。他现在唯一的安慰,就是对讲机里杜尚清的声音了。"所长,这会儿该到了吧?"

"按说也该到了。你再忍忍吧!"

"要不,我把尸体拉回去吧!我快冻僵了。"

"瞎扯!我问过指挥中心,刑警队早就出来了。你再坚持一会儿。"

说来也怪,身上又冷又饿,恐惧反倒减少了。杜岩就下车围着汽车跑步,让身子暖和起来。他甚至试探着往尸体的方向跑了几步,确认那具尸体还完好地躺在那里。他想,这大概就跟医学上的疼痛转移差不多吧——一种更大的疼痛能取代之前的疼痛。毕竟,恐惧是心理上的,还能战胜,而身体上的寒冷却毫无办法。杜岩干脆也不管车里的油不够用了,打着火试图取取暖。但那辆四面透风的破车即使发动了,也不比外面强多少。

过去三个多小时了,杜尚清开始在对讲机里骂开了:"刑警队这些混蛋,就是爬也爬过来了。总不能把我们扔在这里不管了吧。"

"所长,他们要是再不来,这儿估计就有两具尸体了。"

"都啥时候了,你还有心思开玩笑!"

"那个郑队长是不是知道我在这儿守着,故意迟迟不来。"

"你跟他有仇?"

"有。我这会儿跟谁都有仇!"

"你省点儿力气,赶紧暖和暖和!我再催问一下,看看他们到哪儿了。"

"所长,你别催了!下次再遇到这样的事,我们把尸体直接拉到刑警队得了。"

两人调侃着,又过去一个小时,已经是黑夜 10 点多钟了。杜岩的对讲机也没电了,两人彻底失去了联系。杜尚清一看刑警队还没到,实在坐不住了,担心杜岩冻坏,拿了件大衣,打着手电,沿着线路,跌跌撞撞向 428 公里处走去。等赶到现场,快 11 点了。杜岩已冻得全身发抖，站都站不稳了。这时，才隐约看到一辆车影影绰绰向这边驶来。

郑铭等人一下车，杜尚清就冲上去怒吼："有你们这样出现场的吗？把我们扔在这里管都不管，太不像话了吧？"

郑铭也是一脸萧索，无奈地说："老杜，你吼啥？！我不也跟你一样在路上冻着。车坏了，我有啥办法？"

杜尚清一看，郑铭脸上也是青一块紫一块的，看样子也冻得够呛，就有些平衡了，催促说："赶紧开始吧！我们所里这兄弟已经在这儿守了五个小时了。"

郑铭借着灯光看了看，认出了他就是上次在凤城车站跟自己争执的杜岩，就没好气地说："行了，你让他先回去吧！我们马上现场勘察。"

杜岩一愣，看了看杜尚清，说道："不对啊，所长。我是第一个发现现场，第一个赶到现场的，不问问我当时是啥情况吗？"

郑铭刚走出几步，听到这话转身又回来了，指着杜岩训斥道："怎么哪儿都有你指手画脚？怎么搞案子用不着你教吧！新兵蛋子，哪儿那么多毛病？"

杜岩嘴唇翕动了几下，咽下了要说的话。他挨了半夜的冻，没听到郑铭说一句理解的话，反而劈头盖脸的一顿训斥，心里别提有多生气了。但此刻，当得众人的面，连他自己也奇怪，竟然忍住了没再反驳。看来，在石沟驿的这段时间，他还是学到了不少。好不容易碰上了命案现场，他当然不会轻易离开。穿着杜尚清带来的大衣，他暖和了许多，就坐在吉普车里，看着一众人等在现场忙碌。

侦查员在四处清理现场，查找还有没有其他相关物品和痕迹。技术员和法医在尸体周围拉起警戒带，蹲在里面尸检。夜深人静，虽然相隔十来米，但每个人的谈话都清晰入耳。

法医说："队长，从尸表痕迹来看，死亡至少十二小时前，应该是昨天夜里出的事。死者男性，年龄应该在三十岁左右。体表没有明显伤痕，致命伤是头部的撞伤，应该是从火车上摔下来致死的。"

"看看身上有没有能够证明身份的东西。先把能固定的证据都固定了。周围再仔细找找，看有没有其他线索。"

技术员问："队长，要不要给看守现场的民警做份笔录？"

"算了。别看那小子新来的，可是个刺头。看现场的样子不像刑案，回去让他写份发现经过就行了。另外，查查昨晚经过这里的车次，看看能不能发现什么情况。"

杜岩坐在车里，静静地听着几个人的议论，仔细琢磨着他们的案情分析。郑铭对自己的评价，他倒是没太在意。

侦查员在外围搜寻半天，一无所获。只在离尸体不远的地方，发现有一片湿迹。郑铭过去看了半天，仍没有办法把它和尸体联系在一起。杜岩实在忍不住了，远远地喊："别看了！那是我撒的一泡尿。"

郑铭狠狠地瞪了他一眼，杜尚清却在一旁偷笑。

根据现场勘察的情况来看，郑铭判断这是一个扒乘火车的盲流，列车运行中失足掉下火车致死。技术员拍完现场照片，按照处理程序把尸体就地掩埋后，对外发出寻找尸源的启事。如果有人前来认尸，就将尸体挖出领走。如果无人认领，基本上就成无名尸体了。

几个人一直忙到天快亮了，才把现场处理妥当。

回到所里，杜岩忙着写发现经过。郑铭和杜尚清几个人还在另一间屋里聊现场。

杜尚清说："多少年都没发生过这种事了，突然就冒出这么一件来，真是怪事。"

郑铭说："老杜，你没听过这么一句话，叫孬人遇邪事吗。你这儿来了个惹事的主，那可不是盏省油的灯。往后，你这儿的事少不了。"

"没那么邪乎！我看这小子还不错嘛。话说回来，爱惹事的都是能干事的。什么毛病都没有的人，那基本上就是废物。"

"老杜，你现在理论水平不低啊。反正他是你的兵，我可提醒你，盯紧点，不然准给你惹祸。"

正说着，侦查员拿着一份杜岩写的发现经过递给郑铭。郑铭看着，看着，就乐了。然后，传给杜尚清："你看！你看！我说的没错吧，这小子在哪儿都不省事。"

杜尚清接过来一看，杜岩除了写清楚发现经过，还在后面附上了自己的分析：现场撞击处血渍较少，与尸体头部大面积开放性破损情况不符；死者穿着整齐，身上无任何表明身份证件，此特征与外出打工人员不符；虽然身体外表无明显伤痛，但是否存在服毒等致死原因，需解剖后澄清。

郑铭对侦查员说："你当刑警当傻了吧，这样的发现经过能用吗？去，让他重写！"

侦查员为难地说："他写完经过就睡觉去了，叫不醒。"

杜尚清赶紧拦住说："算了，让他睡会儿。等他醒了，我让他重写，给你捎过去。不过，客观地说，这小子的分析还是有道理的。"

"老杜，你也是老刑警了，可别由着这小子胡闹。每年这线路上要发生多少起意外伤亡事故，要撞死、摔死多少人。要是每起事故都当命案来搞，那我们刑警就啥都别干了。"

"反正，我挺欣赏这小子。老郑，要不你考虑考虑，把他要到你那儿，将来没准能成个人物。"

"你和石坚一个样，都把他当个宝。那行，是宝你自己留着吧！我是坚决不要这样的人的。"

经过一夜冻饿，杜岩疲惫不堪，钻进锅炉房，倒头就睡着了。梦里，现场的影像离奇混乱地在脑子里回放着。一会儿发现尸体活过来了，告诉他自己是不小心从火车上掉下来的；一会儿又感觉他就是那个死者，站在行驶的火车上，望着脚下急速掠过的地面，犹豫不决地选择跳还是不跳；一会儿是他们把那具尸体就地掩埋后，刚走出几步，尸体又从坟墓里爬了出来，对他们说：你们怎么就这么把我埋了，你们抓到凶手了吗？替我伸冤了吗？这样的场景，让杜岩在梦里都觉得心情异常沉重。那无名尸体的坟就像一颗钉子，深深钉在了杜岩的脑子里。

十
不翼而飞

就在杜岩被发配到石沟驿的这段时间，凤城市公安局也起了不小的动荡。禁毒大队查获的五百克毒品，在公安局竟然不翼而飞了。

禁毒大队有一间办公室，中间放着一张偌大的办公桌，桌上摆满了笔录、案件卷宗。桌子前坐着一个人，身着浅灰色衬衣，腋下挂着快枪套，里面插着一把六四式手枪，枪身的烤蓝在灯光下泛着油亮的光。他双手托腮，脸色苍白，眉头紧锁地望着摊开在桌上的几份笔录。身后，是一排式样不统一的铁皮柜子，一扇柜子门敞开着。

这间办公室，在禁毒大队有着特殊的分量。它的主人，就是市公安局缉毒英雄方坤。方坤面容清瘦，身材干练，虽然只有四十多岁，但两鬓间已生出丝丝白发。禁毒大队刚成立时，只有四五个人，他就是元老之一。这些年在禁毒战线上虽然屡立战功，但禁毒大队换了若干茬领导，他始终还是个民警。最显赫的待遇，就是禁毒大队为他专设的这间办公室，和那把他可以二十四小时不离身的六四式手枪。多年的摸爬滚打、出生入死，方坤从未对自己产生过怀疑。但现在，看着手边这几份笔录，他却一筹莫展，不明就里。

这是刚刚办结的一起毒品案。根据群众举报，他带人冲进凤城雪花大酒店，在一间客房内抓获了谢其杰、曹刚两个毒品贩子，从屋内搜出了五百多克毒品。审讯结束，两个毒贩被送进了看守所，收缴的毒品因为来不及鉴定，就作为疑似毒品暂时存在方坤办公室的柜子里。第二天正好是儿子的十岁生日。自从离婚后，他平时很难见到儿子，交代了后续工作，就请了一天假陪儿子去了。没想到回来就发现，当时的几份笔录重做了，笔录和扣押清单里缴获的毒品数量从五百五十克变成了五十克，而谢其杰、曹刚贩毒的事实也成了非法持有毒品。也就是说，明明是两个毒贩子，现在却成了瘾君子。方坤知道，贩毒和吸毒在刑罚的处罚上可是有着天壤之别的。他打开临时存放毒品的柜子，发现里面的三袋毒品只剩了一小袋，另外两大袋不见了。重做笔录的民警也不是禁毒大队的人，而是刑警队的牟仲平。这样的变故，在他禁毒十多年里都没有过。

方坤叫来一起办案的民警问是怎么回事，大家相互看看，支支吾吾地说，是禁毒大队大队长唐宇栋让重新审的，刑警队的牟仲平也是他叫来协助办案。至于五百克疑似毒品的事，他们就不知道了。桌子上的讯问笔录也只有唐宇栋看过，禁毒队的其他人都不知情。方坤气得大骂道："禁毒大队被刑警队接管了吗？出了这么大的事，你们几个一问三不知！平时都是怎么教你们的，真是一群废物！"

几个民警面面相觑，不敢作声。方坤去找唐宇栋，却被唐宇栋告知，这个案子安副局长直接过问了。考虑到你最近工作辛苦，安副局长还专门从刑警队抽调了牟仲平来协助你。收缴的疑似毒品经过鉴定，只有那五十克是冰毒，剩下的五百克并非毒品，已经让牟仲平处理掉了。

唐宇栋说得轻描淡写，方坤听得目瞪口呆。这可是整整一斤的毒品啊，就这么说没就没了。他看过毒品鉴定报告，上面只有对五十克冰毒的鉴定，却并没有对五百克非毒品的认定。既然没有鉴定报告，为什么就能认定那不是毒品？就算这五百克不是毒品，扣押清单上至少应该注明现场收缴的疑似毒品为五百五十克，而不是五十克。

唐宇栋的解释是：牟仲平刚来处理毒品案，有些细节不当就不要太纠结了。再说，毕竟他是安副局长派来的人。安副局长平时对咱们禁毒大队关照有加，特许你二十四小时配枪的决定不也是安副局长批的吗。唐宇栋的意思是，案子既然办到这个地步了，就不要再生事端了。否则，让外界听到，还不成爆炸新闻了。弄不好，整个公安局的形象都要受到影响。

方坤要找牟仲平，却被告知，牟仲平要回刑警队办理手上几件案子的交接，可能要过几天才能到位。方坤问：牟仲平是要调到禁毒大队来吗？唐宇栋肯定地说：没错。以后，就由他来给你当助手，保护你的安全。这也是安副局长对你的特殊关照。

　　缉毒搞了这么多年，方坤的头脑还是清醒的。他从这一番话里听出了几层意思：一是这起案子肯定不简单。不然，安副局长不会亲自过问。二是这个牟仲平看似来帮助他，实则是来监督他的。方坤想到，这会不会是毒贩报复自己的一部分；他们随后还会有什么行动。

　　虽然唐宇栋解释得好像滴水不漏，却并没有打消方坤心里的疑虑。他带人来到看守所，提审谢其杰和曹刚。两人异口同声地说，那天在雪花大酒店只是聚在一起吸毒，并没有贩毒行为。持有毒品的是曹刚，而谢其杰只是受邀而来。谢其杰证明，当时曹刚手中的毒品只有五十克。方坤在和谢其杰的对视中，看到他眼神里多了一份有恃无恐，和当天被抓时的惊恐万状完全不同了。方坤知道，这两人肯定都吃了定心丸了。

　　问题肯定出在牟仲平身上。但是，方坤并没有去找他。虽然不在一个部门，平时两人倒是经常碰面，以方坤对他的了解，牟仲平这人在业务上绝非笨蛋，不会犯低级错误。既然他有意隐藏五百克毒品，并且授意谢、曹两人把贩毒改为非法持有，即使当面对质，也别想从他嘴里得到任何答复。令方坤想不明白的是，牟仲平这么做究竟是为什么。是他收了别人的好处，还是他与这伙毒贩有什么不可见人的交易？或者，他只是在遵照某些领导的意思来办？方坤想到这儿，不禁打了个冷战。如果是这样，那安副局长那里就更不能去找了。

　　推测到这里，方坤觉得自己陷入了孤立无援的境地。

　　没过多久，牟仲平到了禁毒大队，唐宇栋指示由他来办理雪花大酒店一案的后续手续。很快，谢其杰就从看守所被移送到了强制戒毒所，只有曹刚一人在押。牟仲平来到禁毒大队一周后的一天，快下班时唐宇栋告诉方坤，晚上安副局长设宴慰劳大家，让他带着手下的弟兄参加，地点正是雪花大酒店。

　　雪花大酒店可谓凤城的标志性建筑，十七层的摩天大厦从上到下金碧辉煌，气度雍容，园林式的内外设计，珍稀花草琳琅满目，古玩字画比比皆是，在当时的凤城独一无二，无出其右。在酒店最大的包厢里，五六个身着旗袍的佳丽环臂侍立一旁，个个身材高挑，容貌端庄，训练有素。客人刚一伸手，想要的东西就会立刻递到手里。这样富丽堂皇的地方，桌上的菜肴自是不必细说。几乎多半的菜，方坤别说吃了，见都没见过。席间正中坐着一人，四十多岁模样，体态微胖，面放红光，眼神中流露出精力充沛的异样神采。这人在席间指指点点，谈笑风生，众人恭恭敬敬听他讲话，说到高兴处，全都以笑声、掌声附和，屋里的气氛好不热闹。他就是公安局副局长，安树广。

安树广算是方坤的老领导了，自然很熟。在公安局多年，安树广官威极重，除了个别亲信和部门要职领导，普通民警能受邀与他同席，都以此为莫大荣幸。方坤因是禁毒英模，威名显赫，也不过与安树广一起吃过几顿饭。

安树广谈兴正浓，他没动筷子，谁也不敢擅自开吃。唐宇栋因为身后总站着一位貌美的女侍，异香扑面，心神荡漾，就觉得有些不自在，招手叫来其中一位说："没什么事就都撤下去吧。我们这是私下聚会，有需要再叫你们。"

只见安树广大手一挥，说："唐队长，这点场面都受不了，往后还怎么带着弟兄们干大事啊。"

众人全都笑了。

安树广环视四周，忽然指着方坤说："小方，你说，如果毒贩给你施美人计，你会不会动心？"

方坤一惊，不知道安树广话里是什么意思，一时张口结舌，答不上来。

安树广大笑道："小方是老实人，不会说假话，所以不说。不像你们几个，只会顺着我的意思说，把我当老人家来哄。不厚道，不厚道。"

唐宇栋赶紧说："安局长明察秋毫，哪个能哄得了您。"

"我说小方老实，是因为他说话办事都有分寸，不乱规矩。这些年一直在禁毒一线默默无闻，无欲无求。这样的人，放在哪里我都很放心。你们大家都要跟他学学。"

众人连声称是。

"听说你们最近案子搞得不错,很好。缉毒是我们局里的一个品牌,要把这个品牌做大做强,造福一方。考虑到你们一直很辛苦,所以,局里决定把牟仲平同志调到你们那里。牟仲平也是个老实人,是我放心的人。到了你们那里,你们可不要欺负他啊。"

唐宇栋赔笑道:"您就放心吧!能把牟仲平这样的精兵强将充实到我们那里,是局里对我们的关爱。往后,我们一定会更加努力的。"

安树广看着方坤说:"小方,你是禁毒大队的元老了。以后,禁毒上的事,你要多教教他们,不要总是一个人冲锋陷阵。你一个人能有多少精力?!要让更多的人成长起来嘛。来,你也表个态。"

方坤只好起身说:"安局,您高抬我了。小牟是老刑侦了,又是您的爱将,能到我们这里来,肯定有过人之处。往后,我还得跟他多学习呢。"

牟仲平这时也站起来,端了杯酒说:"工作上的事,谁干的好,就跟谁学;谁干的对,就听谁的。我们这些做下属的,只要负责把工作干好,让领导放心,让安副局长放心。"说完,一饮而尽。

安树广笑道:"我怎么闻着这桌上有点火药味啊。"

大家心里一惊。安树广又说:"我看这很好嘛。不管搞禁毒还是刑侦,身上都要有点火气。没点火气,那还当什么警察。关键是这团火要发到工作中,发到打击犯罪上,不要发无名之火就好。"

众人纷纷点头称是。这顿饭,虽然都是珍馐美味,但方坤吃得索然无味。酒过三巡,厅门打开,进来一个人。这人也是四十多岁模样,中等身材,穿着得体,面带微笑。他一进屋,先拱手问好。安树广就介绍道:"这是雪花大酒店的程老板,来给大家敬杯酒。前些日子在这里抓了两个人,虽不关程老板的事,但仍有监督不严之责,就算给大家赔个不是吧。"

众人一听,都知道这就是本地富商程鹏了。程鹏端起酒杯,挨个向座上的人敬酒。敬到方坤时,特意凑近耳语道:"这个酒店只是个小生意，方警官如不介意，以后就当自己家，有什么需要随时过来。你多来几趟，闲杂人等也就不敢来了。你说是吧。"

方坤不知底细，只好委婉地说："上次来抓人，不知道这里是程老板的地盘，多有得罪了。"

"哪里的话。叫什么程老板，以后大家都是兄弟了，要相互关照嘛。"

众人都有了几分醉意时，方坤起身去卫生间，一位服务员紧随其后。待他出来洗完手，刚一转身，正与她撞了个满怀。那女子顺势就倒在他怀里。方坤一时惊慌，连忙推开女子。此时，酒已经醒了一半。女子还要凑上身来，方坤急匆匆跨出几步，慌忙溜走了。

此后，牟仲平在禁毒大队实际上取代了方坤的位置。凡有案情，都是他带队出去。而方坤则按照安树广的说法，被安排指导其他人工作。方坤意识到，他要成为一颗弃子了。接下来还会发生什么，他不得而知。但是，那五百克不翼而飞的毒品，让他始终无法释怀。经过反复考虑，他决定给市检察院写一封匿名信，详细陈述事情的前后经过。他怀疑是牟仲平在办理案件的过程中，人为让这五百克毒品消失了；要求检察院追查这五百克毒品的下落，查出背后究竟是谁在捣鬼。

那段时间，因为市局局长调离，全局上下热议的话题就是谁会是下一任公安局长。不管从哪个方面衡量，副局长安树广都是局长一职最有力的竞争者。那些天，各部门领导频繁进出安树广的办公室，唐宇栋也无心问津工作，全副精力都在安树广身上，禁毒大队人心浮动。牟仲平倒是还在带着几个人搞案子，一副志得意满的样子。没人注意到方坤眼神中的失意。他经常把自己关在办公室里，对着窗外苍茫的天空，一看就是很久。

牟仲平其实是个性格很矛盾的人。平时个性很强，从不轻易向人低头，但在安树广这样的领导面前，又极其驯服，丝毫不敢触犯领导的权威。他一心想成为警界英雄，受到别人的尊重和景仰，但又对身边的英模百般看不惯，认为这些人自诩精英，总带着一种优越感，而这种优越感深深地刺伤了牟仲平的自尊。他明明不善人际交往，寡言少语，但又期冀能够在各种场合游刃有余，尤其在上级面前表现出众，得到赏识并破格提拔。生于贫寒之家，牟仲平的童年悲惨而灰暗。他选择上警校，主要是看招生简章介绍说警校没有学费，每月还有适当的生活补贴。从小就吃了很多的苦，直到他上警校，家里才卖掉一头牛，为他置办齐了上学的路费和全身的行头。那时候，牟仲平才第一次穿上了一双商店买的回力牌球鞋。之前的十八年里，他穿的一直是母亲亲手做的布鞋。警校毕业，他发誓要混出个样子，将来衣锦还乡，为父母脸上争光。他脑海里最美的画面就是将来有一天，一辆警车开进他那偏僻的小山村，村里所有人都围过来，驾驶员跑下车为他打开车门，他一下车，乡亲们就发出惊呼：原来是牟家的娃呀！现在可是出息了！在乡亲的羡慕中，他享受着内心期待已久的满足。

　　牟仲平被安树广赏识，也是出于巧合。那时的安树广还是刑警队队长，处理群体性闹事时，民警被数百愤怒群众围在中心。安树广拿着大喇叭喊话，让大家不要再聚集闹事，否则将会严肃处理。人群里忽然扔过来一块石头，重重砸在安树广头上，顿时血流如注。又有人高喊：打那个当官的！大家一起上，看他们怎么办。于是，人群蜂拥而上，几十个民警瞬间被挤压在一个角落里不能动弹。安树广本以为自己在劫难逃了，没想到忽然有人拨开人群，冲过来用身体死死护住自己，任凭人群拳打脚踢，那人就是不躲不闪。如果不是被护着，安树广会被打得很惨。事后，安树广记住了这个民警牟仲平，觉得他虽然脑子笨，但忠心耿耿，施以小恩小惠，一定会对他死心踏地。就这样，牟仲平被调到刑警队，成了安树广的心腹。

十一
树大根深

在牟仲平眼里，安树广是神一般的存在。他的杀伐决断，在牟仲平看来是将帅之风；他的弹压西风，在牟仲平看来是铁腕执法；他的江湖习气，在牟仲平看来是个人魅力。牟仲平从未怀疑过安树广的权威和正确，不论让他做什么，他都一丝不苟，毫不走样地执行。

能让牟仲平如此死心塌地跟着自己，足见安树广的手腕之高明。牟仲平的家距离凤城有三百多公里，路途遥远，交通不便，平时很难回趟家。调到刑警队后，安树广带着他和另外几个人驱车外出办案。路过牟仲平家乡时，他忽然让司机掉头，拐上了去往牟仲平家的路。众人不明就里，都不敢吭声。到了县城，安树广让司机下去买了水果，继续上路。直到远远看到熟悉的村子，牟仲平才怯生生地问："怎么到我家来了？"

安树广在前排欠欠身，回头说："不想回去看看吗？"

牟仲平没敢答话，根本不敢相信眼前的事实。虽然这一场景在他脑海里无数次出现，但他知道，以现在的地位实愿这一夙愿，还很遥远。可现在，家乡就在眼前，而他也正坐在一辆威武的警车里。

安树广说："你们都给我记住：不想家的兵，不是个好兵。我不提倡什么三过家门而不入。家都不要了，还谈什么奉献、牺牲！"

一席话，听得牟仲平热血沸腾，热泪盈眶。

安树广仿佛知道他的心思，汽车一进村，就吩咐司机："把警报器打开，让村里人都出来看看。"

警报器一开，男女老少都出门来看热闹了。汽车在牟仲平的指引下，一路开到院门口。他的父母早已颤悠悠地站在门口了。看到儿子从车里出来，老人激动得嘴唇颤抖，迎上来上下打量着。临走的时候，安树广还特意让司机放下两百块钱，告诉两位老人，儿子在刑警队很好，将来就等着跟着儿子享福吧。

这一幕，深深刻在了牟仲平的脑子里。回来的路上，他暗下决心：遇上安队长这样的好领导，这辈子就是赴汤蹈火，也在所不惜了。

这次到禁毒大队接手方坤的案子，安树广对他说："禁毒那边听说最近有些人好大喜功，把吸毒的当贩毒的来办。几十克毒品的事，硬要往几百克上说。这件事你要替我去查查，一旦有这种问题，要抓紧纠正。"

牟仲平内心升起一股骄傲，觉得这是安树广对他的极大信任，也是他报答安树广的最好时机。到禁毒大队后，唐宇栋告诉他，安副局长已经把意思传达了：这起案子涉及本市明星企业——雪花大酒店，安副局长非常重视，有必要重审。他只管放手去干，不要辜负安副局长的一番信任。待他重审此案，谢其杰和曹刚都否认贩毒，只承认在一起吸毒。而且，两人承认，当时身上只有五十克毒品，其余的五百克白色粉末都只是填料，是掺在毒品里方便吸食用的。

问题的关键就是，那五百克白色粉末究竟是不是毒品。牟仲平刚来，还不清楚毒品案的办理程序，尤其是毒品如何认定。唐宇栋告诉他，禁毒大队每天办理这么多毒品案，哪能件件都按程序走。有时候查到毒品，就叫个吸毒的过来试一下，觉得是就按毒品案办，不是就算了。所谓的试一试，其实就是叫吸毒人员把收缴来的毒品试吸一下。在当时，毒品鉴定是一项非常麻烦的事情，鉴定周期也比较长，一些办案单位怕麻烦，一般都采用这种办法。试吸后确认是毒品，才拿到鉴定中心去鉴定。因为当时有些毒贩把镇痛类药片磨碎了，按比例掺入毒品贩卖。当时毒贩里流传这样的口诀：广州深圳掺一成，长江两岸掺三成，流入内地掺不成。毒品流入内地城市，为了追求利润，掺入药片及其他粉末的情况就更加严重了，有的掺到五成，有的甚至根本不含毒品。当时这样做，也是为了避免非毒品鉴定来回的耽搁。牟仲平在刑警队碰到涉毒案，也用过这种办法。他当时还觉得过于随意，没想到禁毒大队竟然也这么干。

正在犹豫如何往下进行时，安树广来电话催问。牟仲平汇报完情况，说他想等方坤回来，把毒品鉴定一下。安树广说："要鉴定马上就去，何必等到明天。方坤回来前要把案子搞定。他这个人我是了解的，缉毒英雄嘛，谁的话也听不进去了。"

牟仲平从这句话里明显听出了怨愤和不满。此前，关于方坤的故事他就听到过不少。对于这个缉毒英雄，牟仲平一直不以为然。刚参加工作时，他第一次在局里听方坤的事迹报告，看到方坤胸前挂满的金灿灿的奖章，羡慕不已。报告会结束，很多新民警抢着要合影。牟仲平好不容易挤了进去，站在方坤身边刚要合影，他却转身走开了，留他傻傻地站在原地，感到了极大的羞辱。从那时起，方坤这个英雄在他的心里崩塌了，留给牟仲平的只有长久的涩涩的刺痛。听到安树广对方坤的评语，牟仲平如遇知音。他不敢耽搁，马上找唐宇栋商量。唐宇栋说，正好他这里有个经常用的瘾君子，叫来试试吧。

来的那人，正是郭绪良。他在牟仲平的授意下撬开临时存放毒品的柜子，拿出了五百克疑似毒品。从烟盒上撕下一块锡纸，用打火机烧热里面的衬纸，锡纸折成一个凹槽，洒了些白色粉末在上面，再在下面加热。不一会儿，白色粉末就冒出一股淡淡的青烟。郭绪良鼻子凑上前深吸了一口，立刻强烈地咳嗽起来。他扔掉锡纸，说这是药片，什么都没掺，真他妈黑心。

因为这么干确实不合乎程序，民警都是私下里悄悄进行。牟仲平听郭绪良这么一说，也就放心了。他很快把笔录重新做了，交给唐宇栋时，顺便问那五百克疑似毒品怎么处理。唐宇栋神秘地说："你可是安副局长钦命派来的，给他老人家办事，可不要留尾巴。不然，方坤一回来，你怎么翻过来的，他还能给你翻回去。"牟仲平揣摩着这句话，出来就把东西扔给郭绪良，让他悄悄带出去扔掉。郭绪良还假装委屈，说几次来禁毒大队试吸，都没碰上真的，下次这样的活还是找别人算了。就这样，五百克毒品竟然毫无阻碍地出了公安局。

此事之后，看到方坤并没有找自己麻烦，牟仲平心中不免有了几分骄傲，心想：难怪安副局长对你不放心，原来你私下里就是这样办案子的。看来，你这个缉毒英雄也不过如此。今后禁毒大队只要有我在，就不允许你再办这样的假案。

随后的一段时间里，他丝毫不把方坤放在眼里。遇有线索，直接指挥禁毒大队的民警实施抓捕；案件办理过程中，也不跟方坤打招呼。禁毒大队的民警都知道他是安树广派来的人，即使心里不情愿，嘴上也不敢说什么。再后来，牟仲平急于在安树广面前表现，有了战果直接汇报，连唐宇栋都不打招呼。于是队里传言，牟仲平不但要取代方坤，恐怕连唐宇栋的位置也保不住了。

这一切，唐宇栋自然看在眼里。他心里好笑，心想这个牟仲平也太把自己当回事了。不让他领教一下厉害，他以后还真有可能骑到自己头上来。唐宇栋召集队里开了个会，说他把工作重新进行了分配，并强调，根据安副局长的指示，牟仲平同志作为方坤的助手，负责培养队里的年轻人。一句话，就解除了牟仲平的实职。牟仲平不服，找唐宇栋理论："为什么这么分配？我跟着他，那不是得归他管了吗？"

"这也是安副局长的意思嘛。他那天说的时候，你难道没听到？"

"酒桌上的话，怎么能当真。"

"哎，安副局长的意思是要你先跟方坤学习，也是对你的关心。你怎么能这么说呢?！"

"反正，我还是喜欢去干些实际工作。"

"这可是队里的决定。你要是不服，可以给安副局长打电话。"唐宇栋梁说完，抓起桌上电话递给牟仲平。

牟仲平想了想，没敢接过来，扭头出去了。牟仲平瞅个机会找安树广诉苦，说唐宇栋现在的安排让他无法施展手脚。言下之意是，唐宇栋在队里排挤他。却见安树广皱着眉头说："这个老唐给我汇报过了。原则上你们队里的事怎么安排，我不会干涉。你刚去，还是要跟队里上下搞好关系，不要有太多想法。"安树广不冷不热的一句话，让牟仲平碰了个软钉子。回到队上，却见自己的东西已被搬进方坤办公室。他这才意识到，在禁毒大队，一切都得听唐宇栋的。

按照唐宇栋的交代，他和方坤每天只负责看看队里案子的卷宗，替年轻人把把关，具体的办案工作一概不涉及。方坤心里有气，平时只低头工作，连句话都不跟牟仲平说。牟仲平本来就对方坤心存不满，如今两人同居一室，低头不见抬头见，更显别扭。没过几天，就乖乖去找唐宇栋服软。"唐队，你还是让我搞搞案子吧。带年轻人的事有方坤一个人就够了，我根本插不上手。"

"怎么，队里的决定你不服从了。"

"服，我服。往后，你说怎么干，我就怎么干。"

唐宇栋微微一笑，心道：知道这里谁说了算就好。不过，这么快让你遂了心意，往后你还得翘尾巴。苦头吃不够，你是不会对我服气的。"这样吧，你有这样的想法是好事，我会考虑的，合适的时间再作调整。调整之前，你还是要把现在的工作干好。这项工作也很重要嘛。"

牟仲平点头称是，走出唐宇栋的办公室，多少有些灰心。他渐渐明白了，在公安局，自己一无背景，二无靠山，穷小子一个，仅凭安树广的赏识，要想出人头地是很困难的。别的不说，一个小小的唐宇栋，自己就毫无办法。看来，要在公安局站住脚，也要多跟别人学学，不但上面要有人提携，下面要有人捧场，外面也要有人帮衬。那天在雪花大酒店的一顿饭，让他见识了什么才叫场面。后来听人说，仅那顿饭，就要花费自己近一年的工资，心里更不是滋味。他觉得，自己和这些人的差距太大了。随着时间的推移，刚当警察时的那点愿望现在看来多么不值一提。在凤城这个日渐繁荣的都市里，每天都有太多的东西令他耳目一新，令他心驰神往。他已经不满足于做一个小小的警察，每天安于俯首听命了。

愿望这东西，有时就像饥饿感，最基本的温饱满足后，就会追逐色、香、味，追逐场面、声势、气氛。在这场持续一生的追逐赛中，人类永远无法摆脱掉原始欲望的支配，往往精疲力尽，却又甘之如饴。

方坤在等待检察院消息的过程中，忽然被安树广叫去了。他的办公室在走廊尽头，光线较暗，透出几分神秘。门是选用名贵木材整料打造的，沉重而阴冷；室内一张大办公桌是红木质地，阳光下泛着光泽；座位背后是一张猛虎下山图，据说出自名家之手。那虎怒目圆睁，须毛大张，令人不寒而栗。方坤平时很少有机会进来，看到眼前的一切，顿感气氛森严。安树广当时正在接电话，示意他先坐。方坤坐在办公桌对面，趁安树广接电话之机扫了一眼屋内陈设。当他目光落在办公桌上时，赫然看到桌上放着一封信，信封的样式和字迹再熟悉不过了。这封信，正是他匿名寄给检察院的。这一发现，令他如坐针毡。他马上意识到，安树广今天肯定是为了这封信。但是，他对这封信抱什么样的态度，要跟自己说些什么，他猜不透。另外，这封信怎么会跑到安树广的办公桌上，也令他百思不得其解。他看了看安树广，却见他聊得正欢，时而放声大笑，时而亲热调侃，完全看不到对这件事的态度。方坤只好规规矩矩地坐着，等待着即将到来的暴风骤雨。

大约一支烟的工夫，安树广才放下电话转过身来。他看着方坤，渐渐收敛了脸上的笑容，把那封信拿起来抖了抖，说："这个，你看看是谁写的。"

方坤无言，只好回答："安局，不用查了，信是我写的。"

"噢，是吗？这我倒有点不敢相信了。一个我们局的禁毒模范，竟然写信要求检察机关立案调查自己办过的案子。这样的事，我还真是第一次遇见。"

"安局，雪花大酒店的贩毒案，我确信我们当时收缴的五百五十克都是毒品。"

"证据呢？你也是老刑警了，就凭你的主观判断，就能把那五百克说成毒品？就能断定我们队伍出了问题，有人在背后动了手脚？"

"凭我一个老警察的荣誉担保，我觉得这起案子肯定有问题。那两个嫌疑人绝对不只是吸毒那么简单。"

"好了，好了。你知道你反应的问题有多严重吗？你这是在质疑我们这支队伍，置疑局党委这么多年在队伍管理上的努力。如果我们的队伍在这上面出了问题，那我们怎么向社会交代？凤城的几百万百姓会怎么看待我们？"

"安局，我是什么样的人你最清楚。我搞了一辈子禁毒，不能眼看着这么多毒品从眼皮底下没了。"

"那你可以走正常渠道，向局党委反应嘛。你以为跳过局党委，直接向检察院写信，我就会被蒙在鼓里？告诉你，在凤城这地方，还没有我安树广不知道的事。"安树广忽然提高了声调。

方坤心里一颤，坦然道："我这么做，只是想尽快把事情查清，绝没有对组织、对同事的不尊重。"

安树广缓和了一下语气，说："不管出于什么目的，也应该注意方法，考虑后果。尤其是你这样的禁毒英雄，一举一动都会引起社会关注的。"安树广起身来到方坤面前，拍了拍他的肩膀，意味深长地说，"小方，你是我树起来的典型，我的一片良苦用心你要理解。现在局里正在考察新的局长人选，这种时候孰轻孰重，你要分清楚啊。"

"安局，我也是为您负责，才要查清这件事。"他从怀里拿出谢其杰、曹刚的第一份笔录，摊开来，摆在安树广的桌上，"您看，这是两个人的第一份笔录。两人都供认不讳了，为什么会在一天之内翻供？而且，还少了五百克毒品数量？这里面一定有问题。"

安树广扫了一眼那份笔录，淡淡地说："你看你，搞了一辈子案子，还是没搞明白一件事。不要只低头搞案子，也要抬头看路。不然，一辈子就是个大头民警，怨谁啊！"

方坤一时语塞，不知如何回答。的确，论破案，论做人，他是全局翘楚。但这么多年，每到提职提干，总没有他的份儿。方坤知道，这是脾气害了自己。别人每逢年节，总要到老领导、老首长家去走动一下，可他从不上门。破了案子、报功请奖的时候，有人提醒他：适当时候多考虑考虑领导；没有领导，哪有你今天的成绩。但他这人把荣誉看得比什么都重，宁可自己什么都不要，也绝不把功劳算在领导头上。久而久之，他在公安局里就越来越孤立了。安树广的话，戳到了他的痛处，也激起了他的倔强。他低着头，阴沉着脸，说："我一个大头民警，当然不用考虑那么多！我就想把这件事搞清楚！"

安树广摊开双手，做了个无所谓的姿势说："好嘛，你方坤在凤城也算是个人物，我的话你可以不听了。"说完，面带不悦之色，转身出了办公室。那扇厚厚的大木门在他身后"嘭"的一声关上了，只留下方坤一个人呆呆地坐在里面。

窗外的光投射进来，照在方坤身上，映出他两鬓间灰白的头发，愈发显得苍老无助。

十二
进退维谷

杜岩在石沟驿度过了第一个难挨的冬天。这个冬天，他仿佛一只冬眠的兔子，学会了沉默；不再关注哪里发生了什么大案，学会了坦然；渐渐习惯了锅炉房阴暗杂乱的环境，学会了随遇而安。当冬天结束的时候，他急切地想要舒展一下全身的筋骨，想找一个熟悉亲切的人好好说说话。

已经很久没有杨梓的消息了，这是他自我封闭的结果。他尝试着给自己一次机会，决定去看看杨梓。也许，自己的情况还不那么糟，他们之间还有若干可能。收拾利落，他坐上小火车，向凤城出发。车上大多是沿线工作的铁路职工，一路听着他们打趣闲聊，觉得既新鲜又充满生活气息。

乘警老李是个年过五十的胖子，经常在站台见面。见杜岩上车，就端了个罐头瓶大茶缸坐了过来。"兄弟，进城休息？"

"是。有段时间没回城里了。"

"一看你就没找对象，是吧。要是有对象，恨不得天天往城里跑，哪还能在这里待得住。"

杜岩笑笑说："待在这里，谁愿意找我啊。"

大老李吞了口茶，放下茶缸说："那你可说得不对。虽然咱就是个铁路警察，可跟职工比，前景好得太多了。只要你好好干，不出差错，过不了两年，肯定能给下个干事令，括号，股级。你们都是有文化的人，再往后，要是碰上个赏识你的领导，没准提个一官半职，那股级就变成了副科级、科级。这还差啥？好多姑娘都抢着要呢。"①

"那有啥用？这么偏僻的地方，一年到头都见不着几面，谁愿意跟咱啊？"

"谁说没有啊，当初就是你嫂子看上的我。我们乘警跑车，也是一年到头回不了几趟家。这不，一辈子也安安稳稳过来了吗。过日子靠的是实在，天天守在一起才没啥意思。"

"嫂子是干什么工作的？"

"也是跑车的，客运段的列车员。有时候我下车，她上车。一年四季能碰上几个都在家的日子，就算不错了。"

杜岩哑然了，想起了和杨梓在这条铁路线上的擦肩而过。"这么过一辈子，嫂子少不了要埋怨你吧？"

"你嫂子可没那么多牢骚。说了你都不相信，我跟你嫂子这辈子，都没红过脸。"大老李得意地说，"知道为啥不，因为根本没时间在一起吵架。"说完，哈哈大笑了。

杜岩默默坐在一旁，静静地听大老李讲他的幸福生活。

"我们那时候啥条件也没有，不像你们现在，可以整天在一起谈情说爱。我和你嫂子谈得最多的还是工作，今天你们单位有什么新鲜事，明天我们又要去哪里工作。那时候我们俩都不像两口子，倒像是个工作小组。可这也有好处啊，就是没为什么柴米油盐的事争吵。过日子虽然少了点浪漫，但踏踏实实，不花里胡哨。不管出去工作多久，都不用担心后院起火。现在，年龄大了，你嫂子倒是跟我玩起浪漫来了。说年轻的时候没赶上潮流，现在再不赶赶，就真没机会了。我俩都在车上嘛，

---

① 铁路公安民警在很长一段时间里，因体制问题，人事和财务都归铁路企业管。1990年代前后，民警的职级也套用铁路企业的职级。民警晋升首先是干事级，相当于企业的股级；其次才是副科级、科级。

要是在途中会车,你嫂子就非要让我跟她一起在窗户前立岗敬礼,说这是我俩的暗号。其实,火车跑得那么快,两人连脸面都看不清。要是两辆车能在哪个小站会车,停上几分钟,她一定要想办法跟我见上一面。有一回,为了见她一面,我绕着火车跑了一大圈,差点误了值乘。想想这辈子挺亏欠她的,现在,她让我干啥我都随她。这茫茫人海,一辈子遇着个知冷知热的女人,不容易啊。"

正说着话,火车汽笛一声长鸣,是即将与前方列车会车的信号。大老李看了看表,神秘地说:"哟,马上要会车了!我还得给你嫂子站岗去。"他撂下罐头瓶茶缸,戴好警帽,往列车连接处的窗户跑去。杜岩好奇地跟在后面。两列火车相向驶近,就见大老李站得笔直,向着窗外缓缓举手敬礼。对面的车窗在眼前一闪而过,车窗里的人影更是稍纵即逝。杜岩相信,大老李根本看不见对面车窗里是否站着爱人,而对面的嫂子也一样,可大老李相信她在那里,就像迎接首长检阅一般毫不偷懒,毫不含糊,毫不应付差事,一直保持敬礼的姿势,直到对面的列车远去才缓缓放下右手。

杜岩问:"看见嫂子了吗?"

大老李淡淡地说:"心里有,啥时候都能看得见。"

车窗外,大地返青,一切都在恢复生机。杜岩急切地想见到杨梓,向她诉说这一个冬天的漫长思念。

下了火车,他思忖着要买点儿什么。想买鲜花,又觉得过于煽情,不够直接热烈;想着买点水果,又犹豫着是不是不太正式。他忽然想到杨梓给他织的红围巾,想到上一个冬天自己骑着自行车,杨梓坐在后面,用那双冻得通红的小手轻轻搭在自己肩上,一股暖流顿时在全身欢快地流淌起来。他如同喝了一大杯烈酒,晕晕乎乎地跑进一家首饰店,挑了一枚戒指揣在怀里。他想告诉杨梓,今后,要用自己的这双手牵着她,一起去面对所有的幸福与不幸。不管生活中遇到什么,他都会像一个战士、一个哨兵,永远在她身边保持站立的姿势。

到杨梓的住处已是傍晚了,杜岩想了想要说的话,下定决心正要上楼。忽然,他看到段嘉诚搀扶着杨梓一步一步从远处走来。杨梓像是很疲惫的样子，神情憔悴，无力地依靠在段嘉诚身上。段嘉诚小心翼翼地托着她，如同托着一只精美的瓷器。杜岩马上停下了脚步，隐身在树后。微风吹来，也把两个人的对话轻轻送入杜岩耳中。

"为什么不让我跟他说？"

"现在说，不是时候。"

"你总是拖着，要到什么时候才肯告诉他。"

"哎，还是先等等吧。"

"你可真能沉得住气。好吧，这些天我会每天过来陪你的。"

"真是多亏有你在了。"

"跟我还客气什么。"

段嘉诚扶着杨梓，缓缓上了楼。楼上，那间杜岩再熟悉不过的小屋片刻亮了灯。暖暖的灯光下，映出杨梓和段嘉诚的影子，忽而分开，忽而又融为一体。杜岩望着那扇窗、那盏灯，心里说不出的一股滋味。直到眼睛都看酸了，才从树下走出。又望了一眼那扇窗，然后，无限伤感地扭头就走了。那段对话，像是有意在向他透露一种信息，让他身上流动的暖流一下子冻僵了。杜岩想，也许，我还没有走出石沟驿的冬天吧。他一路漫无目的、思绪万千地游走。不觉间，竟然来到了马原的住处。

马原住的也是单位的单身公寓。杜岩推开屋门时，他正蹲在地上，点着电炉子做晚饭。一见杜岩，惊喜地跳了起来。"老天爷，你怎么来了？也不提前告诉我一声！不过还好，我锅里炖了一只鸡，够咱俩饱餐一顿的。"

杜岩斜倚在床上，看着马原说："还是你幸福啊，只要有好吃的，什么都不想了。我可真羡慕你。"

"我没你想当英雄的雄心壮志，也没有段嘉诚想事业有成的精心设计。想那么多干吗？"

一提到段嘉诚，杜岩的情绪马上低落下来。马原却不以为然地接着说："只要吃得饱，一生没烦恼；只要吃得好，幸福就来到。我不是贪吃，我只是悟到了吃的哲学。"他捞起一块肉塞进嘴里，尝了尝味道和火候。

"吃是用嘴的。你只管用嘴吃，把耳朵留给我！现在，我有几句极要紧的话问你。"杜岩表情阴郁地说。

马原这才注意到杜岩的表情，好奇地问："你又遇上啥不顺心的事了，脸色这么难看！"

"听我说，你最近见杨梓了没有？"

"没有啊，有段时间没见了。你知道，我见了她不知道该说什么。"

"那你见段嘉诚了吗？他跟你说过什么没有？"

"也很少见。他忙，我也忙。上次见他，还是十多天前的事了。奇怪，他也问我见过你没有。问我的表情，跟你现在差不多。"

"他还说什么了？"

"那倒没有。不过，他好像有什么话要对你说，可又不告诉我。"

杜岩叹了口气，身体像个放了气的皮球，软绵绵地躺在床上，望着天花板说："还是段嘉诚比你有心啊。"

马原说："你是说我没去看杨梓吗。实话告诉你吧，我去过两次，不过两次都碰到段嘉诚在。他这人比我会说话，跟杨梓说得很投机。我像个傻子一样坐在那里，后来我就不去了。"

马原仔细看了看杜岩的表情，忽然如有重大发现地说："你是不是见到他俩了？你肯定是见过了，你的表情可是再清楚不过了。上次我就提醒过你，让你对杨梓好一点，免得让人乘虚而入，你就是不听。你们那个派出所能有什么事，平时你就不能多回来陪陪她。"

杜岩翻了个身，失魂落魄地说："晚了。从我到那个小站派出所的那天起，一切就都晚了。"

马原不懂劝解，但看到杜岩的样子，却还一个劲地说："那你还有工夫在这儿躺着，赶紧去陪陪人家呀。杨梓多好！你呀，简直是拿珍珠当石头，随手就扔掉了。"

杜岩看了看他，说："你炖的鸡没放盐吧？"

马原睁大眼睛回道："放了。放没放盐，我还不知道。"

"那你别再往我伤口上撒盐了，行吗？"

马原摸摸脑袋说:"你看你,有话非得绕着说。就跟对杨梓一样,你喜欢她,就不能直接告诉她。这追女朋友跟炖鸡可不一样,晚了,煮熟的都能飞了。"

杜岩被马原说得越发心乱。看着那一锅翻滚的鸡汤,他喃喃自语道:"你说这鸡活得好好的,你把它抓来给炖了,就为了饱餐一顿。这样对吗?"

马原搞不清杜岩想说什么,反正他的脑子总跟不上杜岩的思维,索性不去管他,盛了一碗鸡肉递过来:"不管你心里怎么想的,先吃饱再说。看你在小站待得,都瘦了一圈了。"

吃饭的时候,杜岩问马原,他们刑警队最近都在忙什么,有什么大案子没有。马原奇怪地看着他说:"你的心可够大的!刚才还沉浸在悲伤中,这会儿又关心起案子来了。"

"我觉得,你关于吃的哲学还是有道理的。我一吃饱,就不想那些不愉快的事了,想了也没用。"

马原告诉他,刑警队最近正在搞一起盗窃案。石门车站的一辆墨绿色本田雅阁车一天夜里丢了。奇怪的是,车库的门上并没有被撬的痕迹,汽车的报警器也没响。车站的职工,尤其是汽车班几名有钥匙的司机都挨个查了个遍,到现在还没结果。杜岩想了想问,案发之后你们都做了哪些工作。马原说还能做什么,勘察现场,排查嫌疑人,追查被盗车辆,就这些常规工作啦。

"那现场有什么痕迹、物证没有?"

"没有。汽车班的两名司机早上进车库开车,发现车没了,慌忙向车站报告。车站领导带了十几个人,稀里哗啦地拥进车库看热闹,地上的脚印踩得乱七八糟,什么有价值的线索都没提取到。"

"他们一共有几名司机?"

"加上司机班班长,一共是五个。这五人我们都分别调查了,首先是没有作案时间,都有不在场证据。"

"那内外勾结的可能性有没有?"

"要说可能性,我们一开始就怀疑是内外勾结。可证据呢?郑铭说了,当刑警不能光靠推理,又不是写推理小说。没有证据,一切推理都是虚的。"

"告诉你,我这段时间可没闲着,看了不少书,也想了不问题。你说,假如一起案子发了,我们按照现在的侦查手段,一味地盯着痕迹、物证,是不是就会被作案人牵着鼻子走。咱们破案子应该是跟案犯斗智,而不是斗勇,斗狠。碰上高智商犯罪,在现场遗留痕迹物证上有意引导我们,那侦查岂不是南辕北辙、背道而驰了吗!案件事实存在有多少种可能性,都是我们破案时要考虑到的。不能因为暂时没有证据,就放弃了对可能性和假设的判断。说到底,证据应该是在审讯环节拿出来让嫌疑人认罪的,而在侦查环节,还得靠对案件的分析判断和推理。"

"你说的这些我听不太懂,不过我就信你,你天生是块当刑警的料,把你放派出所屈才了。那这案子你给推理推理!"

杜岩说:"我觉得吧,不管怎么推,这里面有一个环节是避不开的,就是汽车班那几名司机。没有他们的配合,这车不可能在夜里悄没声息地被盗。关键是我们的侦破方法反而让他们钻了空子。没有作案时间,这个很好办,可以把作案的步骤、环节,怎么切断报警器,怎么打开车库门,包括最佳时间等告诉别人。那不跟他自己实施盗窃一样吗?"

"说是这样说,可怎么查啊?"

杜岩看了看他,说:"看在你招待我吃饭的份儿上,我给你支个招。但是,你将来不许把我说出去。"

"为啥?"马原有些不解。

"你听我的就是了。就算是我对上次你跟我合伙做生意,亏本的一种补偿吧。"

"上次那事不算亏。这次咱俩还算合伙。要是成功了,没准你能从那个山沟沟里调出来。"

"我说了不许事后提到我,你要不听,我就不说了。"

马原看着杜岩严肃的样子,只好说:"好吧,那你赶紧说吧。"

"我要是你,就去查一查这些司机和能接近车库的人,看看他们中有没有吸毒的、参与赌博的,尤其是最近输得比较惨的。找到这个人,就找到突破口了。从他身上查，管保有意外收获。"

"吸毒的好查。赌博这事，如果没处理过，怎么查啊？"

"你在郑铭手底下越干越傻了吧。这么简单的问题，还用我教你啊。你到石门车站拉几个人，组织一场牌局，打一晚上不就知道了吗。"

"这允许吗？再说，我也不会赌博呀，输了咋办？"

杜岩瞅了瞅他，无奈地说："如果让你当卧底，你去不去？"

"那我肯定去。"

"这不都一样吗？你就当作去卧底。实在不行，你拉个派出所的民警，叫上几个车站的职工。你不会赌博，派出所民警里面会的多的是。把赌博的事交给他们，你只管在旁边打听消息。"

马原说："这个没问题。正好石门车站派出所有个民警是我老乡，找他帮忙肯定行。"

吃过饭，马原才忽然想起什么似的，催促杜岩："一说案子，就把正事都忘了，赶紧去看看杨梓吧。"

杜岩回想起医院单身楼前杨梓和段嘉诚的对话，还有那扇小窗里两个人的身影，懒懒地翻个身说："算了，明天再说吧。今晚我就在你这儿凑合一宿了。"

马原摇摇头说："一说案子，你全身都是点子。说到谈对象，你立刻没了主意。睡吧，睡吧，将来你找不上媳妇，可不要怨我。"

杜岩躺在床上，翻来覆去睡不着，隐隐约约的，总觉得有人在喊他的名字。那声音一会儿听着像杨梓的，一会儿听着像段嘉诚的，一会儿又像杜尚清的。这些人似乎都有话要对他说，但都欲言又止。他在焦虑与烦躁中渐渐入睡，直到东方发白。

十三
此情可待

令杜岩没有想到的是，就在这段时间，杨梓因为感冒传染，患上了败血症，她被疾病折磨得心力交瘁。段嘉诚几次要把她得病的消息告诉杜岩，杨梓知道杜岩是个内心极其孤傲的人，这种时候告诉他，他会因为自己无能为力而懊恼，所以坚决不让。她说杜岩现在处在低谷，情绪低落，再告诉他自己得病了，会让他更加焦虑。段嘉诚说她都病成这样了，想的却还是杜岩，杜岩这家伙不知道几辈子修来的福分。他说这话的时候，心里忽然生出一丝酸涩。

最疲惫无力的时候，杨梓当然希望杜岩能来陪伴自己。但是，这半年多的时间，杜岩总是摆出一副不冷不热的样子，连她写的信也很少回复。这让杨梓无所适从，只好索性随他。既然他想安静，不愿被打扰，就让他在石沟驿安静地疗伤吧。还好，这段时间有段嘉诚照顾，这个和杜岩同龄的男孩比杜岩更细腻，更理智。他知道什么时候讲什么话来安慰自己，知道自己最需要什么。这些天，段嘉诚换着花样做病号饭，看得出很用心。有那么一刻，她发觉自己很享受这样的照顾。毕竟，跟杜岩在一起，更多的时候是她在照顾杜岩。杜岩满脑子想的都是案子。抓到小偷，会兴奋地第一时间找到她，不管她当时在干什么，都要神采飞扬地把案子从头到尾讲给她听。有时候，她其实很累，很想躺下歇一歇，但不忍拂了他的心情，就强打精神。杜岩是个很情绪化的人，高兴的时候，会不顾一切地发疯，心情不好的时候，又会一连几天面无表情。有时候，杜岩会突发奇想，骑着自行车带着她去爬山，去看山里伸手可触的星空。那一路上的颠簸，山里晚上吹起的冷风，都会让她难受好几天，但心里那份满满的快乐却会保留更久。他就像一股洪水，暴发起来任何人都无法阻挡。他那副天不怕、地不怕的性格就如强烈的阳光，能给你温暖，但也可能轻易灼伤你。跟他在一起，杨梓总是处于一种被动、附和的地位。但很奇怪，这个她无法掌握的男子却似乎更让人着迷。在她看来，男人除了知识和教养，还应该有粗犷的一面。就像杜岩，不管吃多少苦，装多少委屈，都要咬着牙把一件事坚持做到底。这样的男人，更能显示力量。在杨梓眼里，杜岩就是一个不太听话的弟弟，总是闯祸，总是无法无天。但越是这样，她的心越是系在他身上，为他担心，替他高兴。

段嘉诚完全不同，总是那么谦和沉稳，说话的时候条理清楚，考虑问题冷静客观。如果换在杜岩的位置上，他决不会去冒险，不会顶着压力去做一件看不到希望的事。段嘉诚的性格无疑更适应这个社会，而杜岩锋芒毕露，注定要吃更多的苦头。性格把他们固定在了生活的某个点上，让他们成为了完全不同的两类人。

杨梓每天都要接受治疗，两只手因为轮流打吊针肿得通红。每天给她送来饭，看着她吃完，段嘉诚都要坚持为她热敷。杨梓躺在床上，感觉到有一双大手握着她，迷离中，仿佛杜岩坐在自己面前。

对段嘉诚来说，这段时间的照顾，让他倍受煎熬。起初，只是受杜岩之托，没事时来看看杨梓。好在办公室不怎么需要出差，时间比较有规律。杨梓生病，把这份纯粹的友情打乱了。那天来到杨梓宿舍，看到她面容憔悴，无依无靠，忽然说不出的心疼。连着几天，他一有空就来医院陪她治疗，给她送饭。有几次听到护士私下说，杨大夫的男朋友好体贴呀，让他不禁怦然心动。在情感的世界里，一个人的心就如一扇窗户，对着窗外的满园春色，你说不清哪一天，会有一只蝴蝶飞进窗户。就是那一次心动，却荡起一圈圈巨大的涟漪，让他的心再也无法平静下来。段嘉诚安慰自己，他不过是受朋友之托，尽朋友之谊，并无不妥。但后来，这样的安慰也渐渐失去了作用。他在搀扶杨梓、替她取药、送饭的时候，常常会忘了杜岩的存在。这让他不禁警觉起来，甚至有时有意提起杜岩，以此来提醒自己。但在内心深处，又暗暗希望杜岩最好不要出现。段嘉诚知道,杜岩目前的这种处境,除非有人出来为他说话,或者假以时日,领导层淡忘了他的种种作为,否则,他在短时间内是不可能调回来了。当他得知杜岩很长时间都没来看杨梓了,甚至连她的信都很少回复,竟然有种意外的欣喜。

杜岩回来的时候,杨梓的病情已经稳定了,只是身体十分虚弱。段嘉诚特意炖了鸡汤送来,看见杜岩站在病房门口,隔着门上的玻璃向内张望。他就停住脚步,一时间不知是进是退。平静了片刻,还是走上前去,拍拍杜岩的肩膀,故作轻松地说:"你就这么站着,不打算进去了啊。"

杜岩看着段嘉诚,怅然道:"我才从护士那儿知道她的病情。这么长时间没来看她,你说我怎么有脸进去。"

"算了吧,你什么时候变得这么犹豫不决了。是她一直不让我告诉你,怕影响你。既然来了,赶紧进去吧。"段嘉诚把手里的鸡汤递给杜岩,"你回来了,这送饭的任务就交给你了。等她病好了,你就琢磨怎么谢我吧。"说着,推了他一把。

病房外,段嘉诚并没有转身离去,眼看着杜岩走向杨梓,杨梓也惊喜地欠身坐起,忽然有种说不出的落寞。

那几天,杜岩一直老老实实待在医院陪伴杨梓,给她讲石沟驿里发生的故事,讲杜尚清的宝贝收藏,讲张至善带着他打兔子的经历。他筛选着记忆里能搜寻到的所有趣事,一桩桩、一件件地讲给杨梓听。杨梓知道他有意在哄自己开心,但话语中分明流露着无奈。这半年多的时间,杜岩虽然沉静了许多,但只要靠近他,就能感受到他心里所受的煎熬和眼神中不曾变过的孤傲。

杜岩始终没有把那枚戒指拿出来。假期结束,就要返回石沟驿了,他对段嘉诚说:"如果再有一年还回不来,我就在那山沟里讨老婆,杨梓就交给你了。"

段嘉诚看着他,冷静地说:"一年之内你未必能回来,你也不会在那边成家。至于杨梓,她有她自己的选择。"

杜岩苦笑着说:"我觉得我走不出石沟驿了。"

段嘉诚也感慨道："我们都还掌握不了自己的命运。各安天命吧。"

在凤城站准备上车的时候，意外碰到了于海。问起最近情况，于海愁眉苦脸地说："别提了。最近来了一帮人，见我们这些跑黑车的就打，见黑车就砸，没人敢单干了。他们还成立了一个什么公司，谁想跑黑车必须入他们公司，按月要交管理费。我们现在都成了给他们打工的了。"

"这些人都是哪儿来的？"

"不知道。听说是运管局默许的。打了人，砸了车，警察来了也不管，没办法。"

"怎么乱成这样了？"杜岩忧心忡忡。

"你还不知道张飞的事吧？"

"张飞怎么了？"

"那你快去看看吧，他最近也摊上事了。"

杜岩决定晚回几小时。顺着于海指示的方向，他拐进一条狭窄的巷子，两侧都是破旧的老房子。尽头一处破旧的院门，就是张飞的家了。杜岩敲门，里面传来张飞的声音。不一会儿，门开了。杜岩定睛一看，只见张飞脸上伤痕累累，挂着一根拐站在门口。看到杜岩，张飞吃惊得说不出话来。因为家里父母都在，张飞示意两人到外面说话。

两人沿着巷子边走边聊。"你这满脸的伤是怎么弄的？腿怎么也瘸了？"

"嗨，我是烂人一个！这辈子也没干过几件正经事，摊上这样的事，算我活该。你能来看我，我就值了。"

"出什么事了？"

张飞说，这几个月，他听了杜岩的话，想凑点钱在车站附近做个小买卖，好歹也算个正经生意。两个月前，他刚盘下个一水果摊，开业没两天就被一帮人给砸了。几个壮汉把他架上一辆车，拉到雪花酒店707房间。房子里坐着肖一刀和郭绪良等人。张飞不知道自己为什么被抓，肖一刀面目狰狞地说："听说你跟那个小警察走得很近，还时常给他通风报信。我们哥俩上次差点栽在他手里，也是你放的消息吧。"张飞后来才知道，肖一刀他们再买高价票，都是让他手下的两个兄弟把票直接送到雪花大酒店707，当面交给他们。两个兄弟看到肖一刀他们的风光，一心要跟着干，为了换取信任，就把张飞卖了。张飞在酒店被打得很惨，一条腿硬生生被肖一刀用一根铁棍打断了。肖一刀告诉他："敢跟警察走近，就是这个下场。"然后，他被拉到医院门口扔下了，一帮人扬长而去。后来，四哥那里也好像接到了信息，让张飞以后不用跟着他干了。听说，这伙人的势力很大。

杜岩看着他一瘸一拐的样子，问："好好一条腿成这样了，以后怎么生活？"

张飞说："水果摊虽然挣得不多，但心里踏实多了。跟原来比，现在才算有个人样了。"

"都是我害了你。你放心，以后我一定不会饶了这帮家伙。"

"有你这句话就行。他们那几句话，吓不倒我。以后我还会盯着他们。我这条腿不能白断，早晚让他们血债血偿。"

"这伙人下手狠，你还是不要再惹他们的好。"

"你放心，没事的。"

临别的时候，杜岩问："你干吗这么信任我？"

张飞说："因为你把我当兄弟。"

在回石沟驿的火车上，杜岩望着车窗外闪烁的点点灯火，一路心事重重。他很喜欢坐火车的感觉。这种感觉就像命运，把一切都交给它，不问目的，不管前方，不用自己做决定。反正谁也决定不了它何时停车，要停在哪，只能被一股巨大的惯性推着向前。此刻，杜岩的命运就如这趟列车，根本不知道前面究竟会有什么在等着。

到石沟驿时已是深夜。一下车，几声悠长的犬吠传来，提醒他这几天发生的事已离他越来越远。

一周以后，杜岩趴在锅炉房里，就着一盏昏暗的灯光，带着一腔无法发泄的痛苦，给杨梓写了一封信：

不知道该怎么称呼你好，就先叫你姐吧。

石沟驿的生活正在改变着我，让我知道，在这个世界上，我还有那么多的时候无能为力。生活也许刚刚开始，但我却倍感举步维艰。不管在多么偏远的地方，不管我把自己封闭在派出所的锅炉房，还是我试图接受我现在的处境，但我的心始终平静不下来。这颗心也许从出生时起，就被塑造成了这样，不管我付出多大的努力，也无法改变它。现在，我觉得这样也好，干吗要去试图改变自己的内心呢？社会的复杂程度远远超出了我的预想，而我也不适合应付这种复杂的社会。我只有一个心思，就是当一个好警察，当一个我理想中的英雄。我知道我还差得很远，但我在石沟驿无所作为，每天只能无休止地在荒无人烟的线路上巡线，在只有野兔和麻雀的荒山野岭上狂奔。我无法让自己习惯平静的生活，直至衰老，直至死亡。

爱情是个多么美好的东西，值得每个人去追逐。可是，这段时间我时常问自己：你做好准备了吗？你值得拥有这份美好吗？在你满脑子乱七八糟的关于当英雄的想法里，给爱情留下了多少空间？我视你如珍宝，却忍心把你扔在一边，只顾沉浸在自己的情绪里；我念你如炉火，但把这炉火熄灭在了石沟驿的荒山莽原里，对你只字不言。一切的一切，都是因为脑子里这点念头，因为当英雄、出风头的念头胜过了一切。我战胜不了自己，说服不了自己。这念头如同一颗种子，在警校的时候就生了根；在凤城实习的时候，它开始迎风生长；遇见你的时候，这念头蛰伏着，曾经有一段时间，我幻想就这么安安静静地生活，波澜不惊，但幸福甜蜜。可是，在石沟驿，当这种平静就摆在我面前时，我知道我无法沉入其中。没有其他的干扰，心里的种子更加蓬勃生长，快要把我的心撑破了。我可能注定是个爱闯祸、爱惹事的人。

石沟驿困不住我。就算在这里待上十年、八年，走出去我依旧想去寻找血与火的拼杀。就像这里的一种芨芨草，枯了，干了，也要把枝条长成一根根坚硬的刺。

成为什么样的人，是骨子里流淌着的东西，我无法选择。但是，你可以选择。

生命就是生命，不管多么渺小。它可以卑微如野草，但也能向往春天。我无法控制自己的想法，就如我无法控制自己的欲望。我希望我所爱的人都能幸福长久，也希望我能开启最美妙的人生。为爱情而失去想要的生活，我不愿；为了自己的生活而让所爱的人受罪，我更不愿。这些矛盾复杂的想法让我分不清哪个是对，哪个是错。我有时害怕自己想要的太多，最终反而会一无所有。但我就是这么一个人，丝毫不掺水分。

　　石沟驿的生活单调乏味，但无法熄灭我内心的火。那么多美好的爱情我听过见过，也遇到了，但我不知道我能不能拥有。我这一刻真的像一个小学生，在爱情这门课面前，脑子里一片空白。我不知道怎么去书写，更不知道你会怎么来批阅。

　　生活充满了不确定性，而在所有的冒险中，为爱而冒险无疑是最大、最漫长的挑战。我已经上路，不管等待我的会是什么。

　　这封信送到医院的时候，恰好段嘉诚来看杨梓。因为常来，医院传达室的大爷早已认识了他，喊住他，让他把信带给杨梓。看着信封上熟悉的字迹，段嘉诚怎么也忍不住打开看看的欲望。他看完信，做了个连自己都有点吃惊的决定——把信装进了口袋。

　　而此时，杜岩正窝在石沟驿的山坳里，头发蓬乱、表情阴郁、两眼通红地望着远处起伏的山峦。

十四
尺短寸长

　　方坤走出安树广办公室的时候，心里清楚他和安树广算是撕破脸皮了。安树广这个人，在公安局还没有人敢驳他的面子。据说程鹏有一次在凤城一家夜总会叫了几个小姐陪酒唱歌，遇上辖区派出所所长带着几名民警进来检查，就马上给安树广打电话。安树广觉得很丢面子，竟让所长向所有小姐敬酒，赔不是。堂堂七尺男儿的派出所所长当场落泪。方坤知道，安树广急于升任凤城市公安局局长，雪花大酒店的贩毒案引起社会关注，无疑会给他带来许多不必要的麻烦。方坤坚持要求检察院介入调查，就已经站在了安树广的对立面。今后，安树广少不了要找自己的麻烦了。方坤此时已隐约意识到，这起案子绝不是简单的贩毒案，否则安树广不会这么关注。案子背后，是不是还有更深内幕？这一切，是否与雪花大酒店的老板程鹏有关？事已至此，方坤已无退路。案子如不查清，他无法给自己一个交代。

此时的方坤，在禁毒大队已成了孤家寡人，想要调动禁毒大队的力量来办案，显然不可能。他一面继续给市纪检部门、省检察院写信，一面决定想办法摸清雪花大酒店的底细。

多年禁毒，方坤的眼线、耳目也不在少数。渐渐地，他发现雪花大酒店跟本市的贩毒团伙有着密切联系。这里简直就是本市毒品的最大集散地，贩毒团伙的幕后老板似乎就是雪花大酒店的老板程鹏。至于程鹏为什么会如此明目张胆，贩毒渠道又是什么，方坤一时还没有查清。尤其棘手的是，不管他干什么，牟仲平都会如附骨之蛆，紧紧盯着他，令他无法分身。再加上队里又不分配具体工作，他无奈之下，干脆以治疗肠胃沉疴为由住进了市第三医院。他想着，住院期间牟仲平不会盯着不放，他就能脱身进行侦查。

申请住院时，牟仲平就以安树广的名义让他交出配枪："住院期间，你的安全就由我负责了，不用再带枪了。"

看着牟仲平脸上的阴险，方坤全身血液凝固了。他解下配枪，重重地放在桌上。

方坤住院，杨梓病愈，正好当了他的主治大夫。她发现他胃病有慢性萎缩迹象，在临床是胃癌的前期症状。因他是警察，杨梓的治疗格外用心。但他非常不配合，每次用完药，就找借口消失不见了。杨梓查房时责备说："你的胃病比较严重。不配合治疗，病情还会加重。你这样经常往外面跑可不行，出了问题谁负责。"

方坤歉意地说:"我的身体我知道,没啥大问题。手上有个案子很急,杨大夫您多体谅。等办完这个案子,我一定老老实实躺在医院配合治疗。"

"那可不行。到了医院,就得听大夫的。案子再急,可以让别人去办。你的首要任务就是接受治疗。"

方坤无奈地笑笑说:"姑娘,你是不了解我们警察,再急也急不过案子。这案子没结果,我就是躺在这儿,也安心不下来。"

"谁说我不了解你们警察啊!我认识一个警察,跟你一个样,为了搞案子能不要命,一心就想着当英雄。"说这话的时候,心里泛起一丝说不清的滋味。

方坤接茬跟她聊起了这个小警察,知道了杜岩这两年的一些惊人之举,笑着说:"你这个小警察朋友不简单,很有点拼命三郎的架势。胆大包天,心细如发。这种性格,还真是块干刑警的好料。"

"他呀,一心就想当刑警。现在被分配到小站派出所,心里不知道多憋屈呢。"

"多经历点挫折,将来才能成大器。你告诉他,要是连一个小站派出所的民警都干不好,那将来也成不了一个好刑警。"

"他现在不知道在跟谁生气。我连他的面都见不着,怎么告诉他呀。"杨梓说着,就有些伤感了。

"年轻人心高气傲,受了打击难免闹情绪。这说明他还没放弃。要是安于现状,习惯了被命运摆布,那这辈子就什么事都成不了了。"

"你这话,跟他说的一个样。你俩看来倒像一对知音。"

"我俩大概是一类人吧。说实话,我倒是很想见见你这个男朋友。"

方坤点破两人的关系,让杨梓有点不好意思,羞赧道:"人家可没把我看得那么重要。他心里是怎么想的,我有时候都弄不懂。"

一老一少相聊甚欢,方坤借机说:"杨大夫,现在理解我们当警察的了吧。那我是不是可以抽空去办完手头的案子了?"

杨梓态度坚决地说:"不行!"

杜岩没等到杨梓的回信，却等到了马原的电话。按照杜岩交代的办法，他到石门站和派出所同乡设了个局，邀了几个经常赌博的职工一起打牌。一晚上下来，果然有不少收获。职工反映，车站汽车班的司机李永安经常打牌，前段时间还输了不少。李永安是石门车站站长李自如的儿子。李自如共有三子，分别叫永义、永平、永安，唯有此子生性顽劣，经常在石门车站地区惹是生非。赌输了钱，债主上门，家里给赔；打架伤了人，也是家里赔钱。这些年为了他，李自如不知道赔了多少。其他兄弟对李永安恨之入骨。尤其二哥李永平，已年近三十，还没结婚，就是李永安把家底都快折腾空了。据说有一次李永平喝了酒，跟李永安在家门口打起来，进屋抄了把刀，追着李永安满广场跑，还是大哥李永义把刀夺下的。马原说，案发那天晚上，李永安倒是的确没有作案时间。两个哥哥作证说，李永安那天喝醉了，怕他出去惹事，把他锁在了屋里。不过车站职工说，这小子经常和不三不四的人在一起，来路不正。

马原问："接下来怎么办？"

杜岩说："你现在别把自己当警察，就当偷车贼。偷了车，你现在会干吗？"

"卖啊。不过，现在卖太危险。要是我，我就先把车藏起来，等风声过去了再卖。"

"我也这么想。但是，那么大一辆车，会藏在哪儿呢？"

"如果是我，肯定藏在别人轻易到不了的地方。"

"这地方不能太远了，远了不放心；不能太近，近了太危险。你就在周边三十公里以内的范围查查看！越是你意想不到的地方，越要仔细查。"

马原遗憾地说："专案组应该把你抽过来。你来了，早破了。"

"别想了！我在这石沟驿，估计早被人遗忘了。"

杜岩这话可没说对，他的事，吴玉甫和石坚都没忘。吴玉甫把从杜尚清那儿了解到的关于杜岩的情况，都告诉了石坚。"你要是再不帮杜岩，那小子早晚得抑郁症。"

石坚皱着眉头说:"你以为我不着急啊,李乃谦那儿我都去过好几回了。你猜人家怎么说?说这种好惹事的主,还是放在沿线,对公安处和他本人都好。"

"我可就带了这么一个徒弟。我现在一把年纪了,你不把他要回来,所里反扒的活谁干啊。"

石坚说:"你冲我喊有什么用?这事儿,我说了又不算。你容我想想。"他琢磨了一会儿,忽然想起什么了,问吴玉甫,"听说你那个老伙计杜尚清,他那儿是不是收藏了多年的全国各地的火车票?"

"是啊。咋了?"

"我听说,李乃谦好像也喜欢收藏这玩意儿。你能不能跟老杜商量商量,把他那些收藏贡献出来,当个见面礼?"

吴玉甫一听,摇着头说:"那可是他的命根子,我可要不来。"

"那没办法了。咱又拿不出像样的东西,总不能空手去求人吧。"

吴玉甫为难了,在石坚的办公室踱了半天步,叹了口气说:"那我去试试。不过,真要是拿来了,你可不能让它打水漂啊。"

石坚说:"只要能把收藏本拿来,我估计这事准能成。"

吴玉甫带了两瓶酒,坐着小火车,在离开石沟驿多年后,第一次踏上了这方土地。一下车,他就想起了发过的誓,嘴角露出一丝苦笑。杜尚清听说他来了,一路小跑地迎出来,见了吴玉甫大笑道:"快十年了,还是你熬不住了吧。我就不信,你这辈子能不回来。当年你离开时咱俩打赌,你要是不再踏进石沟驿,我也绝不从这里走出去。谁先破坏规矩,算谁输。怎么样,到头来还是我赢了吧。"

吴玉甫无奈地看了看他,说:"跟你,我还用讲那么多规矩吗!这石沟驿又不是你杜尚清的,我想来,谁也拦不住。"

"你来了就别想轻易走!这次,我得让你把欠我十年的酒都喝够。"

老哥俩搂着肩膀往里走,反倒把跟在后面的杜岩扔在了一边。

晚上,杜岩用套到的兔子给师傅做了道菜,杜尚清拼了盘花生米,两人支开杜岩,坐在办公室里,围着炉火边喝酒边叙旧。

"咱俩刚来这里的时候,多年轻哪。一晃十多年了。你说,要是我没有离开，咱俩都待在这里，会是个啥样。"

杜尚清笑道："我看你可没有要留下来的意思。从你独自去抓苗建平就能看出来，你不属于这里。你这人，心里谋着事呢。"

"那也是当时年轻。要是换作现在，我倒觉得你这地方清静，是个修心养性的好去处。"

"可惜，你享不了这清福。你这徒弟跟你当初一个样，别看整天待在这里，哪儿都不去，可那双眼睛里冒着火。他也不是个久居池中之人，早晚要走的。这地方，就适合我这样的老头子，胸无大志，心无所求。我待在这儿，这石沟驿才像个石沟驿，我也才像我。"

"在这里，觉得憋屈；出去了，发现外面也一样。这世上的规则好像专门给我们制定的，别人可以随意破坏，却升官的升官、发财的发财。我们稍不小心就会犯规，就会受到处罚。"

"你是说你那个徒弟呢，还是在说你自己？你那个徒弟我还挺喜欢，有韧劲，有胆量，有头脑，将来没准比你强。"

"强有什么用，还不是在这山沟里窝着。你这辈子就这样了，愿意享清福，尽可以在这里享受。可他还年轻，再待下去，就跟你一样了。"

杜尚清哈哈大笑道："我说你怎么舍得拉下脸来我这里，原来是为了徒弟啊。说实话，这地方确实不适合他。不过，你跟我说这些有什么用，我又不能决定他的命运。"

吴玉甫就嘿嘿一笑道："这事，你还真能帮上忙！就看你愿不愿意了。"

杜尚清借着酒劲，一拍胸脯说："笑话！你我都一把年纪了，还有啥放不下的。他是你徒弟，也是我的兵，只要能帮上忙，你尽管说！"

"这可是你说的，一会儿可不要反悔。"

"说了半天，你到底惦记我这儿的啥呢？我也没啥能拿得出来的呀！"

"要是让你把收藏的车票拿出来呢？"

杜尚清一听，把酒杯往前一推，说："好啊，原来你惦记我那些宝贝啊！亏你想得出来，那可是我多年的心血！为了你徒弟，你可是真舍得下血本啊！不行，除了那些收藏，别的我都舍得。"

"别的你还有啥？告诉你，也就是你收藏的那些破烂，在人家眼里还算个玩意儿。我今天大老远来，你以为是来看你的啊。看着年轻人在这里荒废，我就觉得心疼。你那些东西算什么，充其量不过几张破车票。那些玩意儿能跟年轻人的将来比吗？你不舍得拿出来，将来等着跟你一起埋在地下吗？"

"你说得轻巧，破烂？你给我拣点这样的破烂试试？！我的那些宝贝，可是上过《收藏》杂志的，有人出大价钱我都没舍得卖。"

吴玉甫喝了一大杯酒，两眼通红地看着杜尚清说："瞧你这点出息，说到钱了。那你说，多少钱，我买。"

杜尚清毫不示弱："我这些宝贝，给多少钱也不卖。"

吴玉甫皱着眉头说："算了，就当我没说。你就守着那些宝贝，在这山沟里待着吧。"

两人喝得不欢而散。第二天，吴玉甫一大早就要赶火车回去，杜岩一直送到站台，却没见杜尚清的影子。"师傅，昨晚上你俩没吵架吧。吴所长怎么都不来送送你。"

吴玉甫环顾四围说："早知道他是这样的人，我这趟说什么也不会来，白白害得我坏了自己定的规矩。你在这儿先老实待着！只要心不死，早晚会有出头之日的。"

吴玉甫说得伤感，杜岩听得悲观。想到师傅为了自己的事专程来这里，不禁有些感动。"师傅，你放心！我不会给你丢脸的。"

两人正说着话，等着火车进站，就见杜尚清喘着粗气跑了过来，把厚厚一本夹子往吴玉甫手里一塞，说："给你！连个招呼不打就走，把我当什么了？！"

吴玉甫掂着手里的收藏夹，本以为没有希望了，没想到这就到了手中了，意外得说不出话来。想到这些年来杜尚清一张一张地收藏，在灯下一页一页地翻看，藉以打发着寂寞的时光，也渐渐掂出了收藏夹的分量，就有些不忍了，对他说："算了，这东西你还是留着吧！这么多年的心血，挺不容易的。回去我再想别的办法。"

没想到杜尚清两眼圆睁，态度坚决地说：" 你罗嗦什么！不就是一些破车票吗，留着它能干啥？！你说的对，啥都不如年轻人的前程重要！你这个当师傅的有这样的境界，我这个当所长的就没有啊？！"

杜岩在一旁听了半天，终于听出点端倪来了。昨天师傅突然来访，他就纳闷这老头怎么改主意了。原来，师傅还是为了自己的事啊。这本收藏可是杜尚清多年的心血，他视如珍宝，师傅要它干什么？"师傅，你俩这是说什么呢？我怎么听着跟我有关系？如果是为我的事，你可别费周折了。求人的事，你做不来，我也不稀罕。大不了在这里多待几年。我就不信我这辈子就困在这里了。"

吴玉甫说："你就别逗英雄了！告诉你，跟时间比，多硬的汉子都是狗熊。我当初在这里一待十年，多少事都荒废了。老杜在这里待了一辈子，你问问他，啥叫英雄？剩下的事你别管，你就给我把人做好，把本事学好，将来出去了，别给我和老杜丢脸！"

杜尚清也说："对。我在这儿待了一辈子，弄明白了一个道理：心静不下来，待在哪儿都不会踏实。你和你师傅一样，都是心里有想法的人。去外边闯吧！不去试试，怎么知道你的想法对不对。将来心静了、想法没了，再回这里来，你就能真正享受这石沟驿的安静了。"

临上车的时候，吴玉甫拉着杜尚清的手，说："有机会出去转转，别总窝在这山沟沟里当神仙。告诉你，苗圃可还记得我们呢。她现在啊，是我孙子的幼儿园老师。她可说了，当初我们俩都没好好请她吃过一顿饭。这么多年了，总得补上吧。"说着，两人哈哈大笑。

回到凤城，吴玉甫把收藏夹往石坚桌子上一扔，说："后面的事，可就看你的了。"

石坚翻开一看，咋舌道："杜岩这小子有福气啊，硬是把老杜的命根子给摘下来了。行！有了这东西，我敢保证：让他回来，有门！"

果然，物以稀为贵。当石坚把收藏夹拿给李乃谦时，李乃谦眼前一亮，爱不释手地细细翻阅，竟置石坚于不顾。石坚说："李处，怎么样？是不是称您的心意？"

李乃谦目不转睛地说："好东西！好东西！在别人眼里，这是一些没有用的废纸。可是，在收藏界，这些东西无价啊！你看这张，可是当年我们局开通第一趟列车售出的第一张车票。还有这张，这是我国铁路使用的第一套火车票。这简直就是一本浓缩的铁路史啊！"

石坚借机说："东西是好，价值也不低呀！为了弄到他，可是花费了不少心思！"

李乃谦头也不抬地说："你葫芦里卖的什么药，我还不清楚？说吧，想让我帮什么忙？"

石坚笑着说："实话告诉您，这东西可不是我弄来的，这是杜岩送给您的。他听你您也喜欢收藏这些，花了大价钱从杜尚清手里弄来的。"

"杜岩？他有这份心？"

"李处，你可不知道这一年多时间，杜岩在石沟驿变化有多大。他说了，以前是自己不懂事，尽给领导添麻烦。现在他明白了，要想干出点事业来，少不了领导的支持啊。"

李乃谦不停地翻看着收藏夹，实在爱惜不已，想了想说："既然他思想有所转变，那就给他一次机会。不过，他的毛病你最了解。以后你到哪儿，他就跟到哪儿。出了问题，连你一块处理。"

石坚说："李处，你这是搞株连啊。"

"谁让你一直护着他？他这个爱闯祸的刺头，你不背谁背！给你提前吹个风，处里已经决定，调你去乘警队任队长。等你到位了，让他去你那儿。"

石坚说："我怎么听着像是我沾了他的光了？"

李乃谦道："沾光？你最好把他看紧点！再闯出祸来，我看你还怎么保他？"

此时，在石沟驿车站，杜岩和杜尚清并排坐在一个高高的山丘上。眼前，丘陵起伏，蓑草丛生。一轮昏黄的落日将面前的一切涂抹得辉煌壮丽。杜尚清拍了拍杜岩，说："你师傅说的没错，别跟时间比，到头来会输得干干净净的。我这辈子没出息，所以不敢出去。你不一样，出去了就什么都别怕。大不了再回到这里来，咱爷儿俩一起享清福。"

杜岩嚼着一根枯草，嘴里涩涩地说："所长，师傅和我都把你扔这儿了，这算怎么回事儿。"

杜尚清说："我有那么惨吗？我倒是觉得，是你们师徒俩跟我斗了这么多年，也没能把我从这里斗出去。"杜尚清说完，哈哈大笑起来。

红日西垂，凉风习习，满天星斗在石沟驿上空闪烁着，照耀着这一片亘古不变的天地。

十五
离地三尺

没过多久，石坚果然调任乘警队队长，而杜岩也接到了调离石沟驿的文件。那天，杜岩翻了一下日历，从他到石沟驿的那天算起，不知不觉，整整一年半了。

杜尚清等人扛着行李，送杜岩上了站台。杜岩说："所长，以后我跑车的时候，一定帮你收集各种火车票，给你送来。"

"我对那个没兴趣了。你给我记住，混不出个样来就别再回来！"

铁路上流传着一句俗语：离地三尺活神仙。这句话是形容常年在列车上跑车的乘警、乘检、列车员的。列车一出站，就成为一个相对独立的流动社会，而这些人就是这个小社会里的特殊群体。他们看似逍遥自在，无拘无束，但实际上，一趟列车从始发到返回，有的需要四五天行程，要经过数十个车站，接待上万名旅客，遇到任何问题，都只能由他们处理。值乘途中，不管家里有多么要紧的事，也只能强忍煎熬，等到列车返回。积年累月，寒来暑往，他们的辛苦无人理解。

杜岩刚到乘警队，石坚问他想跑哪趟车。在乘警队值乘的列车上，有几趟因为行程短、发案少，值乘条件相对较好。而另外的几趟由于往返时间长，途中案件多，旅客成分复杂，乘警工作比较辛苦。杜岩初来乍到，感觉浑身的劲没处使，就要求把他分到案件最多的列车上。就这样，他成了凤城到广州的列车乘警，乘警长是值乘多年的赵前进。赵前进四十多岁，肤色黝黑，身材精瘦，为人干练。跑车多年，什么样的复杂问题他都碰上过，每次都处理得井井有条，是乘警队的得力干将。不过，杜岩上车的时候，正赶上赵前进人生的重大转折。他平时依然大着嗓门说话，毫无顾忌地跟列车上的女服务员开着各种玩笑，一到晚上，躺在乘务阁休息的时候，杜岩就发现他辗转反侧，哀声叹气。

　　杜岩是第一次跑车，对车上的一切都感到新鲜好奇。按照赵前进的交代，不时在车厢内来回巡视，提醒旅客看管好财物，帮助老弱旅客摆放好行李，协助列车员检验车票，跟着餐车服务员招呼旅客用餐，忙得不亦乐乎。赵前进告诉他，跑车这行当，凭的就是股子机灵劲。列车上有负责旅客乘车的客运部门，有负责车辆安全检查的车辆部门，还有负责列车治安的警察——这些部门各有权力，又各有利益，搞不好就会起冲突。乘警既要理处理好各方面的关系，还要能在车上树立起足够的威信。不然，什么事都不好办。

　　列车开行没几站，杜岩就对赵前进的话有了深刻体会。途经一个小站，上来两名派出所民警，说是要到湖南查一起案子，让赵前进帮忙解决两张卧铺。车从凤城出发就是满员状态，卧铺都已经满了。赵前进却大大咧咧地说：没问题。上了咱的车，就把这儿当成自己家，有什么问题找乘警。两个民警看来和赵前进很熟，客气几句就先进了乘警阁，等着赵前进安排。杜岩跟着赵前进找到列车长，列车长一脸为难，说卧铺都满了，实在没有办法。赵前进对这样的答复显然不乐意，大手一挥说："你的意思是，让我的人在车上站几百公里吧？"

　　列车长说："没有卧铺，我有什么办法。"

　　"卧铺有没有都没关系，关键是态度得有。我给你点时间，你再想一想，看看是不是真没办法了。"

　　赵前进说完，拉着杜岩往回走。来到宿营车连接处，看看四周没人，对杜岩说："看着没，前面那几档都是列车员的铺！去，把他们铺里的托盘、茶杯、水壶捡几件，给我扔到车窗外面去！"

杜岩一愣，没明白他的意思。赵前进一把拉开他，挤进卧铺，捡了一个茶桌上的托盘、保温壶，打开窗户就扔了出去。杜岩在一旁看得目瞪口呆。赵前进拉着他躲进乘警阁，和两个民警说话。不一会儿，就见列车长苦着脸来了："赵哥，我让列车员挤一挤，腾出了两个铺。"

赵前进故作姿态地说："是吗，那不是太麻烦弟兄们了吗。"

"不麻烦，不麻烦。就是以后你老哥下手轻点，丢一个托盘，要扣我们五十块钱，丢一个水壶要扣一百呢。"

赵前进说："什么丢不丢的，我怎么没看见。"

列车长无奈地说："丢就丢了吧。下回赵哥有啥事，咱们兄弟好好商量着来。"

列车长一走，赵前进就哈哈大笑。两个民警看来也深谙此道，一同对赵前进竖起大拇指说："高！"

几个人闲聊中，杜岩在一旁才听明白，原来这车上大大小小好几个单位的人，每个人都有关系户要往车上送人，要求帮助办理卧铺。铺少人多，要办理就得凭个人的关系和手段。乘警有时碰上这样的事实在解决不了时，只好动用手段逼列车长就范。他们有很多对付的招数，杜岩看到的只是其中一种。赵前进说："不斗争，怎么办？不斗争，你在车上就没地位。列车长手里拿着车票，想给谁就给谁。凭什么让他们做人情，都给了他们觉得有用的人。我们警察坐个车，连个卧铺都没有。没这个道理。"

一位民警就说："这也就是你老赵，敢硬碰硬。换成有的乘警，列车长说啥就是啥。我们有时坐他们的车，别提多委屈了。"

"这算是客气的了。上回，上来几个他们的领导，我一晚上查他们六七遍，看证件，翻行李，整得他们领导一晚上没睡成，把车长骂惨了，回去就给撤了。不是我找他们麻烦，我们有时上来个人，他们的态度让人一看就有气。"

杜岩那时隐约知道，车上这个小团体，内部也是各种争斗。平时看似一团和气，一遇到利益，彼此站在自己立场上。赵前进告诉他，跟车班的这些争斗顶多算是小动作。听说在别的地方，激烈争斗多了去了。

因为物流不通，很多物资都靠火车运输。列车工作人员走南闯北，有着先天的便利条件。比如：从南方带一些珍稀花草、水果，从东北带一些土特产，有的甚至带回烟酒，回到本地转手倒卖。这种现象在当时的列车上十分普及，铁路把这种行为叫"捎买带"。有个外省乘警经常从南方带烟，带酒，又跟车上的关系搞得很僵，结果在途中被列车员举报。铁路稽查中途上车检查，所有捎买带物品全部查缴，还将他辞退出铁路公安行列。赵前进提醒杜岩，在火车上，谁都不能太相信了。

　　列车一过衡阳站，赵前进带着杜岩，在车厢里巡视得格外勤快。他说，这一段小偷小摸特别多。有的时候，好几伙贼会同时上车，疯狂作案，洗劫车厢，有句话叫"火车好坐，衡阳难过"。杜岩一听，如临大敌。同时，他也盼着能碰上几起大案，试试身手。所幸第一趟出乘并无案件发生，赵前进长吁一口气，杜岩却若有所失。

　　从广州返回时，杜岩对车上的情况了解得差不多了，和赵前进也熟络起来了。他听几个年长的列车员说，赵前进正在闹离婚，和一个女列车员好上了。那人名叫梁丽君，和赵前进一个班组，经常说笑打趣，竟然产生了好感。有一次车到广州，趁着几个小时的停车时间，两人睡在了一起。女列车员才二十多岁，尚未结婚，自然不能便宜了赵前进，逼着让他离婚。赵前进无奈，只好跟原配摊牌。老婆跑到客运段和公安处大闹一场。此事尽人皆知，梁丽君也被调到了另一个班组。赵前进一看老婆撕破脸皮，索性一不做二不休，直接起诉法院离婚，净身出户，做起了与梁丽君过日子的打算。

　　列车员说，男男女女一出去就是好几天，长年累月，难免就好上了。不过，像赵前进这样闹起事端的还真不多。有的说，老赵是个爷们，敢做敢当；有的说，老赵这是脑子有病，假戏真唱。听说赵前进正在四处凑钱，想着再买套房子，把两人的事给办了。不过，好像没人愿意借钱给他。

　　看杜岩听得仔细，一个列车员就说："小伙子，今后找老婆，千万别找跑车的，靠不住。"

　　另一个就骂他："放屁！我老婆也是跑车的，这么多年过来，不也好好的嘛。"

那一个就说:"你别自欺欺人了!这会儿,你老婆还不知道跟谁在一起呢。"

两个人就笑骂着,在车厢里追打起来。杜岩皱了皱眉头,心想,这些人说话开玩笑可真是没有一点底线,什么话都敢说。他亲眼看到晚上休息的时候,一个男列车员进错了卧铺,一掀帘子,里面全是正在换衣服的女列车员。女列车员大骂他流氓,他竟然不躲不避,伸手在其中一人身上摸了一把。众人一时哄笑,竟也毫不为忤。这样的环境,让杜岩多少有些不习惯。但想想,长途跑车,一群人封闭在狭小的空间,除了工作,更多时候只能借此消遣一路的枯燥了吧。

晚上休息的时候,杜岩看赵前进躲在铺上,反复在看两块手表,就问:"警长,那两块手表有啥研究的,你都快看半小时了。"

赵前进说:"正好,你看看,这跟真的梅花表有啥区别。"

杜岩接过来看了半天,说:"看不出来。反正真的梅花表我也没见过。"

"看不出来就好。在广州地摊上买了,一对才一百多块。哎,就算是结婚的定情信物了。"

"警长,你这趟回去就要结婚了?有什么要帮忙的?"

"是。二婚嘛,就叫了几个老哥们凑凑热闹,没啥可忙的。"

杜岩看着赵前进一脸索然,试探着说:"警长,你这样子哪像是要结婚哪,简直就像要上战场。"

赵前进说:"你这话算说对了,这结婚跟上战场其实是一回事。找对了人,这辈子就跟打了胜仗一样,天天都是解放区。要是找错了人,那就完了,一辈子翻不了身,比打了败仗还惨。"

"那,怎么才能找到对的人?"

赵前进看了看他说:"那就要看你小子的造化了。你没听人说嘛,好汉无好妻,癞汉娶仙妻。你要是条好汉,这辈子婚姻肯定顺不了。"

杜岩又问:"那为啥?"

"为啥,就因为你是好汉!在家你要护着你的兄弟姐妹,照顾你的父母家人；在外你好讲义气撑面子，结交朋友；工作上你不偷懒不耍滑，有时候连家都顾不上。别人说你是好汉，是因为你重情重义。可你大把的时间都用在了别人身上，把辛辛苦苦挣来的钱也花给了别人，你想，你这样的人，老婆能对你好吗？你配娶好老婆吗？"

赵前进的一番话，不知是发牢骚还是真有所悟，但在杜岩听来，却句句都往心里扎。本来以为婚姻是一件很美好的事，但听了师傅和杜尚清的故事，眼见了赵前进的遭遇，渐渐感觉到"婚姻"这个词的沉重了。

跑了几趟都没有遇到案子，杜岩有点沉不住气了。赵前进告诉他，按照他的经验，如果一段时间格外平静，接着就会案件频发。他让杜岩多在车厢里巡视，抓不到小偷没关系，能把贼吓跑就算有成绩。一旦发案，就有的忙活了。

杜岩在派出所跟着师傅吴玉甫学反扒，面对的是车站广场、候车室数千人的大范围、大区域。如今在列车上，一列车只有千多人，每节车厢又相对狭小封闭，对杜岩来说，要抓贼反而得心应手。列车一进入案件高发地段，他跟赵前进说明用意，换了身便服，就钻进车厢蹲守去了。赵前进不知道杜岩的本事，想着石坚特意叮嘱过，愿意蹲守就由他去，年轻人不知天高地厚，以为抓贼就那么容易。赵前进根本没在意，没想到杜岩蹲在车厢里一连七八个小时不见动静。赵前进不放心，正要去找时，就听车厢里一阵骚乱，一群旅客围着杜岩走了过来。杜岩神气十足地走在前面，一手拎着手铐，手铐上挂着一个尖嘴猴腮的人。赵前进正在愣神之时，杜岩把人铐在卧铺风挡处，被盗的钱包、证件也摊开来，摆在了小茶桌上。

这起扒窃案人赃俱获，杜岩抓的时机很准，小偷想不承认都没办法。作完笔录，一应手续都办妥了，赵前进这才重新上下打量杜岩，说："哎呀，我说石坚让我好好照顾你呢，敢情你是个人才啊。厉害，厉害！"

杜岩说："我这算啥，我师傅吴玉甫那才厉害呢。"

"闹了半天，你是吴玉甫的徒弟呀，难怪有这身手。你师傅和我还一起搞过案子。那老头，除了脾气不好，别的都好。"

初战告捷，杜岩也是十分兴奋，感觉在石沟驿这一年多的憋屈一下子烟消云散，心里敞亮了许多。"警长，有我在，你就放心歇着。有多少贼上来，咱抓多少。"

赵前进说："我的乖乖，你小子口气不小啊。我跑了这么多年的车，还没遇见过你这么张狂的。行，自古英雄出少年。只要你能抓到，我就负责你给腾出足够的地方来。这节车装不下，咱就把旅客全都撵下车，这趟车全都给你小子留着装小偷。"说完，两个人哈哈大笑。

这趟车还没到广州，杜岩前后就抓了三个贼，全都人赃俱获。赵前进高兴得合不拢嘴，嚷着让餐车准备大餐，他要好好犒劳他。

两人担心抓获的小偷路上出意外，一路轮换看押，弄得疲惫不堪。返程经过衡阳的时候，忽然有两个穿着讲究的人来找赵前进。赵前进不知其来意，将他们让到乘警阁坐下。一人掏出两条中华烟，放在赵前进面前。

赵前进问："啥意思？有话直说！"

那人微微一笑，说："久闻警长大名，今日专门前来拜访，希望能跟警长交个朋友。我也是这条道上跑的，山不转水转，今后如再遇上，不至于大水冲了龙王庙。"

这几句文绉绉的话把赵前进听得直起鸡皮疙瘩，不耐烦地说："能不能好好说话？别跟我绕弯子，你到底是干啥的？"

那人打了个手势，旁边一人赶紧起身离开，就剩下他和赵前进："不瞒警长，兄弟就在这条道上混口饭吃。前两天听说警长抓了几个兄弟，也怪这些人不懂规矩，没有提前来拜见。跑这条道，你是主，我是客。您只要高抬贵手，我们才有条活路。当然，我们也绝不会亏待了警长。有财大家一起发嘛。"

赵前进一听，算是明白了，不禁吸了口凉气。"原来你就是一个贼啊。胆子不小，敢上门来找我。不怕我直接把你抓了？"

那人笑道："我现在可是一个良民，刚才那几句话也是坦诚之言。这条道上跑的可不是警长一个人，也不止你们这一趟车。咱们买卖不成仁义在嘛。"

赵前进一时气得说不出话来，心说这小偷都跑到我这儿谈判来了，眼里还有我吗。有心当时就翻脸，又一想，他敢有恃无恐地来，心里肯定是有准备的。再说，现在就算抓了他，一无赃物，二无证人，还是定不了他的罪。他最担心的是眼前这个人给自己栽赃。如果让人知道自己跟贼谈判，就算自己是清白的，到时候有嘴也说不清了。想到这儿，他起身叫来两个列车员，让他们把正在看押三个小偷的杜岩换过来。将来如果有对自己不利的情况，至少杜岩还可以作个证。

路上，赵前进把前因后果都给杜岩讲了一遍，杜岩也是目瞪口呆，说："这帮人胆子这么大啊！这不是摆开架势跟我们干上了吗？"

赵前进说："听他话里的意思，他们肯定不是第一次这么干了。没准别的车上早就有人跟他们达成妥协了，才敢这么明目张胆地来找我们的。"

杜岩问："那我们怎么办？"

"别急，我有办法。"赵前进眨着眼睛说。

两人来到乘警阁，赵前进指着杜岩说："这是我兄弟，有什么话不用避讳。"那人就欠身，谦卑地打了个招呼。赵前进接着说，"刚才你说的一起发财，这个财怎么发，能不能说明白点。"

"这个好办，我和兄弟们在这条道上跑，不管挣多少钱，每年我可以给你和你这位兄弟每人这个数。"他伸出五根手指。

"五千？"

"五万！"

杜岩心里一颤。当时，他每月的工资也不过五六百块。

"够意思。不过，就算你给我这么多钱，我也不能由着你手下在车上胡来啊！不然，我怎么交差？"赵前进有意想让对方把他们的打算全盘托出。

"那是自然。只要警长点个头，今后，我的弟兄在这趟车上会'逢十补一'，决不让警长为难。"

"啥叫'逢十补一'？"

"说白了，就是兄弟们每干十次活，会给警长交出一个人头，让警长带回去交差。这样两相方便,你看怎么样。"

杜岩说:"警长,我看这位老板考虑得很周到啊。真能这样,其实对我们也有好处。平时咱们发十起案子,也不一定能破一起。"

赵前进假装点头,说:"话是这么说。将来你要是摆我一道,怎么办呢?"

"警长这么说,是不信任我了?其实,做我们这一行,信用是第一位的。"

杜岩一听此言,差点笑出声来。赵前进就说:"算了。这样,把你的兄弟叫上,我们到后面车厢里说。这里人多眼杂。"

列车后面挂着一节邮政车,平时各地寄出的信件就是通过邮政车运到全国的。邮政车里只有一名工作人员,赵前进打个招呼说:"借你的地方谈点事,你先出去。"

待邮政车上只剩他们几人,赵前进双手叉腰,威风凛凛地说:"我这人办事,也讲究个规矩。我的规矩就是:在我的车上,没有你们这两个混蛋、小偷说话的份儿。给我打!"

赵前进一声令下,杜岩捡起地上一根棍子,抡圆了往两人头上劈去。赵前进也不示弱,一阵拳打脚踢,打得两人在地上翻滚着,大喊饶命。两人打得兴起,邮政车职工听到动静冲进来。一看这阵势也要动手,赵前进这才停下来。看看地上两人,已经瑟缩着抖成一团了。

杜岩问:"现在怎么办?"

赵前进说:"前面就要进站了。进站前车速慢,把他俩扔下去。"

地上两人一听,吓得磕头倒地,声称再也不敢上车了。赵前进哪管那些,趁着列车进站减速,打开车门,一脚一个,把两人踹下了车。

他们这才喘了口气。想想刚才的场面,不禁开怀大笑。

邮政车职工不满地说:"赵哥,下次有这种事,别只顾着自己过瘾,给我也留点机会。"

杜岩说:"我估计,这两个家伙这辈子都不敢上咱们的车了。"

十六
身陷疑云

自从方坤住了院，牟仲平倒是不再紧随其后了。方坤接受完治疗，就跑出去摸情况。这天，他得到一条消息，说雪花大酒店又有交易，就赶紧来到酒店门口，蹲在一个水果摊前，一边装作和小老板聊天，一边偷眼往里观看。忽然，看到谢其杰和曹刚一起进了酒店，大吃一惊。没想到两人这么快就被放出来了，大摇大摆地出现在这里。今天的交易肯定还和他俩有关，一定不能轻易让其逃脱了。他来不及细想，在水果摊上买了一个大果篮扛在肩上，低着头跟进了酒店。远远看见两人又进了707房间，就放下果篮，贴在门上侧耳倾听。突然，脑后一阵剧痛，他眼前一黑，一头栽倒在地上了。

醒来的时候，发现地上散落着一些白色粉末，而自己的手上、嘴角，竟然都是这些白色粉末。方坤顿时慌了，挣扎着正要起身，就见屋门打开，安树广、牟仲平、唐宇栋出现在门口，众人都露出惊异的眼神。

安树广上前，绕着他转了几圈，鄙夷不屑道："想不到我们的禁毒英雄，竟然也倒在了毒品上。这件事传出去，禁毒大队的脸面都要丢尽了。"

唐宇栋赶紧对在场的人说："今天的事谁也不许说出去，一切等调查清楚再说。"

牟仲平撇着嘴说："还调查啥，这不是明摆着的吗?！我说你好好的住什么院，大概是毒瘾犯了吧。一次吃这么多，你还真是不要命了。"

安树广一摆手说："赶紧把他送到医院去，等清醒了再问。整成这个样子，成何体统？"

安树广转身出了房间，牟仲平等人架起方坤，出酒店上了警车。车上，方坤一阵阵眩晕恶心。他意识到，自己这回是陷入了对方早已设计好的圈套。他竭力保持镇定，想从头理清整个事件的脉络，但昏昏沉沉，如坠云雾。迷迷糊糊中，感觉坐在旁边的唐宇栋悄悄拉住自己的手，往手心里塞了一个小纸团。方坤攥着纸团，又陷入了昏迷。

再次醒来，他已经躺在医院雪白的病房里了，身上插着输液器，头上缠着绑带。他凭借一点模糊的意识，打开手里的纸团，只见上面写着：不要承认，就有希望。看字迹，确实是唐宇栋的字。方坤不知道他为什么要帮自己。在他的印象中，唐宇栋应该是站在安树广一边的。

看到方坤醒来，门口的牟仲平推门进来，方坤赶紧把那团纸塞进嘴里。牟仲平搬了把凳子坐在床前，看着他说："醒了？那说说你是从什么时候开始吸毒的吧？"见方坤闭上眼睛，牟仲平接着说，"你要知道问题的严重性。你这是利用职务之便吸食毒品，是渎职，是犯罪。希望你能老老实实配合我，把问题交代清楚。我们毕竟是同事，不要逼我对你上手段。"

方坤依然一言不发。牟仲平不耐烦了，对门口的两名民警说："把他带回局里。"两名民警进来，看着方坤，一时不敢动手。牟仲平起身就去架方坤。

正在这时，杨梓冲了进来。"他还在危险中，不能带他走！"

牟仲平说："他已经不是你的病人了，是嫌疑犯。请你让开！"

杨梓说："犯人也要等完全好了才能带走。"她实在不明白，好端端的一个警察，怎么一转眼就成了嫌疑犯。

两人正在僵持中，唐宇栋进来说："好了，我已经请示安副局长了，让他先接受治疗，其他问题等他好了再说。"

牟仲平驳斥道："把他放在这里，出了问题谁负责？"

唐宇栋说："这个不用你担心。有我在，出不了问题。"

牟仲平气呼呼地转身走了。唐宇栋看着方坤摇摇头，叮嘱两名民警看护好，也随即离开了。

民警涉嫌吸毒的消息在凤城还是不胫而走。杜岩交办完车上的几起案子，就接到张飞的传呼信息：雪花大酒店出事了，速来。杜岩赶到酒店门口，发现张飞戴着顶草帽，蹲在一个水果摊前。杜岩问："你在这儿干吗？出什么事了？"

张飞告诉杜岩：他把水果摊摆在这儿，就是为了盯着肖一刀一伙人。两天前，有个男的来到他的水果摊前，说是买水果，眼睛却总是瞅着酒店那边。那样子，一看就是杜岩的同行。后来，他跟着两个人进了酒店。没过多久，酒店门口来了几辆警车。车上的人进去之后，把他架上警车带走了。那人头上全是血，表情很吓人。后来就听说，公安局有民警吸毒，就是那个缉毒英雄方坤。

杜岩一听愣了，不敢相信这是真的。

张飞说："我看得清清楚楚，这男的就是方坤。他前脚一进酒店，肖一刀那两个人就跟着进去了。肯定是他们搞的鬼。"

杜岩说："你没看错？"

"肖一刀那王八蛋，扒了皮我也认识他。方坤肯定是盯上他们了，他们才下这样的狠手。这明显是栽赃陷害。"

杜岩说："这件事我可管不了，牵扯的关系太多了。何况也不归我们管。"

"我是提醒你，你也得当心点。你看到这些人的手段了吧，他们可是什么事都做得出来的。"

杜岩说："你也得当心点，每天在他们眼皮底下，别让他们盯上你了。"

张飞说："我现在这样，还有啥可怕的。只要让我发现他们的证据，我就报警。"

"那个方坤现在怎么样了？"

"听说还在三医院治疗呢。"

三医院？不就是杨梓所在的医院吗？杜岩赶紧扔下张飞，往医院跑去。

自从寄出那封信后，因为没有收到杨梓的回信，杜岩一直没有勇气去见她。他以为杨梓是在自己和段嘉诚之间犹豫，索性给她时间好好考虑。现在听张飞说起方坤的事，一来想去打听一下消息，二来也好顺便看看杨梓。

杜岩的突然出现，让杨梓有些吃惊，正要问他怎么有空来了，杜岩赶紧岔开话题："那个方坤，是不是在你们医院？"

"对啊。他是我的病人，不知道为什么，忽然就成了嫌疑犯。昨天他出去了一趟，被人送回来的时候，因为吸食了过量毒品昏迷不醒。现在还在治疗中，情况挺不好的。"

"能让我见见他吗？"

"这……门口有警察看守，不让其他人进去。"

杜岩想了想，说："你帮我找套你们大夫的衣服。"

杨梓看着他，不解地问："你见他干什么？"

"我想问他几句话。晚了，就怕他会被带走。"

杨梓似乎明白了什么，转身出去了。不一会儿，带来一件白大褂和一个口罩，给杜岩穿戴上。她带着杜岩来到方坤的病房，两名民警见是大夫，闪身放他们进去。

躺在病床上的方坤双目微闭，脸色发青，神情萎靡，完全不像杜岩心目中的缉毒英雄。杜岩不相信这样的人会吸毒，想到张飞所说，感觉这就是一场针对方坤的阴谋。这样的恶毒手段，让他不寒而栗。他急于知道这场阴谋背后的主谋究竟是谁，是那个肖一刀还是隐藏有背景更深的人物。

杜岩问："这件事是谁干的？"

方坤听到陌生人的声音，睁开眼看了看他。杜岩赶紧说："我也是警察，铁路的。"他悄悄掏出警官证让方坤看了一眼，方坤的眼神中依然流露出不信任。

杜岩说："我上警校就听过你的故事，我相信，你不是那样的人。如果我有什么可以帮你的，尽管告诉我。"

杨梓这时也说："对，他就是我说的那个小警察。你可以信任他。"

杨梓这么一说，方坤才费力地挤出一丝微笑，缓缓地摇了摇头，艰

125

难地说："小兄弟，我的事，你管不了。你快走吧。"

杜岩说："我知道我现在管不了，不过一年前我在车站抓过两个毒贩，他们就是以雪花大酒店为据点。只可惜，那两个人最后被你们刑警队来人带走了。"

方坤一听，立刻强打精神问："噢？你知道是谁带走的吗？"

"记得，他叫牟仲平，据说是奉了你们安副局长的命令。"

"又是他们！"方坤愤然道，"小兄弟，这件事很复杂，我怀疑……"刚说到这儿，就见牟仲平忽然推门进来。杜岩担心被他认出，赶紧把口罩戴上。

牟仲平对杨梓说："怎么样，现在他恢复得差不多了，我可以把他带走了吧？"

杨梓一时不知怎么回答。牟仲平对方坤说："安副局长要见你，跟我们走吧。"他回头扫了只露出眼睛的杜岩一眼，还好没有认出来。也许根本没有想到杜岩会出现在这里。

眼见得几个人架着方坤出了病房，杨梓才心事重重地看着杜岩说："这到底是怎么回事？"

杜岩忧心忡忡地说："看来这些人真是心狠手辣，什么事都干得出来。"

在禁毒大队，安树广端坐在唐宇栋的办公桌前，两脚翘起，搭在桌上，声色俱厉地大声训斥。唐宇栋垂着两手站在一旁，大气都不敢出。"你们禁毒大队都是一帮饭桶，一个方坤都看不住，还让他惹出这么大的祸。我看，你这个队长是不想干了。"

唐宇栋只有诺诺称是，丝毫不敢辩解。

"不过话说回来，这次程鹏的胆子也太大了，我的人都敢动，以后是不是还要动到我的头上来了？"

唐宇栋赶紧接口道："就是。绝不能给他们开这个头！这次是方坤，下次还不知道会是谁？没有点规矩，他们这帮人根本管不住。"

安树广冷笑道："我谅他们还没有那个胆子。这次的事，我是一定会让他们付出代价的。不过，眼下之机，还是要把方坤管好。我念在他是我多年部下的份儿上，才对他高看一眼。他可不要不识抬举，坏了我的大事。"

唐宇栋说："方坤的事，局里纪委都知道了，说是要找他谈话。您看是不是给他们说一下，谈话就不必了吧，已经闹得满城风雨了。"

安树广说："你不懂，敲山震虎还是有必要的。不然，方坤还会没完没了地纠缠。"

正说着，牟仲平把方坤带了进来。安树广示意牟仲平等人退出去，屋里只剩下他们三人。安树广冷冷地看着他说："现在屋里没别人，老唐也不是外人，你有什么话就直说。出了这样的事，你打算怎么办。"

方坤看看两人，想起了唐宇栋偷偷递给他的纸条，不知道唐宇栋是何用意，但对自己来说，也只有选择这条路了。"我没有吸毒。我接到情报，有毒贩要在酒店交易，就跟踪过去，没想到被人打昏了。醒来后的事，你们都看到了。"

唐宇栋责怪道："老方，你也是老缉毒了，这种情况怎么能一个人处置呢？你看你现在，你身边连个证人都没有。"

安树广说："好了，我不听你的辩解，我只相信我看到的事实。那么多人，那么多双眼睛都看到了，你让我怎么相信你说的话。雪花大酒店的事让你不要意气用事，你不听。现在闹到这种地步，你有冤屈，留着跟纪委的人说吧。"

唐宇栋马上道："安局，老方也跟了您这么多年，他的为人您还不清楚。"

安树广说："那可不好说。我今天叫你来，就是要告诉你，自己的问题必须对组织交代清楚。这件事已经炒作起来了，我们还要研究一个对你的处理意见，以安民心。你有什么意见吗？"

方坤说："没有，上级怎么处分我都行。但有一点，我没有吸毒。"

唐宇栋也劝道："安局，方坤是我们局树起来的典型。对他的处理，您可要慎重啊。"

安树广说："我今天能来单独见你，已是仁至义尽了。那个雪花大酒店到底有什么，你非要抓住不放？你究竟查到什么了？"

唐宇栋一旁急切地说:"老方,你手里掌握了什么证据,赶紧说给安局听。没准安局能帮上你呢。"

方坤本来想要和盘托出,但看到唐宇栋急切的目光,看到安树广那两只依然翘在桌子上的脚,忽然想到了那五百克毒品不见时两人的表情,于是缓缓道:"我也只是怀疑,还没有确切证据。不过,一定会有的。"

安树广仔细看了看他,这才放下双脚,走到他面前说:"没有证据就不要胡来。都像你这样,这个队伍我还怎么管。你的事组织上还会调查,也一定会调查清楚的。鉴于你目前的情况,已经不适合再留在禁毒大队了。你的工作具体怎么调查,等局里的决定吧。"

安树广一走,唐宇栋就埋怨方坤道:"老方,刚才多好的机会,你怎么不把你掌握的情况告诉安局?我知道你是被冤枉的,可是,就我一个人知道有什么用?你得出来自己说清楚啊!"

方坤此时已经渐渐冷静下来了。他分不清唐宇栋是不是真的在帮自己,更不敢把自己知道的情况全说出来,就装作有些难受地说:"我也想为自己辩解,可是,我刚到那儿就被打昏了,什么都不知道,你让我怎么说。"

唐宇栋悻悻地说:"你这样让我怎么帮你。"

以后几天,方坤受到公安局纪委的严格审查,要求他交代:是否吸毒;从什么时候开始吸毒;是否利用禁毒、查毒之机私自截留毒品;上次那丢失的五百克毒品是不是他拿走的;除了吸毒,是不是还利用工作之便以贩养吸。方坤从没受过这样的侮辱,好几次拍着桌子指着面前的纪检干部说:"我抓毒贩的时候,你们还坐在办公室喝茶看报呢。审我?你们有什么资格审我?说我吸毒、贩毒,拿出证据啊!我提着脑袋干缉毒,出生入死这么多年,什么样的场面没见过?!毒贩子出钱要我的脑袋,我都没怕过。今天,凭你们一句话,我就成了毒贩子了?你们是什么居心?!"

一个纪检干部看着他,冷冷地说:"吼什么吼?!你缉毒,我们坐办公室,那是分工不同。难道公安局的人都要像你一样去缉毒吗?那谁来管理你们这样的人。你在禁毒大队这么多年，成绩比别人多，功劳比别人大，职位却一直是个民警，你有牢骚，有怨气，主观上存在着发泄报复的动机。你接触毒品机会多，又多次打入毒贩内部，和他们混在一起，打成一片，客观上也有吸毒、贩毒的条件。我们掌握这些不够吗？"

方坤气得浑身发抖，下意识地往腰间一摸，才想起配枪早已上交了。但他的这个动作却把对面几个人吓得站了起来。方坤做了个拔枪的动作，冲着刚才说话的那个人用手比了个射击姿势。有人惊恐地指着他说："你竟敢威胁我！"

方坤忽然笑了笑，说："按照你们刚才的混账逻辑，我现在的确是在威胁你。不过很遗憾，你们还是找不出我威胁你的证据，就像你们找不出我吸毒、贩毒的证据一样。"

因为方坤不配合，审查一直进行了一个多月。最后，他等来了一纸调令，被调出禁毒大队，成了一名交警。安树广告诉他，这还是看在他多年禁毒战功的份儿上，否则，早被辞退了。

处理完方坤的事，安树广私下约见程鹏，地点还是雪花大酒店。偌大的餐厅里只有安树广和程鹏两人，程鹏知道安树广要跟自己说一些要紧的话，没敢叫其他人作陪，只点了几个女服务员随堂服务。饭桌上，安树广问："那天对付方坤是你的主意？"

程鹏赔笑道："不是，不是。我只是按你的意思，让他们教训一下方坤。谁知道这些小子用了这种下三滥的手段。"

安树广脸色一沉，说道："你还知道这是下三滥的手段？把那天在场的人都给我叫来。"

不一会儿，肖一刀、郭绪良、谢其杰、曹刚几人进了屋。

安树广问："方坤是谁打昏的？"

众人不知何意，互相对视片刻。郭绪良站出来，说："是我。"

安树广起身走到他面前，一言不发地看了他片刻，抄起桌上一瓶酒，劈头砸在郭绪良头上。郭绪良惨叫一声，蹲在地上捂着脑袋，头上鲜血直流。屋里的空气顿时凝滞，众人全都慌了神，不知道安树广为什么如此生气。肖一刀上前要扶郭绪良，在安树广的逼视下却没敢动。安树广又问:"白粉是谁给他灌的?"这下,其余人更加紧张。安树广环视四周,只见谢其杰浑身发抖,等于默认。他走上前去,抓住谢其杰的头发把他拖到郭绪良身边,指着满地的玻璃碴儿说:"跪下!"谢其杰不敢不跪。膝盖一挨地,立刻被玻璃碴儿扎得流血不止。

程鹏一看这阵势,正要上前劝解,没想到安树广却指着他说:"忘了你们都是什么身份了吗?你们就是贼!是捏在我手里的臭虫!我要你们活,你们才能活;我要你们死,你们就得死!敢对我的人下黑手,胆子不小!是不是翅膀再硬点,连我都敢搞啊?!告诉你们,我的人该怎么处置,只有我能说了算!"

程鹏脸上青一阵紫一阵,甚觉没有颜面,只好硬着头皮出来打圆场。好说歹说,安树广才渐渐消了气。肖一刀几个人心里都怀有十八个不愿意,但又不敢对安树广发怒,只好吃个哑巴亏,悻悻离去。那晚,程鹏极力讨好安树广。酒过三巡,就安排安树广在酒店最豪华的房间下榻,又特意挑了两个绝色女子陪同,他这才心满意足地上了楼。

看着安树广远去的背影,程鹏厌恶地吐了口唾沫。

十七
与子同袍

马原来找杜岩时,杜岩正在院子里擦拭他那辆破自行车。休息的时候,他总喜欢骑着自行车往凤城的西山上跑。以前是捎着杨梓,自从写完那封信却没有收到回信后,他就有意躲着杨梓,一个人骑车上山了。马原说,你这辈子啊,就该待在石沟驿。都从山沟沟里出来了,却还喜欢往山里跑。杜岩说,智者乐山,你懂吗。马原就说,那你这个智者再给分析、分析案子吧。

原来，石门车站本田雅阁被盗案又有了新进展。一周前，一个放羊人报案说，离车站十多公里一片废弃的土房处有一辆被丢弃的汽车，车里还有一具尸体。马原他们赶紧赶过去，令人吃惊的是，死者正是李永安。他坐在驾驶室里，一手拿着电工刀，割断了自己的静脉。看样子，应该是畏罪自杀。因为在他身上，还找到了他私下配制的车库和汽车钥匙。听说他在外面赌钱输了好几万，应该早就惦记着偷了汽车卖钱还赌债的。

杜岩说，你案子不都破了吗，还找我商量啥。马原说，虽然说不上来，但总觉得哪里不对劲。杜岩一听案子有蹊跷，就放下手里的活，坐在地上跟他聊起来。

马原说："本来我们前几次排查的时候，是把李永案排除在外的，因为他的两个哥哥作证说，案发当天晚上，李永安喝醉了就没出去。但发现汽车和尸体后，两个人就改口说，那天晚上李永安根本不在家。他们当时那样说，就是想保护弟弟。这一点就很可疑，除非他们当时就知道汽车是李永安偷的。但我问他们的时候，他们又竭力否认。另外，那天我开车接他们去辨认尸体的时候，路上有个岔路口，我一时犹豫，大哥李永义竟然给我指路了。我问他怎么知道路，他说凭感觉。"

杜岩一听，歪着脑袋说："这案子有点意思。那郑铭怎么说的？"

"郑铭那人办案你还不了解，恨不能凶手躺在现场让他抓。他一看这种情况，就断定说是自杀、本田雅阁是李永安偷的，就想结案了。"

"我刚听你说的时候也在想，李永安如果割腕自杀，干吗要跑到那么远的地方去？你们也只是怀疑他，根本没有拿到他的犯罪证据，不至于把他逼得走投无路而畏罪自杀。何况，他就坐在车里，干吗要自杀。我要是他，至少把车开到哪个城市，把车卖了挥霍一空再自杀。这才是赌徒正常的心态。还有，他死的时候身上居然会有配好的车库钥匙？这东西作完案就会扔掉，干吗会留下来，还随身带着，好像就怕我们不知道车是他偷的。"

马原竖起大拇指说："到底是智者，分析得太有道理了。我怎么就没想到这几点？"

"李永安的尸体呢？没有解剖吗？"

"没有。一听李永安死了，他爸李自如当时就昏倒了。两兄弟没让他爸去现场认尸体，就催着把尸体拉走，埋了，根本没让解剖。不过，想想也是，他们兄弟之间原本没什么情义。有个李永安这样的兄弟，当哥哥的气都气死了。"

"这也挺奇怪的。尸体身上还有别的伤吗？"

"死了好几天了，看不出明显的伤痕。"

杜岩拍了拍手说："那我可就帮不了你了。"

马原说："你就不想过把当刑警的瘾了？"

"什么意思？"

马原颇为得意地说："我现在呢，当了个不大不小的官，就是负责这件案子的善后工作。所以呢，我可以随时把李永义、李永平兄弟俩传来询问。你要是想了解详细情况，看在咱俩亲兄弟的份儿上，我倒是可以动用一下我的权力。"

杜岩说："行啊，知道引诱我了。你就不怕让郑铭知道了，再对你一顿臭骂？"

"不怕。我都安排好了，不让他知道不就行了。"马原神秘地眨眨眼睛。

原来，马原以办理案件后续手续为由，已经把李永义、李永平兄弟俩叫到了凤城，就住在车站附近的招待所里。杜岩一听，撂下手里的活，拉着马原说："那还等什么，见去。"

凤祥宾馆是个铁路内部的招待所，一般只接待铁路沿线的职工入住。两人来到宾馆，马原对杜岩说："一会儿你想问什么都可以，就是不要报自己的名字，免得传到郑铭耳朵里。"

杜岩说："你现在越来越有点刑警的样子了。行，比郑铭强。不过，我去问估计也没用。要不，咱俩再演一出戏？"

马原乐了："就知道你肚子里鬼主意多。行，怎么演都听你的。"

两人合计一番才敲门，开门的是李永义，李永平则坐在桌边喝闷酒。杜岩粗略一看，就感觉李永义实在，沉默寡言；李永平心事重重，眼珠一直在他俩身上打量。

马原说："其实也没什么重要的事，就是再补充点内容，回去好写结案报告。这就好像你给别人讲故事，得把故事讲圆了，不然漏洞百出，听着人都不信。"李永义这时就低下了头，而李永平则死死盯着两人。

马原指着杜岩道："这个人说他认识李永安，有点情况要来跟你们核实一下。"

杜岩就清了清嗓门道："我跟李永安其实也没啥交情，都是打牌的时候认识的。他有时候输了钱，就从我这儿拿点。一来二去的，也拿走不少了。他死了，这账可不能死啊。你们是他的亲哥哥，你们看怎么办吧。"

李永义身体颤了颤，还没说话，李永平恼怒地说："人都死了，你还跑来要账。找他去要吧，钱又不是我们借的。"

杜岩说："这可为难的。借钱的时候，我让他写个担保人，他可是写的你俩的名字。"

李永平满身酒气地骂道："这个混蛋，死了还要害得我们不能安宁。这几年家里都被他败光了，要钱没有，要命一条。你看着办吧。"

杜岩装作不讲理的样子说："有警察在这儿，犯法的事我当然不会做。不过，子债父偿。既然你们俩不认这个账，那我找你家老爷子去。"

李永平两眼通红地说："你敢！敢去找我爸，我就跟你拼命。"

李永义这时嗫嚅道："永平，要不我帮他还吧。爸身体不好，他要是去了，气出个好歹怎么办。"

李永平发疯一般怒吼道："都什么时候了，你还这么护着他。如果不是你上次拦着我，我当时就砍了他，还用等到现在?! 我不管了，他让我连个媳妇都娶不上，我活着还有什么意思。"

李永义赶紧上前按住他说："求你了！你喝了酒不要再乱说话了，行吗?"

李永平此时已彻底失去了控制，直起身喊道："都死了算了，这日子没法过了。"

杜岩也没想到会是这个局面，赶紧向马原使个眼色。马原心领神会地说："李永平，你给我坐下！欠账的事我不管，我就问案子上的事。李永安到底是怎么死的？"

李永平两眼通红，忽然瞪着马原道："是我杀的，他早就该死了。你把我带走吧，这个家我一天都不想待了。"

李永义"扑通"一声跪倒在地，哭着说："不要再说了。马警官，我兄弟喝醉了，他的话你不要信。李永安他是自杀的，真的，我亲眼看见的。"

"你亲眼看见的？"杜岩厉声问道。

李永平泪流满面，拉起大哥说："哥，你别再说了。这件事跟你没关系，我跟他们走！你还要留在家里照顾爸呢。"两兄弟抱头痛哭。

杜岩站起身，黯然地看了看马原。虽然他对李永安的死留有疑问，但没想到眼前会出现这么凄凉的一幕。都是亲兄弟，李永义和李永平骨肉同袍，而对李永安，却恨之入骨。世上的兄弟之情，竟然会有这样的天壤之别。李永安这样的人，于家人、于社会都是有害无益，死了，应该是大快人心的事。都是自己非要追问出个真相来。现在真相就在眼前，却不知如何是好。他甚至后悔好奇地跟着马原跑这一趟了。当警察，是要查出案件的真相。但如果真相本身就是一幕惨剧，伸张正义的本意又体现在哪儿呢？

马原打电话叫来刑警队的弟兄，把李永义两人都带到了刑警队。杜岩不便露面，借机躲开了。后来马原告诉他，原来李永安因为赌输了钱，早就存有盗车的念头。他趁着值班之机，私下配好了车库和本田雅阁的钥匙。那天半夜偷偷溜出家门，偷走了汽车。出门的时候惊醒了李永平。看着他天快亮才回来，就逼问他又去干什么坏事了。李永安让他别管。李永平说有本事别祸害家里，我都快三十了，连个媳妇都娶不上。再不管你，老子要打一辈子光棍了。李永安回了一句：你想媳妇想疯了吧。好，等老子有了钱，给你买个媳妇回来。两兄弟于是在屋里大打出手。老大李永义听见动静起来劝解，拉扯中，本田车和车库钥匙掉在地上。第二天一早，车站传出本田车被盗的消息，老大、老二才联想到李永安半夜出门的事。李永平执意要举报李永安，老大李永义百般劝说，两人这才合伙作伪证，说李永安喝醉了一直在家里。

过了一段时间，李永安看到风声缓和了，又开始整夜赌钱。气愤之中，李永平当面威胁要去举报他偷车的事，逼着他说出了藏匿汽车的地方。没想到李永平还是坚持要去报案，就在他准备出门时，李永安拔刀向他砍去。还好，老大李永义一旁拦了一下，刀在李永平的后背上划了一道口子。身上见了血，李永平顿时红了眼，不顾老大的阻拦，把李永安按倒在地，死死掐住他的脖子，眼看着李永安吐出最后一口气。李永安一死，兄弟两人都傻了眼。李永平冷静下来要去投案，被老大拦住，说人都死了，你再去投案，这个家就散了。两人一合计，决定抛尸。他俩趁着夜色，用摩托车驮着尸体，找到藏匿的汽车，伪造了李永安割腕自杀的假象，又把车有意开到经常有牧羊人出现的土屋附近。按李永平的说法，就是想让人早点看到汽车和尸体报案。

杜岩问："那李永义呢？"

马原说："他算是同案犯。但考虑到他父亲没人照顾，就先取保候审，让他回去了。因为李永平担下了所有的罪行，估计，李永义将来能判个缓刑吧。"

杜岩叹了口气说："哎，这个家算是散了。你说，咱俩这事办得对吗？"

马原说："不然，怎么办？照郑铭的做法让这案子稀里糊涂结了案，那我们刑警队也太窝囊了。"

杜岩瞪了他一眼，马原赶紧笑着说："是，我们是窝囊。这次破案全靠你，白送我一份大大的功劳。"

"可我怎么觉得做了件错事呢？"

"你这样可不行，搞案子最忌讳带感情色彩了。当刑警首先要克制情绪，不能有七情六欲。"

"你这套狗屁理论是谁教的？"

"郑铭啊。"

杜岩不屑道："难怪你们破不了案。无情无义的，那还当什么警察。

再说了，谁说刑警就不能感情丰富？破案子靠的是脑子，不是冷血无情。你们郑队倒是冷静，看见尸体就想赶快结案。那好歹是条人命，总得弄清楚是怎么死的吧。"

马原说："你看你，刚才还同情李永平，这会又要主持正义了。你这个人，太矛盾了。不过说到这案子，起因还是李永平娶不上媳妇。对了，你跟杨梓怎么样了？你要是再不行动，段嘉诚可就抢先了。最近很多人都在传言，说段嘉诚马上就要结婚了，不会是和杨梓吧？"

这话一下子把杜岩说愣住了。他因为没接到杨梓的回信，本来就进退两难。现在再加上这样的传言，他接近杨梓，那不成了跟段嘉诚争风吃醋了吗？杜岩平时机智百出，但在感情问题上总是畏首畏尾，一时没了主意。

而此时，段嘉诚正在酝酿一件大事。李乃谦升任处长，对段嘉诚提携有加。段嘉诚春风得意，渐有提升办公室副主任之势。这么年轻就受到提拔，在整个公安处都是一个先例。李乃谦有一次语重心长地对他说："小段，听说你最近总去医院，是不是看上哪个女医生了？年轻人，工作刚刚起步，这个时候，婚姻大事可不能儿戏啊！好的婚姻，能帮你在事业上少走不少弯路。你可要想清楚呀！"后来，有人给段嘉诚传话说，李乃谦有个女儿，因为一只眼睛有翳，故而二十五了还未出嫁。看来，李乃谦是有意让段嘉诚当自己的东床快婿了。段嘉诚权衡多日，想着自己一个人在公安处无依无靠，即使能力出众，也只不过是个供人驱使的小民警，看不到出头之日。如果李乃谦有这层意思，那提拔副主任的事就算板上钉钉了。有了这个起点，今后的事业将会一帆风顺。这样的远大前景，对于刚参加工作不久的他来说，诱惑力是很难抵御的。这个时候，他不想有任何的闪失。

李乃谦的女儿李沛然，段嘉诚见过几次，相貌普通，人倒是很和气。和杨梓比，虽然少了几分秀气，倒也自带官宦人家的仪态。想到杨梓，他心里暗暗叹息。在这段时间的接触中，他发现自己已经喜欢上了她。私藏杜岩写给杨梓的信，就是因为当时按捺不住的嫉妒。就在他准备向杨梓发起更强烈攻势的时候，遇到了李乃谦的劝阻。

选择是一件痛苦的事，因为一旦选择，你必须承受未知的结果。命运为什么总是会在关键时候，给你出一道难解的选择题呢？

段嘉诚思忖良久，还是找到了说服自己的办法。他想，夹在杨梓和杜岩之间本来就有些尴尬，现在抽身退出，顾及朋友兄弟之情，不算负心薄情。李乃谦的女儿虽然眼睛有翳，但也是青春年华，就没有获得爱情的权利吗？自己不嫌弃她的微瑕，不也是一种舍身大义吗？这么想时，内心顿时平静了许多。后来他发现，其实人心就是用来蒙蔽的。只要你找到一个足以说服自己的理由，无论做什么事就都心底坦然了。

他开始有意找些事情，趁着李乃谦在家的时候，主动去汇报，给自己创造接近李沛然的机会。李乃谦是一处之长，自然不可能屈尊主动来给他介绍自己的女儿。看到段嘉诚一番点拨之下竟然心领神会，也暗自庆幸自己的眼光，这小子脑子灵光，是块好料。

马原所说处里传言段嘉诚就要结婚，其实就是指的这件事，只可惜马原和杜岩都不知情。

杨梓最后一次见段嘉诚，是下班在医院门口。段嘉诚似乎在门口徘徊了很久，杨梓问他为什么不进去，段嘉诚说不必了，他以后会很忙，估计没有时间再来看她，让她多保重。话一说完，转身就走了。那情形，俨然一副从此决绝的样子。杨梓为人原本就外柔内刚，被杜岩和段嘉诚两人的态度折磨得苦不堪言，正好医院有援助非洲的名额，为期两年，就报名去了非洲。临走的时候，她给杜岩留言："以后，我可以这样对自己说：是地球的两半把我们分开了。"等杜岩跑到医院问明情况时，杨梓已在飞往非洲的航班上了。

没过多久，杜岩和马原都接到了段嘉诚结婚的请柬。杜岩借故出乘没有去，马原也以搞案子为由推脱了。两人找了个小酒馆，要了几个小菜对饮。喝光一瓶酒后，马原醉眼蒙眬地看着杜岩说："杜岩，你的好运气用光了。知道吗，都被杨梓带到非洲去了。"

杜岩也心灰意冷地说："那你说，我该不该追到非洲去？"

"你去非洲干吗？那里又没有铁路，更没有铁路警察，不是你待的地方。"

"那你说我该去哪儿？还不如待在石沟驿呢。"

"别怪我说你，你也就能当个好刑警。搞案子你在行，别的都不如段嘉诚。"

"段嘉诚？我凭什么不如他，我比他强多了。他要是娶了杨梓，我都会认他。可他攀高枝，没出息。"

"你俩把杨梓都扔下了。你别说段嘉诚没出息，你也一样。这会儿，杨梓在非洲不知道多孤单呢。"

"别说了行吗？我混蛋！我没出息！我把杨梓扔下了，她把我的好运气都带走了。往后，我一个人认倒霉吧。"

"你不是一个人，还有我呢。以后，有酒咱俩一起喝，有难咱俩一起扛。"

两个人无聊地说了会儿话，就都醉意沉沉地趴在了桌上。

十八
子之不遇

杜岩因为杨梓的事，情绪低落，精神恍惚。跑车的时候接连出了两次差错，被旅客投诉。石坚把他找来谈心。一进办公室，杜岩就耷拉着脑袋，一言不发地坐在椅子上，眼神迷茫地看着石坚。石坚还不知道他和杨梓的事，就问他最近怎么回事，没精打采的。杜岩仰头长叹："我总算明白了一句话，什么叫心如死灰了。"

石坚说："年纪轻轻，瞎说什么。你这个年龄，除非对象跑了没法挽救，别的都还有的是机会。"

杜岩看看他说："让你说中了。"

石坚张大了嘴，不知道该如何往下说。杜岩把他和杨梓的事简单说了一遍，石坚叹口气说："缘分这事，谁也说不好。走了就走了吧，回头我再给你介绍一个。"

"我一直不敢相信我俩就这么完了，感觉之前和她在一起的事就像做梦一样。队长，你说到底哪个是真的？是之前我和她谈对象那会儿，还是现在？"

石坚说："你脑子没问题吧，难怪最近工作丢三落四的。打起精神来，天大的事也得扛着。你要是再出差错，我都得跟着你背锅了。"

杜岩说："怕我拖你后腿啊，那你把我调走好了。"

"往哪儿调？"

"我还想回石沟驿，觉得那地方适合我。"

"你想去就去啊！告诉你吧，调你来的时候，处长就跟我说了，往后咱俩就绑在一起了。我去哪，你跟到哪儿。"

杜岩嘟囔道："也不问我愿意不愿意。"

"你没的选。对了，你不是一直想当刑警吗，调你去我们乘警队的刑警分队吧。那儿事多，省得你一天胡思乱想。"石坚想着杜岩去了刑警分队，也许能转移一下注意力，不至于沉浸在杨梓离去的痛苦中走不出来。

乘警队下属的刑警分队队长叫江海清，带着十几个人专门负责列车上的刑事案件。江海清比石坚大十来岁，对石坚出任乘警队长本就不服，心想着自己当了快十年的刑警分队长，轮也该轮到提自己了，没想到半路杀出个石坚来。队里几次布置工作，江海清都面从腹诽，极不配合。石坚调杜岩到刑警分队，也是想在江海清身边安插一个自己人，便于掌控全局。

杜岩一报到，江海清就不阴不阳地说："这年头，什么人都不敢小看。你瞧着不起眼的人吧，嘿，可人家就有办法到想去的地方。不过，这乘警队的刑警分队可不是想来就来的。没点真本事，最好早点打主意。咱这儿可不养闲人。"

杜岩眉头一皱，心道：怎么走到哪都能碰到这种人。他咧咧嘴笑道："队长，刑警分队其实就应该养点闲人。"

江海清眼睛一瞪，怒道："你说什么？别以为你是队长派来的就敢在这儿胡说八道。"

杜岩说："队长你听我说完啊。刑警分队是干什么的，搞案子的啊。我们每天都忙得晕头转向，那又说明什么？说明我们车上治安乱，发案多啊。你想，要是刑警分队闲了，不就说明车上的案子少了，我们的治安好了吗。"

杜岩的一番话说得头头是道，江海清一时还真不知道怎么反驳，心道：这小子口才不错，难怪讨石坚的喜欢。

刑警分队几个警长里面，以"冷面王"王志忠最为严厉苛刻，江海清就让杜岩跟着王志忠，想让他吃点苦头，知难而退。没想到杜岩跟着王志忠不到一周，就办了一件让王志忠十分赏识的事。

那次，王志忠带着他和几个侦查员上车防范。跟到半路，小偷没抓着，一个旅客突发间歇性精神病，在车厢里大闹起来。由于列车运行时间长，车内人员拥挤，空气浑浊，经常会有旅客出现这种症状。那旅客表情狰狞，举着一把剪刀四处乱扎，嘴里喊着有人要抢他的钱。车厢内的旅客吓得都躲在两头不敢靠近。王志忠担心再这么由他闹下去，万一他发疯跳车，或者扎伤别的旅客，事情可就大了。他对身边的几个侦查员说："去，把他手里的剪刀夺过来。"几个侦查员面面相觑，看着旅客手里明晃晃的剪刀，谁也不敢冲上去。王志忠骂了句"都是饭桶"，正准备亲自上前，就见杜岩不知道从哪个车厢弄来一床被子。"警长，咱俩各抓一头，一起上。"王志忠立刻明白了杜岩的意思。两人展开被子，各自抓住一端，冲过去把发疯的旅客裹进被子里卷成一团，轻松把剪刀夺了下来。

这件事过后，王志忠拍着杜岩，指着其他几个侦查员说："看看你们，要胆子没胆子，要脑子没脑子。你们跟杜岩比比，丢人不丢人。"几个侦查员都比杜岩年龄大，一听这话，齐刷刷地低下头去。王志忠问杜岩："你这想法从哪儿来的，还真管用。"

杜岩笑着说："小时候抓满院子跑的鸡，就用这办法，一抓一个准。"

"冷面王"王志忠少见地哈哈大笑，拍着杜岩说："你小子对我脾气，我喜欢。"

杜岩私下问，刑警分队在车上抓没抓过毒贩。王志忠说，听说有人利用火车贩毒，不过这些毒贩都极其狡猾。刑警分队又没有缉毒经验，这些年来除了偶尔发现几个携带少量毒品的吸毒人员，还真没抓过毒贩。王志忠问："怎么，你想搞毒品案？行，你小子脑子活，没准真能搞出几起。"

杜岩只有一次缉毒失败的教训，对毒贩的作案手法、行踪规律也一窍不通。他这么问，是因为还记着肖一刀和郭绪良。心想，最好别让我在车上碰到，碰到就不会再让轻易逃走了。他低头想着心事，没注意红绿灯。忽然耳边传来一阵尖利的刹车声，抬头一看，一辆小轿车停在不到一米外。司机伸出脑袋大骂："找死也不换个地方！"

旁边一个交警跑过来，把他拉到一边训斥："过马路也不看看，多危险。"

杜岩一抬头："咦，怎么是你？"

方坤也认出了杜岩，笑道："小兄弟，是你啊！没想到又见面了。杨大夫还好吧。"

杜岩神情黯淡地说："她申请去非洲医疗援助了。"

"噢，她一个姑娘家，竟然有这样的胆魄！了不起！"

"您怎么到这儿来了？"

这么一问，方坤也是一脸索然。杜岩就心领神会地说："还是因为上次的事吧。哎，自古英雄多磨难。您也不要太伤心。那些害你的人，早晚都会得到报应的。"

"你倒是看得很开。少年老成，难得。你还在派出所吗？"

杜岩就把自己调到乘警支队跑车，又调到刑警分队的经历简单讲了讲。方坤说："这下你该满意了吧？你不是一直想当刑警吗？"

杜岩说："现在才发现，当个好刑警太难了，很多事情都不懂。以后，您得多教教我。"

方坤颓然道："我现在也就站站马路牙子，指挥指挥交通，那点本事也都用不上了。你要是想学，我都讲给你听。"

杜岩大喜道："今天这车撞得值！"

从那以后，杜岩只要有空闲，就来找方坤。方坤心里委屈，遇到杜岩求教，正好把多年积累的缉毒经验全都倾囊相授，藉以一吐胸中郁闷之气。两人相处甚欢，杜岩不知不觉便学到了不少缉毒本事。

杜岩问："火车上带毒的案子怎么查？"

方坤道："火车上贩毒也就是这几年的事。雪花大酒店的案子出了后，尤其是那五百克毒品丢了后，我查了一段时间，怀疑这个酒店很可能就是贩毒窝点。他们的贩毒渠道很多，其中一条就是利用火车。但酒店老板程鹏是个背景很强大的人，每次线索一到酒店就断了。老实说，这些人坐火车贩毒的规律你还得自己掌握。任何犯罪都有规律；掌握了，就能变被动为主动。"

"那五百克毒品的事你还要查下去？"

"当然要查。我现在虽然只是个交警，但好歹也是警察。只要我还穿着这身警服，就一定会把它查清楚。"

"那你可要当心！这些人已经对你下手了，下次还会更狠。"

"危险哪儿没有。就像你那天，过个马路都会有危险。与其稀里糊涂被撞死，还不如拉开架势跟他们干，死了也值。我就不信，他们能把这头上的天遮住了。"

杜岩看着方坤，说这话的时候，在他略显苍老的面容之下，自然生出一股豪迈之气，不由得心生钦慕。心想：这才是真正警察的样儿！

周末无事的时候，杜岩又倒腾出自行车，要骑车去西山。他很喜欢一个人坐在山顶、静静地看着整个凤城的感觉。从山顶远眺，凤城的街道楼宇犹如一盘棋局，摆在面前等待他出招。他每次面对这盘棋的时候都在想，那个和自己下棋的对手到底是谁？

杜岩正要出发，石坚却跑来，不由分说，拉着他去家里吃饭。一进屋，就见一个姑娘坐在桌旁，正和石坚的爱人说着话，当时就明白了石坚请他的用意。石坚介绍说，这姑娘叫辛娜，是他部队首长的孩子，现在开着一家家具店。说这话的时候，辛娜就端过茶水递给杜岩，俨然把自己当成了主人。饭菜端上来，杜岩只顾低头吃饭，石坚就在一旁不停地夸赞杜岩，说他机灵、热情，有上进心，在队里是难得的业务骨干。杜岩心里好笑，这么长时间，还从没听人当面夸奖过他，听到最多的无非"少逞能，别惹祸，不要搞英雄主义"。可笑！不搞英雄主义，都去当缩头乌龟，那还是警察吗？

辛娜看来跟石坚很熟，见杜岩低头不说话，就往他碗里夹菜和肉，弄得杜岩好不自在。石坚敲敲桌子说："别光闷着头吃饭！你平时不是话挺多的吗？怎么，见了姑娘话都不敢说了。"

杜岩边咽边说："话都让你讲了，我还说啥。"

辛娜笑着说："石叔叔，你们警察都这样，话特别少。我爸在部队待了一辈子，也不爱说话。我都习惯了。"

石坚指着杜岩说："听听，听听！看人家多懂事。平时话多得拦都拦不住，这会儿成了饿死鬼了，就知道吃。"

杜岩就把碗筷一推说："那我可说了啊，我跟杨梓……"

石坚赶紧做了个手势："闭嘴！该说的不说，不该说的瞎说。"

辛娜问："杨梓是谁？"

石坚说："没事，工作上的事。来，吃饭。"

出门的时候，杜岩说："队长，你好歹给我个心理准备吧。我还没从杨梓离开的阴影里走出来呢，你就整这出。"

石坚说："那你要是一辈子走不出来，就打一辈子光棍？想走出来，赶紧谈段恋爱，是最好的办法。我可告诉你，她爸是我的老首长，现在虽然退下来了，但在市里说话很有分量。刚才看姑娘的表情，对你很满意。你别再给我找借口了！这桩婚事要是成了，是你小子八辈子修来的福分。"

果然，初次见面，辛娜对杜岩很有好感，觉得他深沉、稳重，有个性，有主见，很有男子汉的气度。从小在军营里长大的她，自然被杜岩身上的那股子傲气吸引了。让杜岩没想到的是，辛娜对他展开了疯狂的进攻。

快下班的时候，侦查员大李、于头趴在窗户上喊："哟哟，快看啊！

这姑娘是来接谁的，好漂亮啊！"杜岩挤过去一看，就见一辆桑塔纳轿车停在门口，辛娜穿着一身雪白的连衣裙站在车前，向大门里不停张望。

于头说："这姑娘要是来找我的，这辈子给她擦地、洗衣服都认了。"

大李说："别做梦了。你看人家这场面，肯定是哪个大户人家的千金。能看上你？"

于头叫于永健，因为头特别大，落下这么个不太雅的绰号。"看不上我，那更看不上你。你看你，一米六五的个儿，站在人家跟前，还够不到人家的嘴呢。"

大李叫李福宽，五短身材，骨瘦如柴，队里的人却偏要叫他大李。

两人说话越来越不文雅，杜岩听着皱了皱眉头，说："行了，行了。就这点定力，怎么当刑警？"

于头说："你定力好，敢不敢去跟她说句话？"

大李也说："你要是敢跟她说句话，这一个礼拜的早饭我包了。"

杜岩不屑地说："说句话算什么？我能把她说哭，你们信不？别见了姑娘就没点骨气了，让你们看看什么是爷们。"

他在大李、于头惊异的目光中，昂着头走出大院。辛娜一见杜岩，赶紧迎上来说："下班一起去吃饭吧，我定了个特别好的地方。"

杜岩脸色阴沉，表情冷冷地说："就知道吃，你看我像个吃货吗？我知道你有钱，你也不用让全世界都知道吧。开个车停在大门口，多神气哪。你是不是特有优越感？"

辛娜原本一腔热情，没想到招来杜岩这么大的反感，一时委屈得说不出话来。

"没事别老往这儿跑，这儿是公安机关。都要是像你这样，大门口整天围一群男男女女，那还是公安机关吗，不成动物园了吗？"

辛娜憋了好半天的眼泪终于忍不住掉了下来，抽泣着说："谁知道你们有这么多规矩。以前我爸在部队，我也去大门口接过他，都没你们这里规矩多。瞧你平时话不多，骂人的时候倒是一套一套的，凶什么凶!"

杜岩说:"知道规矩就该遵守,谁让你到处乱跑的。没事别往这里跑,赶紧回去吧!"

辛娜抹着眼泪上了车,甩给杜岩一句话:"别拿规矩吓唬人,明天我还来。"开上车,走了。

一直趴在窗户上看的大李和于头惊呆了。等到杜岩大摇大摆地回到屋里,两人围着他从头到脚看了一遍,竖起大拇指说:"厉害!爷们儿!我们哥俩今天算是长见识了。你说你是怎么做到的,见了姑娘不但不动心,连点恻隐之心都没了,真舍得把她骂哭啊。"

杜岩神气地吹嘘:"这叫无欲则刚。哪像你们,一肚子的歪主意、鬼心思!"

正说着话,就见石坚气冲冲地进了屋,冲着杜岩吼道:"你又在搞什么鬼?辛娜好意来看你,为什么把人家气跑了?我都舍不得骂她,你可好,那点口才全用在骂人上了。你要是再敢这么胡来,我就把你调回石沟驿。"

众人一听,这才明白过来。石坚一走,于头就凑上来说:"那是你媳妇,难怪呢!刚才你是故意给我们演了一出吧。你可真行,为了糊弄我们,把媳妇都搭上了。一会儿下了班,是不是要给人家跪搓衣板啊?"

大李也说:"你说人家看上你什么了,脾气大,爱惹祸,一点温柔都没有。哎,真是一朵鲜花插在牛粪上了。"

杜岩烦躁地挥手说:"都滚一边去!"在他的心里,杨梓依然无可替代地占据着一切空间。他不相信杨梓就这样走了;不相信从此两人就天各一方,走向了不同的命运;不相信那些曾经真实存在的温暖,就这么悄悄溜走了,并且永远不会再拥有。他有时还会幻想,杨梓从非洲回来了,就站在单位大院门口,远远地望着他。

承认一种既定的事实同样需要勇气。当生活改变,命运在某个点忽然拐了个弯,有很多人却如同被困在了梦魇里,无法说服自己相信眼前的变化。

梦已经碎了,而杜岩还没有下定把自己从梦中唤醒的决心。

十九
如切如磋

辛娜从小养成的个性就是不达目的不罢休，杜岩的一番羞辱反而更激起了她的征服欲。第二天，她换上一身朴素的衣服，打着石坚的幌子，干脆直接进了乘警队的大院，出现在了杜岩的办公室。大李、于头一看，赶紧溜了出去，躲在走廊偷看。杜岩说你这人怎么这样，不是告诉你没事不要往这儿跑了吗。辛娜趾高气扬地告诉他，她想做的事，没人能拦得住。她说你这个大男人，不会连和我吃顿饭都不敢吧，我又不会吃了你。杜岩说你纠缠我也没用，我是有女朋友的人。辛娜笑着说，准确地说，她只能算是你前女友。杜岩无奈，只好求饶道："你饶了我吧，我现在真没心情谈情说爱。"

"好啊，那先做个普通朋友总可以吧。你不会连这个都不答应吧。"

"我这人脾气大、毛病多，你到底看上我哪点了？"

"我爸说了，脾气大的人本事也大。男人哪个没点脾气，我不跟你计较就是了。"

杜岩彻底败下阵来。从那以后，只要杜岩不出差，辛娜就会准时出现在他面前，每次都带来各种小吃和零食招待大李、于头和队上的弟兄，弄得大李等人一见她就叫弟妹，俨然默认了他俩的关系。手机刚刚从砖头块大小的"大哥大"换成小巧精致的摩托罗拉掌机，一部一万多块，话费高得惊人。一天，辛娜从包里掏出一部崭新的手机，放在杜岩桌上："拿着！以后打电话方便，不用到处跑着找公用电话了。"

大李、于头等人惊呼着跑来围观，弄得杜岩感觉自己像个被富婆包养的男子，颜面失尽。他把辛娜叫到一旁说："你瞧瞧我从头到脚值不值一部手机？我们队长都没用这玩意，我拿着像个啥。我又不是做生意的老板，用不起这东西。"

辛娜说："有了它，你办案多方便啊。就算我赞助你们队上的。你先拿着用！话费我都预缴过了，总行了吧。"

于头、大李一听，抢过手机说：既然是赞助给队上的，我们先借用两天。两人哄笑着，拿着手机跑到别的屋子显摆去了。

杜岩叹了口气说："你的钱只能买到我的身体，买不到我的心的。"

辛娜笑道："你不是问我喜欢你什么吗，我就喜欢你这点——脸皮厚不说，还自恋。"

"冷面王"王志忠的绰号在乘警队传了十多年，皆因他不但办案不讲情面，对手下也是严厉有加，不苟言笑。奇怪的是，他跟杜岩倒是很合得来。杜岩从来就不惧怕他掉脸子，总有办法让他喜笑颜开。

这几天因为车上盗窃案频发，他整天愁眉苦脸。前两天石坚找江海清和他们几个老刑警开会，要求搞个专项行动，争取打掉一批盗窃团伙，把发率案降下来。江海清会上装作听得很认真，一回到刑警大队，就把这项工作交给了王志忠，并且明确告诉他："应付一下就行了。石坚刚来不久，自然是想出风头。可车上这种情况由来已久，哪是那么容易就能改变的。"王志忠办事认真，接到任务就成了一块心病，盘算队里能单独办案的就他手下几个人，剩下的都是老弱病残，不足以当大任。这段时间他带着人东奔西走，疲惫不堪，但案发率依然居高不下。他想起了杜岩刚来时对江海清说过的那几句话，感叹这小子说的有道理，刑警大队这么忙碌下去，终究不是个办法。但怎么能把发案率降下来，他却一时没了主意。他叫来杜岩商量，就是想着这小子点子多，没准能冒出点奇思妙想来。

杜岩听完，假装深思道："这应该是队长考虑的事。我一个小民警，不关我的事啊。"

王志忠说："你就说你有没有好办法。有的话，我跟江队商量。照这么下去，累死了，发案率也下不来。"

"办法倒是有，就看你说了人家听不听。"

"什么办法？我们可以先试试。只要效果好，就不怕没人听。"

杜岩这才慢条斯理地讲出自己的想法来。其实，这个想法最早出现在他脑子里，是在跟着赵前进跑车的时候。他发现，赵前进的车上发案就比较少。原因是赵前进巡视车厢勤，还爱吆喝，提醒旅客注意防盗，妥善保管好各自财物。列车上多半财物被盗案都是发生在下半夜旅客熟睡的时候，每到半夜，他就会在车厢里高声宣传。他说话幽默，编的宣传词很像顺口溜。他会对车厢里打瞌睡的旅客说："你只管负责睡觉，小偷就负责把你的钱包干掉。车上丢东西难受，回家还得挨揍。"这样的一通宣传，听得旅客哈哈大笑，瞌睡没了，案子少了。杜岩那时就想，车上就一两个乘警，顾了东头顾不了西头。要想把列车上的发案率降下来，还得靠发动旅客提高防盗意识，不要认为上了火车就安全了。

杜岩告诉王志忠，把刑警大队的老弱病残组织起来，分到各条线路上去，专拣旅客爱打瞌睡的半夜、中午等时段，在车厢里大张旗鼓地搞宣传。警察在车厢里出现的频率高了，旅客都提高警惕了，发案率自然能降下来。王志忠一听，眉头舒展，露出了难得一见的笑容。"我就说你小子鬼点子多，你还真是早就谋划好了。有这么好的点子，你干吗不早跟队长说？"

"我说他能听吗？在他眼里，我一无是处。要说你去说，最好别提是我出的主意。不然，江队肯定不同意。"

"这主意我看行，我这就去找江队，让他把人组织起来，我们先在一条线上试试。"

江海清听完王志忠的汇报，不屑一顾地说："我们刑警大队打了这么多年都没起作用，你弄几个人上车宣传就能有用了？你要愿意就去办吧，反正那些人闲着，也没什么正事。"

王志忠就把队上的老弱病残集中起来，分成三个组，轮流上发案率最高的线路，跟车搞宣传。杜岩还照着赵前进的说话风格，给他们编了几段宣传词："重要东西要看紧，随身携带别大意。如果你要不介意，小偷拿走不客气。""上车下车别拥挤，一挤就会出问题。人多小偷好下手，丢了钱财干着急。"让几个老同志练熟了词，才让上车。王志忠则带着杜岩等人继续主动出击，打击现行。

起初，谁都没把这支宣传队当回事；石坚听说之后也是哂笑，觉得这又是杜岩的胡闹之举，不会起多大作用。没想到一个多月下来，统计数据发现，宣传队上车工作的这条线上，发案率竟然比上个月低了一半。石坚大喜过望，来到刑警大队开会总结经验。一番开场白之后，江海清首先发言："石队长刚才说，没想到我们的宣传队上车，会产生这么好的效果。其实，这个结果我们是想到过的。我们刑警大队历来都遵循打防结合、以防促打的工作方法。这次组织宣传队上车，也不过是在我们过去做法的基础上进行了有效集中。但是，这种日常的宣传，不能靠我们刑警大队来搞。我们只是提供了一种思路、一种方法，今后怎么在全队开展，还得靠石队上来组织。"

江海清轻描淡写的几句话，无意间既流露出对石坚的不满，也把杜岩、王志忠的全部功劳都抹杀了。

石坚老于世故，自然听出了江海清的言外之意，笑着说："噢，我怎么听说这个主意是我们队上的年轻刑警想到的。这是一种很好的探索嘛。"

江海清表情极不自然地说："在我们队上，只有集体智慧和成绩，没有个人主义的表演。"

杜岩本不欲争辩，听江海清这么一说，顿时被激怒了，站起来说："什么叫个人主义表演？我表演给谁看了？成绩是你的，没人跟你争，但你也别扣这么大帽子。"

于头在一旁拉杜岩坐下，但杜岩气呼呼的就是不坐。王志忠也不紧不慢地说："集体智慧没错，但也是在发挥民警积极性的基础上。咱们队这个集体都这么多年了，也没见想出这么个主意嘛。"

江海清指着他俩说："你们俩成心唱对台戏，是吧。这是分队的会议，不是你们个人发表意见的地方。"

杜岩说："你这么说我就不明白了，不能发表意见，那我们还坐在这儿假模假样的干吗，都是摆设嘛。"他这么一说，底下十几号人全都哄笑起来。

石坚坐在主持席上静静地看着他们争吵，不发表任何看法。这正是他想看到的结果。对江海清的阳奉阴违，石坚也是早已忍耐够了，只是没有找到机会还击。现在杜岩挑头，恰好给了他还击的绝佳机会。

江海清一拍桌子，瞪着眼睛大骂起来："不想开会，就给我滚出去！本事大得我们刑警分队都容不下你了，是吧！一只老鼠害一锅汤。别以为你很了不起！离开你，地球照转！"

杜岩毫不示弱道："江队长，这地球离开了谁它都照转，包括你。不信你试试！"

江海清一时没转过弯来，随口道："怎么试？"

杜岩说："这就不用我教你了吧。"

众人哄堂大笑，江海清这才回过味来，气得面红耳赤，指着杜岩说不出话来。

石坚一看闹得差不多了，敲了敲桌子说："本来是总结经验，非得扯到别的上面去。要说集体，乘警队才是大集体，整个公安处才是大集体。不要老是给自己划出一个小圈圈，搞什么画地为牢。"几句话，说得江海清如坐针毡。

石坚接着宣布，把这一办法在乘警队各条线上推广。让乘警真正把宣传做扎实，以宣传促防范，保稳定。后来，杜岩等人又有针对性地编写出了列车发车、夜间行车、进站上车防盗十法等宣传词，民警在各趟列车上广泛宣传，起到了很好的防范作用。

在二十世纪八九十年代的各趟列车上，为了降低发案率，减少旅客财产损失，一大批乘警就像赵前进、王志忠、杜岩这样，以打快板、说段子、讲顺口溜等形式，把防盗重点宣传出去，让旅客在笑声中受到教育，得到提高。这些看似和铁路公安业务毫不相关的做法，却在实际工作中发挥出了积极有效的作用。乘警们以这样的方式履行着职责，服务着旅客，也在无形中拉近了旅客与民警的距离。

乘警队的做法形成材料报到公安处之后，李乃谦也觉得是个很典型的经验，有利用价值，就指示段嘉诚抓紧整理和上报。段嘉诚此时已升任办公室副主任，因为是李乃谦的骄客，实际上掌握着公安处所有材料、信息大权。他在材料里看到杜岩首先提出这种思路的叙述时，思忖半天，用笔轻轻划掉了这段话。他说服自己：这也算是对杜岩的保护吧。对他来说，过早地肯定他的成绩，是对他的纵容。他还需要更多的磨练和沉静，才能让他成长、成熟起来。一块璞玉总是要经过打磨的。自己现在所做的事，就是把杜岩打磨成一件精雕细琢、可供赏玩的大器。

辛娜一如既往，没事就往杜岩那里跑。杜岩说，你是不是整天没事干？你不是经营着一家店吗，不用做生意了？辛娜就笑嘻嘻地说：店里有没有她生意都照做。卖了这些年的家具，看着那些家具就像看着自己，再放，自己也就成老物什了。什么时候才能给自己找个下家呢。说着，就直勾勾地看着杜岩。杜岩躲闪着说：你倒是不自恋，但脸皮也够厚的。姑娘家，说这话也不害羞。辛娜说：男婚女嫁，我有啥害羞的。总不能像你一样，煮熟的鸭子都让你给放跑了。一句话戳到痛处，杜岩就不说话了。辛娜是快人快语，说话从不过脑子，一见杜岩发呆，就赶紧说：其实，你和杨梓之间的事我根本不介意。你俩没成，说明她不识货，不像我。杜岩嗔道：你怎么了？辛娜眨眨眼道：你忘了，我就是卖家具的，识货。

感受着辛娜的这种热情，杜岩有时也很享受。毕竟这么多年来，自己还从没遇见过这般火辣直白的追求。辛娜会照着自己的想法，看到合身的衣服，就成包买给他，说他天生就是个衣服架子，不要总穿件警服装老成。她会带着他在市区散步，指着其中一座拔地而起的新住宅说：将来，要在这里安一个家，把家收拾得暖暖的，和相爱的人一起过小日子。她会带着骄傲的表情向朋友宣告：这是男朋友！虽然人家还不乐意，但没关系。她想要的，一定要得到。这点点滴滴，杜岩都在感受。

有时候，他觉得辛娜就像个孩子，为了得到想要的玩具，会想尽各种办法来讨父母的喜欢，以期满足自己的要求。这么想的时候，他觉得辛娜倒也有可爱的一面。有时候，他又想：自己跟辛娜这样的人可能才是天生一对吧——直来直去，不会拐弯抹角。相比起来，杨梓是安静的，可靠的，永远都那么不温不火，不急不躁。和杨梓在一起，他像个孩子，杨梓更像一位大姐、一个母亲。他时常会在这份亲情之爱面前手足无措。每次见到杨梓，都会说话结结巴巴，不成语调，从不敢调侃说笑，完全不像平时的侃侃而谈，气定神闲。而和辛娜在一起，感觉又做回了自己。他可以随意捉弄，甚至有些恶意地挖苦她，说她炫富，说她脸皮厚，说她急着把自己嫁出去。辛娜不但不以为忤，反倒会跟他针锋相对地争斗。在辛娜看来，杜岩的这一面，才是真正吸引她的地方。因为从小生长在军人家庭，父亲虽然疼爱自己，但生性话语威严，不苟言笑。身边的其他人也大多对她是娇惯的态度，很少有人能像杜岩这样跟她无拘无束，随意说笑。他们之间的关系也从开始的一厢情愿，渐渐得到了杜岩的认可。只要工作不忙，就任由辛娜安排，把自己交给她支配。杜岩感觉自己要陷入辛娜精心布下的陷阱了。

马原有一次对他说："你这人吧，命犯桃花。不过，这次是桃花运还桃花劫，你可要想清楚了。"

杜岩说："你到底想说什么，别吞吞吐吐的。"

马原说："反正我就觉得，你和她不般配。她的家庭条件和地位太优越。咱们都是普通人家的孩子，将来过起日子来，怕过不到一块。"

杜岩说："你没看是她在追我吗。我倒是想甩，可她就跟粘在身上一样甩不掉。我有什么办法。"

"反正我就是提醒你。我妈说过，过日子还是要门当户对。她现在喜欢你，那是图个新鲜。将来柴米油盐的事多了，再新鲜的感觉都没了。我将来要找啊，就找个普普通通的，过日子放心。"

杜岩说："哎，这婚姻就像赌博一样，赌赢了，安稳一辈子。赌输了，大不了另起炉灶再打算。谁能看到后几十年的事啊。"

马原说："看来你是打定主意要跟辛娜好了？"

杜岩说："管它呢，大不了就当是把我嫁了。反正我现在穷小子一个，真要结婚，还真拿不出钱来。"

马原就看着他说："哎，你这点，辛娜倒是看得很准：脸皮厚。"

二十
鸡鸣狗盗

杜岩到乘警队，不知不觉又过去快一年了。奇怪的是，他却一直没有发现肖一刀、郭绪良的影子。难道洗手不干了？还是他们选择了别的贩运毒品途径？他不相信，他们会这样从自己眼前消失。

肖一刀和郭绪良当然没有消失，只是在忙更大的行动。这个行动当然是程鹏策划的。

程鹏从贩毒起家，后来开赌场，开宾馆，开 KTV，放高利贷，资本迅速累积。这几年，他看到房地产市场异常活跃，就动了搞房地产的心思。在安树广的干预下，顺利拿到了几个楼盘的开发项目。他把所有资金回笼，想利用正当生意洗白身份了。

对于自己的发家史，程鹏一直耿耿于怀。如今的程鹏，虽然身份显贵，处处受人尊重，但他知道，在这些风光的背后，是他永远也擦不干净的那段黑历史。这段历史就如同拖在他身后的一条尾巴、抹在他脸上的一块污渍，让他在任何场合都感觉低人一等。

他和安树广的交往，就是在他刚刚开设赌场的时候。那时，安树广还是刑警队长，正为竞争副局长的职位急需一笔十万元的巨款打通关节，就想到了程鹏。程鹏的赌场被安树广带人查过几次，但每次都网开一面。后来，程鹏终于明白，安树广这么做，等于把赌场当成自己的钱袋。每次清查完赌场，只上交部分赌资，剩下的就成了安树广设在刑警队内的小金库，供他使用。那时，安树广对程鹏还有所顾忌，以办案的方式截流部分赌资。在他看来，算是比较安全的方式。对此，程鹏自然心知肚明，有时甚至主动安排赌局，给安树广提供信息，供他清查取款。而这次，因为所需数额巨大，安树广想来想去，也只有程鹏能够为他分忧了。

他把程鹏叫到办公室，指着自己的办公桌说："这张办公桌我用了好多年，每天在上面办公，也没觉有什么不妥。可有一天坐在这儿的时候，忽然觉得这张桌子有点小了。你看，这么多的案卷只能堆在上面，想收起来都没个地方。你说，该怎么办啊？"

程鹏不明其意，就试探地问："这有什么。桌子小了，我给你弄张大的呗。"

安树广身体微微后仰，颇有深意地说："好啊。桌子大了，这些乱七八糟的案卷就可以收起来了。至少，和你有关的案卷不用堆在这上面了。你说，要是你送来的桌子上面摆的是你的案卷，那成什么话了？"

程鹏这才意识到，安树广所谓的桌子，并不是指他眼前的这张办公桌。他小心翼翼地问："那您需要一张多大的桌子？"

"那要看你想让你的那些案子在里面放多久了。"安树广漫不经心地说。

安树广此言一出，程鹏欣喜若狂。从刚才的话里，他听出了安树广的野心。有了这个靠山，今后在凤城做任何事，就都安然无恙了。他立刻给安树广凑齐了十万块钱送来。有了这笔钱，安树广顺利当上了公安局主管刑侦的副局长。从那时起，他们之间形成了稳固的利益关系。程鹏有了安树广的关照，愈加恃无恐，各种黑道生意都有涉足，迅速成为凤城首屈一指的富豪。作为回报，程鹏花在安树广身上的钱自然不在少数。安树广看上了一套高档住宅，程鹏马上出资买下，一番豪华装修后送给他。安树广喜欢收藏文物，程鹏就想尽办法为他搜罗。在安树广家里，有一间屋子专门陈列着他收藏的各种文物。一件青铜佛头竟是国家一级文物，是程鹏花大价钱从香港文物贩子手中买来的。安树广极其好色，在刑警队时还略为收敛；当了副局长后，公安局稍有姿色的女警，他都要想尽办法染指。一切所需，全由程鹏安排。为了满足安树广的欲望，程鹏在雪花大酒店给他设了一个豪华套房，挑选几位妙龄女子专供他使用。

即便如此，程鹏心里清楚，在安树广的眼里，他只不过是供其驱使的狗。随着财富的增加，他逐渐认识到，这个社会仅仅有钱是不够的；没有社会地位，没有权力和身份，永远改变不了现在的形势。他急于洗清自己身后的不光彩历史，摆脱安树广对他的控制。他有一次表露，想在凤城弄一个职位，毕竟自己现在也算得上成功的企业家了，一介布衣身份总显得有些寒酸。安树广当时还嘲笑他："你以为你屁股上的屎能擦干净啊。别以为穿身好衣服就能混出个人样了！告诉你，流氓就是流氓。不管你多有钱，也改变不了这个事实。"安树广没有注意到，在他说这些话的时候，程鹏眼神里流露出绝望挣扎的神情，仿佛受尽凌辱的狗龇着牙，意欲拼死一搏。程鹏知道，他在安树广眼里还有很大的利用价值，他还不想把自己放开。一旦他的官越做越大，自己随时可能成为牺牲品。要想摆脱他的掌握，必须尽快洗清自己。

程鹏开发的两个项目涉及一大片老旧居民区拆迁，有十几个钉子户说什么也不愿搬迁。程鹏叫来肖一刀、郭绪良等人，让他们暂时放下其他生意，不管用什么手段，也要赶在开工前把这些钉子户解决掉。

这些钉子户中，就包括张飞一家。因为对拆迁条件不满意，张飞组织众人跑到程鹏的建筑公司集体抗议，结果与肖一刀等人冲突起来。肖一刀认出了张飞，指着他说："怎么又是你!？上次你一条腿瘸了，还不识相点！再敢带头闹事，把你另一条腿也打折了！"

张飞一看是肖一刀等人，更加气愤，带着众人在公司门口一连围坐了好几天，惊动了政府出面，要求程鹏妥善解决搬迁居民的安置问题，否则收回项目许可。程鹏一看这么点事都没办好，大骂肖一刀等人窝囊。肖一刀一怒之下，带人趁着晚上，把张飞的家里里外外砸得一片狼藉。看着父母吓得缩作一团，抱头痛哭，张飞举着拐冲上去要打，却被一把推倒在地。随后几天，肖一刀不断带人前来骚扰、威胁。他告诉其他居民，只要不跟着张飞闹事，所有条件都能满足。最后的几个钉子户也纷纷签订了协议，只剩下张飞一家，破旧的房子挺立在一片废墟中，如同风雨飘摇中的孤岛，无依无助。张飞豁出命来，丝毫不作让步。他把父母送回农村，自己一个人住在屋里，昼夜不出院子，决意对抗到底。肖一刀几次带人来拆，都被张飞吓退。

眼看开工将至，肖一刀叫来郭绪良、谢其杰等人："今晚你们几个把人给我拖出来，房子一铲车推倒，看他还能怎么闹。"

郭绪良问："万一闹出大事怎么办？"

肖一刀皱了皱眉头道："他一个瘸子，能闹出多大的事？！"

几个人开着两辆铲车，围在了张飞家的门口。肖一刀高喊："瘸子，再不出来，信不信老子一铲车把房子推倒，让你陪葬！"

张飞回应："有本事就把我埋在屋里！老子就是变成鬼，也不会放过你们！"

几个铲车司机一听这话，纷纷停下活计，不敢上前一步。肖一刀大骂众人没用，跳上铲车，一铲把屋子的一角抓开个大口子。张飞抄起一把铁锹冲出屋，抡开了左劈右砍，吓得众人不敢靠近。肖一刀跳下车，一脚踹倒张飞，郭绪良等人上来死死把张飞按在地上，肖一刀开着铲车，紧接着开始拆房子。看到房子顷刻间就成废墟，张飞疯了一般推开众人，挺身冲进屋里。就在这时，房子"轰"的一声倒了下来。众人一看，顿时惊呆了。没等烟尘散尽，赶紧上前，扒开砖石瓦砾，把张飞抬出来。再一看，张飞血肉模糊，已经死了。

郭绪良望着肖一刀，问："哥，咋办？"

肖一刀吐了口唾沫骂道："真他妈晦气！"他指着在场众人厉声道，"这件事，你们谁也跑不了！谁要是把这事传出去，我就要谁的命！"

几个人面面相觑，看着肖一刀狰狞的表情，吓得不敢说话。肖一刀一想，这事要是让程鹏知道了，免不了又是一顿骂，索性一不做二不休，把尸体就地处理了。他看了看周围正在开工建设的工地，冷笑一声有了主意。几个人用铲车挖了个大坑，把张飞的尸体扔进坑里，上面又用混凝土铺了厚厚一层，张飞就这样无声无息地消失了。

临走的时候，肖一刀恶狠狠地说："你不是不想搬吗？那好，我就把你埋在你的房子下面！你就守在这里吧！"

杜岩因为要打听肖一刀的消息，又很久没见张飞，就跑到雪花大酒店门口去找他，却见张飞的水果摊前早已换了主人。一问才知，张飞最近因为忙着家里拆迁的事，把摊子盘给了别人。杜岩又追到张飞家里，才发现这里面目全非，一座新的住宅小区正在开工建设。杜岩怅然若失，正欲转身离开，却见肖一刀、郭绪良几人戴着安全帽，一身工地监工打扮，远远地走了过来。经过杜岩身边的时候，郭绪良认出了杜岩，立刻停下脚步，紧张地看着肖一刀。肖一刀随即停了下来，怔怔地看着杜岩。双方对峙片刻，杜岩一笑，说道："真是冤家路窄，没想到在这里遇到你们俩。"

肖一刀冷冷地说："我们哥俩很忙，你要是没有别的事，我们就先走了。"

杜岩说："等等！张飞现在在哪儿？"

肖一刀一愣，扭头说道："张飞是谁，我不认识。"

"你打断了他一条腿的时候，也不认识吗？"

"我没见过他，也不知道你在说什么。"

"他就住在这儿，我不信你没见过。"

郭绪良忍不住接口道："你干吗老跟我们过不去？这儿可不是火车站，你想找谁，自己找去吧。"

杜岩说："我还真不想跟你们俩过不去。不过老天有眼，你们俩一做坏事，总能让我碰上。"

肖一刀说："你看我们不顺眼，可以。不过，要想找我们的麻烦，还是等你有证据了再说吧。"说完，带着人就走。

杜岩在身后喊道："你们俩听好了，张飞的仇我一定会替他报的。"

走出一段路，郭绪良忐忑不安地问肖一刀："哥，咱们那天晚上的事，这个小警察不会都知道了吧？"

肖一刀也疑惑地说："不会吧。不过听他的话，倒像是知道点情况。会不会是那天晚上的事有人走漏消息了。回去赶紧问问，是谁的嘴不严。"

这伙人一走，杜岩茫然望着人来人往的工地，心想：张飞到底去哪儿了？肖一刀这伙人怎么会出现在这儿？难怪最近在车上没见到他们的影子。他们又在搞什么鬼名堂，会不会和张飞有关？

再说程鹏自从成立了自己的建筑公司，开始踏入房地产界，接触社会各界的机会多了，野心也越来越大。他不愿永远成为安树广的一条狗。为了摆脱他的控制，必须再找一个更大的靠山。程鹏利用一切机会，接近凤城政府各界名流，渐渐竟有冷落安树广之意。这一切，安树广自然看在眼里，心里暗笑：明明地里养的土鸡，却想飞上树梢当凤凰。在凤城，想跳过他安树广出人头地，真是做梦。

安树广一天晚上打电话找程鹏，程鹏当时正在跟政府的几个官员吃饭，一看安树广的电话，就没有理会。没过两天，安树广派人去程鹏的建筑公司，把几个负责人全带到公安局。程鹏不明就里，赶紧跑去见安树广。

安树广当时正在翻看放在案头的《水浒传》，边翻边说："你看梁山这伙人，说是好汉，可就是改不了当初偷鸡摸狗的本性。这叫江山易改，本性难移。这样的人也想做官，真是笑话！最后怎么死的都不知道啊。"

程鹏知道，安树广这番话都是针对他的，不禁冷汗直冒。他谄媚地说："安局，我可没有当好汉的心思。说到底，我就是您身边的一条狗。您有什么吩咐，我帮您办就是了。我的前程可都掌握在您手里呢。"

安树广放下书，正襟危坐道："我听说，你们公司在拆迁过程中存在暴力强拆、打人伤人的事件。你这个公司是不是不想办下去了？"

程鹏急忙解释道："哪有这么严重的情况？不过是几个钉子户说什么也不肯搬，我让兄弟们过去吓唬他们一下，也就搬了。我这么做，也是为了凤城的城市改造嘛。"

"我看你啊，最近是忙着结交高层了，忘了你的手下都是些什么货色了。你回去还是问问他们吧，我已经接到好几起报案，反映你们公司存在严重问题。有老两口反映，自从你们拆了他们的房子，他儿子就失踪了。这是怎么回事？你们不会是对他做什么了吧。告诉你，要是闹出人命，公司就别想干了。"

"怎么会有这样的问题？您放心，我回去一定严厉约束手下，绝不让他们胡来。我们现在是做正当生意，哪能再用那些下三滥的手段?"

安树广看了看他，说："知道就好。我现在是一局之长，在凤城这地方，总不能让别人说我治下不严，净是些鸡鸣狗盗之徒吧。"

程鹏从安树广的办公室出来，心里暗暗骂道：妈的，装得人模狗样，还不是想把我捏在手里为你所用吗！这些年你吃的喝的，哪样不是老子的。老子为你做了这么多，到头来竟然把老子当成鸡鸣狗盗之徒。那你算个什么东西，你就是老子身上的一只寄生虫！不把你甩掉，早晚喝光老子的血！

这些年，安树广胃口越来越大，为了安置几个情妇，竟然让程鹏在市区买了好几处别墅。平日里挥霍无度，动辄就让程鹏送这送那，已经让他应付不暇了。但这人的手腕，他是领教过的。现在自己羽翼未丰，还不足以摆脱他。等自己拥有了一定权力，早晚要把这只寄生虫踩在脚下。

对于安树广说的事，程鹏倒是不敢大意。回到公司，立刻招集肖一刀等人前来质问。肖一刀自然不敢说出强拆闹出人命的事，只说对有的钉子户吓唬了一下，并没有发生什么大事。有人上访告状，纯属别有目的。

程鹏看了看肖一刀等人，心里忽然生出一丝厌恶来。安树广也许说得没错。看看自己这些手下，虽然都是自己白手起家时的得力干将，但一个个只会好勇斗狠，毫无担当大任之能。这些人的底子太黑、名声太恶，身边如果都是这些人，怎么能让人瞧得起，说不定哪天还会把自己栽进去。想到这儿，程鹏心里暗暗下定了决心。

二一
难证之罪

杜岩来找方坤，没想到无意间撞破了他的秘密。

方坤自从和老婆离婚以后，一直独自住在一座临街的旧楼里。房子只有四五十平方米，屋里陈设简单，只摆着基本的家具物品。杜岩前几次来找他，就曾唏嘘不已。这次，他刚走到门口，就听到里面有人说话：一个是方坤，另一个竟是女人的声音。

"你现在也不搞禁毒了，还把自己弄得这么辛苦。咱们都这么一把年纪了，到底要熬到什么时候才能过上安生日子？"

"再忍一忍吧！孩子现在还小，真要有个什么事，我们这些年的苦就都白吃了。"

"说到孩子，他现在也上高中了，一直喊着将来也要当警察，要像你一样抓坏蛋呢。"

"哎，难得他有这种念头。真要能当个警察，也是好事。"

"还当警察啊。跟着你每天担惊受怕这么多年，我可不想让儿子将来再当警察。他只要能找个稳定的工作，安安稳稳过一辈子，我就知足了。"

"情况会好起来的，坏人不会永远这么猖獗。"

"你身上的伤没有复发吧。当了一辈子警察，什么都没轮上你，就落下这一身的伤疤了，有啥用。"

"身上的伤倒是没啥事，阴天下雨的疼一下。就是想着你一个人带个孩子，我这心里难受。"

"嗨，你不是也一个人孤零零的这么多年吗？为了孩子，为了这个家，有啥苦的。"

杜岩听着，听着，似乎听明白了谈话内容，渐渐就呆住了。进退维谷时，门打开了，一个面容苍老的女人站在门口。杜岩和方坤一下子都愣了。

送走女人，方坤把杜岩让进屋，两人一时不知道说什么好。良久，杜岩才说："刚才我在门口都听见了，她是嫂子吧？"

方坤苦笑道："都快十年了，这秘密也该解开了。"

"到底是怎么回事？"

方坤告诉杜岩，十多年前，他因侦办毒品案件，屡屡遭到毒贩威胁。一开始，家里的玻璃半夜会被忽然飞来的石块砸碎。儿子那时还小，经常被吓得不敢睡觉。后来，门上常被喷上油漆，方坤会接到言语恶毒的匿名信。儿子有一次放学回来，被剃成飞机头，吓得哇哇直哭。方坤无奈只好搬家。但每搬一次，只能安稳一两个月，又会回到过去的状况。他跟妻子商量，这么下去，万一哪天孩子出点意外，该如何是好。想来想去，方坤决定和妻子来个假离婚，让儿子能够安心上学。妻子虽然不愿，但想到孩子，也只好答应。为了保密，两人假离婚的消息连儿子和父母都没有告诉。妻子带着孩子回到了娘家，而方坤一个人住在小屋里。几年来，每隔一段时间，妻子会悄悄来帮他打理一下家务，再悄悄离开，以免引起怀疑。这段时间，妻子听说他调离了禁毒大队，以为一家人终于可以团圆了，但方坤想到这段时间自己的遭遇，想到他所面对的极其强大的势力，仍然心有余悸。他害怕儿子和妻子遇到报复，那时，又该如何向他们交代。

听完这个故事，杜岩心里说不出的滋味，他就问方坤："你打算就这么过下去？"

"至少现在这么打算，也是为了家人的平安。告诉你，现在的形势更复杂了。我之前写给省检察院的举报信已经批下来了，检察院责令公安局组成调查组，调查那五百克毒品案。可安树广现在当了公安局局长，势力更大了。他组织的调查组调查的结果是：五百克毒品来源不清，查无实据。就此草草结案。安树广对我怀恨在心，接下来肯定还会报复。我现在自身难保，怎么能让老婆、孩子再受牵连？"

"安树广跟这五百克毒品究竟有什么关系？为什么要咬住不放，不让你往下查？"

"这个我也说不好。我只是觉得，当初那起案子，可能触及了他和某些人的秘密。"

"背后这个人会不会是程鹏？"

"很有可能，只是我现在手里没有足够的证据。雪花大酒店贩毒看来是个不争的事实。上次我被陷害，后来我也查了，给我传递这条信息的线人，是受了叫一个肖一刀的人的威胁，有意设好陷阱让我钻。可是，这一切很难把幕后的人物引出来。"

"我在乘警队的这段时间，一直在盯着肖一刀一伙人。但是，这伙人最近好像跟着程鹏在搞房地产，不知道是不是洗手不干了。那样的话，就很难抓到把柄了。"

方坤说："不管怎么洗，也洗不掉他们身上的血迹和手上的罪恶。最近我也听说，程鹏那个公司在动用黑社会手段暴力强拆，听说有的人被打伤，还有人失踪了。"

杜岩立刻想到了张飞："失踪的那个人是我的朋友。他之前就被肖一刀打断过一条腿。这次失踪，不知道会不会跟这伙人有关。"

"现在这种情况，我们得抓住一点。不管他们怎么乱，只要在这一点上能突破，就有可能打开缺口。你还是要盯着车上，我怎么觉得他们不可能这么轻易就放弃老本行的。"

杜岩惦记着张飞的事，私下里打听到了张飞的父母目前还住在农村。正好辛娜有车，就让她开着车，几经辗转，终于找到了张飞父母的住处。一进门，就看到老两口呆呆地坐在院子里，神情茫然。因为儿子的突然失踪，老人一夜间苍老了许多。得知杜岩的来意，就把他们让进屋里。一提到儿子，止不住老泪纵横。据老人说，张飞把父母送回农村时就明确说过：这些天他哪儿都不会去，就一直待在屋子里，不信他们敢当着他的面把屋子拆了。后来房子被拆，开发商那边说，他们是征得了儿子同意才拆的。至于儿子不见了，说与他们无关。去公安局报案，人家说这种情况只能按失踪人口处理。等着吧，没准什么时候又回来了。但老两口坚信，儿子的失踪跟拆迁有关，他不会扔下父母无缘无故失踪的。两个老人一辈子没遇见这么大的事，哭告无门，只有在家以泪洗面了。

看着两个老人伤心欲绝的样子，杜岩一时不知如何安慰。他把自己和辛娜身上的钱都拿出来交给老人，转身出了门。回来的路上，杜岩一言不发。他觉得，张飞的失踪跟肖一刀等人肯定有着直接的关系。他猜测，张飞要么是被肖一刀关起来了，要么可能遇到不测了。没有现场，没有目击证人，这件案子就算想查，都不知道如何下手。他顿感一筹莫展。

辛娜看他心情沉重，就提议去西山散散心。两人把车开到山顶的一处平台，望着眼前起伏的山峦，任凭山风吹拂，思绪万千。

杜岩说："有时候，我真想自己不是警察就好了，明明有这么多不平的事，却无能为力。你看方坤两口子，就因为是警察，连个正常日子都过不了，十几年瞒着别人假离婚，这心里得承受多大的委屈。张飞的父母见不着儿子，却没人能帮他们。有时候觉得，自己当这个警察真够窝囊的。"

辛娜说："你要是真不愿意当警察，就陪我一起做生意。反正，我不在乎你是不是警察。"

"可我在乎。不把这些恶人扳倒，我这辈子都不甘心。"

"那你就安心当你的警察，其他的事交给我好了。"

"你就不怕跟着我惹上一身麻烦啊？"

辛娜说："我还怕麻烦啊！再嫁不出去，我自己都成麻烦了。你先把我这个麻烦给解决了吧。"

杜岩无奈道："跟你说正经事呢，你就不能严肃点。"

辛娜就一本正经地说："那好吧。将来要是遇到麻烦，咱俩也来个假离婚。这行了吧。"

他们的事就这样算定下来了。接下来，他向队里打了结婚报告，婚事全都交给辛娜，他忙着调查张飞失踪的事去了。这件案子的管辖权自然不在铁路，杜岩无法以办案人员的公开身份介入调查，只能私下里打探消息。

他了解到，因为当时周围已成废墟，只有张飞一家还没拆，现场方圆几里都没人。这样一来，除了肖一刀的拆迁队，现场无法找到目击证人。当晚肖一刀带去拆迁的，除了几个手下，还有两辆铲车和几个工人。看来，铲车司机和这几个工人是目前唯一能获取线索的突破口了。可是，怎么才能接近他们呢？在工地现场，肖一刀、郭绪良等人随时都会冒出来，根本无法接近。就算接近了，怎么才能让这些人说出实情呢？杜岩一时也想不出好办法。

正在发愁之际，马原听说杜岩要结婚的消息，赶来找他。"你还真把自己当大姑娘出嫁了，什么心都不操，全交给辛娜了啊？"

"反正她闲着没事。再说，是她追的我，不操心能行吗？"

马原就问杜岩在忙什么，杜岩把张飞失踪的事大概说了，说他怀疑这里面有问题，但现在不知怎么插手。马原想了想，说："我倒是有个办法。就算上次你帮我查汽车被盗案还你人情吧。"

"怎么办？"

马原笑道："平时总夸你脑子好使，关键时也有不灵的吧。你不就为难这案子不是我们的管辖，不好插手吗，那把它变成我们的案子不就行了嘛。"

杜岩不屑道："你倒是说得轻巧。要是能变成我们的案子，还用你在这儿教我啊。"

马原得意地说："看看！关键时候还得靠我们专业刑警。你们乘警队的刑警分队，充其量也就是个业余的。你回去就说，张飞是你的特勤朋友，专门给你提供线索的。他的失踪，你怀疑跟一起列车上的案子有关，必须调查清楚。这么着，不就能公开调查了吗？"

杜岩拍了拍脑袋，看着马原惊讶地说："没想到啊，你这脑袋除了吃饭，还有点别的用处啊！不过，我要是这么说，江海清和石坚那儿肯定不会同意。再说动静太大，容易引起肖一刀他们的怀疑，万一把我们要找的人藏起来怎么办。要不，你好事做到底，再帮我个忙，咱俩干脆抓个'舌头'怎么样?"

这回轮到马原糊涂了："抓'舌头'？怎么抓？"

第二天工地下班，工地的工人闲来无事，都围坐在门口看街景。杜岩和马原看看周围没人注意，就走到人群里，装作找人干活，问道："想不想挣点儿外快？"工人一听有钱可挣，都围过来问干什么活。杜岩说：简单，就是家里装修，要砌一道墙，两三个小时的活，去的一人一百。几个工人一听有这样的好事，就抢着说，你要的是瓦工，我去我去。杜岩挑了两个眉眼厚道的，带着人就往新房走去。婚房也是辛娜准备的，这两天正在装修。杜岩要来钥匙，说是晚上带几个同事去看看。进了房间，杜岩指着刚砸开的一堵墙说："就这堵墙，劳烦你们哥俩给我砌回去。"

两个工人相互看了看，说："老板，你有钱也不能这么乱花呀！刚砸开的墙，又要给砌回去啊！"

杜岩说："砸完我就后悔了。你们砌吧，工钱我先给了。"两人收了钱，摇着头开始干活。

他俩边干活，杜岩边和他们聊天，问他们家是哪儿的，工地一天挣多少钱。聊着，聊着，杜岩问："听说你们工地前段时间拆迁死人了，是吧？"

两个工人顿时一脸紧张，看着杜岩不敢说话。马原就说：别怕！我们也是听人说起，随便问问。一个工人说："这事我们也是听说的，没有亲眼看见。听说拆的时候人还在屋里没出来，房子就塌了。"

另一个说："说了你们都不信，工地晚上老闹鬼。有人说是死的那个人就埋在工地上，吓得我们晚上都不敢出门。"

马原问："死了人这么大的事，难道就没人过问？"

一个工人说："问过。听说家里人报警了，警察找了几个工头了解情况，也就不了了之了。"

另一个说："我一个老乡那天晚上跟着去拆的，拆完第二天就说不想干了，要回去。工头把他叫去，不知道说了什么，他就不敢走了。"

杜岩想想张飞死时的惨状，心里说不出的难受。他故作轻松地说：

"你那个老乡叫什么?"

两个工人疑惑地看看杜岩说:"你问这个干什么?你们到底是什么人?"

马原赶紧说:"就是好奇,听故事嘛总想听得完整点。其实,死了谁,跟我们一点关系都没有。"

工人这才说:"这件事工地不让传。要是听说谁打听这件事,工头叫过去不是骂就是打,有的直接开除了。"

两个人就不说话了,只顾低头干活。杜岩跟马原递了个眼色,心想无论如何也要把当晚干活的工人打听清楚。活干完,两人要走,杜岩忽然说:"哎呀,我的手表怎么不见了?"

马原说:"是吗?那可是块名表,值好几千块呢。赶紧找找。"

两人找了一通,自然没有找到。杜岩就看着两个工人,两个工人纷纷掏出身上所有物件让他俩看。杜岩说那也不行,我那可是准备结婚的手表,刚才还放在这里,这一会儿就不见了。你俩要是没拿,我就得跟你们到工地找你们工头问个清楚。两个工人一听,吓得脸上变色,说出来干私活的事要是让工头知道了,这饭碗就算砸了。杜岩说那怎么办,反正我的手表不能白丢。马原这才站出来和解道:"我这个朋友就喜欢听故事。你俩要不把刚才的故事讲完,估计他是不会放过你们的。"两个工人这才知道上当,只好把知道的都告诉了杜岩。

问清当晚在现场的工人姓名,杜岩和马原坐在屋里,琢磨下一步怎么办。马原说:"看来这事八九不离十是真的了。只要找到这个叫冯三平的工人,就能弄清眉目了。"

"这个冯三平,肯定被肖一刀他们盯死了,找到他也未必敢说实话。再说公安局不立案,我们又没有办案权,查到了又能怎么办?"

"哎,折腾半天,白忙活了。"

"人命关天。管不了那么多了,明天我就去找肖一刀要人。"

马原想了想,说:"那我跟你一起去。"

"你就别去了。上次拉你去抓他,害得你被郑铭骂。这件事跟你无关,我一个人去就行了。"

没想到马原不乐意了,说:"我马原是那样不顾朋友的人吗?大不了再被骂一顿!"

杜岩颇为感动,拍拍他的肩膀说:"同生死,共患难!你这个朋友没白交。来吧,赶紧再把这墙拆了。"

马原一愣,问道:"为啥?刚砌好的。"

杜岩说:"免得明天辛娜看到了骂啊。"

第二天,杜岩、马原满腔豪气地站在建筑工地门口。杜岩又问马原:"你可想好了,不后悔?"

马原说:"来都来了,还怕什么!"

杜岩心想,既然闹,就把事情闹大。就算今天达不到目的,也要更多的人知道这件事,让他们想捂都捂不住。他索性一进门就高喊:"肖一刀,你出来!"

两条大汉气势汹汹地到处找肖一刀,早有人跑到肖一刀面前报告了。肖一刀眉头一皱,不敢怠慢,赶紧带了几个人冲出来,拦住杜岩。"喊什么喊!又是你们!找我什么事?"

"找你为什么,你不知道吗?你强拆住房,逼死人命!我看你这次还有什么说的!"

肖一刀一惊,但看看周围都是自己的人,不觉有了些底气,怒道:"你凭什么这么说!你以为你一个小铁路警察,想抓谁就抓谁啊!告诉你,这里不归你管!"

"我这个小铁路警察,今天就要治一治你这个草菅人命的混蛋!"杜岩抓住肖一刀的手就要给他戴手铐,周围的几个打手恶狠狠地围过来。

马原大吼:"我们是警察,都给我往后退。"

几个人又吓得停了下来。肖一刀骂道:"还不快去向程总报告!"

杜岩一看周围的人越聚越多,就高喊:"你为了拆迁,害死一条人命,还把尸体埋在这工地上。你就不怕冤死的鬼魂晚上出来找你偿命?"

周围的工人一听,纷纷议论,说难怪有人说这工地闹鬼,原来工地里埋着尸体啊。众人都用异样的眼光看着肖一刀。

马原也在一旁喊:"其他人都别捣乱,这可是人命关天的大事!我们就找主犯,不想惹事的都给我躲远点!"

众人一听,"呼啦"一下,闪出一片空地来。肖一刀大骂手下无能,想要挣扎逃脱,却被杜岩死死拧住,就要往工地外面带。

就在这时,郭绪良、谢其杰、曹刚等人得到消息,手提棍棒跑了出来,把杜岩、马原围在中间,不让离开。郭绪良恶狠狠地说:"今天你们休想踏出工地一步!"

杜岩说:"怎么,你也想把我们哥俩埋在这工地上啊?"

马原也说:"埋我可费点劲!我这么胖,坑得挖大点!"周围的人一阵哄笑。

郭绪良一看肖一刀被抓,兄弟情深,不顾一切地冲上来,要从杜岩手里抢人。马原毫不示弱,大臂一挥,把一群人挡在身前。一伙人推推搡搡,僵持不下。

杜岩一看事情闹得差不多了,再闹下去估计要吃亏,赶紧拿出辛娜送的手机给石坚打电话,说他在工地被围,让石坚带人来救。

不多时,程鹏听说工地有人闹事,带着人赶到。众人闪开一条路,把他让进来。看着眼前的场面,脸上露出不悦之色。因为路上有人告知说杜岩两人是警察,程鹏说话还算客气。"两位小兄弟,这是怎么回事?为什么要抓我的人啊?"

杜岩道:"你的人杀人害命,尸体就埋在你这工地里。既然是他的老板,你看怎么办?"

程鹏一听,也吃了一惊。拆迁弄出人命的事,他还真不知道,只知道肖一刀打人伤人的事,认为都是小事,也就没理会。如果真的闹出了人命,他就脱不了干系了。程鹏冷眼看着肖一刀问:"有这回事吗?"

肖一刀哪敢承认,指着杜岩说:"他们血口喷人,根本没有的事。他们就是来捣乱的。"

程鹏回头问杜岩:"你说他们害死人命,有证据吗?"

杜岩说:"没有证据,我敢来吗?你不信,可以让工人把工地挖开看看。"

程鹏笑道:"笑话!这么大的工地,是你想挖就挖的啊?如果挖不出尸体,这个钱谁付?"杜岩一时语塞,程鹏就说,"你看这样行不,人我先带走,了解一下情况。你们这么闹下去,不会有结果。我这工地也不能停下来,由着你们闹。一天的损失有多大,你们知道吗?"

杜岩琢磨着闹得也差不多了,今天要想带走肖一刀估计不可能。至少这么一闹,这件事想压也压不住了,就想找个台阶下。没想到就在这时,十几个在强拆中被打伤的居民听说有人在工地闹事,集合起来冲进了人群。他们都被肖一刀欺负过,一看肖一刀被杜岩扭住,顿时找到了发泄的机会。十几个人劈头盖脸,就往肖一刀身上一通拳脚招呼。郭绪良等人怕肖一刀吃亏,也冲了上去,趁乱对杜岩下黑手。没多大工夫,杜岩和肖一刀脸上、头上都带了伤。

正在乱得不可开交的时候,石坚带着人赶到,强行把众人分开。问明情况,他先把杜岩、马原带回,说其他的事回去再商量。程鹏也没好气地把肖一刀叫走,剩下的十几个居民还留在工地上,久久不肯散去。

二二
祸兮福兮

杜岩回到单位,就被石坚狠狠批评了一顿。石坚说:"这么大的事,你怎么能一个人胡来呢?你当警察也不是一天两天了,怎么能干出这种事?"

杜岩说:"那怎么办?你都知道事大,可这么大的事就是没个地方说理。市局安树广那里不立案,杀人犯肖一刀逍遥法外不说,还在工地上人模人样地当工头。我明明知道尸体就埋在工地上,可就是没办法挖出来当证据。你说,我这个警察当得窝囊不!"

"你这些判断还只是猜测,哪有证据证明工地上发生命案了?再说了,就算真发了命案,那也得按办案程序来。哪有你这样的,带人去工地闹事,能破得了案吗?咱们是铁路警察,管好自己管内的事就行了。你把自己当国际刑警了?"

杜岩说:"我就最不爱听铁路警察各管一段的话,铁路警察怎么了?不也是头顶国徽为国执法吗?别人看不起咱铁路警察,那是他们!我们不能自己看不起自己!遇到犯罪,还要先想想该不该自己管,那还是警察吗?"

石坚无奈地说:"你呀,三天不给我惹事,你就不是你了。这事要是让安树广过问起来,到处里兴师问罪,对你,对我,都没好处。"

"我惹事,但不怕事。他们要过问,我一个人担着。只要能把这件事捅出去,我就是受处分都愿意。"

石坚叹口气道:"你以为捅出去了就有人管了?你呀,太天真了!你这么一闹,说不定这案子更难查清了。"

此时,程鹏也在当面训斥肖一刀。程鹏厉声问道:"你们到底还有多少事瞒着我?"肖一刀赶忙解释,一味洗脱。程鹏一概不听,怒道,"警察都找上门来了,还说没事?这个项目是我全部的心血,谁要是坏了我的大事,可别怪我翻脸不讲情面。"

肖一刀只好说:"放心吧!事情我们做得很干净,绝对没有把柄落下。"

程鹏又问:"做事的人都安顿好了?不要留下尾巴。这些警察可不是吃素的。"

肖一刀说:"做事的都是自己人,不会出问题。剩下的几个工人我也安顿好了,谅他们也不敢乱说。"

程鹏想了想,说:"这样吧,你给那几个工人发点钱,让他们回家,不许再来凤城打工。另外,你最近也避避风头,不要再在工地上出面了。那两个小警察不好招惹,别再去碰他们了。"

肖一刀不解地问:"那几个工人真要放回去啊?要不要把他们做了?"

"你还嫌事情闹得不够大吗？整天就知道打打杀杀！也不看看现在都什么时候了，靠打打杀杀能立住脚吗？"

"那我要到哪里去躲？"

"我跟广东那边的金老板说说，你先去他那里帮帮忙吧。"程鹏提到的金老板，就是肖一刀从广东贩运毒品的毒枭。据说为人生性凶残，喜怒无常。肖一刀一听，心里有些不乐意。但看了程鹏的脸色，一时也没敢声张。

程鹏考虑到这件事一旦败露，会给工程项目带来极大影响，就赶紧准备了钱来求安树广，希望他能把这件事压下来。安树广看着放在桌上的钱，说："两个铁路警察就把你们吓成这样了！现在知道什么是官，什么是贼了吧。我常跟你说，不要以为有了钱就成好人了。你们都去当好人，还要我们公安机关干什么。"

程鹏诺诺点头称是，心里却骂道：你也不是什么好东西，居然在这里冠冕堂皇，大放厥词。这些话从你嘴里说出来，真是莫大的讽刺。

安树广接着说："不过，这些铁路警察也的确有点讨厌，居然跑到我的辖区来捣乱！不给他们点儿教训，今后还不知要闹出什么事来。"

收了钱，他立刻着手处理，让办公室起草了一份公函，专门发到铁路公安处。说是公函，措辞却极其严厉，俨然把自己当成了上级机构。公函到了段嘉诚手中，看得他目瞪口呆，竟然不敢呈给李乃谦。

自古公门虽为一家，但职责各担，管辖有别，所谓"井水不犯河水"。今有贵处民警杜岩，任性姿情，跌宕放言，罔顾多年成规，屡屡犯我辖区，多次跨界办案，扰乱我正常秩序，打乱我精心部署。虽有可原，但再无可恕。若杜岩之所为仅为个人行为，望贵处严加约束，勿使再犯。若其所为获单位准许，则虽公门一家，亦可二致。后有井水河水相犯之事，勿谓不预。

这份公函说是通告，但责备之意昭然，言辞激烈如同一封战书。段嘉诚也暗自担心，虽然杜岩的所作所为他已经听说，但没想到安树广会如此严厉地发函问责。李乃谦看到这份公函,还不得把杜岩再次发配。段嘉诚就压着没给李乃谦看,打算等事情平息之后再说。没想到过了两天,安树广一看公安处没动静,竟派牟仲平专程上门来催办,并一再强调,要坐等公安处主要领导回复。段嘉诚一看对方来者不善,就先设法拖住对方,打电话让石坚赶紧过来向李乃谦说明原委,免得李乃谦震怒之下重罚杜岩。

石坚带了盒李乃谦最爱喝的好茶,一进门先恭维几句,说自从他升任处长,全处上下面貌一新,民警干劲十足,成绩斐然。李乃谦说你别嘴上说得好听,真要认我这个处长,就给我把工作干好,队伍带好,让我少操点心,这比喝好茶还消火。石坚就说:"那还用您说。现在就连杜岩那小子都一心想着工作,上次乘警上车宣传的想法,就是他提出来的,效果很好。"

李乃谦道:"你别总护着那小子。真要是哪天给你惹出事来,我看你怎么办。"

石坚就笑道:"自古本事大的人毛病也多。我还就喜欢他这样的,能干事,也能惹事,但从来不怕事。这种性格不是跟处长你年轻的时候一样吗?"

这几句话拍得李乃谦浑身舒服,如沐春风,微微一笑道:"我年轻的时候?你是说我现在不如以前喽?"

石坚说:"当年是年轻有为,现在是老当益壮,都是一样的。"

两人一来二去,闲聊了几句,看看李乃谦情绪极好,石坚这才把杜岩大闹程鹏工地的事说了。石坚说:"这件事可大可小,处长你还是置身事外的好。安树广现在虽然一手遮天,将来一旦这起案子曝光,你也可以免了许多干系。"

李乃谦沉吟片刻,也觉得石坚的话有理。为官多年,他深知官场险恶。虽然安树广势力炙热,可一旦翻船,浮沉也就在旦夕之间。再说自己好歹也是一处之长,铁路又有着垂直管理的优势,并不受地方市局节制。有时虽然对安树广有所忌惮,但细想起来,倒也不用过分仰赖他。

正说着,段嘉诚拿着一份文件进来,跟石坚对视了一下眼神,把文件放在李乃谦桌上。李乃谦看着文件，脸上的喜色渐渐收敛，嘴角肌肉抽动，显然有些动怒。石坚假装瞥了一眼说："这安树广的口气也太大了吧，把我们当什么了。还井水要犯河水？这哪是公函，简直是开战书嘛！"

李乃谦看了他一眼，说："难怪你今天有空来我这儿！你这份心思要是用在工作上，就更好喽。"他又顺带看了段嘉诚一眼。段嘉诚和杜岩的关系，李乃谦当然清楚。但他早就告诫过段嘉诚：朋友之间，情义要讲，但工作当中不能迁就，不要因为朋友之间的江湖义气影响了自己的前程。

李乃谦说："安树广的口气固然过分了，但我们的人也不能授人以柄。我们和市局两家虽然没有太深交情，但多年来和平相处，还没有闹翻过。现在可好，来了一个杜岩，竟然把安树广这样的人物都给搬出来了。两家一旦闹翻，今后很多工作都会受影响。这件事，还是要从长计议的好。"

他把牟仲平叫进屋，当着他的面给安树广打了个电话，言辞恳切，态度低调，既说了多年来两家之间分工合作的悠久历史，也提到了自己对安树广为人的敬重之意。至于底下民警犯错误一事，李乃谦表示一定要严肃处理，决不姑息。

安树广大度地笑着说，其实两家这么熟，完全没必要发什么公函。公函的内容也都是秘书草拟而就。一介书生，那点掉书袋子的功夫全用在了文词修饰上。至于里面写的什么内容，安树广坦言自己根本没看懂。

李乃谦听完这话，心里五味杂陈。安树广这几句话看似客套，实则极其不恭。作为一个公安局局长，给兄弟单位发函，竟然说内容自己根本没看懂，这是何等蔑视。李乃谦当时不便发作，送走了牟仲平，一把将桌上的茶杯掀翻在地，指示石坚回去对杜岩严肃批评。处里研究一下，随后将对他的行为作出处理。

李乃谦研究的结果，是给杜岩记过处分。段嘉诚做完会议记录，在给组织部门传达处理决定的时候，思忖一番，把记过处分悄悄改成了警告处分。李乃谦追问下来，段嘉诚就以会上没有听清搪塞，李乃谦心知他是顾念同学之情，也不便责备，就让段嘉诚带着命令到乘警队当场宣读。

石坚虽然提前就给杜岩通报了处分决定，但当段嘉诚来宣布的时候，还是羞愧难当。两人在会场打了个照面，段嘉诚说："李乃谦偏要我来宣布，可不是我抢着来的。"

杜岩说："你应该叫他爸，而不是李乃谦。再说，干这活你得来啊，你下手我还会好受点。"

段嘉诚说："不就一个警告处分吗，啥都不影响，又不是砍头。"

杜岩说："真砍头倒好了，你看我眨不眨眼。"

乘警队七八十号人的会场，听完对杜岩的处分决定，所有人都齐刷刷看向杜岩。杜岩脸上灼热，实在坐不住了，故意把椅子弄出好大动静，起身径直出了会场。

安树广显然对这个处理决定并不满意，再次打电话给李乃谦，李乃谦无奈，只好把杜岩调离乘警队。按他的意思，是想把杜岩再调到沿线的派出所，但段嘉诚极力劝说，说杜岩最近正在准备婚事，这个时候把他调离，没准婚事就泡汤了。李乃谦这才改了主意，把杜岩调到治安队，并指明不许他负责具体案子，只能看大门。

公安处大院都由治安队几个年近退休的老民警负责看守，杜岩得知自己被分去看门，恨不得重新回到石沟驿。每天在大门口任由进进出出的人指指点点，感觉自己就像被关进笼子的猩猩，无地自容。

看门的工作倒是清闲，每天上班开门，下班锁门，分发报纸，收发信件，晚上负责接听个电话，实在是个养老的岗位。杜岩本来死活不去，经不起石坚、马原等人的劝说，说什么大丈夫能屈能伸，什么韩信能受胯下之辱，等等。最重要的是辛娜的一句话：你看大门，我就天天去陪你，让他们都羡慕死。杜岩一想也好，不就是看个大门吗，我这点脸面都丢尽了，也就没啥好怕的了。第二天，杜岩特意收拾得干净利落，穿戴整齐地来到了门房。

交接班的老民警看了看他，说："行，你来看大门，也算是把公安处的脸面撑起来了。"

杜岩不知道这话是夸是贬，就没好气地回了一句："您老高看了！我都没脸了，还撑什么脸面！"

老民警说："也没啥好交代的，就是一句话，把门看好，把报纸、信件收发好。"

杜岩看了看新岗位：一间不大的门房，靠墙是一张床，床头有电视柜，电视里正播放没完没了的电视剧。面向大门是一排推拉窗，窗台上摆着一些待人来取或者根本就没人来取的报纸和信件。他长叹一声，坐在床上，抬头望望墙皮都快掉下来的房顶，心想，我这是又回到石沟驿的锅炉房了吗？

看门的工作毫无意趣，到了8点，机关大院的人都进得差不多了，就把大门关上，坐在门房里等着中午下班开门。偶尔有车辆出入，查验一下身份，看看是来找谁的，然后放行。杜岩到的第一天，很多人进门的时候就好奇地往窗户里看看，仿佛在看究竟是什么人物在这里把守大门。杜岩猜想着这些人的心里话：瞧，这就是那个喜欢惹是生非的民警，让他来看大门，算是来对了，看他还能折腾出什么花样。或者是这样：这种人居然让他来干这份轻闲工作，太便宜他了吧？这得熬多少年才能有这份清闲。犯了错误的人，就应该让他上前线，去最艰苦、最危险的地方。杜岩忽然就很想拉开窗户对他们说：叔叔、大爷们，都别看了！这地方我根本就不想来，是你们非要把我弄到这里来的。你们干脆把我弄出这个笼子，哪儿危险把我扔到哪儿去吧！

第一天，几个来机关办事的乘警队民警偷偷看着他，挤眉弄眼地想乐又乐不出来。杜岩就拉开窗，大声说："要进赶紧进！这是你们溜达的地方吗？没见过世面！"几个人憋着笑，走了。

第二天，中午吃饭的时候，辛娜开着车停在门口，拿出一套精致的饭盒，把准备好的饭菜提进来。杜岩说："你以后能不能赏罚分明点。这是给犯错误的人吃的吗？这也太豪华了吧！"

辛娜说："那以后给你送俩窝头就行了，是吧。一个犯错误的人，还这么多毛病。"

两人就趴在窗台上，看着进进出出的人，全然无所顾忌地吃着饭，打着趣。

没过两天，有人给治安队的领导提意见，说能不能管管你们那个看大门的，居然天天小车送饭、美女陪吃！这还有个机关的样子吗？治安队队长委婉地把意见告诉杜岩，杜岩不乐意地说："照他们的意思，我看大门就该愁眉苦脸，吃糠咽菜！又不是蹲监狱！"

队长说："那你好歹低调着点。毕竟这是机关吗，人多眼杂。留下个不好的印象，对你的将来也不好。"

杜岩说："队长，你告诉他们：我都看大门了，还怎么低调？再说，我的将来我自己很清楚，就是把大门看好。这跟有没有好印象无关。"

杜岩依然我行我素，毫不介意别人的看法。时间长了，他觉得机关有些人就喜欢说别人，看别人总是一身的毛病。可自己呢，又喜欢贪点小便宜。偷懒溜号，晚来早退都是常事。杜岩心说：你们这些人，就长了一张说别人的嘴。

机关有几个科室最闲，这些科室的人又最散漫。一天上午，不到11点，机关年龄最大的吴科长就推着辆自行车往大门口走，敲了半天门杜岩也没出来。吴科长就喊："嗨，开一下门！"

这个吴科长是习惯性的迟到、早退，每次出门都是一副趾高气扬的样子。杜岩心说，你就这素质，还神气啥？就故意没理他。吴科长只好立好自行车，走到窗口，敲了敲窗户："来开一下门！"

杜岩拉开窗户，看了看挂在墙上的钟表，说："才几点？还没下班呢。"

"我有点事要出去一下。"吴科长显然没想到杜岩会不开门。

杜岩指了指挂在墙上的门卫制度，说："看见没有，这制度可不是给某个人定的。我只按制度办事。不到下班的点，不开门。"

吴科长当时就愣了，指着杜岩说："你一个看门的，哪那么多规矩？赶紧把门打开，别耽误我办事！"

杜岩干脆躺在床上，懒懒地说："规矩又不是我定的。要不你去找定规矩的人，让他把规矩改改，写上你吴科长可以随时进出，我就给你开门。"

吴科长气得无语，但又拿杜岩没办法。想了一会儿，拉下脸好言央求："兄弟，帮帮忙吧，我真有急事。下不为例，行吗！"

杜岩说："你想让我犯错误啊！我就是犯了错误才被发配到这儿的。再犯错误，把我往哪儿发配？你这不是给领导出难题吗？"

吴科长一看杜岩软硬不吃，无奈地只好推着自行车往回走。

时间不长，机关大院里就有好几个人在杜岩这儿吃了钉子。后来再有人遇事外出，就提前进屋给杜岩递支烟，说几句好话，杜岩才不情愿地打开大门。机关的几个小姑娘饶是嘴甜，杜岩也不吃那套，只好带点小吃、零食来贿赂。辛娜有一天来送午饭，看到杜岩桌子上摆满了香烟零食，不禁羡慕道："没想到让你来看大门，你倒是吃香了，竟然有人送烟送吃的。看来，你这看大门的工作油水不小啊！"

杜岩说："就这，我还不搭理他们呢。我现在算是明白了：岗位重要不重要，关键要看自己。你都不看重自己的岗位，那在别人眼里就只能是空气。"

辛娜不信，杜岩就说："我一会儿给你表演一下。"恰好一群人前呼后拥地围着一个科长往出走，杜岩远远招手道，"李科长，来来！"

李科长竟然扔下众人，径直来到窗下。杜岩就隔着窗户跟他吹了会儿牛，问他最近怎么找他办事的人那么多，没少收人家好处吧。李科长就笑着递给他一支烟，说：就你小子眼尖。然后，哈哈笑着走了。

杜岩说："看见没，在这个院子里，多大的官，想出这道门，也得听我的。"

辛娜笑着说："你吹吧！要是处长来了，你敢拦他？"

杜岩拍拍胸脯，说："等着！"

李乃谦每次走得最晚，出来时，大门口已经没多少人了。刚要出门，杜岩一溜烟追上去，拦住他："处长，跟您反应个问题。"

李乃谦定住身，问："什么问题？"

"经过我这段时间的观察，我发现，机关大院里每次都是您走得最晚。"

李乃谦一脸疑惑地问:"那又怎么了?"

"这样不好。现在不是提倡领导干部要事事带头吗,您总是最后出来,让很多想早走的人都不敢早走,不利于大院的内部团结嘛。"

李乃谦看着杜岩脸上狡黠的笑容,明白了又是这小子在胡闹,没好气地说:"一派胡言。看好你的门。"说完,转身走了。

杜岩进屋,辛娜竖起大拇指说:"你还真行。我看,这个看大门的岗位最适合你不过了。"

杜岩道:"别小看了这看大门的岗位!告诉你,这里面门道多着呢。比如那个管组织的李科长,平时只要有人事变动,就有人提着东西来找他。这我得放行吧。还有那个韩科长,好几次我发现有中年妇女在门口等他,还不是同一个人。在这大门口,谁走得早,谁给谁送礼,谁晚上值班喝了酒,我全看在眼里。他们怕我说出去,还得想法堵我的嘴。我这个岗位,干得不好,就是个看大门的;干得好了,就是尊门神,谁见了我也得点点头。"

辛娜乐不可支地说:"行,过年咱家倒省得挂门神了,把你挂起来就是了。"

后来,又有人告杜岩的状,说一个看大门的,居然有人送吃送喝,开个门都要好说歹说,把个看大门的硬是干成了特权岗位,这还了得。治安队队长又找杜岩谈话,杜岩说:"队长,你能不能告诉我这话是谁说的?"

队长说:"你问这个干什么,还要打击报复啊。"

杜岩说:"说这话的肯定没给我送过吃喝。我倒是要看看,他到时候怎么出这个门。"

杜岩看大门的时候,唯一躲着的人就是段嘉诚。段嘉诚倒是主动进来跟他说过话,但杜岩说:"你以后别来这种地方,你是什么身份?老往这儿跑,将来人家会说我攀高枝。"段嘉诚讨了个没趣,此后也就来得少了。

年底,杜岩和辛娜终于热热闹闹地结了婚。婚礼上,马原和段嘉诚都喝醉了。马原拉着段嘉诚说:"你告诉他,找个门不当户不对的媳妇到底好不好。"

段嘉诚说:"你干吗问我不问他,又不是我结婚。"

马原说:"你们俩以后受罪的时候,别来找我,我烦。"

杜岩望着两个朋友,忽然有种说不出的寂寞。

二三
迷途未远

看门的日子单调而乏味,即使杜岩想出各种办法苦中作乐,但改变不了的是内心巨大的空虚。在石沟驿,是身体的流放。他还能躲在锅炉房里,借着微弱的炉火和昏暗的灯光,思索人生的意义。而在机关大院的门房,他感觉是精神的流放,无所事事的工作让他如置身虚空,找不到一点踏实的感觉。活着,总得以某种方式证明存在的意义。可杜岩无法证明,就如同他无法证明肖一刀就是杀害张飞的凶手,无法证明程鹏的背后隐藏着多少不可告人的罪恶,无法证明安树广根本算不上合格的警察。他越是急于证明这一切,越是感觉到自身的软弱无力。

婚后的生活似乎也不像杜岩想象的那样波澜壮阔,每天循规蹈矩的生活节奏,让他总感觉缺少激情。也许,就像马原说的那样,他根本就不是一个能安静下来享受生活的人,他的心渴望着挑战,渴望着冲锋,渴望着一场针锋相对的战斗。而生活,就像是一团越搅拌越黏稠的油脂,渐渐把他拖向深处,让他喘不过气来。

杜岩已经对刁难每天进出大门的人没有兴趣了,有时甚至就把大门敞开了,毫不在意谁进谁出。看着眼前不停经过的人群,杜岩一直在想:有朝一日,我会变成他们中间的哪一个?

促使杜岩作出改变的是这样一件事。他在门房值班,忽然看到马原急匆匆跑进来。一进屋就说："你还不知道，张飞尸体找到了。"

"啊？哪儿找到的？"

"据说在离这儿三十多公里的河道上，尸体泡得都不成样子了。看样子是跳河死的，也不知道他为什么想不开。我也是听市局刑警队的庞晓东说的，赶紧来告诉你。"

"为什么这么长时间才发现？"

"当地人以为是无名尸体，就地掩埋了。市局刑警队是接到他们寻找尸源的启事才确认的。"

杜岩呆坐在椅子上，茫然地看着他说："难道咱们搞错了？"

杜岩说什么也不相信张飞会自杀，可如果不是自杀，尸体怎么会跑到几十里外的河道上？他忽然想起了在石沟驿处理过的死亡现场，尸体也就这么被掩埋了。如果没人认领，就成了无名尸了。因技术限制，有的地方甚至连给尸体作 DNA 鉴定都没有条件。从河里打捞上来的尸体会不会也是这种情况呢？它真的是张飞吗？

带着这些疑问，杜岩越来越感觉到门房他一天都待不下去了。脑子里有这么多无法证明的疑团，他却被困在这个大门口，像一条鱼搁浅在沙滩上。他无望地看着别人在忙碌，自己却什么事也做不了。

杜岩心里憋着一股气，心想：不用我，老子还不干了呢。他正在筹划自己的未来，恰好碰到组织科的李科长笑眯眯地把一个民警送出大门。杜岩就问："李科长，这是个什么人物，还用得着你亲自送出来。"

"别看他现在什么都不是，将来没准就是个大老板呢。"

"他什么来头？"

"一个民警。来找我办理停薪留职手续，要下海做生意去了。听说他哥哥可是做跨国生意的大老板。"

"停薪留职？这是个什么政策？"

李科长说："怎么，你也想下海？不过，你的条件也不错，你媳妇不就是做生意的嘛。"

李科长详细地给他讲了讲停薪留职的政策规定、手续办理。自上世纪 80 年代始，企事业单位为了解放富余职工，活跃市场经济，规定职工可以保留工职，下海经商。停薪留职期间，不享受工资、津贴和福利待遇。铁路公安的人事、劳资都隶属于铁路企业，执行企业的相关政策，铁路民警允许办理停薪留职。

杜岩一听，眼前一亮，说："还有这种好事！"

"对呀，机会专门就是给你们这种人留的。你可以先签上两年的合同试试！想回来，两年之后再回来嘛。"

杜岩立刻动了心，回去和辛娜一商量，与其看大门，不如两个人一起做生意。就这样，他顺利办理了停薪留职手续。

初入商场，杜岩什么都不懂，只能跟着辛娜当个助手。没过半年，经商天赋就显现出来了。这时，凤城的私营企业如雨后春笋，办公楼、写字楼鳞次栉比，杜岩敏锐地感觉到了其中潜藏的巨大商机。他让辛娜主营办公家具，抢占这一市场。果然，因为他们的办公家具款式新颖、定位准确、渠道畅通，很快就成为市场办公家具的首选。辛娜每天负责在店内接单，杜岩则负责送货、安装、进货，两人忙得不亦乐乎。那时候，红木家具在凤城才刚出现。杜岩在接触客户的时候，了解到个别群体对红木家具的需求，专门进了一批中高档红木家具，吸引了一批高端客户。辛娜对杜岩说，你当警察真是错了，天生就是个做生意的料。初涉商场就顺风顺水，他似乎找到了人生的价值，不无得意地说：我做生意的这点本事，可都是当警察训练出来的。一个好商人和一个好警察之间最大的共同点就是，敏锐的洞察力、把握时机的决断力和寻找目标的判断力。辛娜就笑着说：那你为什么只能当个好商人，却当不了好警察？杜岩说，谁说我当不了好警察？说完这话，自己也有点汗颜。辛娜说，原因就是就当警察没遇到一个伯乐，你经商呢遇见了我。

杜岩根本没想到会遇到程鹏。那天他和辛娜恰好都在店里，程鹏带着几个人走了进来。他旁若无人地在店里看着，指着其中的几套红木家具在询问店员。辛娜一看是大客户，赶紧过去亲自接待。杜岩一看程鹏，就想起了张飞的事，凑过去打了个招呼说："程老板，您这么有兴致光临本店，看来您的工地一定是进展顺利，没有再闹鬼喽。"

程鹏诧异地看了看他，也认出了他就是那天在工地闹事的小警察。

辛娜赶紧介绍，说杜岩已经停薪留职，跟着她一起做生意呢。程鹏冷笑着说："经商好。年轻人应该有点眼光，当警察没什么前途的。"

杜岩说："我媳妇刚才没跟你说明白，我经商只是暂时的，早晚还要回去当警察的。听说你们找到张飞的尸体了。我一直很奇怪，一具在河水里泡得面目全非的尸体，你们是怎么认出那就是张飞的？"

程鹏一看杜岩那副挑衅的姿态，知道他又要闹事，不禁作色道："你去问公安局吧。"说罢，转身就要出店。辛娜一边极力挽留程鹏，一边示意杜岩不要再纠缠。

杜岩忍无可忍，冲着程鹏说："我就不信你能操纵一切。就算你掩盖了事实，总有一天，真相会大白的。天底下没有逃得过惩罚的人。"

程鹏一走，辛娜和杜岩吵了起来。辛娜说："你怎么回事，放着生意不做，还在琢磨你的案子。"

杜岩说："生意要做，但绝不和这种人做。"

"管他是什么人，到了我们这里都是客户。有你这样的吗，客户上门，你却把人轰走了。"

"我轰他算是客气的了。要是在我们队上，我就把他铐起来。"

"警察，警察，你当警察有瘾啊！你们单位也不待见你，你还一门心思想着单位。你这样心不在焉的，干脆回去当警察算了。"

那是他俩第一次激烈争吵。生活中的事往往就是这样，有了开头，接下来就会没完没了地延续。

本以为一帆风顺的生意，自从程鹏出现后，忽然变得一波三折起来。

没过多久，辛娜接到一个订单，对方是一家宾馆，要订制五百套床和桌椅。因为数量大，老板交了一万元的预付款，辛娜赶紧让杜岩去广州进货。五百套床和桌椅全部到货，辛娜给老板打电话提货，对方却一直联系不上。杜岩去这家宾馆多次，但见宾馆大门紧锁，空无一人。东西一直堆积在库房里，资金也全部积压在这批货上，店里一时无法周转，辛娜急得大病一场。当时辛娜已经怀孕，杜岩不敢让她劳累，只好一个人在店里周旋。两个多月过去了，还是无法联系到老板。辛娜建议把采购的东西批发卖掉，也好周转资金。但杜岩不同意，他觉得既然收了定金，就应该等着货主。两人为此又吵了一架。

又过了一个月，连杜岩都要放弃等待了，没想到订货老板忽然满面愧疚地出现在店里。他告诉杜岩，雪花大酒店的老板程鹏听说他要开宾馆，强行要卖给他一批床和桌椅，他不同意，对方就派了几个打手天天到他的宾馆闹事，弄得他宾馆开不下去，只好低价卖给了程鹏。他害怕程鹏继续骚扰，就换了手机号回了老家，但想到害了杜岩，内心过意不去，又专程赶来道歉。

杜岩一听又是程鹏，气得咬牙切齿。他要给老板退还一万元押金，老板却说什么也不收，匆匆出店走了。订好的货只好低价批发处理，杜岩和辛娜赔了不少钱。没过多久，其他几家和杜岩有业务联系的公司也都停止了合作。杜岩觉得纳闷，私下一打听，才知程鹏给这几家公司放了话，不许和杜岩合作。杜岩这时才清楚，所有这一切都是程鹏操纵的。辛娜知道后，责备杜岩不该得罪程鹏，生意场上不是朋友就是敌人。现在就遇到这样的报复，将来还不知道会有多大的麻烦呢。杜岩心烦意乱，但又坚决不愿依照辛娜的办法去向程鹏赔礼，两人为这事生了很长时间的闷气。

辛娜知道杜岩的脾气，眼看着店里生意惨淡，就悄悄央求父亲出马，缓和与程鹏的关系。辛娜父亲的许多老战友、老部下都在凤城身居要职，而程鹏此时正欲跨入政界，就大度地表示不再为难杜岩。果然，此后不久，以前中止合作的公司又主动来找杜岩合作。那个订货五百套的老板也觉得杜岩为人义气，介绍了许多生意上的朋友给杜岩，生意又日渐红火起来。

就在这时，他俩迎来了女儿杜辛羹的降临。见生意已上正轨，辛娜就放心交给杜岩打理，自己安心在家带孩子。

孩子的降临并没有让杜岩的心安静下来，他每天往来于客户、市场之间，每次听到关于程鹏、安树广的事，内心就有说不出的痛苦。他利用和商户来往之机，收集有关他们的证据，盘算着有一天能利用这些证据打败他们。

安逸的生活让辛娜几乎忘了杜岩的身份，她希望杜岩就这样和自己守着这个家，守着孩子一起生活下去。直到有一天，他翻出杜岩包里的笔记本，看到那里面记满了程鹏和安树广罪恶的文字时，才知道杜岩一刻也没忘了自己是警察。辛娜自有办法，就利用孩子来拴住他的心。她利用一切机会让孩子亲近杜岩，谈论有关孩子成长的事，力图把他的注意力全部转移到孩子身上来。杜岩知道，此刻自己拥有的生活，是多少人梦寐以求的；沿着这条路走下去，他会衣食无忧。但是，这就是他想要的生活吗？他似乎看到了几十年以后的自己，养尊处优，无所事事，连一丝值得回味的记忆都没有。这还是他自己吗？

马原有一次来看他，他当时一身休闲装，正坐在店里喝茶，马原摇摇头说："你现在整个就是一土财主样，往后再回单位，别说抓贼了，上楼都费劲。"

杜岩这才仔细看了看自己，这一年多真的胖了不少。再这么下去，原来的那身警服怕是都穿不上了。马原一来，杜岩自然喜出望外，赶紧拉着他讲单位的事。马原说了些无关紧要的事，杜岩显然不满意，追问道："再没别的了？就没有碰上什么大案子？"

"你现在又不是警察，跟你讲案子违反纪律。"

"谁说我不是警察了？我就签了两年的合同，时间一到，我还会回去的。"

马原饶有兴趣地说："我就说你不会把我扔下的嘛。你不在的时候，我还真觉得没意思。不过，你现在可是大老板了，又有了孩子，辛娜能让你走吗？"

"腿长在我身上，我想去哪儿她能拴得住吗？不过，回去不会再让我看大门吧。"

"那肯定不会。你还不知道，石坚要提副处长了。有他在，你还能去看大门？"

杜岩一听，心里说不出的高兴，仿佛看到自己又穿上警服，回到了队里，跟着大伙一起搞案子了。"说实话，这一年多我快待疯了。整天跟生意人打交道，没意思透了。"

两人闲聊良久，临走的时候，马原才说："对了，我来就是想告诉你，我也要结婚了。"

"是吗，怎么不早说。找的哪个姑娘，我怎么都没见过。"

"是车站的一个客运员。我俩都是从农村来的，般配。"

杜岩就拉着马原在店里转，让他挑一套家具，要送给他。"你可别跟我客气，这店里的东西你随便挑。别忘了，我现在可是大老板，你就当打土豪吧。"

马原却说："我俩就住一个小房子，你这些东西放在我家里可不般配。记着结婚那天来喝喜酒吧。"

马原一走，杜岩看着他的背影就发起呆来。回到家里，杜岩就拐着弯把话题引到复职上去。辛娜一听，就表示反对："咱俩辛苦打拼这一年多，好不容易才有了现在这样的生活。孩子刚出生，你要是回去，把这个家都甩给我，孩子和生意，我到底顾哪头？"

杜岩就说："生意，现在有你一个人就够了。我一个大爷们，整天坐在店里，多没意思。"

"你忘了你以前在单位是什么地位了，还要回去看大门啊？"

"不可能。我这样的人才，估计到时候他们得求着我回去。"

辛娜就笑："要是没人来请你，你可不准走噢。"

杜岩说："那当然，好歹我也要争回面子。没人请我，我绝对不回去。"

眼看停薪留职两年的期限就快到了，依然没人来请杜岩回去。辛娜就催他再去签两年合同，杜岩却说再等等，请我的人没准在路上呢。

果然有一天，他接到了石坚的电话："听说你这两年养得白白胖胖的，是不是早都把我们忘了。"

杜岩说："队长，你可来电话了！我做梦都想回去呢。就是让我回去继续看大门，我都愿意。"

石坚说："你想得挺美。看大门那么舒服的活，还轮不到你！你要回来，还回刑警分队。江海清现在调走了，王志忠是分队长，你跟着他干，没意见吧？"

"哟，队长，我走了这两年，队里变化这么大啊。"

"队长？你应该叫我副处长。我现在主管刑侦，你正好回来给我好好搞几起案子。"

杜岩一听心花怒放，但故意为难地说："我可跟辛娜吹下牛了，这次要是没人请我，我就不回去。总得给我点面子嘛！"

石坚说："请你？八抬大轿够不够气派啊？少废话，赶紧归队，晚了就没你的位置了。"

"是，副处长同志！"杜岩响亮地答道。

回到家，杜岩默默地整理警服，把领花、警号、胸牌都仔细地别在衣服上。辛娜知道拦不住他，只好抱着孩子自言自语地说："走吧，走吧，这个家都留不住你了。将来在外面受了委屈，最好别再回来。"

杜岩装作没听见，把警服穿在身上试了试，虽然胖了不少，但穿上反倒更显威武。他挺直了腰杆，对着镜子里的自己标准地敬了个礼，心里默念：刑警杜岩，归队！

二四
以一敌三

杜岩回到队上，感觉一切都是那么新鲜，身上充满了使不完的劲。王志忠说："你不是一直嫌别人不给你机会吗？现在我给你机会，只要能多抓贼，多破案，捅多大的娄子，我给你顶着。"

一旁的大李也挺着一米六五的个儿说："对，还有我们呢。"

于头笑道："你顶？轮到你顶，还不把我们都压塌了。"

杜岩也觉得第一次这么心情舒畅，一扫心头多年的郁闷，放开手脚，准备大干一场。

列车上最常发的就是旅客财物被盗案。小偷从旅客上车的车门口就开始伺机作案，一旦得手，转身就消失。这叫"溜门口"。发现携带现金多的旅客，耐得住几百里长途跟随，等待下手时机。夜间行车到了中途小站，更是小偷盗窃的最佳时段。有的小偷趁旅客熟睡，直接把装有贵重物品的行李箱提下车，一走了之。这叫"架子活"。虽然各条线上的乘警都加强了列车途中的宣传，但盗窃案件仍然是打击重点。杜岩信心满满，带着于头、大李等人进站上车，跟小偷扒手开始了硬碰硬地过招。

杜岩发现，有些小偷喜欢合伙作案：一个人盗窃，另一个人负责转移赃物或者望风。于是，他给大李和于头也分了工，他负责抓贼，大李负责上铐子，于头负责在外围盯着。一旦发现扒手被抓后周围有仓皇逃跑的，往死里追，十有八九就是同伙。让大李负责上铐子，是因为杜岩发现自己随身带着手铐，碰撞的声音和大小形状似乎会惊动狡猾的小偷。他每次行动，什么都不带，就和普通旅客一个样。一次，他在车门口刚把一个扒手按倒，大李过来上铐的时候，就见于头大喊着追赶一个男人跑了过去。杜岩把人交给大李，也跟着追了出去。这时，站台上发车铃声响起，旅客都上车了，男子一看后面两个人包抄追赶，无法脱身，竟然"哧溜"一下，伏身跳进站台边的缝隙，企图从火车底下溜走。发车铃声一响，列车随后就会启动。于头收住脚步，正在大叫不妙，就见身后又一个身影跟着跳进了缝隙，两人抱成一团，翻滚着进了车轮下面。于头大喊："杜岩，赶紧出来！要发车了！"但已经来不及了，列车"咣当"一声，缓缓驶出了车站。于头一屁股坐在地上，心想：完了，完了，两个人都活不了了。列车驶出，于头惊恐地望向轨道，却见杜岩站在轨道另一边，死死按住男子，正对他呵呵笑着。

于头后来说："你这哪是追贼，简直就是在找死。不知道火车就要开了，晚一秒你小命就没了。"

杜岩咧咧嘴，对他说："那小子不就是知道我们不敢追，才跳下去的吗？我要不追，还真让他小看了。你放心，我小时候算过命，能活到八十岁，死不了。"

石坚知道这件事后，送了他两个字：二球！很长一段时间，这成了杜岩一个不雅的雅号。

还有一次，他们几人把一个车门口作案的扒手一直追到车站广场。人来人往，那小子一看逃不掉，忽然掏出一支吸毒用的注射针管，迎着杜岩等人喊道："都别过来！老子有艾滋病，谁过来我扎谁！反正老子也活不了多久了。"周围旅客一听，"呼啦"一下散出一片空地，只把杜岩三人和小偷闪在当中。杜岩第一次遇到这种情况，一听说艾滋病，心里也七上八下的。别看他敢往火车底下钻，对艾滋病却是打心里胆怵。于头和大李也懵了，三个人如犄角之势，把小偷困在当中，却不敢向前一步。小偷一看众人被镇住了，就举着针管，一边威胁，一边往人群里退。

杜岩脑子飞转，正想着怎么制服对方，恰好辛娜打来电话，眼珠一转，接起电话就骂：你这个女人怎么这么不懂事，什么时候还在乱打电话。没看我正忙着吗。我不就几天没回家吗，怎么，还要跟我闹离婚啊？这可是你说的！告诉你，今天我跟你离定了。

杜岩这席话不但把举着针管的小偷给骂愣了，连于头和大李也懵了，心想这是出什么情况了。辛娜更是不知何故，还没顾得上回应，杜岩已经挂断了电话。他给小偷身后的大李使个眼色，大李恍然大悟，一个箭步冲上去，就把小偷手中的针管打掉。杜岩紧跟着上前，一脚将他踹倒在地。

押回队里的路上，小偷还怯生生地冲杜岩说："大哥，你们也挺不容易的啊。"

杜岩一巴掌挥过去："老实说，到底有没有艾滋病？"

小偷说："没有，真没有。就是想吓唬吓唬你们。"

后来，凤城小报的记者不知道从哪儿知道了这件事，竟然照实写道：反扒民警顶着家庭不幸的巨大压力，勇擒窃贼。杜岩拿着小报笑嘻嘻地回家给辛娜看，辛娜问明那天的情况，喊着要杜岩给她恢复名誉。杜岩讲给石坚听，石坚也是哈哈大笑，说："你是什么招数都能使出来。你怎么知道这招就能奏效？"

杜岩说："我心里哪有数啊，这是应激反应，脑子里自然冒出来的。不过后来想想，当时那种情况，还真没有更好的办法。"

"那辛娜让你给她恢复名誉，我觉得有道理。"

"有啥道理？难道还要我给她登报道歉？"

石坚说："那倒不用。正好，都市日报的记者找我要一个刑警的典型，我看你正好可以借这机会把事情说明白。"

没过两天，王志忠就领着一个白白静静的小姑娘来找杜岩，介绍说这就是《都市日报》的记者闻洁如，让他配合采访。闻洁如刚到报社不久，接到这个采访任务兴奋异常。在她心目中，刑警都是表现严肃、一脸正气、不怒而威的形象，初见杜岩，认识一下子颠覆了。杜岩当时正嘴里叼着烟、一条腿跨在椅子扶手上，跟大李和于头等人吹牛。杜岩说："你们几个都跟我学着点，女人就不能太娇惯。你一宠她，她就不把你当回事。你看当初辛娜追我那会儿我是怎么对她的，还不是照样对我百依百顺的。"杜岩的这句话恰好让闻洁如听到，心想：这个男人怎么这么没素质，不会就是我要采访的刑警吧？结果王志忠一介绍，还真就是他。

杜岩上下打量了一遍闻洁如，一连串地问道："你是新来的？你到报社不超过两个月？这应该是你第一次采访警察吧？"

闻洁如惊讶地看着他，问："你怎么看出来的？"

"看你年龄不大，打扮得又这么整齐，说明你到报社时间肯定不会太长。待过半年的报社女记者基本上都成男人婆了，根本顾不上收拾。你进门的时候，就已经把笔记本和笔拿出来准备好了。这是一种特别兴奋的心理表现，一般只会出现在首次采访中。另外，你看我的时候皱了一下眉头，说明你以前没见过我们这样的刑警。实际上，我是刑警里面最像刑警的。"

杜岩喋喋不休的一通分析，一下子把闻洁如给说愣了，张大嘴巴说："没看出来，你还真有点福尔摩斯的味道。"

杜岩接着一本正经地告诉她："其实，最重要的一点是：你跟王队在走廊里的谈话我都听到了。"

第一次采访，因为杜岩的胡说八道，弄得闻洁如无所适从。她几次打断杜岩的话，想把采访引到正题，但就是无法实现。杜岩总是牢牢掌控着话语权，就是不按她的思路来说。闻洁如问他："听说你为了抓小偷跳过火车。那么危险的情况，你为什么不害怕？"

杜岩就说："想出风头呗。当时在我脑子里，个人英雄主义完全占了上风。我心想，此时不出手，更待何时。晚了火车就开了，我就没机会了。再说了，哪儿那么容易就死了。你没看那些电影里面，英雄人物不管多危险，也能全身而退。我可能从小看这种电影看多了，就没想过自己会出事。"

"你练就这一身反扒的本领，一定下了不少功夫吧。"

杜岩说："这你可说错了。连我师傅都说，我这人天生就是干反扒的料。别人半年学不会的东西，嘿，我一看就会了。师傅带了我半年就对我说：我没啥可以教你的了。今后你带徒弟，千万别跟他们说我教过你。不然他们找我讨教，我这点本事还不露马脚了。"

记者采访了两个多小时，如坠云雾一般。走的时候，她对杜岩的印象是：这人一点也不像个警察，满身的痞子气。

估计是闻洁如回去以后向石坚讲过采访的情况，石坚把杜岩叫去训斥："过去你一直说不给你机会，现在给你露脸的机会，你怎么尽胡说八道。我看你啊，简直是胡闹惯了，不分场合，不管对谁。人家小姑娘又没惹你，干吗那么气势凌人的？"

杜岩说："我可真不是想跟她胡闹，是她提的问题我都不知道怎么回答。说我为什么不怕死？死谁不怕，可我当时顾得上想那么多吗？我知道她是要把我塑造得高大点，但我就是个抓贼的小民警，又不是道德模范。我这人经不起夸，每次她一夸我，我就难受，就想把她夸我那段给毁了。"

石坚说："你以后也改改你那臭脾气，对待记者要有点儿礼貌，别见谁怼谁。将来要是当了领导，就你这素质，还不把全处的脸丢光了。"

杜岩就笑着说："你放心，就我这素质，也当不上领导。你只要让我安心搞案子就行。"

随后不久，列车上连续发生了几起盗窃案，失主反应都见过一个右手缺小指的人。杜岩觉得这人身份可疑，决定上车会会这个高手。他们从发案路段往返乘车，化装侦查，来回好几趟，连着十多天没下车，就是没有发现断指的影子。大李熬不住了，喊着要下车休息几天，说再不下车，感觉自己脱离地球了。于头也说这么守下去不是办法，不如休整两天再想想招。杜岩一想，这些贼的鼻子比警犬还灵，会不会他们几个人来来往往动静太大，把贼惊跑了。索性让大李和于头下车，他一个人在车上盯着，没准还能有意外收获。乘车往回返的路上，杜岩装成农民工，扛个编织袋，穿了双拖鞋，再加上十多天没下车，脸上胡子拉碴，也没给车上的乘警打招呼，混在旅客堆里，又潜回了发案路段。白天就蹲在列车车厢的连接处，低着头观察过往旅客；晚上就靠着编织袋上装作打盹，偷眼往车厢里观察。又跑了几个来回，还是没有动静。杜岩心想，不会是流窜吧。如果是流窜作案，一般得手几次后，就会换个地方。那可就不好抓了。

前后二十多天，他也熬得疲惫不堪，准备回去休息了。就在回来的路上，夜间行车时被一阵浓烈的烟味呛到。那是漠合烟的味道。警校时有个新疆同学带过这种烟，他出于好奇还尝过。一回头，他发现身边蹲着一个身材干瘦、面容枯槁的老头，正一口一口地吸着自制的漠合烟。巧的是，他夹着烟的右手也缺了一根小指。杜岩一下来了精神，试探着跟老头搭话："嗨，这烟不错。以前我在工地上抽过，好烟。"

老头看了他一眼，依然不声不响地吸着烟。

"能给我尝口不？坐车太困，这烟抽着提神。"杜岩进一步套近乎。

老头也不答话，掏出一个精致的小铁盒，里面居然还有雪白的卷烟纸。这让杜岩大感意外，对眼前的老者更加留意。老者把铁盒递给他，看着杜岩熟练地卷了一支。杜岩有滋有味地吸着烟说："嘿，以前在工地上不管多累，吸一口这烟，精神头就来了。"他一尝之下，已经发现，老者的烟并不是普通的漠合烟，是精心加工制成的，用料考究，研磨很细，没有烟叶杆和烟草渣子。这烟价钱一定不便宜。他隐约记得，在几起被盗案的失物登记里，似乎记着一位新疆玉石老板的包被偷，包里除了有几块羊脂玉籽料，还有一包上好的漠合烟。

杜岩就装作不懂地问："我抽着这烟，怎么跟平时的不一样？味道倒是那个味道，就是淡了点，不够劲。老叔，你这烟不会买假了吧？"

老者终于冷冷地开口说道："给你抽都是浪费。"

"你还瞧不起我。别看我是个打工的，这些年走南闯北，见的世面可多了。告诉你，我们打工的不缺钱。看见没？"他拍拍自己靠在腋下的编织袋，"这里面装的钱要是买你这样的烟叶，够买一大车的。"

老者微微笑道："噢？那你可看好了。"

"放心吧，我睡觉都枕着它。噫？老叔，你这手是怎么伤的？"

老者本能地把手缩回去，说："干活不小心伤的。"

"你是干啥活的？我瞧你这手可不像我们这些干粗活的。"杜岩因为连着二十多天没下车，也没有好好洗漱，指甲缝里都脏兮兮的。

老者不置可否，起身进了车厢。杜岩右眼的眼皮跳了几下，打起精神，远远地眯着眼睛盯着他。也说不清从什么时候开始，只要遇到要紧的案子，右眼皮就会跳。大李说他这是神叨，于头说他这是兴奋。不管怎么说，他每次的预感还是挺准的。午夜一过，车上的人就都睡了。乘警来车厢提醒过几次；乘警一走，大伙接着睡。毕竟是长途，旅客都困极了。这时，就见老者开始在车厢里活动起来。一会起身看看四周，一会假装伸懒腰，碰一下身边的旅客。见旅客没有反应，老者把外衣搭在手上，身体渐渐靠近身边的旅客。杜岩知道，他要"干活"了。

杜岩和他隔着十几米，这时候起身，肯定打草惊蛇。老者的手一直藏在衣服下面，得手没得手，杜岩也把握不准，只好耐心等着。也就是半支烟的工夫，就见老者起身，把衣服披在了身上，向车厢连接处走来，看来得手了。来到跟前，老者瞥了一眼正在装睡的他，用脚踢了踢他，杜岩揉揉眼睛看了看："干啥？"

老者掏出那个装着漠合烟的铁盒扔给他，说："给你。没钱就别装，你那袋子里也就几件破衣服。"说完，转身要走。杜岩没想到老者会做出这种举动，听他话里的口气，早已看出他编织袋里没装着钱，心里暗自叹服，看来这老头的道行不浅。杜岩被老者一激，不禁又动了玩闹之心，一把拽住他说："老叔，干吗送我这么贵重的东西？"

老者一愣，说："看来你识货啊。"

"这种漠合烟，一般市面上根本买不到。好东西啊，只是我猜这东西一定不是你买的。"

老者脸色立变，看着杜岩问："你到底是干什么的？"

杜岩笑道："老叔别急。我说了，我就是个走南闯北的，没啥本事，常在这车上找找光阴。"

"你是？"老者依然将信将疑。

杜岩说："我这一路瞅好的生意，被你给截了。这盒烟可不够打发我的。"

老者这才相信他是同行，而且这个同行看来要黑吃黑了。老者讪笑道："没看出来，年轻人里还有你这样的匠人。行，你等着！我还有俩伙计，叫来大家一起分，怎么样？"

杜岩一听喜出望外，脸上装作漠然的样子说："好啊，不妨我跟你一起过去，免得来来回回蹚炸了雷。"

老者一听他说的都是行话，更不怀疑。两人往前走了几节车厢，就见身后跟来两个年纪和自己差不多的男子。杜岩知道，这就是老者的同伙了。

四人找了个僻静的车厢连接处，老者这才放开话对两个同伙说："这位兄弟是本家，想跟咱分点家产。大伙说怎么办？"

两人一听，顿时对杜岩戒备起来，一人把杜岩往拐角一推说："行啊，哪个庙里的和尚，跑到这儿给我们当佛来了。想让我们拜你，你也得有那个本事啊。"

另一个也说："这条道上我什么样的都见过，就是没见过你这样的。怎么，放着祖师爷的活不做，想撬杠子啊。"

杜岩憋着笑，闪身堵在门口说："别以为你们爷仨一起就敢摆我的道，告诉你们，爷是哪尊佛，你们打开袋子就知道了。"杜岩把肩上的编织袋往地上一扔。一个疑惑地打开袋子，"哗啦"一声，一副铮亮的手铐滑了出来。三个人顿时脸色煞白。

老者指着杜岩说:"你是……"

"我就是来收你们的佛。"杜岩双手叉腰,一副一夫当关的样子。

杜岩一副手铐铐了两个人,把三个人的腰带、鞋带全解了下来,另外一个直接用腰带捆了。押到宿营车的时候,乘警还在睡眼惺忪中。

杜岩一直有个疑问,回来的路上问老者:"你那根手指到底怎么断的?"

老者面带愧色地说:"以前学艺,这根指头老跳。师傅骂我不是这块料,我一生气,就把它给剁了。哎,没想到,栽就栽在了这根指头上了。"

杜岩以一敌三,全胜而归,在刑警分队一时传为神话。石坚知道了也很高兴,对他说:"你小子命里自带煞星,什么样的奇怪事都能让你碰着。不过,也别玩得过火了!下次遇到这种事,多叫个帮手。记着,好运气不会常跟着你的。"

杜岩说:"这些扒手都是死心眼。只要你抓住他们,一般绝不会抵赖。这叫盗亦有道。"

石坚说:"行,你这德性,我看着都像个贼。难怪那个老贼会看走眼。"

临走的时候,杜岩掏出那个精致的铁盒递给石坚。石坚问:"这是什么玩意儿?想贿赂我?"

杜岩说:"这是战利品,稀罕货,你尝尝。"

他给石坚卷了一根,石坚抽了一口,顿时眼泪直流,摆着手说:"什么玩意儿,赶紧给我拿走!"

杜岩学着老贼在车上给他说的话,颇有点儿蔑视地看了石坚一眼说:"给你抽都是浪费。"收起铁盒,转身出了门。

回到家,辛娜却堵着不让他进屋,非要他把身上脏得发臭的衣服全部脱下扔掉。杜岩脱得只剩一条短裤,央求道:"媳妇,好歹给我留一件,让我进屋脱行吗?"

辛娜透过猫眼看到杜岩的狼狈样,乐得前仰后合。

二五
涸辙之鲋

程鹏越想摆脱安树广，就越感觉到权力的重要。他利用一切机会接近政府官员，大张旗鼓地扩张自己的实力，以期将来足以跟安树广抗衡。

程鹏知道，自己污点太多，要想在仕途出人头地，就必须重新写一份干净的履历。这就像他盖房子，不管之前的征地拆迁留下了多少为人不齿的恶迹，也不管房子的建筑材料是否过关，他要的是楼房拔地而起之后显示出的金碧辉煌。在他看来，世上诸事的难易程度，无非是拿金钱的多少来衡量的。只要舍得花钱，就没有办不成的事。他花钱给自己弄了一个城市管理专业的本科文凭，又把公司挂靠在一个快倒闭的事业单位名下。就这样，他以某事业单位部门经理的身份，终于为自己谋到了一个开发区管委会副主任的职位。

一个人脸上有污点，会赶紧擦掉；一个人脸上有疤，会想办法去掉。程鹏现在把管委会副主任作为自己人生崭新的起点，重新打起了算盘，想尽一切可能把以前的毒品生意断掉。他把肖一刀、郭绪良送到广州，也是出于这个想法。他知道，安树广早晚有一天靠不住。他一旦倒台，自己的黑底子被扒出来，所有努力都将付之东流。

他本想借广东毒枭金老板之手，除掉肖一刀和郭绪良。他俩一死，许多和程鹏有关的贩毒罪证就都灰飞烟灭了。没想到肖一刀看出了程鹏的用意，一到广东，就倒戈投靠金老板。他们两兄弟出手狠辣，办事可靠，很受金老板赏识。程鹏的计划就此泡汤。肖一刀还提醒金老板，说程鹏可能要"上岸"。他现在摇身一变成了地方官员，将来会不会反咬一口也未可知。金老板一听,觉得言之有理,就问那该怎么办。肖一刀说:好办。就是让他上不了岸。他想洗手不干,就把他过去的底子全给掀开,不怕他不就范。金老板笑道:程鹏放弃你们兄弟俩,是他最大的损失。

没过多久,程鹏就收到一个来自广东的包裹。里面包着两样东西:白色的面粉和红色的豆粉,分装在两个盒子里。程鹏一看,就明白了自己的处境。这意思再明显不过了,两样东西里只能取一样,就看他怎么选了。要么继续做白粉生意,要么就会有血光之灾。程鹏跟金老板打了多年交道,深知金老板的手段。一旦得罪了他,今后绝无宁日。此时,他深感自己走上了一条不归之路。而这样的处境,更激起了他急于往上爬的野心。他想,只要自己的地位一步步升高,就总有办法解脱眼前的困境。安树广能做到的,他有一天也能做到。只要能只手遮天,就可以变黑为白。

安树广此时也在忙着解决自己的事情。方坤依然在锲而不舍地上访,决意要查清当年的毒品案和多年来对自己的陷害,以洗刷自己的清白。这件事虽有多方过问,然而每次都不过是走走形式,并没有任何实质性的动作。一次,他在省厅开会,住宿的酒店忽然来了两名自称省纪委的人,说是要找他谈话。他以为又是为了方坤的事,内心多少有些忐忑。因为那段时间,他听说省里有位领导因为包庇子女从事非法经营,被拿下了。全国都在打黑,他很担心这股风会不会吹到自己身上。他借故上厕所,赶紧给老婆白萍打电话,让她赶紧把家里藏的钱都转移出去,放到一个安全的地方。结果到了纪委才知道,原来是找他来了解凤城市委班子成员的工作状况的,这才长吁了一口气。

回到家,他问白萍,钱都藏在哪儿了。白萍告诉他,接到他的电话,就赶紧把弟弟白勇叫来。两个人在家里翻箱倒柜地搜寻,竟然发现有三百多万,整整三大包。安树广一听也吓了一跳,这些年他收的钱太多了。程鹏每求他摆平一次兄弟的事,就会送给他二三十万不等。其他人求安树广办事,也是三万五万地送。在市公安局,民警私下传言:想提干,多拿钱。三万五万刚起步,十万八万能扶正。有的民警为了提个派出所所长，一次就送给他十万。至于逢年过节各种关系户送来的钱，多得他都数不过来，收了钱直接扔进抽屉里。等抽屉快装不下了，就找个塑料袋装起来拿回家。这么多年，他根本不知道自己到底收了多少钱。除了家里这部分，办公室的保险柜里还放着一百多万现金，是他平时用来打点几个相好女人的。

白萍说，这么多钱，一时也不知道该放在哪里。弟弟说他刚承包了一个鱼塘，两人就把一个鱼塘的水放干，把钱用塑料包好，埋在鱼塘下面，然后灌上水。

安树广一听，嫌白萍过于繁琐，说看样子再怎么查，也查不到自己头上。因为几次调查毫发无损，他更加有恃无恐，开始琢磨怎么教训方坤。

其实，一开始，安树广非常欣赏方坤。他一直以警界英雄自居，自以为英雄重英雄，对方坤这样的人才极力褒奖、提携，以为日后之用。没想到他干工作头脑灵活，机智百出，于人情世故却如木头一般。他从不私下里来找安树广，逢年过节也从不登安树广的门，有时工作中还会质疑他的安排。安树广试探再三，最终决定放弃他。对于这种无法掌控的人，与其留在身边，不如置之高阁。方坤虽然战功赫赫，但禁毒大队换了几茬领导，就是没有他的份。这也是拜安树广所赐了。

方坤现在成了站马路的交警，可依然到处告状。这个人的脾气又臭又硬，安树广有时也对他没有办法。看来，要想彻底解决他，只有想办法让他闭嘴了。有时，对方坤这样的人，他多少会心生佩服之情，知道方坤身上的特点是他身边这些人所没有的。别看他前呼后拥，追随者众多，但每天听惯了周围虚伪的谄媚声，自己都觉得肉麻。有一回，安树广开会大骂属下办事不力，丢了自己的面子。会后，办公室主任凑上前来献殷勤，说安树广刚才的讲话激情澎湃，用一句成语来形容，那叫怒发冲冠。安树广皱了皱眉头说：你看我还有发可怒吗？五十出头的他，头顶早已发迹稀疏。

安树广不喜欢别人把他当傻子，当着他的面来骗他。他有时甚至喜欢听听方坤这样的人唱几句反调。毕竟，相比身边这些人云亦云、毫无主见的人，和聪明人交谈，是更让人愉悦的。这就像高手过招，一旦对手太弱，自然毫无斗志。而安树广一直认为，人生的一大快事，就是与人斗智，占尽上风。他自认为自己能有今天，就是因为他有智者之远见，能够准确把握各种时机。提拔局长时，虽然自己实力最强，但他知道其他几个副局长也并非平庸之辈。他需要在竞争的天秤上再给自己加一个有分量的砝码。当时刚好发生一起震惊全省的灭门惨案，主犯持自制土枪残忍杀害一家四口。民警追捕半月，终于将他抓获。安树广觉得这是一个展示自己实力的绝佳时机，就一边命令刑警原地按兵不动，等他赶到，一边组织大批报社、电视台记者赶往抓捕现场。他先于记者一步赶到。一俟记者赶到，就命令手下将主犯带出来，摘掉头套。他拿着手机，脚踩在案犯的脸上，威风凛凛地喝道："你就是杀人犯？告诉你，我是凤城市公安局副局长安树广！我要让你知道，你栽在了谁的手上。"现场记者相机、摄像机闪动，安树广这一刻的英雄形象瞬间成为各大报刊和电视台的头条。

电视台记者采访他的时候，他还轻描淡写地说：罪犯当时手上有枪。枪响的时候，我头皮一麻，用手一摸，头上流血了。子弹是擦着头皮过去的。真是生死悬于一线。同志们都让我退下来，但越是这种危险的时候，我们当领导的就越要冲在最前面。

其实，安树广头顶的伤是去的时候司机开得太快，山路颠簸，他从座位上弹起，头重重地撞在了汽车顶棚上，撞开了一道口子。安树广灵机一动，编出了个冒着子弹、带伤抓捕罪犯的故事，后来被媒体大肆渲染，把他俨然描摹成了一个置生死于度外的铁血局长。

安树广认为，只要是面子上争光的事，夸张一点不算过错。因为这一次的成功表演，他顺利升任局长。

拿方坤和牟仲平比，牟仲平虽然听话，但脑子僵硬，才能不足，而且气量很小。这样的人不足以成大器。有时候，安树广环顾身边，也会感觉到一丝寂寞。在市局上千名民警里，他竟然找不到几个像方坤这样能文能武、智勇双全的人。但恰恰就是这个人，却在想方设法对付他，这让他倍感失望。

他叫来牟仲平，让他再找方坤谈一次。如果方坤能放弃上诉，他可以既往不咎，甚至还能再次把他扶上缉毒英雄的人生高度。如果他继续执迷不悟，等待他的将是生不如死的惩罚。

"方坤这人太固执，根本没有再谈的必要。"

安树广瞅了他一眼，不满地说："方坤是个难得的人才。对这样的人，我们怎么能说放弃就放弃呢？总得给他最后一次机会吧。"

牟仲平赶紧说："是，是。局长考虑得周到，我这就去跟他谈。"

牟仲平转身要走，安树广又说："你知道你和他最大的差距在哪儿吗？"牟仲平一愣，安树广接着说，"就是你根本不懂得坚持。"

牟仲平默念着安树广的这句话，百思不得其解。

方坤近来的身体越来越差，交警队让他不要再出勤务了，就坐在队上听听电话。但方坤不干，说又不是动不了，待在队上会憋出病来。他依然坚持每日准时上岗，风雨无阻。

牟仲平看到他的时候，他正在处理一起违章。处理完，方坤坐在警车里歇息片刻。看着他疲惫的样子，牟仲平忽然心生一丝同情。这个缉毒英雄已今非昔比，而他，也许是唯一可以给他希望的人。牟仲平直接拉开车门坐在旁边，两人彼此不信任地相互看了一会儿，牟仲平才说："你就没想着再回禁毒大队？"

方坤说："你来就是为了问我这个？"

"我是受安局长委托。他爱惜你是个人才，才让我来告诉你一声，如果你想回去很容易，只要你不再与他作对，你还是以前的你，还是缉毒英雄。"

"我从来没有和某个人作对，只是在做一个警察应该做的事。你可以回去告诉安局长，你和他也可以继续做你们想做的事，我不在乎。"

"你不觉得这样做代价太大了吗？你把自己这辈子全搭进去，又有几个人能理解你。做人不要那么死板。"

方坤说："你说的这些话，早有太多的人跟我说过了。从我干缉毒的那天起，我就告诉自己，这辈子你就只能往前，不能后退了，因为背后无路可退。算了，你和我不是一路人，我说的话你根本不懂。"

牟仲平情绪激动地说："这些年，有句话我一直想问你：为什么你总是瞧不起我？我服从领导的安排，有错吗？我想干出一番事业，有错吗？为什么你看不到我干出的这些成绩？其实很多年以前，我一直以你为榜样。但你从来没有注意过我，甚至连手都不愿意跟我握一下。你把我当成什么人了？不要以为只有你是好警察，就可以看不起身边所有的人。我牟仲平也是一条汉子，也是一个好警察。"

牟仲平的表情让方坤有些吃惊，他不明白牟仲平为什么会这么情绪激动。看着牟仲平激动过后又露出一脸的沮丧，方坤淡淡地说："要想让别人瞧得起，先得把自己瞧得起。"

牟仲平觉得自己彻底被打败了。在他面前，方坤就如一尊神，稳如泰山，不卑不亢。那股气势带有无形的压力，把牟仲平压得喘不过气来。他知道，不管自己怎么努力，在方坤的眼里，他始终是一个不起眼的小人物。

牟仲平愤愤地起身离开。他知道，这将是他和方坤的最后一次谈话了。

听了牟仲平的回复，安树广终于决定放弃方坤。就在一个阴冷的早晨，一辆警车停在方坤的执勤岗上，几个身着制服的民警下来，把方坤带上了警车。随后，方坤被送到医院接受精神疾病鉴定，并被诊断为偏执型精神病，关进了西山精神病院。这是安树广对方坤做出的最大的让步了。此后，不管方坤再说什么，都不会有人相信了。

解决了方坤，安树广自认为天下太平，继续过起了倚红偎翠的生活。在对女人的兴趣上，安树广可谓没有止境。不过，自从当了局长以后，他很看不起那些以此为生的女人，认为她们低级、庸俗，不配伺候自己。他开始物色知识女性，觉得与这样的女人在一起，那些低俗的事都似乎多了点情趣。

为了染指电视台的一个女记者，安树广在雪花大酒店设宴。席间，女记者说自己不会喝酒，安树广假装生气道："不会喝酒，那还怎么当记者？我这个人是很讲道理的，今天你喝一杯酒，我就答应你一个条件。你要是能把我喝醉，我全局上千号民警任你采访。"女记者为了完成采访工作，只好勉强陪喝。安树广看着记者微醺之后两腮泛红，不禁愈加心旌摇荡，难以把持。记者感觉不胜酒力，执意要走，安树广竟然愠怒道："我在凤城这么多年，还没遇到席间中途退场，扫我兴的。我给你们台长打电话，让他亲自跟你说。"

他果然拨通了台长的电话。电话里，台长赔着笑，连声诺诺。安树广把电话递给女记者，台长对她说：难得安局长如此雅兴，不要拂了他的一番好意。尽管放开陪他，明天给你放假一天。记者无奈，只好勉力再喝。不多时，已然醉得人事不省。安树广给在座的程鹏使个眼色，程鹏只好安排人把记者送入安树广的套房。第二天，记者醒来为时已晚，不禁又羞又怒。安树广对她说：电视台哪个位子你看好了，只要一句话，我让你少奋斗十年。

当然，更多的是主动投怀送抱的女人。而在安树广眼里，那些让他费尽心思的女人，反而更有味道。

闻洁如就是这样的女人。因为报社安排她采访政法口，她第一次踏进了公安局的大门。负责接待的民警识趣地把她领到安局长办公室，说采访需要通过局长的批准。安树广看着闻洁如，眼神飘浮不定。这个女人与他以前接触的大相迥异，眉宇之间闪动着一丝英姿，清秀的脸庞上透出一股硬朗。她坐在那里不苟言笑，但一颦一蹙间都有着说不出的韵致。安树广看得有些走神，竟然忘了这是在自己的办公室，伸手拉住闻洁如的手说："你这么才貌出众的记者，我还是第一次见到。我跟你真是有种一见如故的感觉。你有什么要求尽管提，在凤城，没有我办不到的事。"

闻洁如惊诧之余，果断抽出了手，礼貌地对安树广说："我们记者靠的是文章，不是相貌。我只想完成采访任务，别的要求可不敢。"

安树广感觉自己有些失态，这才笑呵呵地说："不要怕，一回生两回熟嘛。我这个人就是喜欢跟记者交朋友，你以后可要常来哦。"

闻洁如尴尬已极，赶紧起身告辞。望着她远去的背影，安树广默默说："这些女记者都是从哪儿招进来的，怎么一个比一个漂亮。"

闻洁如受此惊吓，此后只要是市局的采访任务，都借故推给男同志。

二六
以毒攻毒

杜岩每天还是一如既往地奔波在列车上，经常十多天不下车，与形形色色的窃贼小偷斗智斗勇。车上空闲的时候，他就会躺在卧铺上琢磨：方坤告诉过他，每一种犯罪都有它的规律。那么，能不能把这些规律总结出来，并加以概括、分类，让它变成一套系统、科学的方法。使用这种方法，只要发现符合犯罪规律的嫌疑人，不就可以做到提前掌握、精准打击了吗？

促使他这么想的一个原因就是，在列车上这么长时间，他却没有发现肖一刀、郭绪良等人的一点踪影。难道这两个人真的改邪归正了？他无论如何也不相信。一想到肖一刀，就想起了张飞的案子。虽然市局结案说找到了一具尸体，并认定就是张飞，但杜岩总是心存疑窦。经过这两年的历练，他不像以前那么鲁莽了。他知道，要想彻底查清张飞的案子，必须抓到肖一刀犯罪的铁证。有了这个铁证，就不怕他不交代其他罪行了。可是，列车上人来人往，要找到隐藏其中的一两个人太难了。怎么才能以逸待劳，让打击犯罪变得不这么被动呢？

杜岩从那时起，开始琢磨一套针对犯罪的有效办法。这种办法至少可以让刑警能够及时有效地识别罪犯，发现罪犯。他从盗窃案开始，每抓获一个小偷，就详细询问他们的作案轨迹、扒窃手法、如何选择作案对象等特点。他的笔记本上密密麻麻写满了不同扒手交代的作案过程，每天翻看，查找可以梳理出来的规律。

王志忠偶然看到他的笔记本，问他："你这是琢磨什么呢？"

杜岩赶紧把笔记本抢过来说："这东西要是琢磨出来了，你将来坐在办公室，就能知道今天有几个贼、几个毒贩上车，你带着人直接在车上抓了就是。"

王志忠将信将疑："有那么神？"

杜岩叹口气说："哎，可惜有一个问题。"

杜岩说的问题就是火车票实名制的问题。他琢磨了很长时间，发现这里面存在一个目前无法解决的致命问题。按他的思路，要想让这套办法发挥作用，必须及时掌握所有旅客的信息，对他们的身份、年龄、乘车习惯进行分析。只有这样，才能把隐藏其中的非正常旅客梳理出来。

王志忠说："那只是时间问题。你没看这些年我们铁路发展有多快。我刚参加工作那会儿，还是蒸汽机车时代。那时候在沿线派出所值勤，煤渣子吹得浑身都是，一身警服从来没干净过。你看这些年有了内燃机、电力机，车体也从绿皮车换成了空调车。用不了几年，没准火车票真就实名制了。到时候，你的这套玩意儿就能用上了。"

杜岩问："你觉得我这想法能行？"

王志忠说："有啥不行的，办法都是人想出来的。我看你这套玩意儿得起个名字，将来没准能能发挥大用处。"

杜岩看到王志忠办公桌上正好摆着一个小火车模型，想了想就说："那就叫'犯罪模型'吧。"

杜岩在车上除了希望能碰到肖一刀，还有一个人他也时常惦念着，这个人就是杨梓。已经两年多了，杨梓自从去了非洲，就没了音讯。他去第三医院打听过，听说杨梓延长了医疗援助时间。那么，她什么时候才能回来呢？会不会在某一天，某一节车厢里，忽然出现杨梓的身影？

时光如电，转眼又是年末。春运的列车上总是异常拥挤。列车刚从广州发车，过道和列车连接处都站满了旅客。这样拥挤的车厢，最容易发生财物被盗。杜岩不敢大意，穿着便衣来回在车厢里巡视。没有发现身份可疑的人，他想着这趟列车应该不会有事了。经过一节车厢连接处，他看到一个年轻人蹲在地上，手里拿着一个游戏机在玩，地上还放着一个大纸箱。杜岩爱玩，一看年轻人像个大学生，手中的游戏机又是新款，就凑过去套近乎。

"你这游戏机不错，我都没见过。"

年轻人边打游戏边得意地说："新款。你当然没见过。"

"挺贵的吧？"

"那还用说。怎么也得两千多块吧。"

"不是你的吗？"

"怎么不是，当然是我的。"年轻人说。

"那你怎么连多少钱都不知道？"

年轻人看了看他说："是你的东西也不一定非要买啊。"

杜岩就留意起来，心想，不会是偷的吧。他也干脆蹲在一边，看着年轻人打游戏。两个人待了有半个多小时，年轻人打累了，看杜岩也颇好此道，就把游戏机递给他说："给，你玩玩吧。"

杜岩大大咧咧地接过来，边玩边问："怎么弄到的？真不错！"

年轻人指指身边的纸箱说："喏，是帮忙带这箱东西的运费。"

杜岩看了看，那是个普通的纸箱，用绳子捆扎得整整齐齐，不知道里面装的什么。他装作漫不经心地问："什么东西，送一趟就能挣一部这么贵重的游戏机？"

年轻人说："是海鲜，都拿冰块冻着呢。"

"往哪儿带？"

"凤城。"

杜岩一听更觉巧合，右眼皮又跳了起来。两个年轻人相谈甚欢，一边玩一边聊了起来。杜岩对年轻人说，他也是凤城的，经营一家家具店，这趟出来是去广州那边考察进货的。年轻人信以为真，对他颇有仰慕之情。杜岩就问年轻人，怎么碰上了这种好事，顺路捎箱海鲜，就能挣一部游戏机？年轻人告诉他，他在广州车站准备上火车，有个男人主动来找他，问他坐火车到哪。得知他要回凤城，那人高兴地说："太好了。我在广州打工，快过年了，工作忙回不去，想着给家里人带箱海鲜吧，又一直找不到合适的人，没想到在火车站碰到老乡了。"他拿出一部崭新的游戏机说，只要把这箱海鲜送到指定地方，游戏机就归他了。

杜岩听完更觉蹊跷，火车上带海鲜的他也见过，遇到出手大方的人也就给个二三百元，从没见过如此豪阔的。又一想，天下之大，什么样的怪事没有！也许是人家心情急切，再加上生性大方，送部两千块钱的游戏机也不稀奇。

中午在餐车吃工作餐的时候，因为快到过年了，厨师特意给服务员和乘警每人炖了一条鱼。于头边吃鱼，边赞不绝口地夸餐车厨师，说就为了吃你做的鱼，下回还上你这趟车。厨师说你以为回回都有鱼吃啊，今天正赶上我五十岁大寿，心情好才给你们做的。众人就都端着茶杯过去给厨师祝贺。正热闹时，于头扒拉着盘子里的鱼说："哎呀，快来看！这鱼成精了！"众人围在他周围，就见于头盘子的鱼肚子里，竟然摆着一枚戒指。

厨师说："不对呀，这些鱼我都是一条一条洗过的，也没注意里面会有这玩意儿啊。"

大李就说："总算知道你是怎么洗的了。你这也太不仔细了。"

杜岩说："这鱼肚子里藏珠的故事只在书里见过，没想到今天真遇到了。"

正好厨师五十岁生日，大伙都没准备礼物，就嚷着把这枚戒指送给他，当作从天而降的生日礼物了。

一群人热热闹闹地吃完饭，回到宿营车躺下，杜岩忽然想起了年轻人送的那一箱海鲜。那些海鲜里面不会也藏有什么宝贝吧。

他把自己的怀疑讲给大李和于头，两人一听也来了精神，纷纷问他怎么办。杜岩说他现在就想打开箱子，看看里面的东西，可怎么打开呢？大李说："那还不好办？一会儿让乘警过去检查，直接打开不就行了。"

杜岩说："万一里面什么也没有，就不好交代了。"

于头说："要不咱跟他商量商量，就说餐车有人想吃，跟他买一条来打开看看。"

杜岩说："这招也不行。一来年轻人帮人带货，肯定不会卖。再说，也不敢保证每条鱼里都有东西。万一我们拿出来的那条里面没有呢。"

几个人一商量，反正年轻人也跑不了，海鲜不妨就先放在那里，等到了凤城再想办法。

车到凤城，杜岩找到年轻人，假装帮他提箱子一起出站。快到出站口时，杜岩手上一使劲，就把绳子的一端给扯开了，纸箱掉在地上，立刻露出了里面冻成冰砣砣的海鲜。年轻人一看傻了眼，杜岩说不要紧，他认识车站的人，到车站再找个箱子装好就是了。两人把散落的海鲜捡起，进了车站公安值班室。这时候，大李、于头等人才亮明身份，把年轻人叫到一旁仔细询问经过。

杜岩看着眼前的几十条海鲜，冻得很瓷实，根本看不出里面有没有东西。要想查清真相，只有把海鲜解冻。如果解冻之后一无所获，也就没法还原了。他一时拿不定主意，但又实在不愿放弃这次验证自己猜测的机会。后来一想，大不了里面没有东西，自己亲自登门去道歉，该赔多少赔多少就是了。

杜岩让车站找来两台微波炉，把冷冻的海鲜一条一条放进去解冻，再找了把剪刀剖开鱼腹来检查。眼看一半的鱼都化开了，肚子里面都空无一物。年轻人这时就着急起来，说眼看到手的游戏机没了，还不知道该怎么给货主交代呢。大李、于头也失望地说，干脆算了吧。人家花这么大心思送给家里人的年货，就这么给毁了。剩下一半就别检查了，留着也好勉强交差。但杜岩不甘心，说反正都这样了，剩下的全剖了。众人无奈，又解冻了几条。剖开其中一条鱼腹，一个长条状的塑料包露了出来。杜岩兴奋不已，指挥大李等人把剩下的鱼全部剖开。结果，从鱼肚子里取出了十几个塑料包，塑料包里包着的白色粉末毫无疑问是毒品。杜岩找了个秤称了一下，总量是三百克。这是刑警分队多年来缉毒战果中最大的一起，大李和于头也禁不住欣喜若狂。再看那个年轻人，已经瘫软在地，拉着大李不住地说："我真的不知道，真的什么都不知道。我一直以为就是一箱海鲜。"

杜岩问清货要送哪里、接货的人是谁，随即向王志忠报告，让他带人来登记、收缴赃物，自己带着大李、于头等人，直扑接货人的住处。

到了那里一看，原来是一出租房。房东打开房门，只见屋里杂乱无章，显然人去屋空。看样子，屋主走得很急，甚至连屋子里的东西都没来得及收拾。杜岩一看这种情况，跺着脚大叫："坏了！"他知道自己犯了一个不可饶恕的错误。其实刚才路上他就一直在想，运送这么重要的一批货，怎么会放心交给一个素不相识的大学生？料想火车上一定有人在暗中监视。他一定看到了年轻人跟着杜岩进了公安值勤室，随后赶来通知接货人逃跑。杜岩暗自懊恼，眼看着一条大鱼从自己手里溜走了。

虽然百密一疏，放走了接货人，但查获这批毒品足已令石坚惊喜不已。他立刻通知闻洁如来采访报道这起案子，并特意警告杜岩："不许再胡说八道！配合不好，我唯你是问。"

杜岩说："这案子没头没尾的，只查到了一批毒品，送货人不知情，接货人跑了，有啥可采访的？"

石坚说："让你接受采访你就去，剩下的事你就别管了。这是政治需要，你不懂。"

杜岩说："我不懂政治，那你找个懂政治的去呗。我还不稀罕去呢。"

说归说，这次闻洁如再来采访，杜岩老实多了。闻洁如问一句他答一句，弄得闻洁如反而不自在了，说："你怎么忽然这么拘束了！咱俩还像上次那样闲聊吧，你这样我不太习惯。"

杜岩撅着嘴说："你上次采访完肯定告我的状了吧。领导说了，让我不许乱说话，记者问什么，我就答什么。"

闻洁如笑道："还用我告状？你们领导问起来，我总得实话实说吧。不过，你还真是个好刑警，这么短的时间就连破几起大案，了不起。"

杜岩说："你别夸我！我这人不经夸，一夸准惹事。"

闻洁如说："你这人挺有意思，跟我接触过的警察都不一样。"

"警察应该是啥样？"

"应该都是挺严肃的吧，不爱笑，说话很严谨。"

杜岩说："你看，你都能看出警察是啥样。这样的警察要是出去办案，还没到罪犯身边，早就被人家认出来了，怎么查案子啊？"

闻洁如一想,还真是这么个道理。看来杜岩不但对破案抓贼很有研究,对警察的心理也分析得很有见地。她对杜岩这个人,一下子有了浓厚的兴趣。

报道毒品案的文章很快见报。在豪华的办公室里,程鹏拿着一份报纸看完,往桌上一扔,嘴角露出一丝复杂的笑来。他知道,毒品是肖一刀从广东运来的。为了打通运输渠道,肖一刀想出了这种带毒办法——雇用正常旅客带毒,马仔暗中监视。这样做的好处显而易见,即便毒品被查出,马仔也能全身而退。没想到首次使用,就被杜岩给识破了。识破了也好,程鹏心想,自己正想跳出这个烂泥潭呢。他甚至对杜岩心生感激,觉得这简直是在帮自己。只要杜岩能把住火车运毒这道关,金老板就是想逼迫自己继续贩毒,也无法实现。等到官做大了,他们再想胁迫自己,就不那么容易了。

他此刻觉得,最大的威胁已不是金老板,而是隐藏在金老板身边的肖一刀和郭绪良。这两个人跟随自己多年,对自己当初的底子了解太清楚,又有命案在身。他们不除,终是心腹之患。

程鹏思忖良久,终于想到了一个一石二鸟的办法。

二七
英雄聚会

辛娜自从有了孩子,全部心思都放在了孩子身上。她给女儿杜辛蕖制定了一份人生规划,让杜岩看。杜岩一看心生反感,"你这是把孩子当宠物养吧。给她上最好的幼儿园,最好的小学、中学,最好的大学。什么都是最好的,连将来从事什么职业你都替她规划好了,那她自己还有什么?依我说,孩子还小,就让她尽情地玩吧!将来她想要什么样的生活，得由她说了算。"

辛娜不满道："你当然什么心都不操，整天就知道抓贼、破案。你看看别人家的孩子，从小就在受教育，学技艺。我可不想让孩子输在起跑线上。再说了，咱们辛苦一辈子，不就为了孩子吗？"

杜岩说："你这话我就不爱听了。我从小没人管，没人问的，不也好好地长这么大了吗？对孩子，让她健康成长就行了，别把她当温室里的花朵。"

"你以为你当个小警察就功德圆满了，我可不能让我们的女儿将来跟你一样。"

"跟我一样怎么了？"

"一辈子东跑西颠。说是警察，经常弄得跟农民工一样，又苦又累又危险。真不知道你到底图什么？"

"看不起警察，那你当初为什么要找我？"

辛娜见他生气，赶紧岔开话题说："反正女儿的事你别管，我就是要让我们的女儿出类拔萃。"

辛娜为了改变杜岩的态度，会强迫他去听一些幼儿教育的专家课，去参加一些孩子家长的私人聚会。这些家长不是私营老板，就是身居要职，家庭条件优越，社会地位尊贵。辛娜说，她就要让女儿从小就在这样的环境里薰陶，给女儿营造一个良好的人脉关系。每次去参加这样的活动，都让杜岩浑身不自在，尤其受不了他们以轻蔑的口气议论警察。

有一次，家长说起开车的经历，一个说："我有一回被一个头发花白的老交警拦住，说我违反交规，要给我开罚单。我说你知道我是谁吗，你们队长见了我都毕恭毕敬的，何况你一个小交警。没想到那个交警说：谁也不行，必须接受罚款。我当时就给他们队长打了个电话，队长让他接电话。结果，那个交警跟队长吵了起来，说什么我是在执法，不是在替你做人情。你把全市交警都当成你送人情、做买卖的工具了。队长气得没办法，只好电话里跟我说：这个人以前是个缉毒英雄，犯错误被发配到这里站马路。这人脑子有毛病，别跟他一般见识。我心想，不就是要钱吗，就隔着车窗扔出去五百块钱说：老子就是不缺钱，你罚吧。那人一看钱都扔在了地上，非要拉我下去捡起来。我没管他，开车要走，交警竟抓着车门不放，被我拖出去好几米。为了几个钱，简直不要命了。"

其他几个家长就催问：地上的钱到底捡了没有。那人说："捡了多丢人。后来，我把车往大街上一扔，对他说，信不信我一句话，让你这个小交警干不了。我把车一扔，就走了。后来你们猜怎么了，没过一个月，这个交警居然真的不见了。"

众人就问：肯定是你干的吧，你把人家弄到哪儿去了。

那个家长说："我哪儿知道啊，我也是随口一说，没想到就变成真的了。大概是老天有眼吧！"

杜岩一听，这说的不就是方坤吗。这么长时间，因为忙于在车上搞案子，一直没有去看过他，也不知道他现在怎么样了。不会真如这个人所说，出什么事了吧。他本不想加入谈话，但听到有人对方坤如此羞辱，不禁怒气上涌，上前对那人说："你们讲的这些都不算什么。我认识一个警察，他的身价可一点也不比诸位低。他抓大毒枭的时候，毒枭许诺只要他放手，金钱、洋房、美女，所有的条件由他提，可他连眼皮都没眨一下。他曾经一个人十几次化装打入贩毒团伙，经历无数次生死，打掉了一个又一个贩毒团伙。毒贩为了报仇，在黑道上悬赏一百万要他的人头。但这么多年，没有一个人敢去碰他。"

大家就问："这个人是谁？"

杜岩瞪着那个家长说："他就是被你当街羞辱的那个小交警、缉毒英雄方坤。"

在众人惊讶的目光中，杜岩不屑一顾地看着他们说："忘了告诉你们，我也是一个警察。"

辛娜回来责怪杜岩太较真，没必要因为一个方坤把聚会搅散。杜岩说："他们侮辱方坤，也就是在侮辱我。以后跟这些人的聚会，你还是自己去吧！我见了他们，恶心！"

杜岩急于想见方坤，但赶到他的老屋一看，屋门紧锁，看样子很久没人进出了。去他经常执勤的岗位，那里也已经换了一个年轻的交警。

杜岩苦苦追问，交警才告诉他方坤最近的遭遇。当杜岩赶到西山精神病院的时候，却被告知，方坤属于特护病人，除了家属，其他人一概不能会见。杜岩明知有异，却也无奈。见不到方坤，这一切终究是个谜。

天空飘着细碎的雪花，杜岩在精神病院的门外徘徊了很久，直到身上披上一层厚厚的雪，才不甘心地驱车返回。他千方百计打听到了方坤妻子高红英的住处。敲开门的一瞬间，高红英认出了他，顿时泪如泉涌。

杜岩问："到底是怎么回事，方坤的精神不可能出问题。"

高红英擦拭着眼泪说："老方让我给你带句话，别打听他的事。不然，你也会惹上麻烦。"

杜岩说："得想办法把老方弄出来呀！在那个地方待下去，好人都会待疯的。"

高红英转身从柜子里拿出一截纸条，递给杜岩："这是老方写给你的。他说现在也只有你能帮他了。"

杜岩展开信，看着方坤的字迹，想象着方坤此时孤独地待在精神病院里，只能望着窗外飘飞的雪花，形单影只，不觉眼睛湿润。

杜岩老弟：

虽然相处日浅，但你我性情相投，义气相通，也算一场缘分。我的事你大可不必去费心打探，集中精力做好你现在正在做的事。记住：越是遇到困难，越是接近真相。家中有一妻一儿，还望替我照顾。我这一生无悔无愧，唯对老妻稚子心有所欠。

你我若有缘，一定还会再相见的。

读完纸条上的话，他顿觉浑身的血往上涌，恨不得现在就冲进精神病院，把方坤接出来。他告诉高红英："见到老方，告诉他！我一定会把事情查清，让他风风光光地从那里出来。"

杜岩因为破案有功，再加闻洁如的报道之力，遂被推选为凤城当年的"警界英雄"。表彰会上，给他颁奖的正是安树广。安树广近来常听程鹏说起杜岩，觉得耳熟。程鹏提起之前工地闹事的两个铁路民警，安树广才恍然想起。但见程鹏一个劲地夸杜岩是个难得的人才，安树广更加不明其意，问道："之前求我收拾他的是你，现在在我面前夸奖他的也是你。你这是唱的哪出戏？"

程鹏说："我和他其实并无恶交，上次的事也是我手下办事不力，得罪了他。但不打不相识，他这样的人如果能跟着局长你，将来没准能派上大用场。"

安树广说："你什么时候关心起我的事来了。是不是我身边要配什么人，也要跟你商量商量啊？"

程鹏赶紧说，哪有这层意思，的确都是出于对安局的关心，心里却骂道：老狐狸，疑心也太重了。等我得势之后，也让你尝尝被人使唤的滋味。

因为这层原因，安树广专门调来杜岩的资料仔细查看，对杜岩的能力算是有了个基本了解。他觉得，这小子年轻，有闯劲，脑子灵活，是个人才，心里就有了拉拢收服之意。

表彰会结束，安树广设宴款待所有受表彰民警，以示重视，并特意把杜岩安排在自己旁边。几杯酒之后，安树广对在座的警界英雄说："你们都是凤城的英雄，是我安树广的骄傲。我这个人，识英雄，重英雄！今后你们只要好好跟着我干，我保你们都会前途无量。"

杜岩第一次和安树广坐在一起，感觉这人说话做事极其霸道，总透着一股子江湖习气。在座的以市局民警居多，铁路公安只有杜岩一人。席间每个人都恭恭敬敬，不敢有私毫冒犯。这样的气氛让杜岩很不自在，索性自顾自地闷头喝酒，不问其他。安树广一看杜岩豪饮，便指挥身边的几个人轮番向他劝酒，俨然把他捧成了在场所有人的中心。杜岩酒一上头，胆子更大，竟然搂着安树广对饮起来。周围人不知底细，以为杜岩是安树广的什么亲信，难怪年纪轻轻就能有如此成绩。

安树广借机低声在杜岩耳边说："年轻人，好好干！今后我绝不会亏待你！以后有什么事，尽管来找我！"

借着酒劲，杜岩就起了捉弄之意。他悄悄说："咱上头有人，将来谋个前程应该不算什么问题。"

安树广好奇地问:"上面有人?能是谁啊?"他的意思是,你在我面前说上面有人,那这个人的位置肯定在我之上了。在我之上的人可没多少啊!

杜岩拿出手机,打开短信给他看:"你说上头有啥人,我也不好说。不过,你看我每天都在跟谁在聊天呢。"

在他的微信里,有个联系人竟是北京某位领导夫人的名字。他们俩的聊天内容极其轻松,甚至还互相开玩笑,互发表情。安树广一看就傻眼了,嘿嘿一笑说:"噢,那你可要好好干,不要给中央首长丢脸啊。"

其实,那个名字就是辛娜。有一次两人看电视,新闻里出现这位领导夫人时,女儿竟然指着电视叫妈妈。杜岩仔细一看,那人和辛娜倒有八分相像,就开玩笑说:"你看你,长了个领导夫人的相貌,却没有人家的命。"

辛娜笑道:"这可不怨我,怨你。你不争气,我有什么办法。"

杜岩说:"好办,我现在就可以改变你的命运。"拿出手机,就把辛娜的名字改成了领导夫人。"这下,你以后再给我发号施令,我就可以说,我这是在执行北京的决定。"虽是玩笑,但杜岩从此沿用,不再更改。

安树广之所以当真,是因为从来没有人在他面前开过这种玩笑。在他看来,也没有人敢跟他开这种玩笑。

杜岩和安树广开这个玩笑的时候,旁边坐的也是一个刑警。因为经常打交道,还算熟悉。他当面听杜岩吹过这个牛,所以知道实情。一看杜岩在安树广面前故技重演,把他吓得酒都醒了。趁着安树广离席的间隙,他对杜岩说:"你小子胆子太大了,这种玩笑你也敢开。要是人家真去打听一下,你没这门亲戚,小心脑袋搬家。"

"不至于吧。不就是酒桌上开的一个玩笑吗,又没恶意。"

"有些玩笑开不得。安局长真要是当真,肯定会去查证的。到时候看你怎么解释。"

杜岩一想有道理,顿时酒也醒了一半。但玩笑已经开过了,怎么解释才不会让安树广介意呢？杜岩边喝酒边思索，趁着安树广酒兴正浓，他忽然端着酒杯站起来，当着全桌人的面对安树广说："安局长，大家经常说你为人特别严肃，决不允许部下当面跟你开玩笑。当时我就不信，今天一见，你这不很平易近人吗。看来传言不可信嘛。"

安树广正在显示自己的气度，听他这么一说，便道："我很严肃吗？我怎么不觉得呀。不要看我是局长，就以为我会高高在上。其实，我也是普通人，互相之间开个玩笑，人之常情嘛。"

杜岩把当众酒一喝，赶紧把短信的事给解释了一番。安树广脸色大变，但因承诺在先，一时又无可奈何，只好拍着他的肩膀说："你小子，这个玩笑开得可有点大。罚酒一杯。"

安树广本想驯服杜岩，不料却被杜岩当众戏弄，顿觉如鲠在喉。如果不是表彰会上来宾众多，安树广在酒桌上就会翻脸。这个小民警既然如此不识抬举，安树广暗下决心，一定要给他点颜色瞧瞧。

杜岩初次接触安树广，也觉得不过如此，大有此前种种传闻都言过其实之感。自己不是轻易就戏弄了他，还让他拿自己没有办法吗。杜岩心里就起了轻视之意。

这次表彰会，杜岩大出风头。不过，其间也发生了一点不愉快的事。表彰名单里，牟仲平的名字也赫然在列，让杜岩如同吞了只苍蝇。两人在台下就遭遇了。因为方坤的事，他对牟仲平左右看不顺眼，就嘲弄道："你们局最近再没别人了吗？"

牟仲平一时没明白什么意思，就问："你问这个干什么？"

杜岩说："没什么。我就是纳闷，怎么让你来了？"

牟仲平这才知道他在讽刺自己，顿时火冒三丈，说道："你又有什么资格站在这里？"

杜岩说："我是没资格。有资格的都被你们关进精神病院了。我没资格，但我还有警察的尊严。不像有些人，穿着一身警服，干的却都是下三滥的勾当。"

牟仲平怒火中烧，当时拉着杜岩就要理论，被周围几个民警分开了。上台领奖时，本来杜岩和牟仲平是同一批，杜岩装作肚子疼，留在了队伍最后，就是不愿与牟仲平同台。

没过多久，石坚告诉杜岩，说开发区管委会的程副主任要来慰问警界英雄。杜岩不知道这个程副主任就是程鹏，还早早穿戴整齐地等在单位门口迎接。一见下车的是程鹏，杜岩二话不说，转身就往里走。石坚一把拽住他问："干什么去？"

杜岩气愤地回答："我闹肚子。"

石坚不明就里，责怪道："什么时候了，你就不能忍一忍。"

程鹏明知杜岩有意躲避，赶紧上前解释说："我跟这位兄弟之前可能有点误会。没关系，让他去，我等。"

杜岩一趟厕所去了半个小时，就是不出来，气得石坚派人硬把他从里面拽了出来。程鹏说："我这次来，是以我个人的名义，慰问杜警官来的。你是我们的警界英雄，给我们争得了这么大的荣誉，是我们开发区的骄傲。不管之前有什么误会，今天借这个机会我先表个态，今后，我就是你们的坚强后盾。有什么问题，我都会妥善为你们解决。"

杜岩一听是程鹏个人名义的慰问，如同受了侮辱一般。他对程鹏说："既然是来慰问我，那我可不可以拜托你把这笔钱捐出去？"

程鹏听了一愣，随即又赞许道："果然是英雄，精神境界就是不一样。既然是你的慰问金，你想捐给哪里都可以。"

杜岩说："就帮我捐给那些好端端失去了儿子，如今无依无靠，以泪洗面的父母吧。另外，你在捐款单上一定要写上：一个罪无可恕的人。"

周围的人听得莫名其妙，程鹏听得脸色大变，杜岩却仿佛毫不在意，哈哈笑着，使劲握住程鹏的手。程鹏的两手如同被两把钳子钳住一般，疼得一时喘不过气来。

二八
何以为家

　　杜岩和段嘉诚不约而同地邀请马原，马原立刻猜到他们的用意。三个人刚一落座，马原就说："都先别说话，让我猜猜。你们俩肯定都在家里遇到不顺心的事了吧？"

　　段嘉诚说："没有的事。允许你夫唱妇随、小日子过得幸福美满，我们俩就得愁眉苦脸啊？"

　　杜岩说："既然你俩都无忧无虑，一会儿就听我一个人吐吐苦水吧。我不装，装也没用，都写在脸上呢。"

　　段嘉诚就讪笑道："算了，谁家还没个不顺心的时候。难得我们三个人坐在一起，诉苦也罢，叙旧也罢，都可以一醉解千愁。"

　　杜岩说："你有什么不顺心的？咱们三个人里，就数你最顺了。处长家的乘龙快婿，办公室的实权主任，事业有成、妻贤子孝，你要诉苦，那我岂不是苦死了。"

　　马原就说："你们俩都别嘴硬了。结婚之前我就跟你们说过，找个有权有钱的媳妇，就得接受那些不大不小的麻烦。现在相信我的话了吧？"

　　果然，段嘉诚和杜岩都是抱着一肚子苦水而来。段嘉诚说，他最大的苦恼就是，不管他在工作上怎么努力和付出，在媳妇眼里，都是她爸李乃谦的功劳，他的个人才华完全不被承认。两个人在一起难免发生口角，只要一开口，媳妇就会抱怨他忘了李乃谦提携之情。没有李乃谦，就没有他段嘉诚的今天云云。这种有形无形的压力压得他抬不起头来。有时候，他甚至能感觉到单位每个民警对他的看法。那些看似无言的目光中，其实都夹杂着对他仰仗李乃谦的些许嘲笑。段嘉诚无限伤感地说："我算来算去，却算计错了一件事，就是一旦踏进李家的大门，我这辈子都走不出李乃谦的阴影。我所有的付出、所有的努力，都成了李乃谦的赏赐。男人的尊严在家里找不回来，在单位也感受不到，这种苦说不出道不明，只好找你们几个诉了。你们说，我苦不苦。"

杜岩说："你那些苦充其量就是你心里在打架，不管打赢还是打输，你至少都有奖赏，那就是你今天的地位。别人就算再不服气，也改变不了你的命运。你不像我，我要是输了，就一无所有了。房子是辛娜的，车子是她的，就连孩子都是她一个人的。"杜岩因为方坤的事，最近一直心情极差，虽然得到了"警界英雄"的荣誉，却丝毫不能抵消他心中的不快。回到家里自然面带严霜，辛娜几次让他陪着去参加各种聚会，他都一概懒散地推辞。辛娜最刺痛他的几句话是："这些年你除了每天工作、工作，这个家你操过什么心？孩子长这么大，你好好陪过她一天没有？每次一回来还带着脸子，你有什么资格？既然你不关心我和女儿，那我也实话告诉你，离开你，我和女儿照样过得很好。"

马原笑呵呵地说："哎，你们俩当初有多少人羡慕啊，可谁知道风光的背后，却藏着这么多的烦恼。当初劝你们像我这样，找个门当户对的吧，你们又都不干。要不这样，你们谁愿意跟我换换，住我五十多平方米的小房子，当我的小民警，让我也感受感受你们俩的美好生活？"

杜岩和段嘉诚就一起骂他做梦。三个人说说笑笑，烦恼就消除了许多，相互之间的隔阂也没有了，似乎又恢复了刚从警校毕业时的关系。杜岩醉意朦胧地想：友情，哎，再热也有凉的时候吧。但是，那一点火星依然煨着，只要有阵小风，就能重燃起熊熊火苗了。

杜岩责备段嘉诚不厚道，明明自己都退出了，你却娶了李乃谦的女儿。段嘉诚也说，你不在的时候，我帮你照顾杨梓可全是出于朋友之情，没想到你会这么误解我。杨梓出国，都是你杜岩的责任。马原说你们现在后悔也晚了，杨梓说不定再不回来了呢。杜岩你当时不是说要追到非洲去吗，现在还有没有这想法？杜岩喝了杯酒说：有。等到非洲通火车，有铁路警察的时候，我第一个报名去。段嘉诚就举手说，也算我一个。杜岩说你去干什么，又去捣乱啊。段嘉诚也是多喝了几杯酒，全然忘了多年前的事，无所顾忌地说："我要去给你当信使，替你把信亲手送给杨梓。"

杜岩一下子想起多年前在石沟驿写给杨梓的那封信，段嘉诚是怎么知道的？他放下酒杯，两眼通红地望着段嘉诚："送什么信？"

"你写给杨梓的信啊。你这个人，平时什么话都敢说，一见杨梓，连句表白的话都不敢说了，非要写什么信。"

"那封信在哪儿？"

"还在我家里。放心，我好好保管着呢。"段嘉诚依然没有感觉到杜岩两眼之中的怒火。马原赶紧推了他一把，他抬起醉眼，这才意识到自己说走了嘴。

"那封信为什么会在你那里？"杜岩逼视他。

段嘉诚事到如今，只好承认自己当初也喜欢杨梓，看到杜岩寄来的那封信，鬼使神差，心生嫉妒，私藏了信件。

马原一看杜岩的神态，担心他当场发作，要揍段嘉诚，赶紧用手抓住了他的胳膊。段嘉诚也愧疚地低下头，一副任凭处置的样子。三个人之间的气氛，如同凝滞一般。

杜岩一开始怒火中烧，没想到自己当初最信任的朋友，竟然截留了他写给杨梓的信。如果这封信杨梓当初收到，他们之间的命运会不会改变，杨梓还会出国吗，他还会和辛娜认识吗？一切都是未知数。但这未知之中，似乎又隐藏着某种必然。不管怎么说，他都无法改变过去，让那段故事从头再来一遍了。

顷刻，只见杜岩眼中的怒火渐渐褪去，终于恢复常态。他长叹一声说："算了，都是过去的事了。现在想起来，跟着我未必是好事。"他眼前浮起了方坤妻子高红英泪流满面的神情。方坤躺在精神病院里，高红英带着孩子十多年含辛茹苦。谁知道这样的日子会不会降临到自己头上。杨梓现在虽然身在非洲，但至少还能寄情于工作。真跟了自己，会不会成为第二个高红英？想到这儿，他端起一杯酒，颇为豪迈地说道："心事未了，何以为家。来，干了。"马原和段嘉诚显然并不清楚他说的心事是什么，但看到他此时的表情，不禁被他的豪气所感染。三个伙伴共同举起酒杯，将杯中的酒一饮而尽。

杜岩记得方坤所托，隔日就去看望高红英母子。却见高红英面色苍白，狂咳不止地提着一袋药正往楼上走。杜岩上前搀扶高红英，一直把她送进家里。高红英的父母年迈多病，一家人的重担都落在她的身上。杜岩看着简陋的屋子，不禁悲从中来。他问高红英最近身体怎么了，高红英却躲躲闪闪，不说实情。杜岩一把抢过她手中的病历，只见上面写着：肺纤维化严重，建议住院治疗。杜岩以前陪着杨梓复习考试，经常是他拿着书听杨梓背，其中就有肺纤维化这种病的病情介绍。他知道这种病极难治愈，治疗费用又高，眼看高红英咳得满脸通红，杜岩不禁焦急万分。"嫂子，你得赶紧住院治病。再拖下去，身体会受不了的。"

高红英好不容易止住咳，歉意地笑着说："反正也是老毛病了，最近天冷才犯了。没事，忍忍就过去了。再说这一家老小，还有老方，我哪能躺在医院不管他们啊。"

杜岩说："老方托付过我，让我好好照顾你。你放心，家里的事我想办法，你一定要去住院治疗。"

高红英有气无力地说："不用的。儿子现在也上警校了，将来只要能看到他跟老方一样当个警察，我也就对得起老方了。"

杜岩想到眼前这个女人这些年来默默吃过的苦，顿时心如刀绞。辞别了高红英，他立刻来到医院联系住院治疗的事。一问之下，才知道这种病的治疗费用高得惊人。杜岩无法，只好回到家里跟辛娜商量。辛娜一听要拿出十来万去救一个素不相识的人，自然不同意。"你不顾这个家也就算了，竟然还要用家里的钱去救别人。这种事多了去了，你能管得过来吗？我不管，我现在只为女儿。女儿将来的教育需要很多钱，我不能为了别人牺牲女儿。"

杜岩说："都是女人，你怎么就不同情她呢。一个女人，为了支持丈夫的工作，装了十来年的地下夫妻。现在累得一身病，再不救她，这个家就散了。"

辛娜愤然道："你讲这个故事，是想让我也当这样的女人？也把都一切扔下支持你的工作，女儿也不管了吗？你怎么能这么自私，为了成就自己，情愿牺牲掉我和女儿。"

"我怎么就自私了？方坤这也叫自私吗？他现在都被整成精神病，住在精神病院里，难道是为了自己吗？"

"你想像他那样是你的事。反正，我不能带着孩子陪你过那样的生活。"

杜岩指着辛娜说："那就算我借你的，总行了吧？"

"借？你拿什么还？你一个月那点工资，还到什么时候？"

杜岩没想到辛娜这么决绝，一时间气得说不出话来。良久，他才缓缓地说："好吧，我自己的事，我自己想办法。"

辛娜了解杜岩，越是愤怒，越是话语不多。见他表情凛然，知道他心意已决，也伤感地说："你一定要这么做，可要想好后果。"

杜岩平生最受不了别人的要挟，一听这话就冷冷地回了句"随便吧"，转身出了门。

为了凑齐这十万块钱，杜岩想尽了办法。但从马原和段嘉诚等人手里也仅借到了三万多，离总数还差得很远。他这时真后悔那天不该拒绝了程鹏的慰问金，听说那笔慰问金有一万元之多。不管怎么样，也要赶紧让高红英住院治疗。杜岩把凑来的钱先办理了住院手续，剩下的再想办法吧。他来到高红英家，再次劝说她住院，但她坚决不去。杜岩无法，只好使出下策。他在去的时候就想过，一旦高红英不答应，就给方坤的儿子方劲松打电话，告诉他母亲的病情，让他以不上学为要挟，逼迫高红英住院。

杜岩给方劲松说完情况，只听电话那边一阵啜泣声。显然，方劲松根本不知道妈妈的病情如此严重。杜岩让他不要担心，只需按他教的去说，高红英的病就无大碍。方劲松哭声渐止，点头答应了。

杜岩再去看望高红英的时候，显然她接到了儿子的电话，感激地望着杜岩说："我答应你，去医院治疗。老方能有你这样的朋友，我就放心了。"

"你不是还要等着看到儿子当警察的那一天吗？到时候，也许老方也好了，你们一家人就能团聚了。"

高红英泪眼婆娑地说："真能等到那一天就好了。这十来年，我每天都在想啊！"

杜岩咀嚼着这句话里的辛酸，也禁不住鼻子一阵阵发酸。

此后，只要单位无事，杜岩就往返奔波于医院和高红英家，帮忙照顾她的两位老人，看望治疗中的高红英。眼看着治疗费用日渐减少，杜岩还没有想出解决办法，心里焦急万分。

一天，他正低头要进医院，恰巧跟里面出来的闻洁如撞了个满怀。问起他最近在忙什么，他就把高红英的病情简单说了说，然后叹了口气："我现在才知道钱有多重要。我要不是警察，是个百万富翁就好了。你想帮助别人，自己只有一滴水是不够的，得有一桶水才行。"

闻洁如就提议一起去看望病人。两人详细地询问了高红英的治疗情况和后续治疗费用，出了医院，闻洁如说："要不，我回报社商量一下，看看能不能在报纸上发个稿子，倡议一下社会捐款。"

杜岩一拍脑袋，说："对呀，我怎么没想到这个办法。赶紧，赶紧，救人要紧。你这办法要是管用了，今后我把你当神仙供着。"

闻洁如说："你这么重情重义，我哪能袖手旁观。试试看吧，只要能帮到他们就好。"

没过几天，都市晚报果然登出了救助民警妻子的报道。闻洁如有意把方坤之前的缉毒功勋写了一大段，只是听从杜岩的建议，没有写方坤现在的处境。杜岩说，现在一切以救人为重。如果写上方坤的处境，没准会惹怒安树广，引起不必要的麻烦。

报纸一出，没几天工夫，报社的捐款账户里就有了五六万元。闻洁如告诉杜岩，这些捐款里，很多都是市公安局的民警。他们不但捐了款，还留言要方坤挺住，说正义虽然迟到，但从来不会缺席。闻洁如说，看来安树广陷害方坤的事，在公安局民警中多有耳闻，大家只是敢怒不敢言而已。

杜岩感激地说："真是要谢谢你，你帮了方坤一家的大忙了。"

闻洁如笑着说："你为他们做了那么多，你才是他们一家的大恩人。

你这个人，看起来有点不靠谱，但内心还是挺温暖的。"

杜岩道："你算是说对了。现在社会上的人，很多都表里不一。"

等闻洁如带着报社负责人，和杜岩一起到医院交治疗费时，却被告知，后续的治疗费用有人交齐了。几个人顿时如坠云雾。在杜岩的要求下，收费处的护士翻了翻记录说："缴款的是鹏程公司。"

杜岩登时一愣：是程鹏？他为什么要帮助方坤一家？他到底隐藏着什么不可告人的目的？

杜岩自从和辛娜发生争吵后，每日忙着高英红的事，又有二十多天没回过家了，平时就睡在刑警分队的办公室里。辛娜知道他生气，索性不去理会。两人平时就是离多聚少，也没放在心上。直到有一天，一位闺蜜告诉她，经常在医院看到杜岩和一个年轻的美女双进双出，样子十分亲热。闺蜜提醒她，不要让别人趁着她俩闹矛盾，从中钻了空子。辛娜原本不在意，听到这种传言，哪里还坐得住，干脆抽空盯起杜岩的梢来。等到杜岩和闻洁如从医院出来，就见辛娜面带严霜地站在他们面前。

杜岩说："你来干什么？"

辛娜说："我说你怎么对这件事这么热心呢，原来有这么漂亮的妹妹陪着啊！难怪这么多天都不回家了。看来，你是打定主意了。"

杜岩说："你胡说什么。要胡闹回家去闹，懒得答理你。"他转身对闻洁如说，"你先走吧，我处理点家庭矛盾。"

闻洁如一看也明白了杜岩的处境，自知现在说什么都没用，就想暂时先离开。没想到辛娜却拦着不让她走。"不把话说清楚，谁都别走。"

医院门口人来人往，顿时就有一些人在远处指指点点，颇有看热闹的嫌疑。杜岩要面子，担心被熟人看到，赶紧推了辛娜一把说："先回家去，少在这儿丢人现眼。"

辛娜从小娇惯，虽然两人也时常争吵，但哪里受过这种委屈，不觉泪如泉涌，指着两人说："嫌我丢人现眼！你们两个呢，不算丢脸吗？你们俩整天在外面成双成对，把我们娘儿俩扔在家里不闻不问，这算怎么回事？今天你必须给我说清楚！"

杜岩没想到辛娜如此蛮横无理，不听解释就胡乱猜疑，一时心烦气躁，拉着闻洁如，推开辛娜就往前走。没想到辛娜背后疯了一般追过来，把结婚戒指、手表全都扔在他脸上，泣不成声地说："走吧！走了就别想回来。这个家，有你没你都一样。"

杜岩脸色铁青，拉着闻洁如继续往前走。直到走得远了，才听到辛娜嘶吼一般的一声大哭。杜岩心想，完了，真让马原这家伙说对了。门不当户不对，这样的婚姻也许本身就有问题吧。

闻洁如一路如同被绑架一般，被杜岩拉着急走。杜岩一言不发，闻洁如也不知说什么好，两个人就这样默默地走出去好远，杜岩才松开了手。眼前正是方坤以前经常值勤的十字路口，一名年轻的交警动作标准地指挥着交通，杜岩却不知道该往哪个方向走了。

石坚把他叫到办公室，看来他的老首长已经把一切都告诉了他。石坚看着杜岩，有些伤感地说："你俩怎么会闹成这样？"

"我现在找到根本原因了：只要是你给我介绍的，都没有好结果。"

石坚说："都这时候了，你还有心思开玩笑。"但仔细一想，倒也是实情。杨梓和辛娜都是他介绍的，没想到一个没成，一个成了但眼看就要散了。

杜岩苦笑着说："没事，大不了你再给我介绍一个。我这辈子，就交给你了。"

石坚哭笑不得，指着杜岩说不出话来。

为了问清支付高英红医疗费的事，杜岩决定降尊纡贵，拜访一下程鹏。在开发区管委会宽大的办公楼里，杜岩见到了程鹏。说明来意后，程鹏哈哈大笑道："就为这事啊！这有什么好疑问的？我现在好歹也算是父母官了，治下的民警家属有了困难，伸一下援手，这不是人之常情吗？"

杜岩因为那笔钱的事，口气尽量显得客气一点。他说："做这种事，不太符合你的作风，所以我有些疑惑。如果你对我有什么要求，不妨直言。我这人别的本事没有，就会抓个小偷和流氓。你该不是让我帮你对付这些人吧？"

程鹏不理会他的冷嘲热讽，依然笑着说："没有别的意思，就是想跟你交个朋友。过去你对我有误解，我想等咱们熟悉了，你就会了解我的。"

杜岩说："过去我不了解你，现在就更难了。你现在高高在上，我高攀不上啊。"

程鹏意味深长地说："老弟，路遥知马力，日久见人心。时间长了，你就会了解我的。我们不但可以成为很好的朋友，而且还可以相互帮助的。"

二九
奇怪线索

安树广自从当了局长以后，疑心病越来越重，总觉得有人在背后捣鬼，散播对他不利的言论。接连几日，不管他走到哪儿，都能看到民警三三两两聚在一起，私下议论什么。远远一看到他，就慌忙散开了。安树广十分恼火，但又抓不到什么把柄，郁闷不已。忽有一日，他翻看报纸时，竟然发现了方坤的名字，不由得立刻关注起来。那是闻洁如呼吁为高红英捐款的文章，已被凤城各大报纸转载。缉毒英雄战功赫赫，妻子病重急需治疗。这篇文章让方坤的名字再次进入人们的视线。他猛然联系到近来民警私下议论纷纷的情况，很显然，对象应该是方坤。

方坤被送进精神病院后，熟悉他的民警不但关注，也在质疑，这些声音他也早有耳闻。他曾在一次全局领导干部会议上说："现在有些民警就爱打听小道消息，而且听风就是雨。这是想干什么？到底隐藏着什么不可告人的目的？我最讨厌这些当面一套背后一套的人。有什么话当面说出来嘛。不敢站出来，那就证明你的思想有问题，证明你不够光明正大。今后如果发现谁在传播这种言论，我会严肃处理。"他知道"千里之堤，毁于蚁穴"的道理，民警的私下议论如不严加控制，一旦扩散开，就会形成极强的煽动性。原以为方坤的事隔了这么长时间没人议论，渐渐就会平息，没想到现在报纸上大篇幅介绍，争相转载，让他不禁勃然大怒。他立刻打电话给报社，责问这样的文章怎么能不经他同意就发出去。都市晚报的总编不知内情，被问得丈二和尚摸不着头脑。安树广责令，马上停止转发这篇文章。另外，让写这篇文章的记者立刻来见他。

他做好了大骂记者的准备，没想到来的竟然是他日思夜想的美女记者闻洁如。闻洁如本来执意不见安树广，无奈总编发难说，不知道你怎么得罪安局长了。你要不去灭火，我们报社就得跟着倒霉。这个安局长可是个翻脸不认人的主。闻洁如无奈，只好硬着头皮来见安树广。不过临来之前，他给杜岩打了个电话，两人商定，一旦安树广意图非分，闻洁如就赶紧打电话让杜岩帮他脱身。杜岩说你放心去吧，办这种事我在行。

安树广一见闻洁如推门进来，赶紧换了表情，离座走到门口迎接。一见面就抓住闻洁如的手，一边摩挲一边往办公室里让。闻洁如内心厌恶，用力抽出手来。落座之后，她问："安局长召见我，不知道有什么指示。"

安树广早已把方坤的事扔在了脑后，两眼放光地盯着闻洁如说："你看你，这么愉快的见面，却被你说得太官方了。你们记者难请啊！不这么说，怎么能把你请到我这里来。我们今天不谈工作，就随便聊聊天。"

闻洁如立刻感觉气氛不对，急于脱身，就说："您要没别的事，我就先走了。我还有个重要的采访。"

安树广露骨地说："采访什么人物比我还重要？我让你们总编派别人去。你就安心待在我这里。今后，报社没人敢对你指手画脚。"

闻洁如一听更加紧张，正在为难时，办公室秘书敲门进来，提醒安树广要去开一个重要会议，参加会议的领导都已经到场了。安树广不耐烦地挥挥手说："去去去，没见我这里有客人吗，让他们等着。"

秘书一走，闻洁如说："这么重要的会议，您不去不合适吧？"

安树广笑道："重要不重要，得我说了算。现在，我跟你的见面最重要。"他忽又正色道，"你们记者总是想方设法要搞到爆炸新闻，但有的新闻可是碰不得的。你不是问我今天找你来为什么吗？我告诉你，你写方坤的那篇文章有很大的问题。"

闻洁如心里一惊，就问："有什么问题？我都是据实报道的，方坤之前的缉毒功绩是得到社会公认的。"

安树广一见闻洁如紧张起来，不觉暗自得意："一个人之前的成绩，不能代表他的一生。方坤这个人现在还存在很大的争议。你这篇报道，等于把我们公安局对他作出的评价全都推翻了。你想想，这不是在跟我们公安局唱对台戏吗？"

"不管方坤有什么问题，他的爱人生病需要救治，这总没错吧？"

"这个社会有那么多人需要帮助，你为什么非要挑一个有问题民警的家属呢？更何况，他们两人不是已经离婚了吗。"

"可我听说，他们是假离婚，是为了避免罪犯的报复和保护家人的安全。"

"不管怎么说，你这篇报道我们公安局是不认可的，我已经让报社停止转发这篇文章了。今后你还能不能继续当你的记者，我看还要考虑考虑。"安树广说到这儿，意味深长地看着闻洁如。

闻洁如又惊又气，一张脸已经涨得通红。但在安树广看来，却更加妩媚动人了。他又试探着握住闻洁如的手说："不过，不要紧。我说了，有些事重要不重要，不就是我一句话的事嘛。"

闻洁如一看情况危急，赶紧拨通了杜岩的电话。电话那头，杜岩知道闻洁如有危险，立刻装作非常生气的样子大声说道："说好的十分钟，怎么还没出来。我从部队请假出来是跟你领结婚证的，不是陪你采访的。你要是再不出来，我就进去找你。"闻洁如心领神会，赶紧向安树广说："是我未婚夫。他是个特种兵，脾气特别火爆。我要是再不出去，他真敢闯进来了。"

安树广一听，脸上露出尴尬的表情，颇为扫兴地挥挥手说："那好，下次有空请你吃饭。"

闻洁如逃一般地跑出公安局大门，打通电话对杜岩说："真是太谢谢你了！今天要不是你，我可是难以脱身了。你这招还真灵，他一听我说你是特种兵，脸都变色了。"

杜岩说："我可听说他这个人作风很不检点，你以后可要当心点。再遇到这种事，赶紧给我打电话。"

辛娜本想通过石坚的劝说，能让杜岩回心转意。没想到杜岩根本不认错，这让辛娜也无路可退，两个人干脆打起冷战来。杜岩为了归还给高红英垫付的医药费，悄悄溜回家，带走了工资卡和换洗衣服。辛娜发现后，干脆换了门锁。杜岩索性常住宿舍，又过起了单身生活。

经过一个多月的治疗，高红英的病情稳定了许多，脸上也有了血色，杜岩心里由衷地高兴。就在这时，他忽然接到一条奇怪的短信，告诉他两天以后从广州发出的一趟列车上，有一名妇女身上携带有毒品。杜岩一看，是个陌生号码。等他把电话回拨过去，对方已经关机了。杜岩起初以为这不过是谁跟他开的玩笑，没有太在意。没想到过了两天，这个手机又发来一条短信，说妇女已经上车，并详细告诉他妇女的穿着特征，让他赶紧行动。发完短信，手机又处于关机状态。

杜岩满腹狐疑，但又不敢大意，赶紧通知乘警在车上查找符合特征的妇女。一个小时后，乘警回复：列车上真的发现了这么一名妇女，请示他该怎么办。杜岩说，检查她随身携带的行李，一定要仔细，里面估计有毒品。乘警一听，马上警觉起来。把那名妇女带到餐车，把她所有的行李全部打开仔细检查，但没有任何收获。乘警再次请示，杜岩说，让她脱了衣服查。乘警回复说："车上没有女民警，检查女旅客不符合程序，引起投诉怎么办？"乘警说什么也不敢查。

杜岩一时也为难了，但想起那两条奇怪的短信，又觉得这不像在开玩笑。他赶紧找王志忠汇报，王志忠也觉奇怪，就问："你有几成把握？"

杜岩说:"这事我还真没把握。不过,不查怎么知道真假。万一是真的呢?"

王志忠挠了挠头:"万一是假的,我这几十年的清白可就毁了。"

杜岩说:"让女列车员帮忙查,这总行了吧。要是引起投诉,我一个人担着。"

王志忠瞥了他一眼:"一边去!怎么说我也是分队长,扛雷这种事,我来!"

他马上给乘警打电话,让他找车上的女列车员帮忙查,出了问题,他负责。

没过二十分钟,乘警就打过电话来,语气兴奋地说:"一扒衣服,那女的就瘫了。胸罩、内裤里一共带了一百克毒品。队长,你真是神了!"

放下电话,王志忠长出一口气,看着杜岩说:"赶紧查查那个电话是谁的。这可是给我们送了份大礼啊。"

杜岩带人到移动公司一查,才发现这个号码是用别人遗失的身份证登记的,根本查不到机主。

杜岩从未遇到这样的奇事,思来想去也理不出个头绪,索性不去理会,等着看后面还会发生什么。

高红英经过治疗,身体恢复得很好。这段时间杜岩忙案子,多亏闻洁如照顾高红英的两位老人。高红英过意不去,在家里做了饭菜请两人去吃。杜岩下了班,收拾东西正要过去,一出大院,就见辛娜面若寒霜地站在门口。杜岩躲避不及,只好迎着走了过去。

辛娜说:"看来这个家你是不打算要了。"

杜岩说:"家里的钥匙都被你换了,还说这种话干吗?"

"其实我无所谓,我只是不想让女儿这么小就没了父亲。"

杜岩一时语塞。辛娜说:"今天是女儿的生日,你不会忘了吧?"杜岩一想,该死!居然把女儿的生日都给忘了。这些年,每次女儿过生日,他不是在车上反扒,就是忙着搞案子,竟然没有陪女儿过过一个生日。

"一起陪孩子吃顿饭吧！女儿说想你了。"辛娜脸上带着一丝不易察觉的期待。

杜岩正在犹豫，忽然手机"嘀嘀"两声。他低头一看，又是那个陌生的手机号发来的短信：一名男子携带毒品正在开往凤城的列车上，马上就要进站了。杜岩急得不知如何是好，久久没有回答辛娜的话。辛娜脸上期待的表情渐渐消散，又如同布了一层严霜。她冷冷地说："好吧，你去忙你的大事吧，我走了。"

辛娜转身的瞬间，悄悄拭去了滚落腮边的几滴眼泪。望着辛娜开车远去，杜岩觉得心里被什么东西狠狠扎了一下，疼得他一时直不起身来。他喘了口气，不敢耽搁，马上叫回大李和于头，往凤城车站奔去。

列车缓缓进站，杜岩等人在拥挤的人流中搜寻着短信提供的目标。不多时，一个拖着行李箱的男子进入视线。这个人的体貌特征与短信描述一致，杜岩迅速上前将他拦住。大李和于头把他的行李箱和身上的物品翻了个遍，也没有发现毒品。难道，这次的信息有假？

经过警察几次三番的检查，旅客早不耐烦了，吵嚷着要走，杜岩却一声不哼地蹲在地上看着他。他发现这名旅客的眼神跟他甫一对视，马上露出一丝惊慌。杜岩确定，这小子肯定有问题。但是，他会把毒品藏在哪儿呢？他再次盯着他，只见他面露焦急之色，不停地舔着嘴唇。他嘴唇干裂，密布着一层细小的水泡。杜岩忽然想起跟方坤学缉毒时他说过的一句话："带毒的方式里面，体内藏毒最难查。这些人吞食毒品后，基本上不能吃东西和喝水，防止胃肠蠕动和胃酸腐蚀毒品外包装。所以，体内藏毒的人大多面色蜡黄，嘴唇干裂，身上还有股难闻的味道。"杜岩知道，毒品在藏毒者体内最多只能停留约四天。时间再长，外包装破裂，藏毒者就会中毒身亡。他计算了一下时间，从广州到凤城的火车单程时间是三天，距离他取出毒品的时间只有一天了。杜岩对大李和于头说，不急，先扣他二十四小时再说。那人一听这话，"扑通"一声跪倒在杜岩面前，不住地哀求道："求求你，放我走吧！再不走就来不及了。"

杜岩一看，心里更加有底，就说："好啊。不过，放你走之前，你得先跟我们到医院做个检查。"他对大李说，"带他去医院做透视，看看他身上干净不干净。"

那人一听，抱着杜岩的腿说："我说，我全都说。"结果，从男子体内排出二百多克毒品。

连续两次举报都查出了毒品，杜岩对这个陌生号码越来越感兴趣。这个人举报的信息这么准确，连细节都说得分毫不差，他到底是什么人？举报的目的又是什么？

石坚也知道了发生在杜岩身上的怪事，询问他对此事有什么看法。杜岩说："能这么准确地获取贩毒信息，这个人一定跟毒贩关系密切。会不会是黑道上借我们的手黑吃黑？可是，为什么要找我呢？"

"那你好好想想！你认识的人里边，谁会有这样的机会？"

杜岩想了想说："不可能。除了肖一刀那两个家伙，别的毒贩还真没有接触过。"

石坚提醒他道："这事有点蹊跷，对方是敌是友还分不清。我看你还是小心点为好。"

杜岩要走，石坚却又喊住他，欲言又止。

杜岩说："还有什么事？"

石坚这才拿出一个文件，叹息着说："辛娜给你的，你看看吧。"

杜岩接过来一看，是一份离婚协议。他当时就有些不自然。辛娜在协议里写明了财产分割，只要杜岩同意，签好字就可以生效。女儿杜辛冀由她抚养，杜岩可以去探视，但附加条件是：杜岩不得再婚。一旦再婚，就取消他的探视权，从此将见不到女儿。

杜岩拿着那份离婚协议，脑子里不停地闪过他和辛娜一起走过的日子。那些日子含着笑，也含着泪，但一转眼，就都成了过去，渐渐在记忆里越来越不真实了。杜岩从没想过他会以这样的方式结束自己的婚姻。即使多年以后他都在想，他们之间到底发生了什么，是什么让他们的婚姻走到了尽头？

他在离婚协议上签了字，并且划掉了财产分割里属于自己的部分。

在他看来，即使自己离开了，留给女儿和辛娜的，至少还是个看上去相对完整的家吧。

签完字，他忽然感觉到一阵轻松。就像结束了一部影视剧拍摄、走出剧组的男主角，卸下了所有的面具，抛开了别人塞给他的台词，又回归成一个无拘无束的普通人。他想起了以前跑车时，警长赵前进说过的话："在家，你要护着你的兄弟姐妹，照顾你的父母家人；在外，你好讲义气撑面子，结交朋友；工作上，你不偷懒不耍滑，有时候连家都顾不上。你把大把的时间都用在了别人身上，把辛辛苦苦挣来的钱也花在了别人身上。你这样的人配娶好老婆吗？"杜岩苦笑着想：为什么我很在乎的，到头来都不在乎我。杨梓是，辛娜也是，她们最后都离我而去了。看来我除了能办好案子，别的什么都做不好。

三十
别后重逢

程鹏靠着强大的经济实力，再加上善于钻营，很快就升任开发区管委会主任。在这个位置上，他可以接触到更多的高层人士，攫取更大的权力，获得更多的利益。权力这东西可真是令人着迷。当程鹏还是个靠不正当生意起家的社会混混时，事事都需求人。没有安树广等人的恩赐，他寸步难行。当他逐渐成为一个商人、老板时，虽然可以一掷千金，但仍得在安树广面前俯首听命。安树广甚至可以随意向他索取金钱，程鹏只不过如同他的一个管家。那时的程鹏知道，任凭他多么有钱，也根本无法撼动安树广的地位，原因就是安树广手中握有别人没有的权力。而现在，程鹏也算小有地位的官员了。凤城市的开发项目，几乎全部集中在开发区。他手中掌握着几十个企业的生死命脉。无论走到哪里，都受到近乎尊崇的礼遇。这就是权力的魅力啊。厂房选址、道路规划、园林建设，手中握有这些动辄几千万、上亿的项目，令程鹏感受到了一种从未有过的满足。想想过去，简直是井底之蛙，不可同日而语。

但是，在安树广面前，他却始终抬不起头来。他心里清楚，他的尾巴踩在安树广脚底下，随时都可以令他现出原形来。既然你握着我的把柄来要挟我，难道我手里就没有你的把柄吗？程鹏早就存有摆脱安树广的心思。这些年，他送给安树广的每一笔钱，都记得清清楚楚。在雪花大酒店为安树广布置的豪华套房里，也偷偷安置了偷拍设备。安树广在房间内淫乱的场面，程鹏都已录了下来，只等机会把它们抛出去，把他炸个粉身碎骨。

对于肖一刀，他也精心布置了一个局，等着把他引出来。只要他踏进凤城，这里就是他说了算的天下了。处理掉这两块绊脚石，他程鹏就可以高枕无忧，沿着一条看似平坦的康庄大道，一路平步青云了。

而这一切计划的关键人物，就是杜岩。

杜岩当然不知道，他无意中已经踏进了几个利益集团搏杀的战场。因为连续破获多起案件，战果突出，石坚正在极力保举他接任王志忠的职位。正逢铁路公安行政调整，乘警队改称乘警支队，刑警分队也变成了刑警大队。王志忠即将接任乘警支队支队长，刑警大队大队长一职目前还没有合适的人选。石坚跟李乃谦提了好几次，李乃谦就是不点头。石坚知道，他对杜岩的成见始终没有消除。石坚只好再拉上段嘉诚攻关，有了翁婿之间的这层关系，李乃谦才勉强答应下来。就在这时，杜岩的一件事，却把这段美好前程全部断送了。

两次毒贩信息后，很长一段时间，这个号码沉默了。杜岩觉得奇怪，不知道机主究竟发生了什么。通过几起毒品案，他对毒贩运毒的方式和手法也有了更多了解。他把这一切都充实到了自己的"犯罪模型"中，期待有一天能够运用到侦查破案中。忽然有一天，号码又出现了。这次提示他，车上带毒的男子可能在凤城站前一站下车，再转乘其他交通工具到达凤城。因为有了前两次的成功，杜岩对这条消息深信不疑。

为防止毒贩中途下车，他决定带人上车，在车上把毒贩抓获。段嘉诚悄悄向他透露，案子要是办好了，回来有一份大惊喜等着他。段嘉诚说的惊喜，就是关于提拔他当刑警大队长的事。

杜岩等人一路南下，在中途赶上了广州发出的列车。一上列车，他们就分头查找短信中提到的青年男子。几经查找，终于在卧铺车厢里发现了。杜岩一询问，男子是一名大学生，名叫杨慎文。一见杜岩等人亮出身份，杨慎文顿时张皇失措，全身发抖。于头和大李对他一番搜查，没有发现。杜岩看到他包里带了五六盒方便面，顺手拿在手里掂了掂，觉得分量不对，似乎比平常的方便面要重一些。再一看杨慎文，脸上已经冒出了层层冷汗。杜岩撕开方便面的包装，里面竟然藏匿了二百多克毒品。杨慎文起初还在极力狡辩，说自己根本不知道里面有毒品。在杜岩的一再追问下，他才彻底放弃抵抗。杨慎文已经大四，马上就要毕业。为了找工作，他提前就到各家公司实习，却一直没找到合适的工作。这次带货，也是听说只要能把货安全送到，就能帮他在广州联系一份稳定的工作。杨慎文泪流满面，哭着让杜岩救救他，说他才大学毕业，不想进监狱，不想毁了这一生。杜岩想到这个年轻的大学生就要毁在毒品上，不禁对毒贩更加痛恨。

列车越接近凤城，杨慎文的情绪越低落。杜岩一路加倍小心，担心路上出问题。没想到就在列车快到站时，杨慎文突然捂着肚子在地上打起滚来。于头和大李一时不知何故，以为是他在演戏，还上前踢了他两脚。但杜岩看他口吐白沫，症状有些可怕，赶紧追问他在上车前是不是吃了什么。一问才知，毒贩让他带毒的时候，还逼着他吞了一包毒品。看他现在的样子，肯定是毒品在肚子里破裂了。杜岩马上让王志忠联系医院，让救护车开上站台准备抢救。

列车到站，一通手忙脚乱之后，总算把杨慎文送上了救护车，杜岩这才长出了口气。仔细一琢磨，他觉得今天的事有点蹊跷，毒贩为什么要让杨慎文吞食毒品？按他吞食的数量来看，显然不是出于带毒的考虑。那么，这些毒贩究竟还有什么目的？

他正在思索时，闻洁如打来电话，说安树广居然动用手段，请了报社总编带着她，今晚在雪花大酒店吃饭。她担心安树广又耍什么花招，让杜岩随时准备救援。杜岩挂了电话，赶紧到医院察看杨慎文的情况。

王志忠联系的正是第三医院。自从杨梓出国后，杜岩已经很久没有来过这里了。经过一番抢救，杨慎文暂时脱离了生命危险，杜岩长出一口气，让于头、大李等人轮流看护好他，不能出一点问题。于头气呼呼地说："他贩毒，我们还得照顾他，真窝囊！"

杜岩说："现在的大学生都脆弱，看他这一路上的情绪，可别想不开了。"

大李说："那我现在就给他铐起来，免得他折腾。"

杜岩想了想说："算了，大学生脸皮薄，在这儿就别戴铐子了，咱们盯紧点吧。"

坐在走廊的长椅上，还在思索着杨慎文的事，忽听走廊尽头传来一阵细碎的对话。"杨大夫，走了这么长时间，回来也不歇一歇，这么快就上班了啊。"

"这么长时间没回来，真有点不适应。早点上班，提前适应一下。这些年变化真大呀。"

"是呀，这些年什么都变了，就是你没有变，还是那么年轻。"

"你可真会说话。三十多岁了，已经不年轻了。"

杜岩听着，听着，渐渐就呆住了。他慢慢站起身，痴痴地望着走廊那头，人影一闪，声音也越来越远了。杜岩循声而去，那声音如同一块磁石，不但紧紧吸着他，也把多年的记忆全都拉了回来。杜岩穿行在走廊，如同穿梭在一条长长的时空隧道，眼前不断闪现着他和杨梓在一起的情景。

是她，没错。她什么时候回来的？这些年，她一个人在非洲过得怎么样？还会走吗？成家了吗？还在伤心吗？杜岩脑子里塞满了各种各样的问题，想要马上追过去，但又不敢急于上前。仿佛他面对的不是一个真实的场景，而是一场梦境，担心一走近，梦就碎了。

眼看着前面的两个人走到一间办公室前，打了个招呼，杨梓一个人就进了屋。杜岩缓缓走到门前，隔着门缝，看到杨梓正在伏案看着一堆病历，神情专注。阳光从窗户上透进来，洒在她的脸上，她如同全身披挂着一层光环，那么唯美，又那么不真实。杜岩不自觉地开始心跳加快，脸上发烧，额头冒汗。他自己也说不清，为什么一见杨梓，就会出现这些症状，甚至有时连说话都磕磕巴巴，不成语调。杜岩在门外足足站了一支烟的工夫，也没想好第一句话应该说什么。是平静地说一句"你回来了"，还是要满脸惊喜地推开门大声说："你回来怎么不说一声？"似乎这样的问候都有些多余，他只想静静地看着屋里，看着那道光环渐渐从杨梓身上移走，显出更加真实的她来。

天色渐晚，走廊里的人也渐渐稀少。杨梓收拾了面前桌子上散乱的病历，身起关门要换衣服的时候，就见杜岩还坐在对面的长椅上，一眨不眨地看着她。

"是你？怎么也不进来说一声。"

"我还不确定真的是你呢。"

"那你现在确定了吗？"

"嗯，是真的。"

两个人就在这样奇怪的对话中，相隔多年再次重逢。时间像是一层层的纱，把他们之间多年前建立的情义笼罩起来。此刻，他们只能隔着一层层的纱，慢慢走近。

"你怎么会在这儿？"

"我来送一个需要抢救的嫌疑人。如果不是这件事，还不知什么时候才能见到你呢。"

"成家了吧？"

"成了，又离了。"

"……有孩子吗？"

"嗯，是个女孩子。跟着她妈妈。"

"孩子多可怜。怎么会离呢？"

"怪我吧。不会照顾家，只想着破案子、当英雄。"

"回来就听说你了，凤城的警界英雄。你很了不起，还在坚持自己的梦想。"

"这些怎么能和你比？你一个人去那么远的地方，这么多年，一定更不容易吧。"

"都过去了。这么长时间，还真有点想念这里了。这次回来，就再也不走了。"

"还是一个人吗？"

杨梓疲惫地笑了笑，说："你看呢？"

似乎隔在两个人之间的时间沉淀了太多的灰尘，想要一下子拂去这厚厚的灰尘并不轻松。他们就在这样沉重的对话中，各怀着心事，一问一答地聊着。窗外转眼已是夜色斑斓，而两个人都并没有要走的意思。

就在这时，杜岩的电话响了。一看，是闻洁如的号码，杜岩仔细聆听，对方却并不说话。只是隐约听到电话里传来沉重的呼吸声，轻微的呵斥声，还有什么东西被打翻的声音。各种声音汇成一片，杜岩稍一分析，就想到闻洁如可能出事了。她只是拨通了电话，却已经没有能力说话了。

杨梓看到他脸上的焦急，就催促道："又有事了吧，赶紧去吧。"

杜岩起身，歉意地说："我得去救一个人，改天再来见你。"

"嗯。"

杜岩一走，杨梓看着他的背影也发了会儿呆。没想到几年的别离，忽然在这里就遇见了。就像第一次那么意想不到，那么平淡无奇。所有的美好似乎都只存在于头脑中，虚幻中，而回到现实，简简单单的一句话，就打破了一切魔咒。人还是那个人，真实、具体，只是多了一些不同的故事。这些故事有的能够讲出来；有的，只能默默埋在心里。

杜岩出了医院，叮嘱于头和大李看好杨慎文，开车就往雪花大酒店赶。电话里的声音如果连起来分析的话，他怀疑闻洁如已经醉了，而安树广可能正在借着醉意侵犯她。杜岩一路闪着警灯，风驰电掣一般冲到酒店。一路上他已经想好，今天就是把这里搅个天翻地覆，也一定要把闻洁如救出来，绝不能让安树广得逞。

原来，今天的晚餐是安树广精心设的一个局，为的就是闻洁如。在他看来，他想要的女人，还没有一个从他手里溜掉的。一个小小的晚报记者，就算一时碍于面子推脱，最终也得在他手里就范。他专门邀请了晚报的总编，几个文化界的名流一起作陪。这些人对安树广的用意心知肚明，但迫于权势，只能怒不敢言。酒过三巡，有几个人就识趣地离席而去，只剩下总编和闻洁如几人。总编假装不胜酒力，逼着闻洁如代酒，闻洁如苦于无奈，只好勉强硬撑。不多时，已是天旋地转，醺然欲醉。她知道情况危险，几次想要趁着意识清醒给杜岩打电话，都被安树广、程鹏等人强行拦住。眼看着总编借上厕所之机一去不回，桌上只剩了安树广、程鹏几人，闻洁如不顾阻拦，起身要走，却全身上下不听使唤，险些一头栽倒。迷蒙中，感觉自己被搀扶着上楼，进了一间屋。她一边挣扎，一边拨通了杜岩的电话。杜岩听到的，就是闻洁如在屋子里挣扎的声音。

安树广好不容易把闻洁如弄到这里，岂能再让她脱身。他此刻已经全然不顾自己的身份，程鹏等人还没离开，就急不可耐地对闻洁如动手动脚。饶是程鹏恶迹斑斑，也皱起了眉头，心里骂道：堂堂一个局长，简直不要脸皮。早晚得毁在这上面。

杜岩一进大堂，抓住服务说厉声喝问："安树广在哪儿！快告诉我安树广在哪儿！"旁边几名服务员看到杜岩从警车上冲下来，不敢阻拦，赶紧通知程鹏。程鹏远远一看是杜岩，心说：来得正好。有了你，这台戏就更热闹了。

杜岩早知安树广在这里有一套专门房间，见服务员不敢回答，打开电脑看了一眼套房的楼层，转身就要往楼上冲。程鹏迎上去，一把拉住他，假意道："哎呀老弟，你怎么才来，酒席都散了。你这是要找谁啊？"

杜岩攥着他的胳膊说："赶紧带我去安树广的房间。要是晚了，我饶不了你。"

程鹏说："安局长怎么能随便打扰呢？这时候得罪了他，你可要想清楚后果。"

杜岩怒气冲天地说："我今天就当一回孙大圣闯南天门了。管他什么局长不局长的，我照样敢闯。以后就是把我压在五行山下，老子认了。"

程鹏说这话,原是有意要看看杜岩的态度。如果杜岩够胆气,就领他上去。如果杜岩没这个胆量,就算他看走眼了。一听杜岩这话,程鹏竖起拇指说:"兄弟,是条汉子。不瞒你说,安局长这人要干什么,我是根本拦不住的。我也有我的难处,你要多体谅。你真要上去,我也不拦你。但是,只能你一个人去,我就不陪你了。"程鹏对手下使个眼色,旁边几个人就引着杜岩往楼上走来。

杜岩冲到门口,"嗵嗵嗵"一顿擂门。安树广此时正在兴头上,听到声音不禁大骂:"是哪个不懂事的东西,滚开!"

杜岩道:"噫?这不是安局长的声音吗?我听说有人在这里对女记者意图不轨,怎么是安局长?!赶紧打开门让我看看,是不是有人在诬陷你!"

安树广一听是杜岩的声音,顿时没了兴趣。他看着躺在床上的闻洁如,如同饕餮之徒面对着一顿美餐,眼看着不能下手,不禁气得大骂。虽说不忍放手,但杜岩此刻就站在门口。这个天不怕、地不怕的小子,谁知道他能干出什么事情来。安树广略一思忖,换好衣服,从设在屋里的暗门匆匆离去。

杜岩开了门,扶起了衣衫凌乱的闻洁如。闻洁如一看是杜岩,委屈地扑在他怀里,大哭起来。

三一

豺狼之吻

杜岩把闻洁如安全送到住处。受此惊吓,她浑身还在颤抖。她执意要告安树广,杜岩说:"强奸案的受理在公安局。你到他那里去告他,怎么能告得赢?"闻洁如说那怎么办,不能让他逍遥法外。说这话的时候，杜岩想起了张飞，想起了方坤，他们都含冤受屈，而幕后的黑手还在逍遥法外吗？他告诉闻洁如，先保护好自己！跟安树广这样的人斗，一定要做好充足的准备！早晚有一天，他们一定会为自己今天所做的一切付出代价的。

就在杜岩以为一切都恢复平静的时候，那天晚上，负责在医院看护杨慎文的于头躺在走廊的长椅上睡着了，杨慎文也在惊吓中熟睡了。谁也没有注意到，有一个人悄悄进入病房，用被子捂死了极度虚弱的杨慎文，把他的尸体扔下了楼，制造了跳楼自杀的假象。

杜岩听到这个消息的时候，正在赶往医院的路上。一时惊得心"嘭嘭"直跳。他知道，出大事了。

等他赶到现场的时候，就见牟仲平领着一帮人正在勘察现场，于头呆呆地站在一边不知所措。杜岩问牟仲平到底是怎么回事，牟仲平看了他一眼，淡淡地说："听说是你们送来的？"

"对，是我们在车上抓的贩毒嫌疑人。怎么会跳楼呢？"

"跳楼？那是你的看法。目前，不排除他杀的可能。既然他是你们送来的，那只好麻烦你们跟我回去接受调查吧。"

于头说："我一直躺在门口，就没看见有人进去。怎么会是他杀？"

牟仲平诡异地一笑，说道："那你肯定是睡着了吧。"

两人无奈，只好跟着到市局刑警支队接受调查。牟仲平专门安排了几个人，轮番对他们作笔录，要求他们写经过、说明，弄得两人一夜未合眼，疲惫不堪。

第二天，牟仲平忽然对他们脸色大变，直接让侦查员把两人关进讯问室。杜岩吼道："你这是要干什么？明目张胆地打击报复吗？"

牟仲平说："随你怎么说吧。不过我要告诉你，根据现场勘察，杨慎文确系被人推下窗户致死。在他身上，发现了几处被殴打的伤痕。我怀疑是你们对他刑讯逼供，又害怕他把真相说出去，所以杀人灭口。"

于头一听，骂道："你说是就是啊，随便就给我们安个罪名。别忘了，我们也是警察。你的那些屁话，根本经不起推敲。"

牟仲平笑笑说："你们是警察没错。不过，这案子现在归我管。我说的算不算数，咱们走着瞧吧。"

杜岩想冷静下来，仔细思索目前的处境。但遇到这种情况，脑子里纷乱如麻，根本静不下心来。他在火车上就感觉这次的贩毒抓得太轻松。经过了前面两次的失败，毒贩为什么会选择一个更不成熟的大学生运毒呢？杨慎文吞下去的那袋毒品，会不会就是为了把他们引到医院，制造这起事故？他到底是自杀还是他杀？杜岩心里暗暗叫苦，尤其是发生了昨晚搭救闻洁如的事，安树广对自己肯定恨之入骨。如今因为嫌疑人跳楼，自己又落在了他们手里，结果怎样，真是无法预料。

公安处李乃谦、石坚等人也随即接到了市局的通报，石坚急忙赶到市局协调。牟仲平告诉石坚，这件案子由安局长亲自主抓，任何人想要说情，都得直接去找安局长。石坚碰了个软钉子，只好去求见安树广。没想到安树广根本不见，只命人带给石坚四个字：公事公办。石坚无奈，回去给李乃谦汇报完，恳求李乃谦出面去见安树广，问清到底是什么情况。

石坚说："我敢拿我的党性担保，杜岩他们绝对不会做出刑讯逼供、杀人灭口的事。安树广这是在明目张胆地整人。你要是不去或者去晚了，等案子被他们做实，可就不好翻案了。"

李乃谦说："都什么年代了，我就不信他们敢整出莫须有的假案来。是非自有公论，你怕什么。"

石坚说："处长，你忘了安树广上次的那股嚣张气焰了。在凤城，有什么事是他不敢干的。我听说，他们局的缉毒英雄方坤，都被他整到精神病院去了。就算他们不给杜岩定个故意杀人，定个过失杀人或者渎职，那也得蹲监狱、脱衣服。事关咱们单位的脸面，处长你得出面挡一挡啊！"

看李乃谦还在犹豫，石坚忍不住说道："你就当是帮我一回吧，处长。杜岩刚毕业，就在车站救过我一回。没有他那次替我背黑锅，也就没有我的今天。"

李乃谦说："你俩唱的那出双簧，我当时就看出来了，别以为我糊涂。他救你一回，你可是保过他好几回了，还不够啊。"李乃谦一想到安树广的为人，心里也是一百个不愿意。石坚去了他都不见，自己找上门，岂不是自取其辱。

石坚愤然道："我为你鞍前马后这么多年，这次就算我求你了。你要是不出马，我就带人去市局刑警支队，就算抢，也要把人给抢回来。"

李乃谦看着石坚，不解地问道："老石，你这是怎么了？平时没见你这么激动过啊！不就是个民警吗，你跟我急什么？！"

石坚气愤地说："人命关天。我要是连自己的民警都保护不了，那我这个副处长就干脆不干了。"

门口一直偷听的段嘉诚也忍不住推门进来，对着石坚说："你要去抢人，算我一个。"

李乃谦指着段嘉诚，气愤地说："你给我出去，关你什么事？！"

段嘉诚却纹丝不动，一脸正色道："杜岩是我兄弟，他的事就是我的事。"

李乃谦颓然坐下，喃喃自语："这个杜岩，是怎么把你们给迷惑了的？！"

此时，杜岩和于头正在刑警支队里倍受煎熬。牟仲平使出了所有手段，对他们俩百般折磨，逼他们承认实施了刑讯逼供。

杜岩说："你别再白费力气了。你那些招儿，我们都懂。我们没做，凭什么要承认。你当了这么多年刑警，怎么就不长点脑子。别人让你干什么，你就干什么。当心别被人当枪使。"

于头也说："我当了这么多年警察，还真不知道什么是刑讯逼供。要不，你在我身上试试，让我长长见识，看看什么叫刑讯逼供。"

牟仲平被他俩气得大怒："你们不要高兴得太早了，案子现场有你们的脚印，死者身上有你们的指纹，你们有杀人的动机。就这几点，就够你们受的了。就算你们什么都不说，也照样办了你们！"

杜岩笑着说："我终于知道你们单位是怎么办案的了。要是这样，你就别审了，直接给我们定个罪送法院吧。"

正在争吵中，侦查员进来对牟仲平说："外面有几个他们单位的人，吵着要进来要人，我们的人已经拦不住了。"

牟仲平喝道："他们还懂不懂点规矩，反了他们了！给我拦回去！"

说着话，马原、段嘉诚、大李、王志忠等人已经一拥而进，满满地站了一屋子，把牟仲平等人围在了中间。

牟仲平环顾四周说："你们这是要抢人啊！别忘了这是什么地方！谁敢胡来，让你们吃不了兜着走！"

马原向前一步，说："有什么吃不了的，都拿出来，我全包了。"

段嘉诚也说："既然来了，我们就什么都不怕。没见过你们这样的。无凭无据，随便就把我们的人抓了。你们这是办案吗，简直是流氓行径！"

屋子里顿时乱哄哄一片，马原还故意跟杜岩一唱一和地挖苦牟仲平："杜岩，你在这里一日三餐，他们管不？不管的话，我每天来给你送饭！"

杜岩说："管倒是管，就是伙食太差。牟仲平这人小气，你又是不知道。能让我们吃饱就不错了。"

马原说："那他还让我们吃不了兜着走，不是睁着眼睛吹牛吗？"

王志忠也一反常态地说笑道："那你还赖在这里干吗，等着人家请你吃大餐啊。赶紧收拾东西，跟我们回吧。"

众人一时哈哈大笑。

牟仲平气得脸色煞白，拿过电话边拨边说："你们等着，有你们好看的。"他要给安树广打电话。而此时，安树广在跟李乃谦交谈。

自从那晚被杜岩坏了好事，安树广回来后不禁勃然大怒，连夜叫来牟仲平，布置怎么收拾杜岩。他指着站在屋里的一个人对牟仲平说："事让他去做，你就等着接手办案子。记住，要公事公办。"牟仲平一看那人，心里不禁一凛。但想到要整杜岩，顿时平和了许多。现在杜岩等人的生死就掌握在安树广手里，他怎肯轻易放手。

李乃谦知道，今天自己既然来了，断不能空手回去。他见安树广态度坚决，只得使出杀手锏来。"既然安局长这么不讲情面，那我只能遗憾地告诉你，我手下的人可能已经到了刑警支队了。他们这些人都是些头脑简单的人，只知道什么同事情、战友情的，完全不讲规矩。他们要是和你的弟兄发生冲突，可就不是小事了。闹到省厅或者部里，顶多说我对下属约束不严；对你安局长来说，那影响可就大了。"

正说着，牟仲平的电话就打来了。安树广听完汇报，缓缓放下电话，冷冷地看着李乃谦说："行啊，这种手段都使出来了，我还真没想到。不就是要个人吗，何必闹成这样呢？人我可以暂时放他走，但这件案子我还会继续调查。一旦查实，就别怪我不客气了。"

李乃谦说："只要秉公而断，我绝不会袒护部下。"

安树广霸道地说："不妨告诉你，那个叫杜岩的，我看着就有气，这件事就是因他而起。我可以把人交给你，但你必须严肃处理。如果你不处理，或者下手太轻，我还会找他算账，包括其他几个人，直到我满意为止。你回去看着办吧！"

李乃谦一路往回走，一路想着：这个安树广，到底跟杜岩结了多深的仇？

杜岩和于头被风风光光地接了回来。众人都感觉一扫多年被安树广欺压的秽气，心情舒畅。只有杜岩一人心事重重。他一直在想，杨慎文到底是怎么死的？这一切的背后究竟有着什么样的秘密？

李乃谦把安树广的话说给石坚听，问石坚该怎么办，石坚一时也想不出个好办法。李乃谦说："依我说，对杜岩的处理是一定要给的，这次你就不要再阻拦了。如果不处理他，安树广就会盯死他，还会拿这件案子说事，他的麻烦更大。"

石坚说："这个道理我明白。但好端端地给他个处分，让其他人怎么看。这几年，他可是把心思都用在破案上了。"

"那也得让他忍着。安树广这个人私愤极大，就算今天我们把他保下来了，以后你能保证安树广不会对他再动手吗？与其整天防着，不如先委屈他一下。这也是权宜之计嘛。"

石坚想想，也没有别的办法，只好如此了。给杜岩做思想工作的难题，自然也交给了石坚。

石坚说完李乃谦的意思，杜岩摸了摸脑袋，半天不说话。

石坚说："行了，别摸了，心里咋想的倒是说句话啊。"

杜岩说:"我听说,凡是运气特别差的人,后脑勺上都有块舛骨。我就是摸摸我这脑袋后面是不是也长了块舛骨,怎么这种窝囊事都让我碰上了。"

"其实,这也是为了保护你。"

"那就保护吧。我发配过,记过处分,这都算是对我的保护吧。这回,打算怎么保护我?"

"你也别说气话。这回,不记处分也不发配,比那些都轻,停职。"

"啥?"杜岩一听,跳了起来,"你不如给我个处分。停职,那我不是连案子都办不了了吗?"

"停职只是内部处罚,不算行政处罚。这个看似严重,其实,什么都不影响,就是停职期间工资少点。"

"那,要停职多长时间?"

"也就半年吧。"石坚无奈地说。

杨梓听说了杜岩的事,忍不住赶来安慰他。两人坐在西山顶上,任凭山上的风凛冽地吹打着身体。杜岩低头一言不发,无限伤感。杨梓说:"自古英雄多磨难。不管怎么样,这段时间过去了,你还能当警察,还能去追你的英雄梦。"

杜岩说:"其实,什么磨难的事我倒是不觉得,我就是在想那天的事,那个杨慎文到底是怎么死的。案子的一手资料都在牟仲平那里,我根本看不到,想查都无从入手。"

"那你打算怎么办?"

"这件案子一定不能让它就这么稀里糊涂地结案。张飞死的那起案子,这么多年一直压在我心里。我们当警察的,明明知道案子有问题,却没办法查清,就比什么都难受。"

"你以后可要当心了。这些人盯着你,就是因为你想把真相查清。你是一束光,要照亮黑暗;黑暗就会想办法吞没你。"

杜岩不想让杨梓跟着他沉浸在烦恼里,就岔开话题,笑着说:"这些年,我一直在琢磨一套办法,给它起了个名字,叫'犯罪模型'。等我琢磨成熟了,技术条件也都具备了,没准就能把这些罪犯全都装进这个模型里,让他们一个都跑不了。"

杨梓看他说到破案就眉飞色舞,就像个孩子一般,不觉有些心疼,就说:"你看,每次遇见我,你都会倒霉。第一次是发配石沟驿,这次又是停职。看来,我对你是个不吉之人。"

"这算什么。我害得你背井离乡,远去非洲,我才不吉呢。"

"你相信命吗?"

"我只相信意志!"杜岩指着面前的一片山石说:"人也罢,动物也罢,甚至这一山一石、一草一木,都有它们的意志!决定人生的,不是命运,是意志!"

杨梓就久久不说话了,反复咀嚼着杜岩的这句话。

杜岩问:"你怎么一直一个人?"

"大概是命吧。"杨梓说:"段嘉诚来过了,他把你写给我的信带来了。可是,这一切都太晚了。有些事情改变了,就没法回到原来了。"

"可是,我们现在不是还和以前一样,又坐在一起,坐在山顶上一起看着这座城市吗?时间变了,可人没变,心也没变。"

"你看这山上,是不是比以前多了很多树木野花?这些都是我们离开以后长出来的。这里的一切不管有没有人来,它们都会毫无保留地生长。我在非洲的时候,想家时经常走到最高的地方,向家的方向眺望,我想尽量能看得远一些,能看到熟悉的情景。可那里只有一望无际的沙漠,除了荒凉还是荒凉。后来,我的眼睛渐渐习惯了那里的荒凉。回到这里,再看看这些绿色,反倒有些不习惯了。其实,什么都会变的,只是我们不愿意承认它罢了。"

这是杨梓跟杜岩说起的关于她这几年生活最长的一段话。透过平淡的话语,杜岩实在无法想象这些年她都经历了什么。只是在略带忧伤的语气中,他能隐约感受到杨梓身心经受过的巨大冲击,如同眼前这浩荡的山风吹过身体,毫不留情地带走了身上的温度和生活的热情。

三二
绝地反击

事情可能就像闻洁如有一次对杜岩说的：有时候，我们想尽一切办法想在某个地方定居下来，但又终其一生奔波在寻找这个地方的路上；我们追逐着梦想，希望看到把它擦亮时的火光，但又往往在看到火光前的一瞬间而失明。人生经历中最多的就是错失和遭遇，可到头来一想，这一路上的记忆最深刻的不正是那些艰难跋涉的过程吗。所以，伤疤结得久了，就成了身上的勋章；苦难经历多了，就成了身后的故事。

最后，她对杜岩的结论是：你是个有故事的男人！

杜岩心想，好吧，故事现在有了起伏和转折，一个发配小站、做过生意、背过处分的警察显然还不够精彩，大概他的人生履历里还有一大块空白，需要补上一段停职的经历吧。又一想，就当是辛苦这么多年，给了一次休息的机会。踏踏实实过几天普通老百姓的生活，挺好。

一旦过上普通百姓的生活，他才知道，原来生活真是不易。首先，是要有安身的住处。和辛娜离婚以后，他一直住在单位宿舍里。停职期间，进进出出，都有同事用异样的眼光看他。他觉得没脸再待在宿舍，就想搬出去住。可是，搬到哪里去呢？除了曾经的家，这么多年来，杜岩没有置下只檐片瓦。离婚时他又自愿放弃了所有财产。如今身无长物，何处安身？马原倒是说了，不嫌弃的话，就搬到他家里去，只要不用替他养老送终，他想住多久都行。杜岩可拉不下这个脸。想来想去，觉得还是租个房子，至少在未来很长的日子里，有个临时的家吧。

他于是开始出入房屋中介公司，寻找合适的出租房。一问之下才知，凤城的出租房近几年涨了好几倍了。他那点工资，除了租房，就所剩无几了。杜岩郁闷不已，心想，难道偌大的城市就没我的立锥之地了？就在他走投无路之际，程鹏派人来找他，说是听说了他的处境，只要他愿意，雪花大酒店可以提供给他一个房间，供他长期使用。杜岩问程鹏，这个时候收留我可是要冒风险的，为什么这么做？程鹏笑道："对你，是雪中送炭；对我，不过举手之劳——这样的事何乐而不为？"

杜岩一想也是，反正他根本不在乎挪出一间客房。再说，以前一直想打探雪花大酒店的秘密，却苦于无法接近，现在有了这个机会，正好可以了此心事。想到这儿，他爽朗地说："你有我无。住在你这里，也不算寄人篱下。不过，要是安树广问起来，你该怎么解释？"

程鹏道："我开店，你住店，哪有开店的赶走住店的。你现在是我的客人，这么解释还不行吗？"

两人哈哈大笑。杜岩自此入住雪花大酒店。每天三餐，程鹏也已吩咐餐厅按时提供，一切不用杜岩费心，待遇如同贵宾一般。但杜岩知道，程鹏提供给他的，一定不是免费的晚餐，早晚会露出意图来。自己住在酒店，虽然受到礼遇，但保不准这里面藏着什么阴谋陷阱，一切还是小心为好。

住处有了，吃饭的问题也解决了，杜岩还需要找到一份短期工作，以打发停职期间的无聊日子。尤其是为了给高红英看病，他借了三万多块钱，需要挣钱还账。杜岩没有别的技术，又不愿去做端茶倒水之类的工作，想来想去，只有开车这项本事还算有用，就找了一份开出租车的临时工作。白天，他开出租车奔波于城市的大街小巷；晚上，就躲进宾馆，想方设法摸清藏在酒店里的秘密。

程鹏的自傲在于，他认为钱可以搞定一切。过去这么多年，他就是靠钱打通了所有关节，屡次犯险，却又屡屡化险为夷。他理所当然地认为，自己为杜岩提供的优越条件，为高红英住院的捐款，足以打动杜岩，与杜岩冰释前嫌。但他忘了最重要的一条，对有些人来说，钱从来不是万能的。

闻洁如来找杜岩的时候，杜岩还在开着出租车满街拉客。"那你过来拉我吧，我打你的车随便转转。"两人开着车，漫无目的地穿梭在街道上。闻洁如看着杜岩在烈日暴晒下开车,嘴角都起了火泡,想到他落难到如此地步,全是因为自己而得罪了安树广,不觉痛心地抽泣起来。杜岩说:"你哭什么?你看我这不是挺好的吗?我告诉你,以前我是不知道出租车司机这活可比警察轻松多了。开着车随便转上一天,挣的比警察多好几倍。多好的事!停职算什么!将来没准我都不想回去呢。"

闻洁如知道他是在有意调侃,不想让自己为他担心,哭得更伤心了。杜岩赶紧说:"别哭了。你坐在我旁边哭成这样,让交警看到,以为我劫持你了呢。"

闻洁如听他这么一说,才渐渐止住了哭。临下车,她把身上的钱全都掏出来,扔在了车上。杜岩拉住她,说什么也要还给他。闻洁如顺势握住杜岩的手说:"我欠你的太多了。为你,我愿意做任何事。"

杜岩感觉闻洁如目光灼灼,赶紧抽出手来,不以为然地说:"这笔账,我得算到安树广头上。等着吧,我一定不会放过他的。"

杜岩还没来得及找安树广算账,就已经被人盯上了。一天黄昏,两名年轻人上了车,让他把车开到西山脚下,说是要去接两个人。这条路杜岩经常来,非常熟悉,路边的一草一木都留有他挥之不去的记忆。到了西山脚下,天色渐晚,路上几乎没有一辆车。远远看到两个人影站在路边,年轻人说:到了。杜岩缓缓停车,两个人影渐渐走近。在车灯的照射下,杜岩一眼认出这两人正是肖一刀和郭绪良。就在他准备开车加速时,身后两个年轻人拿出一把刀,架在了他的脖子上。杜岩无奈,只好跟着下了车。

肖一刀看着杜岩,不怀好意地笑道:"这不是杜警官吗?怎么,警察不干,当起出租车司机来了?不会也是被人家赶出来了吧?"

杜岩一看眼前情形凶多吉少,索性放下一切,把心一横说:"想见我,干吗不光明正大来找我,非得把我请到这个荒凉的地方来!怎么,不敢啊?"

肖一刀凑到杜岩面前,逼视着他:"你的胆量倒是不小,这种时候还能威风不倒。行,我服你。你别说,这警察里面,我佩服的人还真不多。你几次跟我们哥俩作对,逼得我们不得不躲到千里之外。这笔账,咱们也该算算了。"

"行啊，你不找我，我也要找你们。要算，咱们就一笔一笔算清楚。"

郭绪良一看杜岩毫不示弱，气势汹汹，冲过来就打，被杜岩闪身，一脚踹倒。其他两人抡起家伙也要动手，肖一刀说道："都给我老实待着！急什么，我跟杜警官的账还没算完呢。杜警官，你干吗非跟我们过不去呢？就算你抓了我们俩，你以为凭你，就能定的了我们的罪？别自不量力了！你一个小警察，好好过你的日子，别没事找事。弄得不好，不但会丢了饭碗，还会丢了脑袋。"

杜岩说："我也想不通，你们贩毒杀人，居然还能逍遥法外。"

"各行都有各行的规矩。我们本来只为求财，不伤人命。但有些人偏要挡我的道，那我只好杀了他。"

"张飞是你杀的吧，他怎么挡你的财路了？"

肖一刀笑道："杜警官，这里可不是你审问我们的地方。不过我可以告诉你，你不是一直在找张飞的尸体吗？不妨你到当初那座小区去找找，没准真的埋在哪栋楼的地基底下，就看你能不能挖出来了。"

杜岩强忍着愤怒，接着问道："最近车上的几起贩毒案，也是你搞的吧？"

肖一刀道："没错。我就是要试试你有多大能耐。"

"你不只是要试试我的能耐吧，还想引我进圈套。你这招还真是高明。我一直在想，那个大学生为什么会吞食毒品。现在明白了，你的目的就是把他送进医院，伺机陷害我。"

肖一刀轻轻拍着手说："我就喜欢跟你这样的聪明人过招。一项精巧的设计，总得有人懂得欣赏。而在那些粗俗的人眼里，只能是暴殄天物。"

杜岩笑道："不过，你这项设计其实并不精巧。在我看来，很多地方都是漏洞。"

"什么意思？"

"那个给我发消息的电话就是个漏洞。"

只见肖一刀咬牙切齿道："果然有人给你通风报信。"

杜岩心里一惊，他刚才还以为那个电话是肖一刀的，目的就是为了引自己上当，没想到另有其人。

郭绪良凑到肖一刀耳边说："大哥，肯定是他。"

肖一刀怒道："闭嘴。"他转向杜岩说，"就算电话是个意外，别的还有吗？"

"几起案子带毒数量都不大，可藏毒手段费尽心机，怎么看都像有意出难题。还有，杨慎文吞进体内的毒品，论数量也就够让他当场发作的，你强迫他吞下去完全是拿他当诱饵。病房里把他推下去，也是你们干的吧？牟仲平诬陷我们刑讯逼供、杀人灭口，其实只要问一问那天抢救他的医生，他推进抢救室时身上有没有伤也就明白了。可惜牟仲平那个笨蛋还一味咬死是我们干的。"

杜岩分析完，肖一刀不怒反笑，说道："你明白得太晚了。就算你看出漏洞来，不是照样掉进我们的圈套。现在，你就是跳进黄河也洗不清了。牟仲平其实不像你想的那么笨，只是你把他想得跟你一样了。"

肖一刀这话一出，杜岩顿时明白，牟仲平很可能跟他们是一伙的，他心里一阵寒战。

郭绪良站在一旁，说："大哥，别跟他废话了！让我好好教训教训他！"

肖一刀说："杜警官，对不起了。这么长时间不见，总得给你送点见面礼。不过你放心，我说过，我们只为求财，只要你不挡我们的道，我是不会伤你性命的。"他转身对其他人说，"把他的车砸了。"

几个人冲上去，就要砸出租车，杜岩接连踹倒两人，却被肖一刀等人死死按在地上动弹不得。耳边就听郭绪良说："大哥，他什么都知道了，干吗还要留着他。"

肖一刀说："你忘了上次的事了吗？按老家伙的吩咐去做，别惹事。就算他知道了，看他现在这个样，能把我们怎么着。留着他，将来还要对付那条老狐狸呢。"

郭绪良低声骂了一句，捡起一块石头，在杜岩头上狠狠砸了下去。

迷离中，杜岩如同身处炮火硝烟之中。他左突右冲，但眼前的烟雾却越来越浓，怎么也看不清隐藏在烟雾背后的对手。山风吹拂，头顶已现暗淡星辰。杜岩是在一阵接一阵的电话铃声中才渐渐苏醒过来的。他掏出电话一看，是杨梓打来的。听到杨梓的声音，杜岩忽然感觉天旋地转。

他是杨梓、马原、段嘉诚接到医院的。第二天再醒来、睁开眼的一瞬间，就看到杨梓坐在病床边，一手托腮，眯着眼睛在打盹。她已经一夜没睡了。清晨的一缕阳光照在她身上，又为她披上了一道淡淡的光环。杜岩忍不住把手伸向那道光环，像是要确认它的真实存在。这么一动，已经牵动了头上的伤口，疼得他叫出了声。杨梓也已惊醒，下意识地握住了他的手。两个人的目光就碰在一起，阳光一般流动着温暖。

马原、段嘉诚等人来探视的时候，询问杜岩受伤和出租车被砸的原因，杜岩轻描淡写地解释说：几个喝醉了酒的乘客说要去西山看夜景，到了那里又说我拉错了地方，拉扯之中把我打伤了，还砸了车。杜岩不想让他们牵连进来，更不想让他们看到自己这么狼狈。他说这些话的时候，没注意到一旁的杨梓眼里含着泪花。

等其他人都走了，杨梓对他说："你说假话的时候有个习惯，眼睛眨动比平时要快。"

杜岩脸上顿时通红，问道："你什么时候发现的？"

"以前你在车站抓小偷，每次给我讲到危险的地方，就会眨眼睛。我知道你是为了不让我担心，有意在说谎。"

杜岩说："你比我那两个同事强多了，他们居然都没看出来。"

"我猜想，你昨天晚上一定又有危险了。你不愿说，我也不问。只是今后要多加小心，不要总是逞英雄。你一个人的力量总是有限的。"

杜岩笑道："你越来越像我姐了。"

两人仿佛又回到了从前。痛苦过后，沉浸在一片煦暖的氤氲气息中。

头上的伤很快就不疼了，可出租车被砸，却让杜岩心疼不已。修车费要一万多，杜岩把这段时间挣的钱都贴上，还是不够，只好央求出租车公司先欠着。经理听说他以前是警察，倒也爽快，给了他一个月的期限让他把钱补足，只是公司不敢再租车给他了。杜岩一时没了挣钱的路，却又碍于面子，不愿向人开口求助，顿时一筹莫展。

眼看一月之期将至，他还是想不出办法。想到肖一刀是程鹏的手下，这次对自己下手多半是出于他的主意，决定去寻寻程鹏的晦气。虽然处在停职状态，暂时拿他们没办法，但解一解心中的闷气也好。主意已定，他来到程鹏办公的地方，一进屋就装出一愤愤不平的样子说："我发现自从你从政以后，做事反倒不如以前直接爽快了。"

程鹏诧异道："你这是怎么说的。我有什么事让你不满意了？"

杜岩道："你看，你让肖一刀把我打也打了，车也砸了，还在这里明知故问。"

程鹏惊道："肖一刀？你见到他了？"

杜岩仔细观察之后判断，程鹏脸上的表情似乎不像是在说谎，难道他真的不知道？

"奇怪？他是你手下，你竟然都不知道他的行踪？这有点不合常理吧。"

"实不相瞒，我以前也是瞎了眼，错看了这个人。没想到他竟然背着我做出了许多坏事，就把他开除了。现在他应该在广东才对，什么时候回来的？"程鹏说得一脸真诚，全然把所有坏事都推到了肖一刀身上。

杜岩说："我不管那么多。我来就是想告诉你一声，他怎么对我的，我会怎么还回去。你要是不把他交出来，那我只好着落在你身上。你现在的身份，挨打就免了。不过，他砸了我的车，我只好砸你一辆——一报还一报。"

程鹏苦笑道："我跟你一样，也在找他。你到现在还不知道吧，前几次给你发信息帮你抓毒贩的，就是我！"

杜岩一听，顿时愣了，问道："你有什么凭证？"

程鹏从抽屉里拿出一部手机，扔给他："你拨个电话试试吧。"

杜岩拨通自己的电话，果然是给自己发信息的号码。杜岩不解道："你真把我搞晕了！你这么做，到底为什么？"

"我以前是个商人，唯利是图只是本性。现在既然在政府供职，当然有责任帮着你们查清犯罪。这有什么奇怪的。"程鹏一脸正色，令杜岩更如坠云雾中。

程鹏一看杜岩将信将疑，索性给他提供点更有价值的东西，让他确信不疑。他悄声说道："你不是一直在问我为什么要帮你吗？我就是看中了你是个敢作敢当的警察。老实说，我不管经商还是从政，都没有你的胆量。有些人的势力太大，有时候我不得不低头。但你不一样。如果你真有胆量，也许我能助你一臂之力，把那些背后的势力扳倒。"

杜岩试探着问："你是说安树广？"

程鹏说："其实，这些年我早就留了一手。在给他预留的房间里，我安了摄像头。他在那间屋子的罪证都在我手里，就看你敢不敢拿去揭发了。"

杜岩一听，大喜过望，起身说道："你肯交给我，我就敢把它拿出来。"

程鹏道："好，我现在就跟你去取。"

两人来到宾馆，程鹏从他设在宾馆的办公室保险柜里取出一张光盘，交给杜岩时故作愁容道："老弟，我奔波一生，好不容易有了今天的地位。东西我给你了，但你可不要把我牵连了啊。一旦他来个鱼死网破，我这几十年的辛苦可就白费了。"

杜岩说："我终于明白你拉拢我是为什么了。你当缩头乌龟，我当出头鸟，危险我来扛着，是吧？可是，除掉他，对你有什么好处？"

"你要真能扳倒他，我就能扬眉吐气，挺直腰杆作人。这还不算极大的好处啊！"

杜岩忽然想起一事，差点惊出一身冷汗。他冷眼看着程鹏，问道："不愧是生意人，险些就信了你的话。如果你说的都是真的，为什么当初你的人在宾馆贩毒被抓，你要设法救他们？那五百克毒品突然不见的事，总不是安树广自己捣的鬼吧？"

程鹏一听也是一惊，心道：这个人还真难对付。这件事不是杜岩提起，他自己早都忘了。他不敢犹豫，连忙说："小兄弟，话说到这个份儿上，我就不妨告诉你。那件事从头到尾，都是安树广要整方坤。不然你想，那五百克毒品我怎么能好端端从公安局拿走？当初我也是想指望方坤来扳倒安树广的，没想到却被整成了精神病。哎，可惜呀。"

杜岩心里虽然还有无数谜团，但一时也无法一一证实。好在手里有了安树广作恶的铁证，不妨就先相信程鹏一次。说不定对付安树广，他还真能起到关键作用呢。这么一想，杜岩顿时心里敞亮起来。

临到给出租车公司交赔偿款的日子，杜岩只好硬着头皮再去央求。不想经理却一脸茫然："钱？几天前就有人交了啊。"

杜岩忙问，是什么人来交的，经理描述了一番。杜岩一听，自是杨梓无疑了。

三三
轩然大波

杨梓深知杜岩为人生性要强，遇有困难多半自己死扛，越是他亲近的人，越是不愿张口求助。也知道他这么多年没有存款，净身出户后更是一无所有。想着车辆被砸，免不了要赔钱。可杜岩从不谈论这件事，总是成竹在胸的样子，私下里却还不知怎么着急叫苦。杨梓不但帮他还了出租车公司的钱，还给他租了一间房子，劝他从雪花大酒店搬出来。不管程鹏是何居心，远离这些人总会安全些。

杜岩这么多年事事争强好胜，唯有在金钱上心虚气短。结婚那几年，他的工资交给辛娜管理，自己从不操心。离婚后，他每个月还要拿出一部分工资付女儿杜辛冀的抚养费，所剩无几。尽管辛娜从不要求，但杜岩觉得这是他应尽的义务，从来不少一分。他不想看到别人同情他，更不能让自己问心有愧。

杜岩本来是感谢杨梓的，没想到杨梓不但帮他还钱，还替他租了房子，顿时满脸通红，不知如何是好。

杨梓说："你不是说要把我当姐吗？姐帮你不是应该的吗？"

杜岩想起了当初他对杨梓的保证，这些年自己只顾埋头工作，从来没有好好照顾过杨梓。相反，杨梓倒是在他最需要的时候，总是给他默默的关怀和支持。作为一个男人，他忽然感觉自尊心受到了谴责。她为你付出了那么多，而你能给予她的又是那么少，凭什么你要心安理得享受这一切？！

杨梓见他久久不说话，就安慰道："停职只是暂时的，一切都会好起来的。你先从宾馆搬出来吧，程鹏那里还是不去为好。"

杜岩知道他是出于自己安全的考虑，默默地点了点头。

他把手中的光盘复制了一份，交给马原，让他妥善保管。一旦有危险，就把光盘拿出来，没准能救自己一命。他已经做好了与安树广开战的准备。

马原说："这么大的事，你可不能不带我。别忘了咱们当初说过，有福同享，有难同当。你想当英雄，我也不是狗熊啊。"

"我现在孤家寡人一个，无牵无挂的。你不一样，一大家子人等着你呢。跟安树广为敌，谁知道会是什么结果。弄得不好，就是鱼死网破，两败俱伤。"

"那我更不能让你去了。杨梓好不容易回来了，你现在又和辛娜离了婚，你俩多不容易。你不为自己着想，也得为杨梓想想吧。人家为了你，这么多年都没结婚，你可不能再错过了。"

杜岩说："怕是事情和你想的不一样。这次她回来，我怎么觉得她变了很多，好像有意在疏远我。也不知道她在非洲这几年，都经历了什么样的变化。"

"不管她经历了什么，你这次都不能再负了杨梓。要我说，你俩抓紧把婚结了。安树广的事，不是你一个人能扛得了的。"

杜岩说："扛不了也得扛，我已经没有退路了。"他心里想，肖一刀都找上门了，就算自己什么事都不做，他们也不会放过自己了。

他知道，此前方坤多次写信上访，都被安树广截获。以安树广的能力，想在凤城扳倒他是不可能的。自己手中这份证据，怎么才能让它发挥出最大的杀伤力呢？

两人正在杜岩的新住处商量，闻洁如一路打听着找了过来。马原之前只听说过她的名字，一见本人，看出她处处流露出对杜岩的关注，心里就十分不乐意。

杜岩对闻洁如说："你来得正好，现在正缺一个笔杆子呢。写材料这事，我和马原都不擅长。"

闻洁如听说掌握了安树广的犯罪证据，也是激动不已，说只要能让安树广得到应有的惩罚，她义无反顾。马原打断道："我看你就别掺和了，这是咱们警察的事，你一个记者不方便。"

闻洁如说："有什么不方便的，我又不是外人。"

马原一听这话，心里更不舒服，气呼呼地说："你还真不客气，我可没把你当自己人。"

杜岩说："你瞎说什么呢，她对安树广也恨之入骨。有她在，能帮我们的大忙。"

闻洁如就委屈地瞪着马原。马原说："不就缺个笔杆子吗，你忘了段嘉诚了，把他找来不就行了。再说咱们三个自从警校毕业，还没有一起合作过呢。我们三兄弟出马，肯定能干成这件大事。"

闻洁如说："凭什么我就不能加入？揭露真相，这本来就是记者的职责。"

马原说："反正你不行。"

杜岩知道他是在替杨梓抱不平，只好说："行了，还不知道段嘉诚愿不愿意呢。他这个人可不像咱俩，毕业这些年，也不知他身上那点血性还有没有了。"

"怎么没有？你还不知道，上次你受处分的事，就是段嘉诚私自把记过处分改成了警告处分。你被牟仲平关起来，也是他喊着要去抢人，带着我们几个一起去的。"

马原这么一说，倒让杜岩有些意外。在他眼里，段嘉诚一直谨小慎微，循规蹈矩，从不轻易以身犯险。没想到他暗中帮过自己这么多次，却一次也没提过。

杜岩说："他要能来，更好。不过，也别忽视了记者的力量，人家可是喉舌。没有她的支持，这事还是成不了。"

闻洁如得意地看着马原，马原却不看他，私下里狠狠踢了杜岩一脚。等到闻洁如一走，马原就说："我可告诉你，别被这个女记者给迷住了。你要是再对不起杨梓，我头一个不愿意。"

杜岩说："先办正事再说。这事要是成了还好办；要是成不了，说不定我还得倒霉。到时候别说照顾杨梓了，恐怕我都自身难保。你也想好了，这次可是只赔不嫌，弄得不好还得受牵连，到时候你可别后悔。"

马原一听，意气风发地说："我这辈子就想干件大事。只要能干成这件大事，不管受啥损失都愿意。"

"要是比这还危险呢？"

"那，受点伤也行。要不，缺条胳膊少条腿，都行。"

杜岩看着他，没说话。

马原说："总得给我留口气，不至于弄出人命吧。没你想的那么危险。"

杜岩神色凝重地说："难说。"

马原就不做声了，仿佛也意识到了对手的强大。

两人正在聊天，杨梓给杜岩送饭来了。看到马原也在，不好意思地说，只准备了一个人的饭，怕是要委屈马原了。

马原哈哈笑道："看到你来，我比吃什么都香。你可别这么惯着杜岩。你看他衣来伸手、饭来张口的，就像个地主老爷。将来，还不得把你累坏啊。"

一听这话，杨梓脸上绯红。杜岩赶紧推了马原一把说："这儿也没你的饭，赶紧回家伺候媳妇去吧。"

马原走到门口，对杜岩眨眨眼说："先把眼前的大事办了。这件事要是办不好，兄弟都没得做了。"说完，大笑着走了。

杨梓催促杜岩吃饭，杜岩却不紧不慢地说："你也不问问他说的大

257

事是什么？"

"你们之间的大事，我不问。"

"可这件事和你有关。"

"我知道你心里想着更大的事呢。这件事不管水里火里，你都得去。我也拦不住你，你就去放心做吧。需要我的时候，我都在。"

杜岩听出杨梓有意回避他要说的话题，有些无奈，也就有意找个轻松的话题说："马原说的没错，你这样把我惯懒了。"

杨梓说："生活上懒点没什么，心里别泄了气就行。遇到危险躲不过就冲过去，遇到困难逃不掉就扛起来，才像个男人。受了伤我给你治，丢了工作我管着你，只要你心里舒坦，别憋屈了自己。"

这大概是杨梓说过的最动情的情话了，尽管杜岩听得出，这更像一位慈爱的姐姐对弟弟的挚爱之情。这次回来，每次谈到有关两人的事，杨梓就会委婉地绕开。她沉静了许多，也坚强了许多。在她眼里，杜岩看不到她对自己的依恋，而是感受到她给予的温暖有力的支持。

马原、杜岩、段嘉诚三个好友已经很久没有为一件事聚集在一起了。再次聚首，马原兴奋不已，搂着两人说："这才像当年的我们。不管这件事能不能成，就凭能让我们三个人再聚到一起，就值。"

杜岩说："你高兴得太早了，人家还没说同意呢。"

段嘉诚说："我加入也可以，但你们得听我的，不能由着你和马原胡闹。"

杜岩撇撇嘴，道："看见没有，你把他请来，这件事八成办不成了。"

马原说："你俩就别斗了。谁说的对听谁的，这样行了吧？"

杜岩说："那你说谁的对？"

马原看了看两人，无奈地把目光投向了杜岩。段嘉诚笑道："你俩可是求我入伙的。再说这种事又不是什么好事，我还懒得出头呢。你们可想好了，要对付安树广这样的人物，必须谨慎。一步棋走错，就会被他抓住把柄。以前那种办法不能再用了。我们这次得躲到幕后，利用各种渠道曝光他的行为，把影响扩散出去，让他想捂都捂不住。"

杜岩和马原互相看了看说："看来你已经有办法了？"

段嘉诚说道："搞案子呢，你们在行！要说口诛笔伐，那可是我的强项。"

正说着，闻洁如也到场了。一听他们的计划，正好不谋而合。几个人决定：由段嘉诚来写安树广的罪状，向省委举报；闻洁如负责在网络上发布安树广的相关视频，随后通过媒体追踪报道事件的发展，让更多的人知道真相，揭开安树广的真面貌。

几个人商量完，杜岩忽然说："这么干，不就没我和马原什么事了吗？"

段嘉诚分析道："消息一旦发出来，安树广肯定会有所动作。狗急跳墙的时候，往往会露出软肋。你们俩就负责盯着他，看他有什么漏洞，把口子撕开。"

杜岩也说："尤其是盯着肖一刀那伙人。他们敢对我动手，就肯定不会袖手旁观。"

众人这才知道杜岩那天晚上出事的真相，一听肖一刀如此猖狂，不禁义愤填膺。

段嘉诚说："这就更得小心了。这些人可什么都干得出来。"

马原说："怕什么！下次再遇到肖一刀，我保证不会让他跑了。"

杜岩也说："如果他们动手，反倒是好事。我一直在想，我们手里掌握的这些证据充其量说明他作风有问题，还达不到证明他犯罪的程度。一旦肖一刀他们有行动，正好给了我们机会。只要抓到他们，就有可能把背后的黑幕撕开。"

众人一听兴奋不已，仿佛已经胜利在望了。

段嘉诚把举报信写得如同檄文，发给了省委相关部门。闻洁如也通过互联网，公开了安树广的糜烂生活。举报信还在路上，互联网上却已经一片哗然。尤其是剪去了部分暴露镜头的视频疯狂转载，安树广自己都不知道，他一夜之间就成了网络红人。

安树广从来不用网络，视频在公安局民警中疯狂传播时他竟然丝毫没有察觉。唐宇栋此时已调任办公室主任，等他发现网上风波时，闻洁如的声讨文章也出来了——有名有姓，事实清楚。这下，围观评论的网友更多。前后两起事件如同两波巨浪，刹那间把安树广淹没在一片咒骂和声讨声中。

　　唐宇栋看着网上山呼海啸般的骂声，不知道怎么告诉安树广。他知道，谁进去汇报，谁在安树广眼里就成了知情者，是福是祸，可就不好说了。想来想去，他觉得还是试探一下的好，就把网上的议论打印了几页，夹在一摞文件里摆在了安树广的案头。唐宇栋忐忑不安地在门口徘徊，揣测着安树广此时盛怒的表情。果然，就听安树广在里面大喊："把牟仲平给我找来！还有纪委、法制的，都给我叫来！"唐宇栋答应着，正要去叫，安树广又低声问："还有谁知道这件事？"

　　唐宇栋只好照实说："全局差不多都在传呢。"

　　安树广一拍桌子，骂道："简直是诬蔑！"

　　唐宇栋不敢接声，转身去通知其他人了。

　　安树广立刻部署牟仲平去查是谁发布的帖子，视频是从哪里来的。唐宇栋带着法制部门联系各大网站，立刻把帖子删掉，否则要追究刑事责任。同时，要在网上发声明，就说这些视频是经过剪辑处理的，目的是对安树广进行人身攻击，打击报复。他让纪委通知全局民警，不许以讹传讹，扰乱视听，动摇军心。如若发现有民警传播这些内容，一定严肃处理。

　　安树广在随后的全局干部大会上慷慨陈词："我安树广不怕有人给我泼脏水，不怕有人躲在暗处对我放冷箭。这些卑鄙做法抹黑不了我个人的形象，更抹黑不了我们凤城公安。越是在这种时候，我们越是要团结一心，要分清谁是敌人，谁是战友。今后谁在队伍里散布不利于团结的言论，那就是站在我们的对立面，是令亲者痛、仇者快的愚蠢行为。对这些人，我是绝对不会手软的。"

　　安树广这人果然是厉害角色，什么样的混乱场面都不会乱了阵脚。三言两语，就把自己从一场风波中剥离了出来。这份气定神闲，令唐宇栋等人深为佩服。

　　没过几天，几名在短信聊天中提到此事的干部民警就被叫到纪委谈话，一名派出所所长直接被免职，民警受到了纪律处分，全局上下敢怒不敢言。

唐宇栋费尽九牛二虎之力，总算把该删的视频都删除了。牟仲平也通过网警，锁定了发帖的闻洁如。但他同时了解到，闻洁如与杜岩私交甚密。按他的分析，这件事很有可能是杜岩在背后操纵，以闻洁如的能力，不可能得到偷拍视频。

为了问清那段偷拍视频的来源，安树广马上把程鹏叫了过来。程鹏赌咒发誓说自己不知道，说他不能搬起石头砸自己的脚，还说他怀疑摄像头很可能是方坤安放的。因为他到酒店搜查过毒品，并逮捕了谢其杰和曹刚两人，摄像头很有可能是他那次安放的。后来他只身一人去酒店，估计就是为了取回摄像头里的录像。方坤和杜岩关系密切，方坤进精神病院后杜岩去看过他。杜岩前段时间停职后，别的地方都不去，却偏要住进雪花大酒店，自然也是为了得到录像。

程鹏自然是早有准备，一番话说得风雨不透，滴水不漏，把安树广听得直点头，只恨没有对方坤早点下手。

既然方坤没有威胁，对付杜岩就是当务之急了。牟仲平对杜岩等人在刑警支队羞辱自己的事一直耿耿于怀，借机提醒安树广，网络上的视频是删除了，但杜岩手中的原始视频还在，一定要拿回来，否则后患无穷。安树广心里一惊，赶紧召来躲藏在凤城的肖一刀等人，秘密布置他们夺回视频。

肖一刀此次回凤城，一是奉了金老板的命令，要打通凤城的贩毒通道；二是想法办投靠安树广，利用安树广对付抛弃他的程鹏。安树广本来不屑于收留肖一刀这样的人物，但事有凑巧，恰好发生了杜岩夜闯房间救走闻洁如的事，令安树广颜面扫地。当夜，他就安排肖一刀去医院处理带毒的杨慎文。牟仲平在安树广屋里看到的那个人，就是肖一刀。

肖一刀没想到上次把杜岩整得那么惨，他居然还敢接着作对。想让他当面交出手中的视频，看来绝对不可能，只好再想别的办法。

初战告捷，杜岩等人还没顾得上庆祝，网上的视频和帖子就全部被封了。众人多少有些沮丧，段嘉诚说："这都是意料之中的事。网上的帖子只是为了造声势，让更多的人知道。放心吧，我们这么一闹，省里、市里不会没有动静。我已经打听过了，举报信省纪委也接到了，过几天就会组成专门的联合调查组下来调查。到时候，安树广就算有天大的本事，也要掉层皮了。"

众人一听，信心大增。

此时，安树广也接到了联合调查组即将到来的消息。他命令肖一刀无论如何也要赶在联合调查组到来之前，拿到那份原始视频。

三四
激战犹酣

凤城的这场风波，自然惊动了李乃谦和石坚。石坚猜到这肯定是杜岩所为，担心他孤身作战，势单力薄，就劝李乃谦赶紧停止对他的处罚，召他归队。

李乃谦想了想，却说："这种时候，我看他还是以现在的身份出面更好，免得安树广对我们施加压力，逼迫杜岩。你放心，他不是一个人。我那个女婿这几天鬼鬼祟祟的，准是跟他在一起。我们先别慌，看看动静再说。"

石坚一想，倒也有几分道理。他告诉杜岩，一定要保护好自己，一旦有危险，赶紧给他打电话。

就在等待联合调查组到来时，杜岩忽然接到了辛娜的电话。辛娜带着哭腔问："是你把女儿接走了吗？"

杜岩大惊，预感事情不妙，赶紧催问辛娜到底是怎么回事。辛娜告诉他，今天下午她去幼儿园接女儿，老师告诉她，有两个男人来接孩子，说是孩子爸爸的同事，还提供了名字和电话，老师一看无误，这才让他们接走的。

辛娜焦急地问:"到底怎么回事?接走孩子的那两个人是谁?孩子现在在哪儿?"

杜岩顿感一阵眩晕,眼前立刻浮现出肖一刀、郭绪良两人邪恶的面容。他劝辛娜不要着急,说他一定会把孩子安全带回来。辛娜一听,知道孩子出了事,顿时失去控制,哭着对他吼叫:"你明知道那些人会报复你,为什么还要去惹他们?你整天就想着当英雄,为什么连自己的女儿都保护不了?女儿落在他们手里,要是有个闪失,我这条命就一起交给你了。"

杜岩好不容易劝辛娜安静下来,放下电话,赶紧叫来马原和段嘉诚,把女儿可能被劫持的情况说了。马原气得咬牙切齿,恨不能立刻找到肖一刀,痛痛快快地干上一场。段嘉诚说,这个时候他们劫持孩子,肯定是为了杜岩手中的视频。他建议赶紧向石坚求援,一旦肖一刀来电话,立刻布置抓捕。但杜岩不同意,担心女儿的安危,害怕逼急了肖一刀,女儿会有危险,决定独自去救女儿。

不一会儿,辛娜、闻洁如、杨梓都赶了过来。因为担心孩子,三个女人竟然出奇地安静。闻洁如和杨梓在辛娜身边安慰她,辛娜抱着她俩低声抽泣。

等待肖一刀电话的过程漫长而煎熬。大约两个小时后,杜岩的电话终于响了。他略为平复了一下心情,接通了电话。电话里,肖一刀发出令人恐惧的笑声:"杜警官,你的骨头可真硬!看来你上次的伤还是太轻了,这么短时间就恢复了元气,还整出了这么大的动静,真是佩服!"

杜岩说:"少废话!孩子在你手上吧!孩子少了一根汗毛,我追到天涯海角也会要你抵命。"

肖一刀笑道:"这话我信。其实,咱们两个都是一类人,说到做到,绝不含糊。上次我就警告过你,让你好好过你的日子,别没事找事。你好像很不听话啊。你看你,这么可爱的孩子!多需要一个疼爱她的父亲!可你好像不愿意做一个好父亲。"

电话里隐约传来孩子微弱的哭声,杜岩禁不住全身发抖。他竭力冷静下来,说:"你不是说过只为求财吗,我劝你也不要多惹事。你想要我做什么,我都照做,只是绝不能伤害孩子。"

肖一刀道:"你是聪明人,我想要你做什么,你应该很清楚。"

"你想拿到安树广的视频?"

"既然你知道了,剩下的事就好办多了。"

"你什么时候成了安树广的人了?"

"这你就不用管了。在我看来,不管是什么样的人,只要我需要,都可以为我所用。"

"那程鹏呢?是他把你甩了,还是你另投明主了?"

肖一刀笑道:"杜警官,你可真是个好警察!你的职业习惯很严重。你不觉得你问得太多了吗?"

杜岩道:"那好吧。你想要视频,就约个地方——你把孩子带来,我把视频给你。"

肖一刀冷笑道:"本来应该是这样。不过,我临时又改主意了。谁知道你会不会拷贝视频?这样吧,我看这孩子很乖,我很喜欢,不妨就让她在这儿陪我几天。等联合调查组走了,我再还给你。"

辛娜一听,当时就昏了过去。杨梓和闻洁如赶紧把她扶到一旁,紧急抢救。杜岩耐着性子说:"你这是何必?你带着个孩子,万一被人发现,不是节外生枝吗?"

"这你就不用担心了。我这里很安静,也很安全。只要你乖乖给我待着,不要再找麻烦,很快就能见到女儿了。"说完,肖一刀挂了电话。

杜岩脸色铁青,待在原地一言不发。

马原忍不住说:"怎么办?不行我回队上带人,就算挨家挨户地搜,也要把他找出来。"

还没等杜岩说话,段嘉诚说:"不行。肖一刀这家伙太狡猾,他躲起来不见我们,就是要挟我们不要乱动。一旦我们大规模搜查,惊动了他,孩子就会有危险。"

马原说:"那怎么办?难道真的要听肖一刀的话,老老实实在这里等着。"

段嘉诚说:"他手里有孩子,我们投鼠忌器,不能轻易行动。"

马原说:"你说了半天等于没说。杜岩,你的办法多,赶紧想个办法啊。"

此时,杜岩在屋里来回踱着步,口中重复着肖一刀刚才的几句话:"'我这里很安静,也很安全。'会是什么地方?"

几个人都看着杜岩,希望他能有好办法。眼看着杜岩眉头紧锁,也是毫无办法,马原推了他一把说:"你琢磨什么呢?实在不行,咱们就冲进公安局,去找安树广要人。"

听到这句话,杜岩眼前忽然一亮:"公安局?对呀,什么地方能比公安局安全?"

段嘉诚听他这么说,疑惑地问:"你的意思是,他们藏在公安局?"

"你们想想!现在这种情况,几乎全城百姓都知道了安树广的事,也知道联合调查组要来。这个时候,肖一刀要想躲藏是很危险的。安树广派他来抢视频,为什么不能把他安置在公安局呢?"

马原说:"可是,公安局那么多地方,他会藏在哪儿呢?"

杜岩接着分析说:"一般办公的地方肯定不可能。你们想想,还有哪个地方是偏僻、安静,很少有人去的?"

马原说:"监狱?"

段嘉诚否定道:"那里有犯人和管教,不可能。"

杜岩和段嘉诚忽然同时想到了一个地方,情不自禁地大声说:"老干部疗养中心?"

安树广当副局长的时候,搞过一个形象工程,建了一个老干部疗养中心,说是要给市局退休的老干部、老民警营造一处疗养、休闲地,以示他对退休干部、民警的关心。但这个地方设在远离市区的郊外,虽然环境不错,交通却极不方便。建好以后,很少有人去过。知情的民警说,安树广此举就是为了拉拢前任公安局局长,以为自己日后升迁之用。那位老领导的确来过几趟,在这里钓钓鱼鱼,打打牌,安树广一路陪着。后来,老领导搬离了凤城,这里就一直荒废着,只有一个老头常年看守着这片园子。安树广当了局长后,投入重金修葺一新,时常邀请重要客人和朋友来此赏玩，或者与女人住在里面鬼混，俨然把它当成了私家花园。平时没人的时候，那里绝对安静、私密。因为是公安局的房产，从来没人过问。

段嘉诚因为李乃谦的关系，曾被邀请来过这里。而杜岩则是从方坤那里知道的。方坤说，民警私下里都不提老干部疗养中心，直接称其为"安公馆。"

两人越想越觉得，这里极有可能就是肖一刀等人的藏身之地。为了打探虚实，杜岩决定亲自去一趟。辛娜也喊着要一起去，杜岩怕她情绪失控，反而暴露身份，就让杨梓、闻洁如陪她等候消息。他拿出反扒时乔装改扮的本事，打扮成一个背包客，和段嘉诚、马原一同，开着辛娜的车来到"安公馆。"只见那里院墙高耸，两扇大铁门紧闭，一派壁垒森严的样子。

马原说："怎么进去？"

杜岩想了想，说："还得辛苦你们俩演一出。"

三个人合计一番，杜岩就偷偷下了车，藏在暗处。马原把车开到门口，段嘉诚跳下车，径直来到门口敲门。敲了好一会儿，看门人才从附近一所房子里出来，呵斥道："敲什么敲？"

段嘉诚赔着笑脸，问道："这是什么地方？"

"没看见门上写着吗，公安局。没什么事赶紧走，不是你来的地方。"

段嘉诚转身揪住马原就骂："让你送我去老干部疗养院，你把我拉到这里干什么？你们这些跑黑车的真是昧心！为了多挣几个钱，欺负我们外地人。"

马原装作蛮横无理的样子，一把推开他说："你长没长眼睛，这里不就是老干部疗养中心吗？"

段嘉诚说："没看上面还写着公安局吗？你这简直是在骗钱。"

两个人拉拉扯扯，越吵越激烈。段嘉诚就冲着看门人喊："你是公安局的，你来给评评理。"

也许这里过于安静，平时少有人来，看门老头颇有些寂寞。看到两人在门口争吵，全然当作一场免费的好戏。等到段嘉诚向他求助，老头就打开门，背着手走了出来，煞有介事地为他俩评理。两人各执一词，进而推搡起来，结果把老头一把推倒。就在两个人搀扶看门人的时候，杜岩闪身溜进了大门。

只见院子里面虽然略显荒凉，但亭台楼阁、假山流水，处处显示着这座园子主人的奢华。绕过几道矮墙，就见花木丛中伫立着几排现代风格的建筑。那里应该就是供人居住的地方了。杜岩溜到屋外，透过玻璃窗挨个往里查看。这里大大小小的共四十多间房屋，查到一半也没见动静。杜岩不禁大失所望，觉得自己可能判断错了。就在这时，他看到不远处的屋门前停着一辆车。车窗半开半闭，显然是有人刚刚动过车。杜岩赶紧找个藏身地，远远偷看。不一会儿，房门忽然打开了，从门里出来一个人。杜岩一看，顿时又惊又喜，正是肖一刀。他向大门的方向看了看，冲着屋里喊道："外面吵什么呢？去，过去看看。"

屋里有人答应着，出来向大门口走去。正是之前围攻他的四人之一。看来，四个人都在这里了。等那人走远了，就见女儿杜辛荑从屋里跑出来，蹲在花坛前玩耍。肖一刀说："谁让你出来的？快进去！"

杜辛荑撅着小嘴说："我不。屋里不好玩。"

杜岩看到女儿，顿时心跳加速，恨不能立刻冲上去抱起她。他强忍着内心的冲动，静静伏在屋后，继续观察。

接着走出来的是郭绪良。他对肖一刀说："大哥，这孩子咱们怎么办？真的要还给姓杜的？"

肖一刀骂道："瞧你那点出息！我们是跟那个警察有仇，跟这么大点的孩子有什么过不去的。给我看好了，不能出一点差错。"

郭绪良无奈地蹲在杜辛荑旁边，看着她玩。杜辛荑年龄虽小，却分得清好坏。见郭绪良表情凶恶，在地上抓起一把土，扔到他的脸上。郭绪良大怒，伸手要打过去，却见肖一刀在一旁冷冷地看着他，只好把手轻轻放下，在杜辛荑的小脸蛋上捏了一下。就这一下，杜辛荑已经张开小嘴大哭起来。杜岩心如刀绞，正想冲上去不顾一切救下女儿，只见去门口观察动静的那人跑了回来，向肖一刀汇报说，门口有两个男人在打架,好像说开黑车的把他拉错了地方。

"打架?开黑车?"肖一刀警觉地眯起眼睛想了想,觉察出有点不对劲,就对郭绪良说:"走,出去看看!"

郭绪良命令屋里另一个人看好孩子,跟着肖一刀一起,三个人往门口走去。杜岩一看机会来了,捡了块石头,悄悄潜伏着靠近门口。趁着那人坐在门口低头抽烟时,冲过去一下将他打昏。女儿看到杜岩,正要喊出声,杜岩赶紧捂住她的小嘴说:"别说话,爸爸带你玩个游戏。"杜辛羮认真地点了点头。杜岩抱着女儿一刻也不敢耽搁,绕开肖一刀往门口跑去。

肖一刀三人来到门口远远张望。因为之前被马原抓过,郭绪良一眼就认出了他,对肖一刀悄声说:"哥,他们是警察。"

肖一刀仔细一看,也是一惊,没想到他们这么快就找来了。三个人赶紧转身往回走,肖一刀边走边说:"赶紧带着孩子换地方!这里不能再待了。"就在杜岩想趁机溜出大门时,被打晕的那人开着车冲了过来,对肖一刀说:"警察进来把我打昏了,把孩子抢走了。"肖像刀一听大叫不妙,吩咐郭绪良堵住门,一定不能让人跑了。

马原在门口尽量拖住看门人,心里计算着杜岩进去的时间,猜想着他是不是找到了女儿。就在这时,他偷眼一看,只见有人正从里面关闭大门。他担心杜岩的安全,抛开看门人冲到门口,使劲往里一撞,把正在关门的郭绪良撞得跌了个跟头。杜岩一看马原冲进来,抱着女儿从藏身处站起来,迅速向他跑过去。肖一刀大叫:"快拦住他,把孩子抢过来。"郭绪良等人慌忙起身追来。混乱中,段嘉诚也冲了进来。

马原抢在杜岩身后说:"快把孩子带上车,我拦住他们。"郭绪良等人冲到马原跟前,被马原一手一个扔在地上,动弹不得。

肖一刀眼看着杜岩就要将孩子带走,钻进车里追上来,想把杜岩截在门口。马原威风凛凛,如同铁塔一般拦在道路中间,堵住了肖一刀追来的路。肖一刀目露凶光,疯狂踩下油门,汽车如同离弦之箭直冲过来。

杜岩把孩子交给段嘉诚,转身一看大惊失色,大喊:"马原,快闪开！"

晚了！马原庞大的身体腾空飞起，落在了几米之外。

肖一刀不知道对方来了多少人，一看马原倒地，赶紧拉上其他人仓皇逃跑。杜岩抱起马原时，见他头上鲜血直流，身体已经软绵绵地缩成了一团。

还没来得及回味救回女儿的巨大惊喜，就被马原受伤的沉重现实彻底打蒙了。坐在医院手术室外，望着手术室门口亮起的红灯，他心如刀绞。他知道，肖一刀要撞的是他。如果不是马原拦在身后，此刻，躺在手术台上的就是他了。他不敢想象一会儿手术室门打开，医生会告诉他什么结果。杜岩一时悲愤交加，愧悔不已。

段嘉诚、杨梓、闻洁如、辛娜等人都围在手术室门口，等待结果。就在这时，牟仲平带了两个人出现了。原来，安树广听说安公馆那边出了事，肖一刀不但没完成任务，还撞伤了人，便赶紧让牟仲平前来打探消息。

牟仲平说："老干部疗养中心是公安局的内部单位，你们怎么会在那里？"

杜岩此时正两眼冒火，哪有心情回答牟仲平的纠缠。他瞪着牟仲平一言不发，神情阴森可怕。牟仲平头一次不敢直视他，赴忙转头对段嘉诚说："出了这么大的事，我也是想来了解情况、解决问题的嘛。"

段嘉诚咬着牙，吐出一个字："滚！"

牟仲平面带愠怒，正要发作，手术室的门开了，马原缠着纱布被推了出来。医生说，还算马原身体好，这条命算是救回来了。但是，他的腰椎和大脑都受了重创，今后恐怕很难站起来了。

杜岩想到自己和马原开玩笑时说的那段话，想到他今后的生活，眼泪止不住就落了下来。他这一哭，其他几人全都忍不住了，走廊里顿时哭声一片。牟仲平站在人群中无人理睬，一时也觉得无颜以对，灰溜溜地走了。

得知杜岩身处险境，马原身受重伤，石坚力排众议，把杜岩召回，并任命为刑警支队重案队队长，全力追捕肖一刀。接令的那天，他对杜岩说:"如果你不能亲手把肖一刀给我抓回来,你这个副大队长就白当了。"

杜岩斩钉截铁地说:"如果我抓不到肖一刀,这身警服我就不穿了。"

三五
逃之夭夭

肖一刀自知没有完成安树广的任务,回去也不好交代,干脆把肇事车辆烧毁,带人返回广东藏匿起来了。安树广知道后,大骂几人成事不足,败事有余。眼见得联合调查组进驻凤城,并通过各种渠道收集他的证据,安树广第一次感到了恐慌。调查组也找安树广进行了几轮谈话,询问举报信里的相关内容是否属实。安树广自然矢口否认,极力辩解说有人在诬陷他。虽然这样的谈话并没有什么实际意义,但安树广知道,眼下的自己岌岌可危,稍有不慎,就会断送这些年打下的大好前程。他在官场多年,深谙世故,知道在这种时候要反败为胜,必须棋出险招。他立刻部署开展全市范围的打黑除恶行动,以期用一场声势浩大的专项行动掩盖对自己的调查;同时,趁乱抹掉许多对自己不利的证据。他要让凤城市民看到,就算在对他进行调查,但凤城依然在他的掌控之下。

这场轰轰烈烈的打黑除恶行动果然取得了意想不到的效果。一些原本还想站出来揭发安树广的人一看他借打黑排除异己,登时都吓得不敢吭声了。他还专门到医院看望马原,并当场表示,对这种公然袭击民警的行为绝不手软,将亲自挂帅,组织人马追捕凶手。安树广的目的就是要把这件案子牢牢抓在自己手里,不让杜岩等人有机会接手。做好了这一切工作,安树广又拜访了多位高官要员,强调在当前打黑工作卓有成效的情况下，联合调查组的调查已经严重影响到了全局的工作。为顾全大局，他要求推迟对自己的调查。

果然，没过几天就传来消息，说省里某领导已经说话，为了不影响当前重点工作，调查组即将撤出。眼看着一场期盼已久的清查即将无功而返，杜岩心里说不出的难受。他忍无可忍，决定亲自去见联合调查组。

段嘉诚自从马原受重伤后，愤怒之下，一反这些年的谨小慎微，变得坚决果断起来。他提醒杜岩，要去见联合调查组，仅他一个人还是势单力薄，一定要找到另一个人。这个人多年来一直在安树广的手下工作，了解他的所有情况，受过他的多次打击。有这个人在场，所有证据就会更有分量，更有说服力。段嘉诚所说的这个人，就是方坤。提到方坤，杜岩一拍脑袋。果然，这么长时间只想着怎么找到安树广的软肋，都把方坤的事给忘了。可是，方坤本人被关在精神病院多年，他说的话会有人信吗？

段嘉诚说："不管怎么说，只要把方坤从精神病院弄出来，他本人就是最有力的证据。"

闻洁如也说："以方坤本人的影响力，如果把他的遭遇写出来、通过媒体发出去，相信一定会引起更大的关注。到时候，说不定会有更高级别的调查组介入。那时候，安树广就别想再做手脚了。"

段嘉诚说："问题是，方坤是特护病人，一般人连见都见不到。怎么才能把他弄出来？"

杜岩看了看闻洁如，笑着说："看来，这次得请闻记者出马了。"

闻洁如一听杜岩让她参与任务，兴奋不已。几个人找到高红英，说明来意，高红英担忧地说："老方在里面也一直被严密监控着。我每次去，也只能是给他送几件衣服，谈话都要有人在场。你们要去救他，可要多加小心。一旦安树广他们知道情况，你们和老方都会有危险。"

杜岩说："放心吧，我们已经想到好办法了。"

按照杜岩的办法，他装扮成方坤的儿子，闻洁如装作杜岩的未婚妻，两人来到西山精神病院，在接待室通报了身份。过了一会儿，就有人领着他们去见院长。一路上，闻洁如挽着杜岩的胳膊，身体紧贴着他，尽管面前危险重重，心里却是说不出的踏实和幸福。要见方坤，必须得到院长准许，而院长杨国民也是安树广的人。

多年前，西山精神病院发生了一起虐待病人事件。医生无故殴打、虐待病人，导致病人自杀身亡。安树广当年负责处理这起案子，而医生就是杨国民。安树广看到了西山精神院的特殊意义，有意包庇杨国民，让他为自己所用。于是，这起虐待病人致死的严重事件最后就变成了病人互殴致死。因为精神病人不负刑事责任，后来也就不了了之。这件事后，杨国民就彻底掌握在了安树广的手中，并逐渐被推上了院长的位置。后来，安树广收了钱，要摆平几起杀人案件，就是通过西山精神病院把凶手鉴定为精神病人，逃过了死刑。

方坤被送进来后，安树广特意叮嘱他：对外就说方坤的病情具有攻击性，为了安全起见，要单独看护，决不允许任何人接近。这次听说方坤的儿子和儿媳妇要求会见，杨国民不禁有些好奇，决定亲自见见两人。

杜岩一进屋，就递过去一张名片：方劲松，律师。闻洁如则亮出的自己的记者证。杨国民看了看，立刻对眼前的两人警惕起来。看身份，这两个人都不好糊弄，他不禁打起了十二分的小心。

杜岩来之前做好功课。关于杨国民的为人，和西山精神病院多年前的那起案子，他了解得一清二楚。他知道，要想神不知鬼不觉地带走方坤，必须把杨国民掌控在手里。杜岩告之来意说："我求学多年，现在学业有成，在一家律师事务所工作。这是我的未婚妻，我们马上就要结婚了。生而为人，怎能忘了父母的养育之恩。今天来，就是想恳请杨院长准许，让我们带着父亲去参加我们的婚礼。"

杨国民仔细看了看两人，没有看出明显的问题，就说："你们一定知道，方坤在我们这里可是特护病人。这种病人具有攻击性，如果出去，会给社会造成一定危险。"

闻洁如说："既然接他出去，我们自然会照顾好他。出了什么问题，我们作为家人会负责任，与你们院方无关。"

杜岩也说:"我也查过相关法律,即使我父亲真如你所说,如果我们家人坚持,也还是可以把他接出去的。精神病医院是治疗机构,不是监管机构。你们总不能把我父亲放在医院里看护一辈子吧。"

一看便知两人有备而来,杨国民讪笑道:"你们说的没错,婚姻大事,接父亲到场也是人之常情。不过,还有一个问题,方坤是警察,他虽然病了,但身份没变。公安局对他有过规定,关于他的任何情况,都要由安局长作决定。要不,我帮你们问问?"说着,就要给安树广打电话。

杜岩一看,暗叫不妙。如果安树广知道这件事,一定会亲自过问,再接走方坤就难了。他假装看了看杨国民,漫不经心地说:"听说安局长正在接受调查。这个时候杨院长为这种小事打电话给他,不知道会不会惹安局长不高兴。"

杨国民一愣,说:"调查组不是马上就要走了吗?"

杜岩说:"据我所知,这是调查组惯用的办法。明着说要走了,暗地里却用上了各种手段,目的就是为了掩人耳目,让调查对象掉以轻心,然后露出破绽。"

杨国民一听此言,就放下了电话,小心翼翼地问:"你们是怎么知道的?"

闻洁如说:"我也是听省报的一个记者同事说的。一般这种事,我们记者应该最清楚了吧。"

杜岩又说:"我还听说,他们在调查期间,会对调查对象的电话进行监控,任何打进电话的人都会被作为线索掌握。"

杨国民对此也略有耳闻,于是深信不疑,面露难色地说:"那怎么办?没有安局长的批准,方坤不能离开这里。"

杜岩说:"杨院长,我是律师,只会依据法律规定来办事。至于你为什么要对安局长唯命是从,我不管,也不在乎。方坤现在是你的病人,依据对精神病人的规定,你现在的行为已经涉嫌非法拘禁了。"

杨国民说:"这是安局长的命令,我只是负责执行。只要他还在局长的位置上,就算你要告,也得先告倒他。"

杨国民的意思非常明白,只要安树广没倒台,你们就告不了我。杜岩虽然知道带走方坤很难,但也没想到杨国民如此听命于安树广,无奈之下只好说:"其实,以我父亲现在的病情,就算把他接出去,婚礼现场他也一定去不了。我这么做,纯粹是出于一个儿子的孝道,总不能让别人说我无情无义吧。说到孝道,前段时间我们律师事务所还接到了一起很有意思的案子,这案子恰好跟杨院长有关。"

杨国民警觉地问道:"什么事,怎么会跟我有关?"

"八年前,你们医院发生过一起精神病人自杀事件。当时的说法是由于病人互相殴打导致。不过,死者的家人始终不信,这么多年一直没有放弃上诉。现在,死者儿子已长大成人,找到了几个病愈从这里出去的病人,从他们口中似乎了解到了一些不一样的情况。他发誓要查清父亲的死因,委托我们重新代理这起陈年旧案。"

杜岩编得头头是道,杨国民一听吓得心惊肉跳。这么多年,他一直没有把这起案子彻底放下,时常担心死者家属再打官司。他之所以害怕安树广,也是因为安树广曾经向他保证过,只要按照他的话去做,就能确保安然无事。现在听杜岩说家属重提此案,镇定下来说:"这些家属抓着死者不放,不就是想多要一些赔偿吗?当年的案子公安局早有定论,不怕他们再闹。"

杜岩说:"杨院长肯定听说过,许多冤案、错案现在都得到了纠正,当年的罪犯也终于得到了法律的制裁。这是我们国家法制的重大进步,仅凭某个人是阻拦不了的。"

杜岩这么一说,杨国民才渐渐担心起来,心想既然正巧遇到了办理这个案子的律师,总得想办法结交关系,掌握一些案子的进展。

杜岩一看杨国民脸上的表情,知道他已经信了,赶紧趁热打铁地说:"其实,我父亲一直由你们照顾,对你们我是心存感激的。我是个重情义的人,接父亲去参加婚礼是为了报养育之恩。杨院长也于我有恩,今后只要有用得着我的地方,尽管说话。"

杨国民一听杜岩这么说,就是默认将来一旦打起官司来,会尽力帮助自己。再说,方坤自从进来之后,安树广从来没有过问过,简直就当他死了。就算让方坤出去几天，估计安树广也不会注意到。想到这里，杨国民换了表情，大大方方地说："难得你有这份父子之情，我也不是冷酷无情之人。这样吧，安局长那边怪罪下来我顶着，总不能让你们的婚礼留下遗憾嘛。"

一看把杨国民骗过去了，杜岩心里窃喜。虽然他极力推辞，但杨国民还是坚持要陪着杜岩一起去见方坤。方坤住在一个独立的房间，平时的门是锁着的。透过门上的小窗向里望去，杜岩看到方坤坐在墙边，面对墙壁一动不动，样子如同老僧入定。他的头发已经全白了，因为很少活动，脸色苍白如纸。想到方坤当初满怀豪气的神情，再一看眼前的这个人，只觉血往上涌。他强忍内心的冲动，在打开门的一瞬间，不由自主地扑倒在方坤脚下，流着泪说："爸，我和您儿媳妇来接您了！这么长时间，您受苦了！"

闻洁如也跪倒在杜岩身边，满眼含泪。杜岩生怕方坤一时不明就里，被一旁的杨国民看出破绽。等了一会儿，就见方坤把手放在他头上轻轻抚摸。杜岩知道，方坤明白了一切。来的时候还在担心，这么长时间的折磨，不知道他意识是否清醒。现在看来，他挺过了折磨，意识没有问题。

把方坤先送到高红英那里。夫妻见面，都禁不住泪眼婆娑。

杜岩跟方坤简单说了这段时间发生的一切，方坤长吁一口气："安树广把我关进精神病院时，我就等着这一天了。"

当晚，杜岩带关方坤、闻洁如，找到了联合调查组设在凤城的临时住处。因为知道调查组马上就要撤走，安树广放松了监视。此前，他安排牟仲平等人专门盯守在这里。

调查组组长是一位头发花白的老者。杜岩等人说明身份，老者赶紧带他们到了一个隐秘的房间交谈。那一晚，随着方坤的讲述，屋里所有人都唏嘘不已。讲到方坤被安树广两次迫害，尤其在精神病院度过的一年多暗无天日的日子，闻洁如早已泣不成声。老者也摘下眼镜，擦拭着泪水说："真没想到，在我们国家民主法制进程不断完善的今天，竟然还会发生这样的惨剧。有些执法者把手中党和人民赋予的权力看成达到个人目的、满足极端私欲的工具，不是在维护法律权威和国家公信，而是背离人心，作威作福。这同过去的官老爷有什么区别?!"

杜岩说："这些人始终能逍遥法外，安然无事。听说你们也要撤走了。这样一来，安树广不就更要无法无天了吗？方坤告了他七年，被他迫害了七年。为了抢回揭发他的视频，他竟然勾结黑社会绑架孩子，开车撞伤民警。这样的人，怎么就始终告不倒他？"

老者目光笃定地说："你没听过这样一句话吗，正义会迟到，但从不会缺席。你们反映的情况，我都记录清楚了，包括你带给我的视频证据。这些东西，我会向中纪委反应。不管某些人势力有多大，但我相信，他不会大过天去，总会有人收拾得了他们。这一点，你尽可放心。"他看着方坤，意味深长地问，"经过了这一切，你还会相信公正吗？"

方坤说："这些年我也常想，为什么总有人扬恶抑善，为什么很多不幸都会发生在我身上。后来我想明白了，自己坚持的东西总会遇到各种考验，会遭遇各种打击，内心的善，只有在经受最严酷的折磨后还能保持不变，才是真正的善吧！"

老者由衷地感叹道："不唯利益所动！不被磨难所摧！这种境界，就是我们提倡的初心。"他提醒杜岩，这段时间，一定要保护好方坤，保护好每个人。最后的时刻，也是对手最疯狂的时刻。只要挺过这段时间，相信胜利为期不远了。

走出调查组的住地，已是子夜时分。望着城市华丽的夜景，方坤顿感身心自由的舒畅。杜岩对他说，不要再回那间小屋了，赶紧和妻子团聚吧！这些年，可苦了她了。方坤也感慨地说，经历了这么多，现在什么都不怕了。只要老夫老妻能在一起，就算天塌地陷也不在乎了。闻洁如不禁重复方坤的话，赞叹道：这才是最美的情话呢！

方坤问杜岩接下来打算怎么办，杜岩说，就像老者所说，经过这么一顿折腾，安树广肯定会疯狂报复。马原现在还躺在医院里，这笔账，他必须清算。他一定要抓到肖一刀，揪出藏在幕后的主谋。

三六
暗箭难防

杜岩出任重案队队长，这个决定让时任刑警支队支队长的郑铭如鲠在喉。但有什么办法呢？石坚是杜岩的老领导，又受过杜岩的拨刀相助之恩，现在石坚身居要职，眼看着李乃谦垂垂老矣，下一任处长非石坚莫属，郑铭也只好面对现实。

马原受伤，郑铭并未觉得有多心痛，甚至认为出现这种事，就是杜岩个人爱逞能造成的。出了这么大的问题，不但没有追究他的责任，还给他升职。这么下去，还不知道他要捅出多大的娄子呢。郑铭心里不服，嘴上却不好说什么。石坚到刑警支队宣布杜岩的命令，轮到郑铭说话的时候，本来这个环节就是说几句表示欢迎和勉励的话，但郑铭有意把杜岩的工作经历详细介绍了一番：杜岩何时到了石沟驿派出所，何时在乘警队刑警分队当侦查员，何时调到治安队当门卫，何时停薪留职，等等，等于把杜岩不光彩的过去毫无保留地揭了个底朝天。结论是：杜岩在哪个岗位也待不长，后来还不务正业去经商，这些年他挨过处分，被停过职。这样的一份人生经历，是他今天能够成长为重案队队长的宝贵财富。

石坚听着，皱起了眉头，心道："老郑，有你这样夸人的吗？一会儿他要是反唇相讥，我可不拦着了，是你挑的头。"

果然，杜岩知道他是有意跟自己过不去。本来倒也不想去计较，但听到他最后讽刺般的夸奖，好斗的脾气又上来了。按惯例，最后要由他表态。但郑铭似乎忽略了这一环节，直接回头问石坚还有什么话要说，显然要结束这个仪式了。

没等石坚说话,杜岩就起身说:"以前我一直以为自己过去那点经历不光彩,今天听郑支队一说,我才豁然开朗,这原来也是一笔人生财富啊。看来事情就怕反过来想,一想,坏事都变成好事了。就拿咱刑警队来说,这么多年没破过几起大案。你乍一看是缺憾,可你反过想想,这不是说明我们辖区治安状况好吗。有些人工作平平,无所建树,看着好像是人家不争气,反过来一想,这不正好说明他与世无争吗。今天郑支队真是给我上了一课,让我茅塞顿开,一下子找到了人生的目的和意义。这个重案队队长当不当都不重要了,只要今后能让我待在刑警支队,学到怎么才能与世无争,怎么才能天下太平就足够了。"

杜岩这几句话针锋相对,毫不客气,把郑铭这些年工作上不思进取、得过且过批得一针见血。刑警支队有些人本来就对郑铭不服,一听杜岩这话,顿时笑声大作。郑铭脸上青一块紫一块,想发作,又碍于石坚的面子。石坚心里也暗自好笑,心道:你老郑吃苦头的日子还在后头呢。

杜岩到重案队的第一件事,就是找石坚要人。他说刑警支队这些人都被郑铭给带歪了,一时半会儿也带不出来。要想抓到肖一刀,必须把他原来的老搭档调两个过来。石坚知道,他想要的是乘警支队刑警队的大李、于头,就为难地说:"不是我不帮你,你想要的人只要王志忠点头,我马上批。"

杜岩说:"那还不好办,我一句话他就得点头。"

石坚没好气地笑道:"你本事比我还大啊。我跟他要个人他都敢跟我拍桌子,你一句话就能搞定?"

杜岩嬉皮笑脸地说:"那就得看你怎么说了。"

杜岩走进王志忠的办公室,王志忠还没顾得上恭喜他升职,杜岩就一脸沮丧地说:"队长,刑警支队的人可是说了,乘警支队的刑警队就会抓个小偷、扒手,有什么能耐来重案队?"

王志忠一听,气不打一处来,拍着桌子说:"这些人就是井底之蛙,没见过真神。你好好教训教训他们,帮我出出这口气。"

杜岩伸了伸懒腰,说:"我一个人可不行啊,早晚得被他们给欺负回来。"

王志忠拍着胸脯说:"你说要谁,我全给,只要你把他们给我镇住,把我的脸面争回来。"

杜岩听完,心里偷笑。没过一天,王志忠主动就去找石坚,说要给刑警支队输送几个新鲜血液,帮助刑警支队提高业务。石坚哈哈大笑道:"你这个'冷面王',可是上了杜岩的当了。"

就这样,大李和于头跟着杜岩到了重案队。杜岩在给重案队开的第一个会上就说:"是不是刑警,得靠案子说话。能拿下案子的就是好刑警;拿不下案子的,就是饭桶。马原是你们的战友、我的兄弟,被撞伤,至今还躺在医院,而凶手还在逍遥法外。我来,就是要带着你们抓到凶手。一天抓不到,我们就对不起'刑警'这个称呼。"

杜岩抽调人马,准备奔赴广东抓捕肖一刀。临走时,程鹏忽然来找他,说可以帮他把肖一刀找出来。

杜岩乜斜着眼看他:"你为什么这么帮我?抓到肖一刀对你也没好处。"

程鹏说:"肖一刀这种人早一天抓到,就早一天除掉一个祸害。他绑架你女儿、撞伤民警的事我都听说了。都怪我这些年用人不善,让他在我眼皮底下干了不少坏事。要是能帮你抓到他,也算是对我这些年犯下错误的补偿吧。"

程鹏说得极其真诚,杜岩几乎信以为真,就问:"怎么才能找到肖一刀?"

程鹏说:"肖一刀现在跟着大毒枭金老板。这个人在广东势力极大,凭你们几个人是斗不过他的。要想抓肖一刀,必须把他调出来,让他离开广东,才好下手。"

"你有什么办法?"

"这个金老板一直想逼我参与贩毒,我始终没答应,他才利用肖一刀私下贩毒。现在,我可以假意答应和他合作,让他派肖一刀去进一批货。他们接货的地点一般是在云南边境。到了那里,肖一刀一出现,你们就可以抓了。"

杜岩歪着脑袋说:"程老板对贩毒的路数很清楚吗!"

程鹏笑道:"我这也都是道听途说的,想来应该不差吧。"

杜岩临走前又约着段嘉诚、杨梓一起去看马原。马原还躺在医院里,处于昏迷状态。杜岩趴在他耳边,轻声说:"兄弟,你好好躺着!我一定给你把肖一刀带回来。等我回来的时候,你可一定要醒过来啊!"说到这儿,眼泪就流下来了。

段嘉诚也说:"兄弟,等你醒过来,我和杜岩轮流请你吃饭,就像咱们刚毕业约定的那样。"

看着他们兄弟三人抱成一团,杨梓也在一旁抹起眼泪来。

段嘉诚叮嘱杜岩:"肖一刀为人狠毒,你这次去可是很危险的。一定要多加小心!程鹏那里,你也得防着一手。他这个人,我怎么看都不像好人。"

杜岩说:"你放心吧,跟他打了这么长时间的交道,我心里有数。马原就交给你了。等他醒过来,一定要通知我。我这次要是不把肖一刀抓回来,我就不回来了。"

说这话的时候,杨梓露出一丝痛惜的表情。段嘉诚说:"我先走了,你和杨梓也告个别吧!这一走,不知道什么时候才能回来呢。"

段嘉诚一走,杜岩看着杨梓反而沉默了。这次任务,他是做好了各种思想准备的。肖一刀身上有命案,是绝对不会束手就擒的。一想到此行艰难,就不知该怎么跟杨梓说了。

杨梓说:"马原有我照顾,你放心去吧。我等你平安回来。"

杜岩犹豫了一下,说道:"有个心愿,是我多年前许下的,只可惜阴差阳错,没能实现。如果我能平安回来,我一定要了却这个心愿。"

杨梓听懂了他的意思,脸上泛起一丝红晕,说道:"这次可是去抓凶手,还是把别的事情都放下吧!三心二意的,遇到危险怎么办?"

杜岩笑着说:"心愿未了,哪能安心?你就不能提前给我吃个定心丸吗?"

杨梓表情郑重地说:"先去工作,别的回来再说。"

杜岩吐了吐舌头道:"抓肖一刀,都是小事。要你一句话,可比它难多了。"

没过两天，程鹏告诉杜岩，金老板那边已经上钩，已派肖一刀前往云南瑞丽接货。杜岩立刻带着大李、于头等赶到位于中缅边境的西塘镇，等待肖一刀的出现。

西塘镇紧挨着缅甸，靠近臭名昭著的金三角。边境线多数地方只有界碑，很少有栏杆。很长一段时间里，这里成为境外毒品进入国内的重要通道。

海洛因在这里每克只卖十几元，到了广州就涨到几百元。数十倍的暴利让毒贩纷纷铤而走险，来此掘金。吸毒、贩毒者遍地都是，买卖毒品如买卖白菜。杜岩几人也是第一次来这里。刚找好住处，就有个中年妇女敲门进来，问他们"咯要货"。于头问："什么货？"女人就伸出四个手指。

杜岩听方坤讲过，这是毒贩交易的暗号，表示四号毒品海洛因。

大李看得有些呆了，说道："就这么大明大白地交易毒品啊。那咱们在这儿待上几天，能抓多少毒贩！"

于头说："这地方环境太复杂，毒贩子又互相勾连，就凭咱们几个，抓了毒贩都带不出去。"

杜岩看看大家说："于头说的对，咱们的目标是肖一刀，不要打草惊蛇。我和老于出去弄辆当地的车，方便盯梢。"

杜岩和老于在当地租车行租了辆车，每天开着车在镇子周围转悠，熟悉环境。虽然来之前做足了功课，但实地察看了两天，杜岩还是傻了眼。这里的边境线有几十公里长，没有任何天然屏障，除了几个卡点，还有大大小小三十多条路通往边境。住在边境的居民甚至跨过自家的香蕉园、茶叶地就出境了。如此复杂的地貌，就算找到了肖一刀，要想在他带毒时抓到他，也是困难重重。

大李说："干脆，等肖一刀一出现，咱们就动手抓人。"

杜岩却摇摇头说："到了嘴边的肉，哪能就这么轻易放过？一定要等他接了货再动手。"

于头说："万一他跑过边境躲起来，怎么办？"

"那我们就守在这儿等着。我就不信他能躲一辈子。"杜岩是下定决心,不抓到肖一刀不收兵了。

两天以后,肖一刀的手机信号终于在西塘镇出现了。众人一阵惊喜,杜岩也打消了藏在心里的顾虑。他一直担心程鹏提供的信息有假,现在看来,他似乎是在诚心配合他。可是,程鹏为什么要这么做呢?杜岩百思不得其解。反正人就在眼前,不管程鹏出于什么用心,先抓人再说。

肖一刀和郭绪良住进了西塘镇的青芒招待所。每天如同游客一般,只在周边温泉和古街游玩,完全看不出交易的苗头。杜岩等人轮番跟踪了几天,不禁有些不耐烦起来。就在这时,肖一刀的手机里忽然收到一条短信:"闻听老母有病,现有药方一剂或可治愈——红花13克、茯苓7克、黄芪24克、肉苁蓉31克、桂圆35克、当归5克。短信看似再正常不过,杜岩却觉得充满了诡异。几个人把短信翻来覆去地看了不知多少遍,仍找不出异样之处。

大李叹口气说:"这大概真是一张药方吧,实在看不出可疑之处。"

于头煞有介事地摇摇头说:"我看不太正常,没准是个暗号什么的吧。"

"去找个药材铺,照这个方子抓服药看看。"杜岩说。

几个人在镇上找了家中药铺。杜岩把抄下来的药方递给柜台里的伙计。伙计正要照方抓药,却被身后的老掌柜叫住了。他拿着药方看了看,问杜岩:"这是谁给你开的方子?"

"一个朋友的母亲生病,让我帮着来抓药。怎么,您看这药方有问题?"

老掌柜说:"红花、黄芪、肉苁蓉、当归,全是大补之物。这么性烈的方子却没有一味平和的药物调节,人吃下去怎么得了。我看,开方子的人不是个假冒郎中就是个楞头青。"

几个人一听,赶紧回来接着研究药方。杜岩看着这几组数字,忽然想到这里面会不会藏着什么机密。他把药名隐去,把几组数字拼起来反复念叨。大李说:"听着怎么像手机号码。不对呀,好像少了一位数。"

杜岩一看，也是，比正常的电话号码少了一位。他又把药方拿起来仔细看了看，看到茯苓，忽然想到会不会是谐音，就在7的前面加了一个0，一个电话号码出现在了眼前。杜岩说："把这个号码盯起来。没准这是他们交易时使用的号码。"

几个人将信将疑，但还是按照杜岩所说盯住了这个号码。没过两天，这个看似不可能的号码果然开始使用，并且约定了交易时间和地点。大李兴奋地对杜岩竖起大拇指说："嘿，神了！这都能破译出来。这哪是抓毒贩啊，简直是在抓间谍。"

杜岩说："别小看了这些毒贩。为了逃避打击，可是什么招都使得出来。"

交易时间是一天后的中午，地点是紧挨着缅甸的一个村庄旁。那里山高林密，地形复杂，杜岩决定提前进入交易地点潜伏起来，等待肖一刀交易。

第二天清早，杜岩把两名侦查员安排在村子里，自己带着大李、于头潜伏进一片草丛中。前方不到五十米的地方，应该就是交易的地点了。盛夏天气，草丛里蚊虫极多。不到一会儿工夫，几个人身上就被叮咬出成片的包来，奇痒难忍。大李小声对于头说："赶紧帮我搔搔。"

于头说："搔哪儿，你全身上下都是包。忍着吧！"

大李就问杜岩："这儿的蚊子是不是也吸毒，我怎么感觉半拉身子都麻了。"

杜岩瞪了他一眼说："就算半身不遂了，一会儿看见肖一刀，你也得给我冲上去！"

说笑间，忽然听到身后草丛里有动静，回头看了看，却什么也没发现。杜岩嘟囔了一句："奇怪！"

大李说："有啥奇怪的，没准是肖一刀他们被蚊子咬得受不了了，在那儿拍蚊子呢。"

于头笑道："那倒好。估计再趴会儿，他们能被蚊子咬晕，直接过去抓就行了。"

正说着，杜岩示意他们安静。只见一辆汽车停在树林边，肖一刀和郭绪良跳下车，装作解手的样子，慢慢往树林里走去。树林那头，就是边境线了。大约一支烟的工夫，两个人又从树林里走了出来。杜岩仔细一看，郭绪良手里多了一个旅行包。看来，他们已完成交易了。杜岩打个手势，几个人就要冲出去抓人。埋伏在村子里的两名侦查员也渐渐接近停在路上的汽车，防止两人上车逃跑。就在这时，杜岩耳边忽然传来一声枪响，肖一刀一个趔趄，随即看到了杜岩等人，拉着郭绪良转身钻进小树林不见了。等杜岩追过去，树林里已经空无一人。

"谁开的枪?"杜岩大怒。

考虑到抓捕的危险，来的时候都带了手枪。几个人互相望望，都说自己没有开枪。杜岩暴跳如雷。人就在眼前，如不是枪响惊动了他们，此时肖一刀可能已经束手就擒了。他想起了刚才的那一阵异响，赶紧让大家在草丛里搜寻。果然找到一枚弹壳。那是一枚六四手枪的弹壳。看来，当他们盯着肖一刀的时候，还有人也一直在暗中盯梢。这个人到底是谁，为什么要对肖一刀开枪？是毒贩火拼，还是另有他人？杜岩拿着那枚弹壳，陷入沉思。

肖一刀显然是越境进入了缅甸。杜岩失望之余，想到有人竟然带着武器暗中尾随，不禁惊出一身冷汗。

三七
黄雀在后

初战失利，几个人窝在招待所里商量办法。大李建议，不行就先撤回去，等下次摸清了情况再来。于头说，不行的话就直赴广东，只要找到金老板，肖一刀迟早会现身的。杜岩任由他们争论，手里捏着那枚弹壳，脸色铁青，一言不发。他知道，守在这里，肖一刀很可能会躲在边境线上不出来。追到广东，那里肖一刀人多势众，更难有机会接近。这次如果抓不到肖一刀，再想抓他可就难了。众人一时没了主意，都看着杜岩。时间一点一点地流逝，各种情况都在瞬息万变。而此时，杜岩却还在做着一个艰难的决定。

他分析，按照正常规律，肖一刀此时应该还保留着原来的电话号码，在等金老板的指示。那是目前唯一可以找到肖一刀的方式。而小树林外的那一枪，他也一定以为是杜岩他们开的，应该还不知道有人想要他的命。杜岩觉得，自己手中还握有和肖一刀谈判的筹码。只要利用好了，就能有一线转机。杜岩渐渐有了一个大胆的想法，问于头："我有个办法可以一试，就看你有没有胆量。"

于头一看他郑重其事的样子，就有点犹豫了，问道："胆子倒是有点，就看你要我办多大的事了。"

"我想让你带两个人到边境那边去一趟。"

"什么？"于头和大李都惊叫起来，"你是说越境？那可是比掉脑袋还大的事。"

"你们想想，这帮毒贩每天穿越边境线就跟串门一样，凭什么我们就不能越一回。"

于头说："不是我不敢去，你要想清楚，咱们可是警察，越境执法这事一旦弄大了，那可是国际问题。"

"我想跟肖一刀通个电话，告诉他那一枪不是我们开的。他一定很想知道是谁开的枪，这样，我就可以约他在边境线上谈了。你们只要负责切断他们的退路，让他们不能退回边境那边就行。"

"那不还得越境吗？要不，咱们申请那边的警方配合一下，毕竟这事我们可是连听都没听说过的。"

"我们有那么大面子吗？再说，时间也来不及。晚了，肖一刀就找不到了。"

大李说："那怎么办？要不，咱们就说开枪的人抓到了，让他来认？"

众人一听，都说这个办法好，就不用越境了。杜岩拍拍大李说：

"行，算你小子首功一件。现在，咱们只要能骗出肖一刀，让他到边境线上辨认枪手，剩下的就好办了。于头你扮成枪手，等他到边境线来辨认时，你就给我死死按住他。只要拖延一分钟，我们就能冲过去，在边境线这边抓到他。"

于头说："只要不过边境线，你就放心吧，别说拖延一分钟，我就是豁出这条命去，也把他钉死在境内。"

大李不满地说："主意是我出的，为啥不让我装成枪手去抓肖一刀？"

于头笑着说："你跟我能比吗？你这副小身板，没准让肖一刀把你拖到国境线那边去了。"

杜岩安排妥当，拨通了肖一刀的电话。果然，号码还在使用中，但对方一直不接。杜岩无奈，只好编了一条短信发过去：我是杜岩。开枪打你的人在我手上，想知道是谁吗？又过了十分钟，杜岩再拨电话。这次，终于听见了肖一刀阴森森的声音："你是说，那一枪不是你们开的？"

"肖一刀，你长点脑子行不！我们是警察，不是黑道杀手，不会在那种情况下对你开枪的。再说，如果是我们开枪，你还有活着的机会吗？"

对方沉默了一会儿，才说："那个人是谁派来的？"

"这还真得让你帮个忙，我们问了这么长时间，他什么也不说。我想，没准你能认出来。"

"杜警官，你为了抓我也算是煞费苦心了，连这种招数都想得出来。不过，我现在很安全。至于他是谁派来的，我根本不想知道。"

"我看未必吧。这个人想杀你，不达到目的他是不会罢休的。你这次安全了，能保证下次还这么幸运吗？"

"那你想怎么办？"

"我就想让你帮我认认他，知道谁是后台，我也好回去交差。你要是不放心，咱们可以在边境线上见面。你只要不踏过边境，我是不敢把你怎么样的。这样总可以吧？"

"你这人鬼主意太多，我还是信不过你。"

杜岩笑道："既然不信，就算了。再问不出来，我就把这小子放了。你呢，最好就在境外待着吧。只要你敢踏进边界线，这小子就会替我要你的命。"

电话那边沉默起来。杜岩催问道："再给你一分钟时间考虑，不同意拉倒。"

终于，在杜岩规定的时间内，肖一刀说话了："你不能带枪。"

杜岩道："离边境线那么近，我带枪有什么用？你不知道子弹绝不能越过边境线吗。"

肖一刀这才说："好，今晚8点，木寨村旁的41号界碑前。"

放下电话，于头得意地说："行了，后面的事就看我的了。抓到肖一刀，我什么功都不要，让我好好揍他一顿出出气就行。"

杜岩说："肖一刀肯定也有所准备，你得机灵点。记住，只要拖住他一分钟。"

他让于头把防弹衣穿在里面。于头担心被肖一刀看出来，坚决不穿。他对杜岩说："你放心，我这身肉就是天然防弹衣，保证没事。"杜岩无奈，只好让大李穿上，到时候也好照应。

几个人吸取上次的教训，临行时一路观察，确认身后没有尾巴，才放心前往约定地点。木寨村紧邻边境，41号界碑就在村旁的一片田地间，一条田埂几乎就成了分界线。界碑那边，是零星的木屋和密密的灌木丛。杜岩等人到达时，界碑对面空无一人。但杜岩猜测，肖一刀肯定躲在密林深处偷偷观察。为了防止肖一刀起疑心，他把两名侦查员留在身后几十米的地方，只带了大李押着蒙着头套的于头，站在界碑前等候肖一刀出现。天色渐晚，已经过了约定时间，依然没有肖一刀的影子。大李有些急躁，回头看了看杜岩，那意思是会不会上当了。杜岩低声提醒两人别慌，对方很有可能藏在暗处偷看。果然，过了二十多分钟，对面灌木丛传来窸窸窣窣的声音，肖一刀和郭绪良带着几个境外男子钻出来，站在离界碑十米左右的地方，直视杜岩等人。

杜岩一看肖一刀出现，心里踏实了许多，只要他第一步上钩，下面的事情就好办了。杜岩往前迈了一步说："怎么，还带这么多人来，对我不放心啊。"

肖一刀说："你是兵，我是贼，不得不防啊。再说，你这次来，不就是想抓我吗？"

杜岩直言不讳："是啊！现在看来，想抓你的还不只我一个呢。"

"那又怎么样，我现在不是还活得好好的吗？"

"你这也叫活得好好的？"杜岩嘲讽道，"整天东躲西藏，到处被人追杀。我看你干脆跟我走吧。大丈夫敢作敢当！过去做的那些事，也该有个了结了。"

肖一刀哈哈大笑道："你追我也算追得辛苦，不过我还不想跟你回去。过去那些事，有些是程鹏让我做的，有些是安树广背后指使。你要是有本事，就去找他们吧，我只不过是个打手而已。"

"你替他们卖命，他们却派人来杀你，这也算你们的江湖道义？"

一说到有人来杀他，肖一刀立刻目露凶光，指着于头说："枪手就是他？我倒要看看，谁有这么大的胆子！"他指示手下的两个境外男子，就要来带于头。

杜岩把手一伸说："慢着。平时你们怎么过来我不管，今天有我在这儿，境外的人休想越境一步。要看，你自己过来看，其他人都给我老实待着！"两个境外男子被杜岩的气势震慑，待在原地不敢移动一步。

肖一刀看了看杜岩，说："那你也退后几步，把那个枪手留下。"

"不行。我必须留一个我们的人。万一你把枪手带过境，怎么办？"

几个人顿成僵持之势。郭绪良走近肖一刀说："大哥，小心他们使诈。"

肖一刀估计了一下眼前的形势，指着大李说："要留，那个小个子留下，你退后。"

事情果然如同杜岩提前预料的那样，杜岩向大李使了个眼色，缓缓后退了几步。界碑前只剩下了肖一刀、郭绪良、大李和于头四人。眼见得肖、郭两人跨过了界碑，大李两手把于头按在地上。肖一刀要想揭掉头套看清脸面，只能蹲在地上；郭绪良则在一旁负责警戒。就在肖一刀揭开头套的同时，于头突然挺身，死死抱住了他。郭绪良一看情况有变，掏出匕首要来救人，被大李冲上去拦腰抱住，摔倒在地。几个境外男子要往上冲，杜岩紧赶几步站在界碑前大喝："我们是中国公安，谁敢越界！"几个人顿时吓得呆若木鸡。郭绪良的匕首扎下来，正扎在大李的防弹衣上，大李闷声哼了一声，双手还是死死抱住不放。这时，杜岩已经和于头按住了肖一刀，其他两名侦查员也狂奔过来夺下了郭绪良的匕首。几个境外男子眼看大势已去，纷纷四散而逃。

杜岩给肖一刀戴上手铐，肖一刀愤愤地盯着他说："老子早知道会有这一天，但没想到被你用这样的小人手段抓住。"

杜岩笑道："自古兵不厌诈。何况对付你这种小人，也不必用什么光明磊落的手段。"

于头摘掉头套，冲着肖一刀就是几脚，嘴里骂着："该死的东西，死到临头还敢嘴硬！绑架、贩毒、撞伤警察——哪条都是死罪！你就是跑到天边，也得把你抓回来！"

几个人兵不血刃地抓到了目标，心里都是说不出的兴奋。杜岩不敢大意，一路上几个人轮流看守，驱车向凤城急驰。两天两夜车不停轮，人不下车。渐渐能看到凤城了，杜岩这才长出了口气。他提前通知了石坚，让他带人到交界地接应，以防有变。眼看着前面有几辆警车停在路边，一路不开口的肖一刀忽然问杜岩："我是不是只有死路一条？"

杜岩看了看他，说："那要看你有没有立功表现了。"

"你知道我为啥要冒险过界来辨认枪手吗？就是要看看谁想置我于死地，我肖一刀没那么容易死。"

杜岩想了想说："到时候，会让你看到枪手的真面目的。"

肖一刀闭上眼睛，仰天长叹一声，再不说话了。

路边等候的除了石坚，还有闻洁如。看着警车停下，杜岩疲惫不堪地走下车，石坚赶紧安排特警上车押人。闻洁如激动得冲上前去，要拥抱杜岩，杜岩闪身躲开："你怎么也来了？"

闻洁如说："来采访你这个凯旋的大英雄啊！"

杜岩说："这事先别报道。肖一刀身上牵连的案子和人太多，等咱们查清了再说。"

"那总得让我祝贺你吧。"

杜岩无奈,只好和她拥抱了一下。

石坚拉住他,抑制不住地赞许说:"你小子真行!我一直替你捏把汗,以为你回不来了呢。"

杜岩说:"人我可交给你了!我得回去好好睡一觉了。"

"马原醒了,你不去看看?"

"什么?"杜岩听到这个消息,不亚于抓到肖一刀的惊喜。他赶紧上了警车,直奔医院而去。

杜岩急匆匆奔进病房,却见马原的病床上空无一人。正在思忖,就见走廊里杨梓用轮椅推着马原,远远地看着他。杜岩奔过去,抱着马原,激动得说不出话来。

马原虚弱地说:"你和段嘉诚说的话,我都听到了。你们俩要轮流请我吃饭,不许耍赖!"

杜岩含着泪说:"好!你赶紧好起来,我们天天请你。肖一刀,我给你带回来了!安树广这些人快垮台了!"

马原说:"那得好好吃一顿,庆贺一下!"

杜岩仔细地看看他,又看看身后的杨梓,疑惑地说:"他不会只记得吃了吧。"

马原依然笑眯眯地说:"差不多吧。"

安顿好马原,杜岩和杨梓一起走出医院。杜岩说:"还记得我走的时候说过的话吧。我希望这次回来能了却我的一桩心愿,就是待在你身边,再也不走了。"

杨梓看看杜岩憔悴的神情,痛惜地说:"先回去好好休息一下!别的事,先放放再说。"

"还放啊,我可不想再把你丢了。只要你说一句话,我比睡上几天几夜还解乏。"

杨梓看他满脸真挚,不忍拂了他的这番情义,只好说:"那等你办完了这件案子,我再给你答复。"

杜岩顿时大失所望，不解地看着杨梓问："为什么？"

杨梓目光迷离，看着远处幽幽地说："有些东西，其实你从没有失去。"说完，转身进了医院，留下杜岩站在台阶上愣愣地发着呆。

为了抓到在边境开枪的枪手，杜岩提审肖一刀，对他说："你不是一直想看到是谁对你开的枪吗？只要你配合我，一定让你看到。"

肖一刀说："好。你让我看到我想要的，我就把你想知道的都告诉你。"

杜岩没想到这么容易就撬开了肖一刀的嘴，不觉有些意外。没过两天，外界忽然传言，说肖一刀在审讯时吞食刀片自残，现已送往医院抢救。病房里，肖一刀一手挂着手铐，一手打着吊针，旁边的两个民警正在门口跟护士聊天。见有个身穿白大褂、戴着口罩的医生要进病房，民警拦了一下，问他干什么，医生说要给病人换药，民警也就不再阻拦。医生进了病房，一看肖一刀躺在病床上睡觉，从口袋里掏出一根针管，把一管药全都注入输液器。转身正要离开，却见输液器一端根本没有插入肖一刀的静脉，药液顺着针管滴滴答答，全都流在了地上。再一看，肖一刀哪里是睡着了，分明在睁着眼睛瞪着他。医生急忙往门口跑去，却见杜岩不知何时出现在门口，笑眯眯地看着他。旁边的民警上前一把摘下口罩，肖一刀一看，拨下输液器砸了过来，大骂道："王八蛋，你也敢暗算老子。"

扮作医生、准备对肖一刀下手的，正是程鹏的手下谢其杰。杜岩马上审讯，谢其杰交代，程鹏担心肖一刀被抓后供出自己，派他一路尾随杜岩等人到云南，打算借杜岩的手在边境干掉肖一刀。开枪失手后，谢其杰逃回凤城。这次听说肖一刀自残住进医院，程鹏命令谢其杰无论如何要在医院把肖一刀除掉。刚才他注入输液器里的，就是可以瞬间致死的氰化物。肖一刀弄清原委，大骂道："不让老子活命，你们也别想过好日子。老子就算死，也要捎带上你们。"

肖一刀不但交代了这些年帮程鹏贩毒、积累资本的经过，还把偷走五百克毒品、杀死张飞、受安树广指使杀死大学生杨慎文、绑架杜岩女儿、撞伤马原的事和盘托出。

程鹏一看谢其杰出事，立刻意识到情况不妙，急忙收拾东西去机场，准备逃往国外。没想到在安检口被民警上前拦住了，程鹏倒也不反抗，只问："你们是来抓我的吧？"看到民警点头，程鹏无力地垂下了头。

杜岩赶紧带着肖一刀，来到了程鹏开发的小区。肖一刀指着楼宇间的一片空地说："在这儿挖吧！尸体就在这下边。"

杜岩找来挖掘机，挖了三四个小时，才在一堆混凝土中发现了张飞的尸骨。而这时，距离张飞去世已经过去了整整七年。尸体一出，凤城的大街小巷一片哗然。闻洁如抢先报道了这起被埋藏七年的凶杀案，各大媒体争相报道，问责声如同潮水一般，直指凤城市公安局。

安树广刚从调查组的漩涡中脱身出来，得知肖一刀被抓，张飞案重见天日，立刻派牟仲平以案件归属权为由交涉，要把肖一刀移交给他们。

没想到肖一刀一见牟仲平，指着他向杜岩等人大喊："他和我是一伙的。安树广让我干掉杨慎文时，他就在场。凭什么他在外面，我在里面？"

杜岩说："肖一刀你是带不走了。不过，你可以回去做好准备，等案子查清了，说不定你能进去跟他一起做个伴。"

牟仲平闻听此言，又羞又怒，转身带人离开了。回到局里一汇报，安树广正在四面楚歌、焦头烂额之际，盛怒之下，回手给了他一记耳光，骂道："笨蛋，连个小民警都斗不过，我养你们有什么用。不管你用什么办法，必须把肖一刀的案子给我拿过来。否则，就别来见我。"

牟仲平捂着脸回到办公室，关起门坐在屋里，谁也不见。幽暗的办公室里，他脸色惨白。这么多年来始终想着出人头地，可到头来，别人根本没把他当个人物。在杜岩眼里，在方坤眼里，他是个可悲的角色。他曾幻想成为方坤这样的人物，功勋卓著，受人赞颂，但最后，即使他把方坤推向了深渊，也无法成为第二个方坤。他曾幻想成为安树广这样的人物，前呼后拥，威风八面，但他做出了所有努力，最后也只是安树广的一条狗而已。现在，不但方坤和杜岩鄙视他，就连肖一刀这样的罪犯也根本看不起他。牟仲平觉得，这几十年太失败了。眼看肖一刀被抓；紧接着，这些年安树广所做的那些事都会被翻出来。覆巢之下，岂有完卵？只要安树广一倒台，他牟仲平就死无葬身之地。到了这一刻，牟仲平才彻底明白，权力最大的诱惑不是让你为所欲为，而是让你想入非非。他脑海里忽然浮现出方坤最后一次跟他说话时脸上处之泰然的表情，方坤的那句话又响起在耳边："要想让别人瞧得起，先得把自己瞧得起。"

牟仲平长叹一声，打开抽屉，拿出自己的配枪，对着太阳穴扣动了扳机。"砰"的一声之后，他终于得到了彻底的自由。

三八
事如浮云

你利用谁，谁就在利用你；你毁掉谁，谁就会毁掉你。你想不让天下人负你，最终你会负了天下。人这一辈子，总想让自己活得清醒。就像戏台下看戏的观众，戏还没开始，结局如何就已经了然于心了。但他们即使看明白了这一切，依然还是想着上台当一回演员，宁可在演绎了千遍的戏里沉醉一回。喜欢麻醉自己，这大概是人类最大的弱点了。

安树广认识到这点的时候，也是在这出戏已近尾声的时候。他发现自己犯了一个致命的错误，就是身边缺少杜岩、方坤这样的人才。类似肖一刀、程鹏、牟仲平，是不足以成大事的。但是，为什么他用尽了手段拉拢，方坤、杜岩这样的人才就是要站在他的对立面来搞他呢？肖一刀的供词已经让他处在漩涡中心，牟仲平的死如同给这场风暴提供了一个准确的坐标。安树广现在避无可避，只能接受现实，等待头顶悬着的那把达摩克利斯之剑落下来。

他最后一次召开了全局干部大会，各分局、派出所的正副职领导、机关民警全部参会。看着会场坐着满满的一百多号人，安树广打起精神，开始讲话："今天我不想讲别的，就讲两个字：规矩。什么是规矩？你们大家心里各自都有一把尺子。这把尺子是用来量自己还是量别人，就是规矩的差别，也是做人的差别。过去，我们公安队伍乱了规矩。从那个时代过来的人都知道，对待罪犯，不打能行吗？不动手他会主动交代？你们问问自己，谁的手上没有经过这样的案子。现在，规矩变了，用现在的规矩来衡量过去，我们有多少人清清白白？过去，为了抓罪犯，就得跟罪犯打成一片，不然线索从哪里来，信息从哪里来。现在，这样的情况还允许出现吗？我安树广从一名刑警成长为今天的公安局长，我承认，以现在的标准，我过去是犯过错误的，但那也是出于公心，为了惩恶扬善。这些年，我定的规矩多了点，很多人因此有怨言，很多人被我处理过。好嘛，你们完全可以埋怨我，埋怨我安树广定下的规矩，我也是这规矩的受害者。"

正说着，有人进来在他耳边轻语几句，只见他顿时脸色大变。他竭力镇定下来，完成了最后的发言："我这个人，大家尽可以评价，可以议论，但我安树广在任的这些年里，凤城总体是稳定的。个别人的三言两语，个别事上的得失过错，是动摇不了这个事实的。"

会场静悄悄，没有掌声，没有议论，所有人都在看着他。安树广那一刻忽然感觉自己就像个演员，而这出戏的结局，在场所有人都清清楚楚。

会议一结束，安树广回到办公室，就见几个表情严肃的陌生人坐在那里等他。安树广突然感到一阵虚空，戏终于演完了。他只说了一句："让我换身衣服吧。穿这身警服，不好。"

坐在车里的时候，安树广对陌生人说："听口音你是玉林人吧，我们还是同乡呢。当初，我就是个玉林的农民，是党培养和教育了我，我才有了今天。"

陌生人道："你可以不说话了。"

安树广连连答道："是，是。"

安树广第一次感觉到了什么是真正的威严。

专案组讯问期间，没想到安树广竟然出乎意外地配合。问到所犯的各种问题，他说的最多的话就是："我毕竟是受党培养教育这么多年的干部，这点觉悟还是有的。对我的调查，我会尽量配合。凡是你们查到的，我都认账。"

专案组问：你知不知道，这些年在你的保护下，凤城的黑恶势力犯下了累累罪行？安树广睁大了眼睛，疑惑地说："有这么乱吗？也没有人向我们反映过嘛。"

问起这些年来收受的巨额财物时，安树广叹口气道："诱惑太大了。权力这东西，一旦放纵起来，就像个无底洞。等到想收手的时候，已经停不下来了。"

杜岩去看望方坤，想把最近发生的事情都告诉他。没想到方坤被查出肝癌晚期，已经住进了医院。杜岩赶到医院，见到了形容憔悴的方坤。

方坤握着他的手说："你比我强。我太守规矩，却不承认规矩早已被他们破坏掉了。你不一样。在你心里，根本没有规矩。你不为名，不为利，一心只坚持你认为对的东西。所以，你能出奇制胜。"

杜岩说："我就是个粗人，做事过于任性。现在想想，如果不那么鲁莽，也许马原就不会受伤，你也不会被折磨成这样。"

方坤说："人之将死，其言也善。兄弟，记着保持住你身上的这股劲。如果有一天它没有了，那你也就一无是处了。"

杜岩听了，为之动容。他久久握着方坤干瘦无力的手，感受着那掌心传递过来的一缕温度。

杜岩办结手里的案子，带领队员直赴广东。根据肖一刀的交代，金老板有一个制毒工厂，连肖一刀也没有去过。杜岩誓要找到这个制毒工厂，一举拿下不可一世的金老板。在当地警方的配合下，杜岩找到了金老板。金老板一身休闲常服，金丝边眼镜，看似文质彬彬，完全不像杜岩想象中的样子。杜岩提醒他，肖一刀已经交代了所有的情况，他涉嫌贩毒，最好配合警方主动交代问题。

金老板微微一笑，说道："现在可是法制社会，别人说我贩毒我就成罪犯了吗？笑话。你可以怀疑我，也可以逮捕我。但从我这儿找不到毒品，你怎么把我带走的，还得怎么把我送回来。"

杜岩强压怒火，对他说："金老板，你说的没错。这次，算我来得不是时候。不过，咱们还会再见面的。"

回到住处，杜岩就安排民警死死盯着金老板。一天，侦查员告诉他，金老板接了一个电话，正开车往郊外驶去。杜岩立刻驱车紧随其后。汽车沿着省道，渐渐驶入山区，杜岩不知道金老板到底要干什么。就在这时，只见金老板打开后座的车窗，伸出一只手缓缓展开。马上，一股白色的粉末在空中飘浮着，扑面打到杜岩的挡风玻璃上。杜岩猛踩油门冲过去，截住了金老板的车。只见金老板探出头来，笑着问："杜警官，在我这里找到毒品了？"

杜岩说："你刚才从车窗里扔掉的是什么？"

金老板假装一怔，接着说："怎么，这也要经过你们允许吗？"

这时，侦查员提取了一些粘在车窗上的白色粉末，对杜岩说：不是毒品，好像是白灰。

杜岩气得怒视金老板，金老板却哈哈大笑："不要说我撒的不是毒品，就算是，你就能抓得了我吗？你有证据证明是从我手里撒出去的吗？"

杜岩明知金老板在挑衅，却也无可奈何，只好放行。经过杜岩身边的时候，金老板又说："杜警官，提醒你一句，你心里想的是什么，眼里看到的就是什么。想从我这里找到你想要的东西，你还不够聪明。"

杜岩咬紧嘴唇，给金老板敬了个礼，心里暗想：这是个有分量的对手。要想在跟他的较量中取胜，看来，还真得动点脑筋。

查不到贩毒迹象，杜岩就紧盯金老板的生活细节。他就不信，一个毒贩再狡猾，能那么干净？！杜岩跟踪了一个多月，发现金老板每周都会去西郊的一处农场。这个农场他调查过，是个正常生产的农场，金老板去那里也许只是查看他的产业。但杜岩总觉得这里面有蹊跷。他想到了制毒会产生废水，就收集了农场周围排放的废水化验。结果一出来，他心里顿时踏实了。在他送来的废水样品里，检验出了含量极低的甲基苯丙胺。杜岩相信，这里就是金老板的制毒工厂。

一切准备就绪，就在金老板再次来到农场时，杜岩带人埋伏在了农场周围。眼看金老板进入农场的一间仓库，杜岩领头堵在仓库门口。大约一个小时后，金老板打开门走出来，迎面正好看到杜岩。杜岩也笑着说："金老板，我又来了。"其他侦查员鱼贯冲进仓库，在仓库里看到大量的制毒仪器和原料。众人押着几个工人走出仓库，把搜出的毒品扔在金老板面前。杜岩说："这次，我是不是学聪明了。"

金老板刚点了支雪茄烟叼在嘴上，却被杜岩一把夺下。他实在受不了金老板的嚣张样。金老板望着地上还在燃着的雪茄，叹息着说："可惜了，这可是一支上好的雪茄。"他很随意地用脚一踢，雪茄掉入仓库旁的一堆柴草里。

金老板抬起头，说："有时候，即使你看到的东西，也未必就是真的。就好像你现在看到的这座仓库，它可能在瞬间就化为乌有。而你和我，都不过是生命中的幻象。"

杜岩说："说实话，你要是不这么故弄玄虚，我可能会更喜欢你一点。都到了这个份儿上了，还装什么斯文？你不是说我拿你没办法吗，我就是要让你看看，我能不能治得了你。"

正说着话，侦查员忽然指着仓库旁的那堆柴草说："队长，你看！那里面有东西！"

杜岩定睛一看，只见柴草中似乎有什么可燃物，被雪茄点燃后，正在冒着白烟。杜岩联想到金老板刚才说的那番云里雾里的话，忽然醒悟了，大叫："快往后退！"他见金老板原地不动，上前去拉他。这时，一声巨响传来。杜岩被爆炸掀起的热浪推出去十几米远，瞬间失去了知觉。

醒来的时候，杜岩已经躺在当地一家医院里了。窗外一缕柔和的光透进来，他隐约觉得眼前有一个人影，在光影中一手支着脑袋打盹。这一幕如此熟悉，他仿佛看到了杨梓那张永远平静而温和的脸庞，略带倦意地坐在那里。他伸出手，缓缓地接近那道光晕，似要试探眼前这一幕的真实。但稍一用力，又陷入了昏迷。

听到杜岩受伤昏迷的消息，杨梓匆匆赶往广东，在机场竟然意外遇到了闻洁如。闻洁如一看见杨梓，脸上流露出不自然的表情。杨梓一看就知她也是去看杜岩的，不禁有些踌躇。闻洁如略一调整情绪，就迎上来说："姐姐，你也是去看他吧。见到你，他的伤也就好了一半了。"

杨梓说："听说他伤得很重，我有点不放心。我这个弟弟，总是爱逞英雄。这么多年了，受伤挂彩从来不当回事，我说了他又不听。"

"弟弟？"闻洁如惊奇地看着杨梓。

"是啊，我比他大两岁，一直把他当成弟弟。"

"可是，他好像很喜欢你……"

"那也是好多年以前的事了。有些事，过去了就再也回不去了。"

"可有些人，不管多久都会住在心里的。"闻洁如喃喃地说。

两人一起上了飞机，把座位调到一起。杨梓望着窗外层叠的云朵，心事重重。闻洁如一直对杜岩和杨梓之间的故事怀有浓厚兴趣。出于记者的职业敏感，她能感觉到两个人之间细微的情绪交流。可是，两个人似乎又总是躲躲闪闪，若即若离。难得与杨梓坐在一起，闻洁如不觉露出了记者刨根问底的习惯，执意要了解他们的这段往事。

"听他说，他一直后悔当初没有向你表白，加上中间又发生了许多误会，害得你一个人在非洲待了好多年。他每次说起这些事的时候，都感觉痛苦不已。"

"你们之间什么都聊啊，那也算是无话不谈的朋友了。他没告诉你，其实我一直不后悔当年去非洲。做医疗援助的那些年我才知道，其实世间最痛苦的不是情感。当我们谈论不幸的时候，这个世界上的许多人连活着都是奢望。什么是不幸，只要活着就谈不上不幸。"杨梓说这话的时候，表情显出常人难以察觉的痛苦。

"姐姐，你们之间经历了那么多，现在终于有机会在一起了，为什么又要这么为难自己呢？"

"我给你讲个故事吧。"杨梓说，闻洁如欣喜地靠近她，不愿意漏掉任何一个字。

"有两只过冬的小松鼠，他们在最寒冷的雪天里相遇，彼此相偎，挤在一起相互取暖。这样，冬天就显得不那么漫长了。春天的时候，小松鼠开始活跃起来。一只小松鼠总是喜欢在树枝间蹿蹦跳跃，另一只就静静地待在窝里。春天对于他们来说，意义并不完全一样。跑进林子里的那只小松鼠会被其他动物追赶，会遇到陷阱，而守在窝里的那只也会害怕黑暗，害怕袭击。他们就这样越走越远了，直到有一天，谁也找不到对方了。分开他们的，不是彼此，而是一种叫作命运的东西吧。后来，那只害怕黑暗的小松鼠终于走出了窝，走进了陌生的林子里。她不是要寻找对方，只是想驱除自己内心的恐惧。她在这个陌生的林子里遇到了许多其他的动物，他们善意而友好，让她暂时忘记了失去同伴的悲伤。她甚至想象，离开了自己，那只喜欢蹦蹦跳跳的小松鼠应该找到了更合得来的同伴。他们一起出去冒险，一起探索整个森林，那才是他想要的生活吧。后来，林子里暴发了一种病，那只失去同伴的小松鼠不小心得了病。她孤独无助，以为自己就要死在这陌生的林子里了。那时候，她想到了他。但她不想让她知道自己的处境，那样，他就依然能在树林里欢快地奔跑。为了治病，她永远失掉了成为母亲的机会。她从此再也不能幻想守在一群孩子身边，等待着他从外面凯旋了。那道伤痕不仅成了她内心永远愈合不了的痛，也成了他们之间无法跨越的障碍。从那以后，她只想隐藏这道伤痕，静静地守在自己的窝里，一个人度过冬天、春天。"说完这些，杨梓依然望着窗外翻卷的浮云，不让闻洁如看到自己脸上的任何表情。

闻洁如已经完全听懂了这个故事。她依靠在杨梓肩上，悄悄把一抹泪水擦去，轻声说："以后，你也是我的姐姐了。"

两个人下了飞机，直接赶往杜岩养伤的医院。沿着长长的走廊往前走的时候，杨梓脑海里时常跳出第一次见到杜岩时的情景。当面前的每扇病房门打开，她都会幻想杜岩从里面跳出来，满脸青涩地对她说："报告杨梓大夫，我叫杜岩，是一名警官。"想到这一幕，杨梓嘴角就会浮起一丝甜甜的笑意。

两人走到杜岩的病房外，听到里面有人在轻声说话。两个人隔着病房门上的窗户往里看去,只见辛娜和女儿杜辛荑一起坐在床边,给杜岩说着什么。杜岩缠着满身的绑带,艰难地把头凑近女儿。女儿躲闪着,发出一串清脆的笑声。阳光从窗外倾泻进来,均匀地洒在屋里每个人身上,也照亮着门外的两个人。

三九
见面不如闻名

在闻洁如的一再要求下,杜岩终于答应接受专访。这时,他已是刑警支队的支队长了。两人就坐在单位楼顶的天台,望着层峦叠嶂的西山,随意聊着。杜岩提出条件,不能把他写成神探、英雄,他就是个普通警察,有血有肉,有忧有惧,有喜有怒。他知道自己性格上的缺陷,也曾在很长一段时间沾染上了不好的习气,但这些都不影响他成为一个好警察。

"那你觉得,一个好警察应该具备什么样的特质?"

"警察这个职业本来就是面对违法犯罪的,它有着很强的针对性。所以,好的警察可能在生活里会显得古板、严肃、情商低,易冲动,但他在搞案子的时候一定要见疑不放、一查到底,要把案子做到极致,不能留尾巴。打金老板的制毒工厂本来可以不用我们自己去,只要把获得的相关线索发给当地警方就可以了,但你知道一个警察手里拿着线索却不能亲自去办案是什么心情吗?就跟你们女人走进品牌服装店却只能帮人挑衣服一样,那心情太磨人。我当警察最享受的,就是当面看着罪犯被抓获。"

"照你这么说,你每次破案,其实多少带有点个人英雄主义色彩吧。"

"你说的算是客气的了。其实,很多人说我这是爱出风头。可你没见有些罪犯有多嚣张。遇见这样的人,你能平心静气地跟他们讲道理吗?不能。就得在气势上压倒他们,在智力上超过他们,在手段上压制他们。不把这些人的气焰彻底打下去,就是对警察最大的侮辱。我这人性格就有点冲动,很多事情想得简单。后来想想,其实这样反倒有好处,就少了很多瞻前顾后的犹豫。有些看似复杂的问题,往往能从最不起眼的地方打开缺口,让所有问题迎刃而解。"

"你破的这些案子里,这个特点还是蛮鲜明的。听说你搞案子奇思妙想很多,都是怎么来的?"

"有句话对我的影响很大。我有一次去一个同事办公室,看到墙上挂着一幅字,上面写着:'警察,警察,警于前,察于后。'我觉得很有意思,回来就琢磨。这就是提醒我们要在侦查破案中占据主动权,不能一味被动,被犯罪分子牵着鼻子走。罪犯作案等于给我们先出了难题,我们就成了解题的人。这个题怎么解?多数犯罪会给你预设很多陷阱、误区,你要按照他的思路去解,就会走弯路。我那些小点子就是为了打乱他们的正常思维,让他们跟着我的思路走,有时候往往会收到奇效。

"有一次,我带人去抓倒卖火车票的黄牛。结果,在他家里只找到了一张车票。找不到车票,就拿他没办法。我看到这小子在一旁得意洋洋,似乎在看我们的笑话,就有点赌气了,心说:拿不下你这个小蟊贼,我还当啥刑警啊?我眼珠一转,又从队里抽调了几个侦查员,开了两辆警车到他家,把声势造得很大。几个人在他家里,翻箱倒柜地找。这阵势把这小子给吓毛了。一般查个车票,哪儿见过这么大阵势啊!那小子斗胆问我:你们这是找啥呢?我当时装作一本正经地对他说:有人举报你贩毒,我们得仔细搜查。这小子说:贩毒?我哪有那个胆儿啊?!我说:那不行。有人举报,我们就得查。都给我查仔细了,找不到毒品绝不撤兵。我们又翻腾了半天,这小子终于沉不住气了,说:我真不是贩毒的,我就倒了几张火车票。我说:不可能。倒票哪有只倒一张的,再给我查。那小子差点给我跪下,求饶说:哥,你别找了!我真是倒票的。我的车票就在抽屉的夹层里。原来,他在自己家衣柜的背后做了一个夹层。打开夹层,里面藏了六百多张火车票。"

闻洁如听了,忍不住大笑:"你这些鬼点子,都是怎么来的?"

杜岩说:"我打小就是个不太守规矩的孩子。那时候学校冬天要生炉子,老师让我们每个学生轮流生火,生火的人要负责从家里带柴火。这样做很麻烦,而且有的孩子不会生火,每天弄得教室里乌烟瘴气,我们还要挨冻受罪。我就跟老师商量,每天生炉子的事就包给我,其他人只负责带柴火就行了。这么一来,孩子也高兴了,老师也觉得满意。其实,我更实惠。我不用带柴火不说,连早饭都有人给我带了。因为炉子归我管了,谁想在炉子上烤个馒头都得经我同意。这点小特权,让我一直享受到小学毕业。"

闻洁如说:"原来你很早就有特权思想啊。那后来程鹏和安树广拉拢你的时候,你怎么不为所动?"

杜岩说:"你没发现我这人特别清高吗?他们那样的人,我看不上。我最惨的时候,连个住的地方都没有,程鹏不但给我提供住处,还一日三餐把我当贵宾供着。按说我应该领他的情,可他根本不了解我的为人。他用他的办法来收买我,我偏偏就不吃他那套。我这人就看重英雄、好汉。像方坤那样让我打心眼里佩服的人,我心甘情愿为他做任何事。"

"这大概就是古人说的惺惺相惜吧。"

"小时候听评书,看古书,都是什么《三侠五义》《岳飞传》《杨家将》之类的,大概英雄主义种在心里了,拔都拔不出来。"

闻洁如又问:"你那个'犯罪模型'搞得怎么样了?"

杜岩说:"这你可说到我心坎里了。我搞'犯罪模型',起初就是瞎胡闹。后来有几次还真发挥作用了。我就想:这东西要是搞出来,将来没准有大用。你想,所有犯罪虽然千差万别,但同一类型的犯罪总有一些特定的规律。比如贩毒,毒贩的行动轨迹、带毒手法,都是有迹可循的。掌握了这些,就可以用这个模型去装了。尤其是现在有了大数据分析,有了火车票实名制,在很多情况下,这种办法能提前发现犯罪、定位嫌疑人，一下子把我们从被动侦查中解放了出来。你想，这是多好的事！

"比如我们获取线索。有一女性，经常坐火车往来于甲地、乙地之间贩毒。没有姓名，没有电话，没有身份特征，怎么查？我们就利用大数据分析，先剔除男性，再剔除偶尔来往甲地、乙地的女性，这样可能就剩下一百人了。毒贩一般拿到货就会往回返，绝不会长时间停留。我们就根据这一特点，排除掉女性中停留时间超过一两天的。这样，可能就只剩下几个人了。有一次，通过这套办法，我们一下子网住了两个嫌疑女性。结果一查，两人都携带了毒品。其中一个是线索提供的，另一个根本不在我们的掌握之中，是被'犯罪模型'装进来的。"

闻洁如如听天书，一直眨着眼睛，跟着杜岩的思路在转。听完，杜岩问："听明白了吗？"

"还是不太明白。"

"看来，你不是块当刑警的料。有一次给别的单位讲课，讲完这套办法，我也问在场的侦查员，结果一半都没听懂。我当时就气得直骂。我们有些刑警办案子不动脑筋，上面指挥让怎么办，他们就怎么办，完全没有自主性。这样的刑警还不在少数。这么办案子，普通的还行。要是遇上高智商犯罪，可就应付不了了。有句话叫'魔高一尺，道高一丈'，犯罪手段在不断升级，侦查破案不能总停留在传统办法上。一成不变，就会被淘汰。"

"听说你经常得罪领导，是领导眼中的'刺头'。你觉得你是吗？"

杜岩说："一个单位有几个'刺头'，其实是好事。关键要看你在哪些地方'扎刺'。要是为工作，我觉得这刺还得扎。我们有些领导思想过于保守，想干工作，但又怕出问题。做事畏首畏尾，那能成什么大事。

"我们有一次要抓一个老贼，没想到他极其狡猾。侦查员稍一靠近，就被发现了。后来，我让侦查员装成醉鬼。为了不被识破，侦查员就真的喝了几两酒，弄得满身酒气。走到老贼身边，还故意哈了口气。老贼一看是个酒鬼，虽然很烦，但也放松了警惕。就在他盗窃得手时，侦查员把手铐戴在了他的手上。

"结果在回来的路上,遇上了我们的纪委书记。纪委书记一看侦查员在工作中喝了酒,很不高兴,非要拿侦查员是问,要处理他。我对纪委书记说:是我让他喝的。要处理,你处理我吧。纪委书记说:跟你没关系。条例规定,对指挥员下达的明显错误的指令,民警可以不执行。现在严禁工作时间饮酒,这个侦查员明明知道你的指令不对,依然执行,错误在他。

"我知道纪委书记拿侦查员开刀,是想来敲打我。回来我就给纪委书记送了一盒茶叶,他以为我是向他求情,也没客气,就收下了。过了一会儿,我又回去找他,说才知道那盒茶叶是一个案件当事人托人给我送的礼,茶叶里夹着五千块钱呢。我说,这可是行贿物品,得上交,不然就犯大错了。让纪委书记当场把茶叶打开,拿出里面的五千元钱,算我主动上交。纪委书记一看我的表情就知道,我是在捉弄他——打开茶叶,如果没有钱,那我肯定说钱被他拿走了。纪委书记只好吃了个哑巴亏,侦查员喝酒的事也就不了了之了。"

闻洁如听完,笑得捂着肚子直不起腰来,说:"这样的手段,也就你能使得出来。碰上你这样的下属,领导还不头疼死了。"

杜岩一本正经地说:"我是有点桀骜不驯,可是,有的领导水平也确实有点差。我是支队领导,我不保护侦查员谁保护。换句话说,我虽然得罪了领导,却维护了整个单位的形象。至少让民警知道,这个单位是有正气的,还有人敢出来说真话。

"有个主管我们的副处长水平不高,爱摆架子不说,还特别爱骂人。大概他以为这样就是威严吧。有一次,他来我们刑警支队检查工作。开着大会,面对下面几十号刑警,他对我手下的一个大队长骂声不断。我当时坐在他旁边,实在听不下了去了,就给他递了个纸条,提醒他:别骂了,给弟兄们留点面子吧。他倒是收敛了片刻,但没过一会儿又忘了,又开始破口大骂。我也是急了,把手里的本子往桌上一摔,喊了一声:散会。结果,底下几十号刑警瞬间全散了,台上就留下一个副处长,弄得他尴尬得不得了。"

闻洁如鼓掌道："嗯，这件事做得好，给你鼓掌。"

杜岩赶紧说："这段你可别写到报纸上，就当故事听听吧。"

"怎么，你怕得罪领导？"

"那倒不是，领导的威信还是要维护的。你想啊，要是大家都不听话，那队伍不就乱套了。"

"你在你们刑警支队，一定特别受大家欢迎和拥护吧！"

杜岩摸摸脑袋，颇为得意地说："这倒不是吹牛。在刑警支队，只要我一声令下，基本上指哪儿打哪儿，大伙绝不含糊。没有这点战斗力，哪像个刑警。"

闻洁如合上笔记本，看了看杜岩。杜岩已经很久没有休息了，脸上胡子拉碴，虽然有些不修边幅，倒也平添了几分豪气。闻洁如又问道："杨梓的事，你知道了吧？"

杜岩说："采访还问这些私人问题啊？"

"这不算采访的内容，算是一个朋友的疑问吧。"

杜岩就收敛了笑容，沉默片刻说："嗯。真没想到，她在非洲的那些年，受了这么大的罪。我曾经向她保证过，要一辈子把她像姐姐一样供起来，好好照顾她。可现在想起来，我一点都没做到，反倒是她在我最难的时候，总是照顾我。当警察，我不敢说我是个百分之百的好警察，可起码对得起自己的良心，对得起这身警服。但对杨梓，我真是糟糕得一塌糊涂。你说，我这人脑子也不笨，怎么生活上的事总是处理不好呢？"

闻洁如想想说："大概，你把心思都用在工作上了吧。最后一个问题，你会和杨梓在一起吗？"

杜岩忧郁地望着霞光中嵯峨的群山。此刻，斜阳已西，流岚与雾霭萦绕在半山腰，西山掩映在一片苍茫中。那里，曾是他和杨梓无数次登临的地方。以前只在山顶眺望过城市，感觉城市如一盘棋局，而对手是谁他一直捉摸不透。现在，从城市远眺山峰，他恍惚感觉那对手似乎如渊渟岳峙，永远是那么气定神闲，永远是那么岿然不动。杜岩想起了杨梓说过的一句话，颇有些无奈地说："也许，我们从来都没有分开吧。"

后 记

人生中每一场遭遇，都是一种暗示。

二十五年前，我从大学毕业，在包兰线一个车站派出所当了八年民警。其间，巡线，守候，抓罪犯。现在想起每一件事来，依然那么清晰。那是因为我们曾经那么真实，那么热情地工作、生活过。离开以后，无数次想回去看看，但每次经过，却又不敢走进。对我来说，怀念过去最好的方式，也许并不是回到过去，而是把那份长久的不舍写在岁月尘埃上。后来不管到了哪里，遇到从那个派出所出来的民警，就觉得亲切。这份情义，大概只有一起流过汗、流过泪、忍过痛、拼过命的战友才能体会到。

从警二十五年，身后是一段很漫长的岁月。写小说的过程，也变成了在记忆里抽丝的过程，把每一场遭遇、每一次难忘的经历，都抽成一根根细细的丝，织起小说里层层叠叠的故事。不论这些记忆当初多么沉重，沉淀多年，都化作了绕指柔。小说写完，忽然感觉二十多年的记忆都在这里面了，脉络分明，骨血温热，却早已不可回溯。

生活总是以不同的方式给我们以昭示，痛苦也罢，喜乐也罢，而我们只需保持着麦粒般饱满的热情，就会有所感触，有所发现。2014年初冬，嘉兴城内仍然草木葱茏，枝叶扶疏，江南水城温如处子。因为一场公安英模的事迹报告会，我遇到了二十多位来自全国各地的公安英模，其中就有呼和浩特铁路公安局包头公安处刑警支队支队长彭刚。别看这些英模平时临危不乱，处变不惊，但面对采访却局促不安，不知所云。而彭刚则不然，聊起破案经历，如数家珍，如讲评书，极精彩处手足并用，听者无不面红耳热、心荡神驰。人与人的交往，有时就是一面结缘。采访结束时，我们已经渐渐熟络，私下戏言于他："下部小说就写你了。"

就像每个远行者都要准备一份地图或行程指南，小说写作也需要一个定位和坐标。多年来耳闻目睹，所见所遇，虽然庞杂，但理不出一点头绪。彭刚的出现，恰好给了我这样的定位，就是警察身上的血性和豪气。警察小说虽以剪凶缉恶、侦破迷案为主，但我以为其根源可追溯至晚清侠义小说。虽然时代变了，但侠义的含义和精神没有变。警察不畏强暴、不惧危险的英雄主义，仍与仗义除暴、为民申冤的侠义精神一脉相承。警察英雄身上显露出的那股疾恶如仇的豪气，时时令人荡气回肠。

当然，小说写成，书里的人物无论性格还是经历，都已与原型大有迥异。其间暗含了从警多年所见所识之人，所听所睹之事，更加入了一些理想化的成分。所涉及打黑部分，盖由公安机关历年打黑案件及人物虚构而来，俱有证可考、有据可查，并非凭空臆想。

写这部小说，其实也是一个构造理想中侠义世界的过程。舍弃侠义小说里令人眼花缭乱的武功，只保留其中无处不在的侠义精神，使爱恨之情能更加鲜明，亲情友情能更加强化，以期让读者在书中感受到世间情义真切之可贵，感受到书中人物性格单纯之可爱，感受到传奇与抒情相长共生之愉悦。这是我写作中最大的乐趣。

白天要应对紧张而繁乱的工作，只有晚上待在办公室的时间可以自由支配。于是，每晚五千字成为定额，常到凌晨时分方才入睡。如此数月，疲惫不堪。于是感慨：文学创作恐怕应该纳入体力劳动；写作如耕地，如拓荒，没有好的体力，休想承受经年累月的劳作之苦。

文字要传递温度和热度，才能感染人，陶冶人，而这样的文字，也需出自同样温热的胸膛。聊以自慰的是，二十五年的警营生涯，我们曾真诚而充满激情地生活过；追随着人民警察的荣誉，竭尽全力，不计代价地付出过。一个人终其一生，就是要对抗内心不时冒出来的妥协、放弃、安逸、苟且等念头，不论逆境或顺境，初心不改。如同书中人物，即使面对无数次的失败和挫折，也不愿放弃对正义的追求，也要坚定地维护法律的尊严和法治的理念，也要坚决拒绝平庸度过一生。

　　承蒙群众出版社编审萧晓红女士执石为珠，从选题策划到小说构思，莫不悉心指导，点拨启发。由她鼎力推荐，选题荣获 2109 中国作协年度重点项目扶持。如今小说杀青，获得各方较好认可并顺利出版，终使一籍籍无名之辈能一登大雅之堂。如此用心和豪气，令人感佩至深。

　　谨此，一并献上深深的敬意、谢忱，致敬人民警察张扬的人间正气，致敬这天地间充盈的豪气、豪情。